Madame Bovary

Gustave Flaubert nació en Ruán en 1821 y murió en Croisset en 1880. Hijo de un cirujano que trabajaba en el hospital de Ruán, empezó a escribir en su época adolescente. En 1840 realizó estudios de derecho en París y hacia 1849 escribió *La tentación de San Antonio*, pero la obra que le otorgó fama mundial fue *Madame Bovary* (1857), cuya publicación le acarreó un proceso judicial por inmoralidad. Luego escribió *Salambó* (1862), *La educación sentimental* (1869) y *Tres cuentos* (1977). Su obra supone una verdadera revolución literaria que marcaría a numerosos escritores posteriores.

Madame Bovary

Gustave Flaubert

Traducción de Ramón Ledesma Miranda

punto de lectura

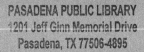

Título original: *Madame Bovary*
© Traducción: Ramón Ledesma Miranda
© De esta edición:
2010, Santillana Ediciones Generales, S.L.
Torrelaguna, 60. 28043 Madrid (España)
Teléfono 91 744 90 60
www.puntodelectura.com

ISBN: 978-84-663-2256-0
Depósito legal: B-26.608-2010
Impreso en España – Printed in Spain

Diseño de colección: Txomin Arrieta

Primera edición: septiembre 2010

Impreso por Litografía Rosés, S.A.

PRIMERA PARTE

I

Nos encontrábamos en clase cuando entró el director, seguido de un nuevo alumno con atavío de aldeano y de un bedel cargado con un gran pupitre. Los que dormitaban despertaron y todos se incorporaron, afectando haber sido sorprendidos en pleno trabajo.

El director hizo seña de que nos sentásemos, y dirigiéndose al maestro, le dijo en voz baja:

—Le recomiendo a este alumno, señor Roger; debe entrar en la clase quinta. Pero si su aplicación y su conducta lo merecen, pasará a los mayores, como corresponde a su edad.

Arrinconado tras la puerta, apenas visible, el novato era un chico rústico, de unos quince años, más alto que ninguno de nosotros. Tenía un aire tímido y caviloso, y su cabeza, rapada a punta de tijera, parecía la de un sochantre de aldea. Aunque no era ancho de espaldas, su chaqueta de paño verde con negra botonadura debía de molestarle en las sisas, y las cortas bocamangas dejaban ver sus desnudas muñecas, curtidas a la intemperie. Surgían sus piernas, envueltas en medias azules, de unos pantalones amarillentos, rígidamente sujetos por los tirantes, y calzaba gruesos zapatos, nada lustrosos, remachados por clavos.

Dio comienzo el recitado de las lecciones, que él siguió atentamente, como si escuchara un sermón. No se atrevía a cruzar las piernas, ni a apoyarse en el codo, y a las dos, al sonar la campana, viose el profesor obligado a ordenarle se incorporase a la fila.

Al entrar en clase solíamos arrojar las gorras al suelo para servirnos libremente de las manos; lo mejor era lanzarlas bajo el banco, desde la puerta, para que, al dar en la pared, levantasen una polvareda. Ése era el secreto.

Fuera porque no advirtiese la maniobra o porque no se atreviera a ponerla en práctica, acabada la lección, aún tenía el novato la gorra entre sus rodillas. Era una de esas prendas complicadas, donde se conjugan los elementos del chacó, de la barretina, de la gorra de nutria, del sombrero hongo y del gorro de dormir; uno de esos pobres objetos cuya muda fealdad llega a las profundidades de expresión del alma de un imbécil. Se iniciaba su ornamentación con tres molduras circulares; después se alternaban con una franja roja y unos rombos de pelo de conejo. Al fin, cierta bolsita acababa en un acartonado polígono, decorado con trencillas, del que surgía un largo y fino cordón, rematado en borla y tejido de hilillo de oro. El armatoste era de estreno y la visera relucía.

—Levántese usted —dijo el profesor.

Se puso en pie, cayó al suelo la gorra y los muchachos de la clase rompieron a reír. Se inclinó a recogerla, pero el vecino le empujó con el codo, haciéndola caer de nuevo, y otra vez hubo de agacharse a recobrarla.

—Deje usted la gorra de una vez —dijo el profesor, que era hombre de humor.

Los escolares prorrumpieron en grandes carcajadas, lo que de tal modo desconcertó al infeliz muchacho, que ya no sabía si tener la gorra en la mano, dejarla caer o ponérsela en la cabeza. Al fin se sentó, colocándola sobre sus rodillas.

—Levántese —repitió el profesor— y díganos su nombre.

El novato articuló, con voz atropellada, un nombre ininteligible.

—Repítalo.

El mismo balbuceo de sílabas, entre el clamoreo de la clase, se hizo apenas oír.

—¡Más alto! ¡Más alto! —gritó el profesor.

El novato, adoptando una resolución extrema, abrió una boca descomunal, como para llamar a alguien, y gritó a pleno pulmón:

—*Charlbovary*.

Siguiose una batahola, que fue *in crescendo*: se rugía, se ladraba, se pateaba, gritábase a coro: «*¡Charlbovary! ¡Charlbovary!*». Las voces y risotadas fueron poco a poco atenuándose, y al fin comenzaron a apagarse, no sin resurgir aisladamente en algún banco o brotar aquí o allá, como un petardo que no se ha extinguido por completo.

Bajo una lluvia de amenazas y de castigos, el orden fue restableciéndose, y el profesor, asegurado, al fin, del nombre de Carlos Bovary, después de habérselo hecho dictar, deletrear y releer, ordenó al pobre diablo fuese a sentarse en el banco de los torpes, junto a su pupitre. No sin antes dudar y titubear, Bovary se dispuso a obedecer el mandato.

—¿Qué busca usted? —preguntó el profesor.

—Mi go... —balbució tímidamente el novato, lanzando alrededor inquietas miradas.

—Quinientas líneas a toda la clase —gritó furioso el maestro, conjurando con ese *quos ego* una nueva borrasca y pasándose el pañuelo por la frente, donde corrían gotas de sudor—. Y usted, novato, copiará veinte veces el verbo *ridiculus sum* —y después añadió, con una voz más suave—: No se preocupe por su gorra; la encontrará usted; nadie se la ha llevado.

Nueva vez se hizo la calma. Se inclinaron las cabezas sobre los pupitres, y el novato permaneció dos horas inmóvil, con los ojos bajos, en una actitud ejemplar, pese a que, de cuando en cuando, sentía en su rostro la bolita de papel que lanzaba, a modo de ballesta, la extremidad de un manguillero, obligándole a llevarse la mano al punto atacado.

Por la noche, en el estudio, sacó sus manguitos, arregló cuidadosamente sus objetos, sus libros, su papel y puso en orden su pupitre. Le veíamos trabajar concienzudamente, buscar con minuciosidad las palabras en el diccionario, sin ahorrarse esfuerzo. La tenacidad de que dio prueba evitó su descenso a las clases inferiores. Llegó a conocer medianamente las reglas, si bien carecía de la más elemental elegancia de estilo y de presencia. Poseía rudimentos de latín, que le había enseñado el párroco de la aldea, pues sus padres, por economía, habían retrasado hasta el último límite su entrada en el colegio.

Su padre, Carlos Dionisio Bartolomé Bovary, ex cirujano agregado, comprometido, hacia 1812, en ciertos asuntos de quintas, y obligado por la dicha época a abandonar el servicio, aprovechose de sus prendas personales para apoderarse de una dote de sesenta mil francos ofrecida a la hija de un fabricante de gorras que se había prendado de su talante. Guapo, fanfarrón y pretencioso, con sus patillas que le llegaban al bigote, sus dedos cuajados siempre de sortijas y sus vistosos trajes, tenía toda la catadura de un bravo, unida a la fácil vivacidad de un viajante de comercio. Una vez casado, vivió durante dos o tres años a costa de su mujer, comiendo bien, levantándose tarde, fumando pipa tras pipa, recogiéndose después de los espectáculos y frecuentando los cafés. Su suegro, al morir, le dejó muy poco; indignado por ello, dedicose a la fábrica y perdió algún dinero, tras de lo cual, y para hacerse valer, se retiró al campo. Pero como sabía de cultivo casi tanto como de telas, y como galopaba en sus caballos en vez de enviarlos a la labor, y como se bebía la sidra en vez de venderla y comíase las mejores aves de su gallinero y engrasaba sus zapatos de cacería con el tocino de sus cerdos, no tardó en convencerse de que era preferible dejar a un lado toda especulación.

Por doscientos francos anuales alquiló en un pueblecito, entre Caux y la Picardía, una especie de casa, entre granja y vivienda, y en ella encerrose, agriado, corroído por la pena, revolviéndose contra el cielo y envidioso de todo, a la edad de cuarenta y cinco años, hastiado de los hombres, según decía, y decidido a vivir en paz.

Locamente habíale amado su mujer, demostrándoselo con mil sumisiones, que sólo consiguieron alejarle más y más de ella. Alegre, expansiva y cariñosísima en un principio, al envejecer —tal el vino que se trueca en vinagre— hízose malhumorada, gruñona y nerviosa. ¡Había sufrido tanto sin rechistar en los comienzos, cuando le veía correr tras las pelanduscas del pueblo y cuando volvía a su casa, después de corretear por malos sitios, cansado y oliendo a vino! Al fin rebelose su dignidad. Hasta entonces había callado, ocultando sus rabias con mudo estoicismo, que conservó hasta su muerte. Andaba siempre atareadísima. Ella era la que se entendía con abogados y magistrados, la que tenía en cuenta los vencimientos de pagarés; la que lograba prorrogarlos y la que, en la casa, remendaba, zurcía y lavaba la ropa, la que vigilaba a los obreros y la que pagaba los jornales, en tanto que el señor, sin inquietarse por nada, sumergido siempre en su enfurruñada modorra, de la que no salía si no era para decir cosas desagradables a su mujer, permanecía fumando junto al fuego y escupiendo en la ceniza.

Cuando nació su hijo fue preciso mandarlo a casa de una nodriza. Al volver, el chico fue mimado como un príncipe. La madre le atracaba de golosinas y el padre dejábale correr descalzo, y hasta decía, para dárselas de filósofo, que estaría muy bien que anduviera desnudo como los cachorros de los animales. Bovary, en oposición con las tendencias de su mujer, acariciaba cierto ideal viril de educación y pretendía que su hijo se sometiera a ese ideal, educándose duramente, a la espartana, para fortalecer su cuerpo. Le enviaba a dormir sin luz y enseñábale a beber grandes sorbos de ron y a insultar las procesiones. Mas como el muchacho era de condición pacífica no respondía a los esfuerzos del padre. La madre no dejaba nunca que se apartase de su lado; le hacía muñecos de cartón, le contaba cuentos y dirigíale monólogos interminables, llenos de melancólicas alegrías y de amorosos engatusamientos. Dado el aislamiento de su vida, puso en aquella cabecita infantil todas sus dispersas y marchitas vanidades. Soñaba para él altas posiciones y veíale, hombre ya, guapo y espiritual, convertido en ingeniero o magistrado. Enseñole a leer y hasta a cantar, valiéndose de un viejo piano que tenía, dos o tres cancioncillas. El señor Bovary, poco aficionado a las letras, aseguraba que todo aquello no valía la pena. ¿Es que no iban a tener nunca lo necesario para costearle un colegio o para comprarle un destino o ponerle una tienda? Por otra parte, un hombre con tupé triunfa siempre en la vida. La señora Bovary se mordía los labios y el niño vagabundeaba por el pueblo.

Corría tras de los labradores y ponía en fuga a los cuervos a ladrillazos. Atracábase de moras a lo largo de los setos, guardaba pavos con una caña, dañaba los sembrados, correteaba por el bosque; jugaba al tejo, los días de lluvia, bajo el pórtico de la iglesia, y en las grandes solemnidades, con permiso del campanero, colgábase de la cuerda para tocar la campana y gozarse en la mecida.

De esta manera creció como una encina, adquiriendo reciedumbre corporal y sanos colores.

Su madre pudo conseguir que a los doce años comenzara a estudiar, encargándose de ello el cura; pero las lecciones eran tan cortas y tan interrumpidas que no podían servir de gran cosa. Tenían lugar a ratos perdidos, en la sacristía, en pie y muy a la ligera, entre un entierro y un bautizo. Otras veces, el cura, después del ángelus, cuando no pensaba salir, mandaba a buscar a su discípulo y entrambos íbanse a la habitación de aquél, instalándose en ella. Los mosquitos y las mariposillas nocturnas revoloteaban en torno de la vela. Como hacía calor, dormíase el muchacho, y el buen hombre, con las manos cruzadas sobre el vientre y con la boca entreabierta, quedábase medio dormido y no tardaba en roncar. En otras ocasiones, cuando el señor cura, al volver de administrar el viático a algún enfermo de los aledaños, vislumbraba a Carlos vagando por el campo, llamábale al punto, sermoneábale durante un cuarto de hora, y aprovechando la ocasión, hacíale conjugar un verbo al pie de un árbol. La lluvia o algún conocido que cruzaba solían interrumpirlos. Por lo demás, el cura mostrábase satisfecho de él y hasta aseguraba que el joven tenía mucha memoria.

La madre, revistiéndose de energía, comprendió que aquello no podía continuar, y el padre, avergonzado, o cansado más bien, cedió sin resistencia, aguardándose aún un año para que el chiquillo hiciese su primera comunión.

Seis meses más transcurrieron, y al año siguiente Carlos fue definitivamente enviado al colegio de Ruán, acompañándole su mismo padre, por la época de la feria de San Román, en las postrimerías de octubre.

Actualmente sería imposible para cualquiera de nosotros recordar algo de él. Era un muchacho de morigerado temperamento, que jugaba a la hora del recreo, estudiaba a la del estudio, escuchaba a la de clase, dormía a la de dormir y comía a la de comer. Hallábase a cargo de un quincallero al por mayor, de la calle Gauterie, el cual, después de cerrada su tienda, enviábale de paseo, un domingo al mes, para que contemplara los barcos del puerto, y a eso de las siete, antes de la cena, conducíale de nuevo al colegio. Los jueves por la noche, Carlos escribía una larga misiva a su madre y luego, o bien repasaba sus apuntes de historia, o bien leía un maltrecho Anacarsis que andaba rodando por los pupitres. Cuando iba de paseo charlaba con el criado, que era campesino como él.

A fuerza de aplicarse logró mantenerse en un término medio, y hasta hubo de merecer en una ocasión un primer accésit en historia natural. Al finalizar el tercer año, empero, sus padres sacáronle de allí para que estudiase Medicina, convencidos de que podría por sí solo terminar el bachillerato.

Su madre buscole una habitación en un cuarto piso de la calle Eau-de-Robec, en casa de un tintorero que conocía. Una vez de acuerdo por lo que se refería a la pensión, procurose la buena señora algunos muebles, una mesa y dos sillas; se hizo traer de su casa una cama de madera y compró, además, una estufita de hierro con la leña necesaria para que su pobre hijo se calentase. Hecho todo esto, la madre se marchó al cabo de una semana, no sin recomendarle reiteradamente a su hijo que se portase bien, ya que iba a quedar entregado a sus propias fuerzas.

Prodújole un gran aturdimiento la lectura de los estudios que iba a seguir: curso de Anatomía, curso de Patología, curso de Fisiología, curso de Farmacia, curso de Química, y de Botánica, y de Clínica, y de Terapéutica, sin contar la Higiene, ni la Materia Médica, nombres todos cuyas etimologías ignoraba y que eran como otras tantas puertas de santuarios llenos de tinieblas augustas.

No comprendió nada; esforzábase por entender, pero en vano. Trabajaba, no obstante, atiborrando de notas sus cuadernos. Asistía a todas las clases y no perdía una sola visita, realizando su cotidiana tarea a la manera del burro que con los ojos vendados gira en torno de la noria, sin saber lo que hace.

Para ahorrarle gastos, su madre le enviaba semanalmente, por medio del recadero, un pedazo de carne de vaca, que servíale de almuerzo a su regreso del hospital, siempre a pie. A continuación dirigíase apresuradamente a clase, al anfiteatro, al hospicio, y volvía a su casa atravesando calles y más calles. Por la noche, después de la escasa comida de su patrono, subíase a su cuarto y comenzaba de nuevo a trabajar, con sus ropas mojadas, que humeaban sobre su cuerpo ante la encendida estufa.

En las hermosas tardes de verano, a la hora en que las tibias calles están desiertas, cuando la servidumbre juega al volante en el umbral de las puertas, asomábase a su ventana y se acodaba en ella. El río, que convierte aquella barriada de Ruán en una pequeña y despreciable Venecia, deslizábase, con sus tonos amarillos, violados o azules, bajo sus pies, por entre puentes y rejas. En las orillas, acuclillados, se lavaban los brazos algunos obreros. En las buhardillas, colgadas de sendas pértigas, secábanse algunas madejas de algodón. Enfrente, por encima de los tejados, extendíase la pura inmensidad del cielo, con el enrojecido sol poniente. ¡Qué a gusto se estaría allí! ¡De qué frescura disfrutaríase a la sombra de las hayas! Y dilataba las narices para aspirar los gratos perfumes campesinos que no llegaban a él.

Adelgazó, se hizo más alto, y en su rostro dibujase una como dolorida expresión que hacíale casi interesante.

Naturalmente, por indolencia, sus buenos propósitos fueron desapareciendo. Un día faltó a la visita; otro, a clase, hasta que poco a poco, saboreando su pereza, no volvió más.

Acostumbrose a frecuentar la taberna y aficionose al dominó. Eso de encerrarse en la sala de un establecimiento público y de golpear la mesa de mármol con unos huesecitos salpicados de puntos negros antojábasele el colmo de la libertad, y ello le realzaba ante sus propios ojos. Considerábalo como su iniciación en la vida, como el acceso a los placeres prohibidos, y al regresar a su domicilio acariciaba con su mano el picaporte de la puerta con una casi sensual alegría. Entonces, muchas cosas reprimidas en él se dilataron; aprendió de memoria cancioncillas que cantaba a las mujeres fáciles; entusiasmose con Beránger; aprendió a hacer el ponche y, por último, conoció el amor.

Con tales trabajos preparatorios, fracasó por completo en los exámenes. Aquella misma noche le aguardaban en su casa para festejar el éxito.

Fue a pie hasta la entrada del pueblo; detúvose allí, hizo llamar a su madre y se lo contó todo. Excusole la buena mujer, echándole la culpa del fracaso a la injusticia de los examinadores, y le tranquilizó un poco diciéndole que ella se encargaría de arreglar el asunto. El señor de Bovary no supo lo sucedido hasta cinco años más tarde; como la cosa era ya vieja, no rechistó, aparte que no podía sospechar que un descendiente de él fuese un necio.

Carlos volvió de nuevo a la carga, sin interrupción, aprendiéndose de memoria todos los programas y consiguiendo pasar con bastante buena nota. ¡Qué hermoso día aquél para su madre! El acontecimiento se celebró con una magnífica comida.

¿Dónde ejercería su profesión? En Tostes. El médico de allí era viejísimo y la señora de Bovary acechaba desde hacía mucho tiempo su muerte; todavía no había hecho el buen hombre su petate para el otro mundo, cuando Carlos se estableció enfrente como sucesor.

Pero el haber educado a su hijo y el haberle hecho médico y el haberle colocado en Tostes, no bastaba: era preciso buscarle mujer. Y la encontró. Fue la viuda de un curialote de Dieppe, que tenía cuarenta y cinco años y mil doscientas libras de renta.

Aunque fea, seca como un esparto y con más granos que la primavera, la señora Dubuc, que así se llamaba, no carecía de pretendientes para elegir. Para conseguir su propósito, la señora de Bovary viose obligada a espantar-los, y hasta hizo fracasar, muy hábilmente por cierto, las intrigas de un salchichero protegido de los curas.

Carlos llegó a creer que con el casamiento mejoraría de situación, imaginándose que gozaría de más libertad y que seríale dado disponer de su persona y de su dinero. Pero el amo fue su mujer: veíase obligado a decir lo que a ella se le antojaba, a ayunar los viernes, a vestirse a su gusto y a perseguir, conforme a sus deseos, a los clientes morosos. Le abría las cartas, espiaba sus pasos, y cuando iban mujeres a la consulta escuchaba a través del tabique de su gabinete.

Necesitaba su chocolate todas las mañanas y un sin-fín de cuidados. A cada paso quejábase de los nervios, del pecho, de todo. El ruido de las pisadas le hacía daño. La soledad, si no iban a verla, se convertía en un martirio; si iban, trataban, sin duda, de verla morir. Por la noche, al regreso de Carlos, sacaba de entre las ropas los largos y enflaquecidos brazos, ciñéndoselos al cuello, y tras de hacerle sentar en el borde de la cama, comenzaba a ha-blarle de sus pesares: quejábase de que la olvidaba, de que quería a otra. Bien le habían predicho que sería una des-graciada; y terminaba con pedirle alguna medicina para sus padecimientos y un poco más de cariño.

II

Una noche, a eso de las once, los despertó el trote de un caballo, que se detuvo ante la puerta. La criada abrió el ventanillo de la buhardilla y desde allí, y durante algún tiempo, dialogó con un hombre que estaba en la calle. Venía en busca del médico y era portador de una carta. Anastasia bajó, tiritando, y corrió los cerrojos uno tras otro. El hombre, desentendiéndose del caballo, fuese tras la criada y con ella penetró, sin más ni más, en la alcoba, y sacando del interior de su peludo gorro de lana gris una carta envuelta en un trapo, alargósela delicadamente a Carlos, el cual acodose en la almohada para leerla. Anastasia, junto al lecho, sostenía la luz, y la señora, por pudor, volviose de espaldas.

En la tal misiva, cerrada con un lacre azul, suplicábasele al señor Bovary que acudiese inmediatamente a la granja de Los Bertaux para curar una pierna rota. Pero como de Tostes a Los Bertaux hay sus buenas seis leguas de camino y es preciso pasar por Longueville y Saint-Victor y la noche era oscura, la señora de Bovary, temiendo que a su marido le ocurriese algo, decidió que el emisario se adelantase y que Carlos partiese tres horas después, al salir la luna. Un chiquillo le saldría al encuentro para enseñarle el camino de la granja y abrir la verja a su llegada.

A eso de las cuatro de la mañana, Carlos, bien embozado en su capa, se puso en camino con rumbo a Los Bertaux. Medio dormido aún, dejábase mecer por el pacífico trote de su cabalgadura. Cuando ésta, por propio impulso, deteníase ante las hendiduras cerradas de espinas que se abren a orillas de los surcos, Carlos, despertándose sobresaltado, se acordaba al punto de la pierna rota y procuraba recordar cuanto sabía acerca de las fracturas. Había cesado la lluvia; comenzaba a clarear, y en las desnudas ramas de los manzanos, los pajarillos manteníanse inmóviles, erizándoseles sus plumas en la fresca brisa mañanera. La campesina llanura desplegábase hasta perderse de vista, y los grupos de árboles en torno de las granjas ponían, de trecho en trecho, manchas de un fosco violáceo en aquella extensa y gris llanura, que allá en el horizonte se confundía con la melancólica tonalidad del cielo. Carlos, de vez en vez, abría los ojos; pero rendido de sueño y fatigado el espíritu, hundíase al punto en un como amodorramiento, y debido a ello, sus sensaciones recientes y sus recuerdos se amalgamaban y hasta creía desdoblarse, percibiéndose a un mismo tiempo como estudiante y hombre casado, metido en el lecho, como hacía poco, y atravesando, como en otras ocasiones, la sala de la clínica. El tibio olor de los emplastos mezclábase en su cabeza con la perfumada frescura del rocío; oía el descorrerse de las cortinas de los lechos y veía dormir a su mujer... Al pasar por Vassonville vislumbró en el borde de una cuneta, sentado sobre la hierba, a un rapazuelo.

—¿Es usted el médico? —preguntole el muchacho.

Y al oír la respuesta de Carlos, echó a correr por delante con los zuecos en la mano.

El médico, por lo que el guía le dijera durante el camino, comprendió que el señor Rouault debía de ser un agricultor de los más acomodados. Habíase roto la pierna el día antes por la noche, a su regreso de celebrar en casa de un vecino la fiesta de reyes. Su mujer había muerto hacía dos años, y vivía con su hija, que le ayudaba a gobernar la casa.

Las huellas se hicieron más profundas: hallábanse cerca de Los Bertaux. El zagalillo desapareció por una tronera de la cerca, reapareciendo después, al abrir la verja. El caballo resbalaba en la humedecida hierba, y Carlos, para no tropezar con las ramas, veíase obligado a agacharse. Los perros guardianes, en sus garitas, ladraban, tirando de las cadenas. Al entrar en Los Bertaux, el caballo se asustó y retrocedió.

La granja tenía muy buen aspecto. En las cuadras, por encima de las abiertas puertas, veíanse recios caballos de labor comiendo en flamantes pesebres. A lo largo del edificio extendíase un amplio estercolero, y entre los pavos y gallinas pululaban unos cinco o seis pavos reales, lujo de los corrales normandos. El aprisco era extenso y alta la granja y de muros lisos, como la palma de la mano. Bajo el cobertizo había dos carretas y cuatro arados, con sus fustas, sus collares y sus aparejos completos, cuyos vellones de lana azul iban cubriéndose del fino polvo que descendía de los graneros. El patio formaba pendiente y hallábase cubierto de árboles simétricamente espaciados, y junto a una charca lanzaban su jocundo graznido un tropel de gansos.

Una joven que vestía falda de merino azul apareció en la entrada para recibir al señor Bovary, a quien hizo pasar a la cocina, donde ardía un hermoso fuego, a cuyo alrededor, y en cazuelas de desigual tamaño, hervía el almuerzo de los trabajadores. En el interior de la chimenea secábanse algunas ropas mojadas. El badil, la tinaja y el hurgón, todo de tamaño colosal, relucían como pulimentado acero, y a lo largo de las paredes desplegábase una abundante batería de cocina, en la que flameaba de distinto modo, y al par que los primeros fulgores del sol que irrumpían por los cristales, el vivo fuego del hogar.

Carlos subió al primer piso para ver al paciente, al que halló metido en el lecho, sudando bajo las mantas y sin el gorro de dormir, que había arrojado a distancia. Era un hombre de cincuenta años, menudo y rechoncho, de tez blanca, ojos azules, calvo por encima de la frente y con pendientes en las orejas. Junto al lecho, en una silla, veíase una botella grande de aguardiente, a la que acudía de cuando en cuando para darse ánimos; pero apenas divisó al médico calmósele el arrebato, y en vez de jurar, como hiciera hasta entonces, comenzó a quejarse débilmente.

La fractura era sencilla y sin complicaciones de ninguna especie. Carlos no se hubiera atrevido a desear nada más fácil. En vista de esto, y como recordara el proceder de sus profesores junto al lecho de los heridos, dedicose a confortar al paciente con buenas palabras, caricias quirúrgicas que vienen a ser como aceite que suaviza los bisturíes. A fin de improvisar un aparato para el entablillado de la pierna dirigiose a buscar bajo las carretas un montón de tablas. Escogió una, la partió en pedazos y la pulimentó con un trozo de vidrio, en tanto que la criada hacía vendas y la señorita Emma trataba de coser unas almohadillitas. Como ésta tardara mucho tiempo en encontrar el estuche de la costura, el padre se impacientó; ella nada dijo, pero al coser pinchábase en los dedos, llevándoselos enseguida a la boca para chupar la sangre.

Sorprendiole a Carlos la blancura de las uñas, brillantes, de agudas puntas, más acicaladas que los marfiles de Dieppe y cortadas en forma de almendra. La mano no era muy bella ni de excesiva palidez acaso, y los dedos resultaban algo enjutos en las falanges; era también demasiado larga y sin blandura de líneas en los contornos. Lo más bello de ella eran los ojos, que, aunque pardos, parecían negros bajo el espesor de las cejas. Su mirada era franca y de cándido atrevimiento.

Terminada la cura, el propio señor Rouault invitó al médico a que tomara un piscolabis antes de partir.

Carlos bajó a una sala de la planta baja. A los pies de un lecho con dosel, cubierto por una colcha de indiana con estampadas figuras de turcos, veíase una mesita, y sobre ella, dos cubiertos y unos vasos de plata. De un alto armario de encina, frontero a la ventana, escapábase un perfume de lirio y de ropa húmeda. Por el suelo, en los rincones, colocados en ringlera, había algunos sacos de trigo, que ya no cabían en el granero; tres escalones de piedra conducían a éste. En medio de la pared, cuya verde pintura se descascarillaba bajo la acción de la humedad, había, pendiente de un clavo, una cabeza de Minerva al lápiz, con esta dedicatoria, en letra gótica, al pie: «A mi querido papá».

Primeramente hablaron del enfermo, y a continuación, del tiempo, de los grandes fríos y de los lobos que corrían los campos por la noche. La señorita Rouault no se divertía mucho en el campo, sobre todo entonces, por hallarse a su cargo casi todo el cuidado de la granja. Como la sala era fresca, la joven, mientras comía, tiritaba, lo que ponía de relieve la carnosidad de sus labios, que se mordiscaba en los momentos de silencio.

Un cuello blanco y vuelto circundaba su garganta. Los cabellos, partidos por una raya sutil en dos negros aladares, de tan compacta contextura que creyéranse de un solo trozo y apenas si dejaban al descubierto la puntita de la oreja, anudábanse en la nuca, tras de ondular en las sienes, ondulación ésta que por primera vez ofrecíasele al médico, formando un rodete voluminoso. Sus mejillas eran sonrosadas, y de su corpiño pendían, a usanza de los hombres, unos lentes de concha.

Cuando Carlos, después de subir para despedirse del tío Rouault, volvió de nuevo a la sala, antes de marcharse, vio a la joven en pie, con la frente apoyada en la ventana y la vista clavada en la huerta, donde el viento había derribado los rodrigones de las alubias. Al oír pisadas volvió la cabeza.

—¿Busca usted algo? —preguntó.

—Sí, mi fusta —repuso Bovary.

Y púsose a buscarla por la cama, por detrás de las puertas, por encima de las sillas. La fusta había caído al suelo, entre los sacos y la pared. Viola la señorita Emma e inclinose para recogerla. Carlos, por galantería, adelantose también, y al alargar su brazo en la misma dirección, rozó con su pecho la espalda de la joven, inclinada bajo él. Llena de rubor, irguiose Emma, mirándole por encima del hombro, al par que le alargaba la fusta.

En lugar de volver a Los Bertaux tres días después, como prometiera, apareció por allí al día siguiente, y después, y de un modo regular, dos veces por semana, aparte las visitas inesperadas que hacía, como por casualidad, de cuando en cuando.

Todo marchaba bien, por lo demás. La curación llegó a feliz término, y cuando al cabo de cuarenta y seis días vieron que el tío Rouault trataba de andar solo por la casona, se tuvo al señor Bovary por hombre de gran capacidad. Según el tío Rouault, no le hubiesen curado mejor los primeros médicos de Ivetot ni aun los de Ruán.

Carlos, por su parte, ni siquiera trató de inquirir por qué iba con tanto gusto a Los Bertaux. Se pensaría que atribuiría, sin duda, su celo a la gravedad del caso o quizá a la retribución que aguardaba. ¿Podría ser ésta, empero, la causa de que sus visitas a la granja constituyeran, entre las mezquinas ocupaciones de su vida, una excepción encantadora? Los días de visita levantábase temprano, partía al galope, azuzaba a su cabalgadura, descendía, una vez llegado, para limpiarse los pies en la hierba, y poníase, antes de entrar, sus guantes negros. Agradábale verse llegar al patio, sentir cómo se cerraba tras él la verja, oír el canto del gallo en las bardas y contemplar a los mozos que le salían al encuentro; agradábanle la granja y las cuadras; agradábale el tío Rouault, el cual dábale palmaditas en la mano y le llamaba su salvador; agradábanle los diminutos zuecos de la señorita Emma, que se le ofrecían en las relucientes losas de la cocina; sus elevados tacones la hacían más alta, y cuando se los ponía y caminaba delante de él, las suelas de madera, al chocar vivamente con las de las bolitas, producían un ruido seco.

Emma acompañábale siempre, cuando se iba, hasta la escalinata. Si aún no estaba preparado el caballo, permanecía allí; pero como ya se habían despedido no despegaban los labios. El viento agitaba, revolviéndolas, las pelusillas de su nuca, o bien, sobre las caderas, las cintas de su delantal, que flameaban como banderolas. En una ocasión, durante el deshielo, en la techumbre de las dependencias derretíase la nieve, y de los árboles chorreaba el agua sobre el patio. Emma, que se hallaba en el umbral, fue en busca de una sombrilla y la abrió. La sombrilla, de tornasolada seda, al ser herida por el sol, ponía un palpitante reflejo en el blanco cutis de la joven, que sonreía bajo la tibieza ambiente, y oíase el repiquetear de las gotas, una a una, en el tenso muaré.

Cuando Carlos comenzó a frecuentar Los Bertaux, la señora Bovary no dejaba de preguntar por el paciente, y hasta dedicó al señor Rouault una página entera en el libro de los deudores, que llevaba por partida doble. Pero cuando supo que tenía una hija tomó informe de ella y se enteró de que la señorita Rouault, educada en las ursulinas, había recibido lo que se llama una bonita educación y que, por tanto, sabía geografía, además de bailar, dibujar, hacer labores y tocar el piano. Aquello fue el colmo.

«¡Claro! —se decía—. Por eso se alegra tanto cuando va a verla y se pone el chaleco nuevo, a riesgo de que la lluvia se lo estropee. ¡Esa mujer!... ¡Esa mujer!...».

Y aborreciola instintivamente. En un principio, la cosa se limitó a indirectas, que Carlos no entendía; vinieron después ciertas reflexiones sobre el asunto, que dejaba pasar por miedo a la tormenta, y, finalmente, los apóstrofes a quemarropa, a los que no sabía cómo responder. Puesto que el señor Rouault estaba ya curado y no había aún satisfecho la cuenta, ¿a santo de qué era el ir por Los Bertaux? Pues porque había allí una personita, alguien que sabía hablar, bordar y demostrar ingenio. Señoritas de la capital: eso era lo que a él le gustaba. Y añadía a continuación:

—¡Señorita la hija del tío Rouault! ¡Vamos! Pero ¡si su abuelo ha sido pastor y un primo suyo ha estado a punto de sentarse en el banquillo por delito de sangre en una disputa! No sé a qué viene, después de eso, el darse tanto pisto y el ir todos los domingos a misa con traje de seda como una condesa. Sin las coles del año pasado, ese pobre buen hombre se hubiese visto en un grave apuro para pagar sus trampas.

Por debilidad, Carlos dejó de ir a Los Bertaux. Eloísa, tras de una explosión de cariño, con besos y sollozos a porrillo, habíale hecho jurar con las manos sobre un devocionario que no volvería por allí en lo sucesivo. Así pues, obedeció, no sin que su atrevido deseo protestara del servilismo de su conducta, y por una como inocente hipocresía estimó que aquel prohibirle que la viera dábale derecho a amarla. Por otra parte, la viuda era flaca y tenía los dientes largos; usaba de continuo un mantoncito negro, cuya punta descendía entre los omoplatos; su seca catadura envainábase en unos vestidos que parecían fundas, y tan cortos, que dejaban al descubierto los tobillos, con sus medias grises, y las cintas de sus zapatones.

La madre de Carlos acostumbraba visitarlos de cuando en cuando; pasado algún tiempo, dijérase que la nuera azuzaba a la madre contra el hijo, y una y otra, con sus reflexiones y observaciones, parecían dos cuchillos dispuestos a sacrificarle. No hacía bien en comer tanto. ¿Por qué le ofrecía siempre un trago al primero que llegaba? ¿Por qué se oponía tan testarudamente a abrigarse?

A principios de la primavera, un notario de Inguville, depositario de los fondos de la viuda Dubuc, puso pies en polvorosa, llevándose todo el dinero que le habían confiado.

Eloísa, en verdad, poseía aún, además de una participación de seis mil francos en un barco, una casa en la calle de San Francisco. Pero de la tan cacareada fortuna, si se exceptúa alguno que otro mueble y un montón de trapos, nada apareció en el hogar. Fue preciso aclarar aquello. La casa de Dieppe hallábase hipotecada hasta las tejas; la participación en el barco no excedía de los tres mil francos, y en cuanto a la cantidad depositada en casa del notario, Dios lo sabría. ¡La buena señora había mentido! En su desesperación, el padre de Carlos, rompiendo una silla contra el suelo, acusó a su mujer de haber hecho desgraciado a su hijo casándole con aquel penco, cuya montura era lo de más valor.

Fueron a Tostes y hubo el correspondiente altercado. Eloísa, deshecha en lágrimas, arrojose en brazos de su marido y le suplicó que la defendiera de sus padres. Carlos quiso interceder por ella. Éstos se irritaron y se fueron.

Pero el mal ya estaba hecho. Ocho días después, al tender la ropa blanca en el patio, tuvo Eloísa un vómito de sangre, y al día siguiente, cuando Carlos, vuelto de espaldas, disponíase a correr la cortina de la ventana, su mujer lanzó un «¡Ay, Dios mío!», respiró ansiosamente y se desvaneció. Estaba muerta. ¡Cosa más asombrosa!

Una vez que terminó en el cementerio, Carlos volvió a su casa. En la planta baja no había nadie. Subió al primer piso y vio en el cuarto, colgada aún al pie de la cama, la ropa de su mujer. Entonces, apoyándose en la mesa, permaneció largo rato dolorosamente ensimismado. ¡Después de todo, Eloísa le había querido!

III

El tío Rouault se presentó una mañana a pagarle los honorarios de su pierna recompuesta, que consistieron en setenta y cinco francos en monedas de cuarenta sueldos y una pava. Se había enterado de la desgracia y procuró consolarle lo mejor que pudo.

—Sé lo que es eso —decía, dándole palmaditas en el hombro—; a mí me ocurrió lo mismo. Cuando perdí a mi pobre difunta, me iba al campo para estar solo, dejábame caer bajo un árbol y lloraba y le dirigía al buen Dios mil necedades. Hubiera querido verme como los topos que contemplaba en los árboles, carcomido, al fin, por los gusanos. Y cuando pensaba que otros estarían en aquel momento abrazando a sus buenas mujercitas, golpeaba furiosamente el suelo con mi bastón. Sentíame casi loco, dejé de alimentarme, y la sola idea de ir al café, puede usted creerme, me disgustaba. Pues bien: con el transcurrir de los días y el sucederse de las estaciones, la cosa, gradualmente, poquito a poco, pasito a paso, se ha deslizado, se ha ido, ha desaparecido; mejor dicho, ha aminorado, porque siempre queda una miajita en el fondo... ¿Cómo lo diría yo?..., un peso, aquí en el pecho. Puesto que ése ha de ser el final de todos, no se debe desesperar ni desear la muerte porque los otros hayan muerto... Es preciso recobrarse, señor Bovary; eso pasará. Vaya usted a vernos. Mi hija piensa en usted con frecuencia y dice, dése por enterado, que la tiene olvidada. La primavera está al venir; nos iremos de caza y así se distraerá usted algo.

Carlos siguió su consejo. Volvió a Los Bertaux y todo lo encontró como la víspera, es decir, como hacía cinco meses. Habían florecido los perales, y el bueno de Rouault, firme ya, iba y venía, dándole más animación a la granja.

Creyendo que era su deber prodigarle al médico, a cuenta de su desgracia, toda suerte de atenciones, le rogó que no se descubriera, le habló en voz baja, como a un enfermo, y hasta hizo ademán de encolerizarse porque no le habían preparado para comer algo —un dulcecito, unas peras cocidas— más ligero que a los demás. Le contó anécdotas durante la comida, y Carlos sorprendiose al verse reír, entristeciéndose nuevamente al pensar en su mujer; pero cuando sirvieron el café ya no pensó más en ella.

Y pensó menos a medida que se acostumbraba a vivir solo. El nuevo aliciente de la independencia tornó bien pronto su soledad más soportable. Ahora podía cambiar las horas de sus comidas, entrar o salir sin dar razones, y cuando estaba muy fatigado, tirarse sin miramientos y todo a lo largo en su cama. De modo que se animó, se cuidó y aceptó los consuelos que le ofrecían. Por otra parte, la muerte de su mujer le había servido bastante para su profesión, pues habíase repetido durante un mes: «¡Ese pobre joven! ¡Qué desgracia!». Su nombre se había difundido, su clientela había aumentado, y, además, iba a Los Bertaux cuando se le antojaba. Sentía una esperanza sin objetivo, una dicha vaga; su cara le parecía más agradable al cepillarse las patillas ante el espejo.

Un día presentose a eso de las tres. Todos hallábanse en el campo. Llegó hasta la cocina; pero en un principio, y ello por hallarse cerradas las ventanas, no percibió a Emma. El sol deslizábase por las rendijas de los postigos en rayas sutiles, que se quebraban en el ángulo de los muebles y temblequeaban en el techo. Las moscas, por la mesa, ascendían a los vasos, con restos aún de sidra, y zumbaban al caer dentro y ahogarse. La luz que descendía por la chimenea, aterciopelando el hollín, azuleaba las frías cenizas. Emma, entre el hogar y la ventana, cosía; no llevaba manteleta y en sus desnudos hombros veíanse algunas gotitas de sudor.

Ofreciole, según la costumbre campesina, algo de beber, que él no quiso aceptar; pero insistió la joven, y echándose a reír, le propuso que bebieran ambos un vaso de licor. Dirigiose, pues, a la alacena en busca de una botella de *curaçao*, alcanzó dos copitas, llenó una hasta los bordes, vertió un poquitín en la otra, y tras de brindar, llevose la última a la boca. Como estaba casi vacía, para beber tuvo que retreparse, y de esta suerte, la cabeza hacia atrás, salientes los labios y en alto el codo reía de no tragar nada, en tanto que su lengua, deslizándose por entre los menudos dientes, lamía el fondo de la copa.

Sentose de nuevo y prosiguió su labor: el zurcido de unas medias blancas de algodón. Cosía sin levantar la cabeza y al igual que Carlos, sin decir palabra. El aire, al deslizarse por debajo de la puerta, levantaba un poco de polvo, y Carlos, viéndolo desparramarse, no oía más que el interior martilleo de sus sienes y el lejano cacareo de una gallina clueca. Emma, de cuando en cuando, refrescábase las mejillas con la palma de las manos, colocándolas éstas, después, en la férrea bola de los morillos para enfriarlas nuevamente.

Quejábase de sufrir vértigos desde principios de la estación, y preguntole a Carlos si serían convenientes los baños de mar. Hablaron luego; ella, del convento, y Carlos, del colegio, enredándose de este modo la charla. Subieron al cuarto y Emma le enseñó sus antiguos cuadernos de música, los libritos que recibiera como premios y las coronas de hojas de encina que yacían en el fondo del armario. Le habló también de su madre, del cementerio, y hasta le enseñó el arriate del jardín, donde recogía las flores para adornar la tumba materna el primer viernes de cada mes. Pero el jardinero no entendía una palabra de su oficio y aquello estaba muy abandonado. Hubiérale agradado a ella —en el invierno, por lo menos— vivir en la ciudad, aunque era posible que el verano, por lo largo de sus días, resultara aún más aburrido. Según lo que decía, era clara o vibrante su voz, o bien, languideciendo de pronto, deshacíase en modulaciones que, al dirigirse a sí misma, terminaban en casi murmullos, y tan pronto se mostraba alegre, abriendo sus ojos con ingenuidad, como los entornaba con mirar aburrido, dejando vagar su pensamiento.

Por la tarde, de regreso a su casa, Carlos recordó una a una las palabras que le había dicho, tratando de reconstruir y completar sus frases para tener una idea de cómo fue su vida antes de conocerla él. Pero nunca pudo representársela en su imaginación de modo diferente a como la viera la primera vez o momentos después. Luego se preguntó qué sería de ella: si se casaría y con quién. ¡Ay! El tío

Rouault era bastante rico y ella..., ¡ella era tan hermosa! Y de continuo aparecíasele ante los ojos la cara de Emma, y un no sé qué monótono, como zumbar de abejorro, musitábale al oído: «¡Si te casaras de nuevo! ¡Si te casaras de nuevo!». Aquella noche no pudo dormir; sentíase sediento y con la garganta oprimida; levantose para beber y abrió la ventana. El cielo aparecía tachonado de estrellas; soplaba una tibia brisa y ladraban los perros en la lejanía. Carlos volvió la cabeza hacia el lado de Los Bertaux.

Como después de todo nada perdía, prometiose hacer la petición en la primera coyuntura que se le ofreciese; pero cuando se le ofrecía, el miedo a no encontrar las palabras convenientes sellábale la boca.

Al tío Rouault no podía disgustarle que le desembarazasen de su hija, pues apenas si la necesitaba. Disculpábala interiormente, al considerar que era demasiado fina para labradora, oficio maldito por el cielo, ya que nadie se enriquecía con él. Lejos de haber hecho fortuna allí, el buen hombre iba perdiendo paulatinamente, porque si bien era muy ducho en el arte de vender, cuyas astucias complacíanle, en cambio resultaba más inepto que cualquiera en lo de cultivar y gobernar la finca. Siempre con las manos en los bolsillos, gustábale dormir bien, comer mejor y calentarse junto a un buen fuego, no escatimando nada para conseguirlo. Era muy aficionado a la buena sidra, a las carnes frescas y a los ponches muy bien batidos. Comía en la cocina, a solas, frente al fuego, en una mesita que le presentaban servida ya, como en las comedias.

Al advertir, pues, que Carlos se ponía colorado junto a su hija, demostración de que se la pediría de un momento a otro, diose a pensar por adelantado en el asunto. No era aquél el yerno que hubiese deseado, pues le parecía algo enclenque. En cambio, tenía fama de buena persona, económico y muy culto, y era de esperar que no discutiría mucho la dote, cosa esta última muy de tener en cuenta, puesto que el tío Rouault veíase obligado a vender varias fanegas de tierra para componer la prensa y pagar lo mucho que debía al albañil y al guarnicionero.

—Si me la pide —dijo—, se casa con ella.

Por septiembre, Carlos fue a pasar tres días a la granja. El último transcurrió como los precedentes, sin que dijera palabra del asunto, pues lo iba dejando de un momento para otro. El tío Rouault le acompañó al marcharse; iban por un camino ahondado y la separación se aproximaba: aquél era el momento. Carlos habíase propuesto hablar una vez pasado el ángulo de la empalizada; cuando lo hubo traspuesto:

—Señor Rouault —murmuró—, quería decirle a usted una cosa.

Se detuvieron. Carlos nada decía.

—¡Venga de ahí, hombre! ¿Acaso no lo sé todo? —dijo el tío Rouault, riendo bonachonamente.

—Tío Rouault..., tío Rouault... —balbuceó Carlos.

—Yo no deseo otra cosa —prosiguió el granjero—. Aunque la muchacha, sin duda, será de mi mismo parecer, la consulta se impone. Aléjese de aquí y yo regresaré a la casa. Si accede, entiéndalo bien, no tiene necesidad de volver; de un lado, por la gente, y de otro, porque eso la impresionaría demasiado. Pero a fin de que no se le repudra la sangre, abriré la ventana de par en par para que usted la vea por encima de la empalizada.

Y esto dicho, se alejó.

Carlos ató su cabalgadura al tronco de un árbol, se fue corriendo al camino y aguardó. Transcurrió media hora, y diecinueve minutos, después, contados reloj en mano. De pronto, y contra la pared, oyose ruido: habían abierto la ventana y aún resonaba el golpe.

A las nueve del día siguiente estaba Carlos en la finca. Emma ruborizose al verle, tratando de reír para aparecer tranquila. El tío Rouault abrazó a su futuro yerno. Después hablaron de intereses, aunque aún disponían de tiempo para hacerlo, ya que el matrimonio no podría verificarse decentemente hasta que el luto de Carlos terminara; es decir, hasta la primavera próxima.

El invierno pasó en esta espera. La señorita Rouault se ocupaba de su equipo. Parte de él se encargó a Ruán, confeccionándose ella camisas y gorritos de dormir, con arreglo a unos figurines que le prestaron. Durante las visitas de Carlos hablábase de los preparativos de la boda, preguntándose en qué habitación se celebraría el banquete y haciendo cábalas sobre el número de platos que se servirían y la cantidad de los invitados.

Emma hubiera deseado casarse de noche, a la luz de las antorchas; pero el tío Rouault no se avenía a semejante idea. Celebrose, pues, la boda, con asistencia de cuarenta y tres invitados, permaneciendo dieciséis horas a la mesa, reanudándose el festín al día siguiente y en parte de los sucesivos.

IV

Desde muy temprano fueron apareciendo los invitados en coches, calesines de un caballo, galeras de dos ruedas con bancos, antiguos cabriolés sin capota, familiares con cortinas de cuero, y la gente moza de los pueblecillos más cercanos venía enfilada y en pie en carretas, agarrándose a los adrales para no caer a impulso de las fuertes sacudidas. Acudieron de diez leguas a la redonda, de Gaderville, de Normanville y de Cany. Fueron invitados los parientes todos de las dos familias; hicieron las paces con los amigos disgustados y escribiéronles a aquellos otros con quienes desde hacía mucho tiempo no se trataban.

De vez en vez oíanse unos fustazos tras de la empalizada, abrían la verja inmediatamente e irrumpía un coche, que avanzaba galopando hasta el primer escalón de la escalinata; deteníanse ante ella de pronto y los viajeros se apeaban por un lado y otro, frotándose las rodillas y estirando los brazos. Las mujeres, con gorritos, vestían al modo ciudadano y llevaban cadenas de oro, esclavinas que se entrecruzaban en el talle o chales de color sujetos a la espalda por un alfiler y que dejaban al descubierto el cuello. Los chicos, vestidos como los padres, no se hallaban muy a gusto con sus trajes nuevos —muchos de ellos usaban botas por primera vez en su vida—, y junto a los chicos, sin rechistar, con sus blancos vestidos de primera comunión alargados para aquellas circunstancias, veíanse unas muchachitas de catorce a dieciséis años —sus primas o hermanas mayores, sin duda— muy encendidas, atontadas, empomadísimos los cabellos y temerosas de ensuciar sus guantes. Como la servidumbre no era suficiente para desenganchar todos los coches, los mismos interesados arremangábanse las mangas y ponían mano a la obra. Veíanse allí, según la posición social de cada uno, fraques, levitas, chaquetas y chaqués; fraques que eran verdaderas reliquias familiares y que sólo en las grandes fiestas abandonaban los roperos; levitas enormes y flotantes faldones, de cuellos cilíndricos y de amplios bolsillos, como sacos; chaquetas de paño grueso, cuyos poseedores, por lo general, usaban gorras con viseras ribeteadas de metal; chaqués raquíticos, con los botones traseros tan juntos como ojos y cuyos faldones dijéranse cortados de un solo tajo por el hacha de un carpintero. Y había algunos —éstos, sin duda, comerían en el más apartado lugar de la mesa— con blusas domingueras, con blusas de cuello vuelto, tableadas espaldas y talle sujeto muy abajo por un cinturón cosido.

Las camisas hinchábanse sobre el pecho a modo de corazas. Todos iban acabaditos de pelar y afeitar, muy separadas del cráneo las orejas. Algunos, que se levantaron antes del amanecer, al afeitarse, debido a la escasa luz, hiciéronse cortaduras diagonales bajo la nariz, o bien, en las mejillas, desolladuras como escudos de tres francos, desolladuras que se inflamaron con el aire del camino y que salpicaban de placas rojizas aquellos radiantes rostros, blancos y mofletudos.

Como la alcaldía hallábase a media hora de la granja, la comitiva fue a pie y regresó de igual manera, una vez terminada la ceremonia religiosa. El cortejo, compacto en un principio como una cinta de color, que ondulaba por el campo, a lo largo del angosto sendero serpenteaba entre los verdes trigos, se fue poco a poco alargando, hasta deshacerse en grupos diversos, que se detenían para charlar. Caminaba delante el ministril, con su violín cubierto de cintas; luego, los recién casados, los padres, los amigos, en revuelta confusión, y los chiquillos, que quedábanse a la zaga, entreteniéndose en arrancar florecillas o en arremeter unos contra otros sin que los viesen. El vestido de Emma, demasiado largo, arrastraba por el suelo; de cuando en cuando deteníase para recogérselo, y delicadamente, con sus enguantadas manos, comenzaba a desprender las espinosas hierbas adheridas, mientras Carlos, mano sobre mano, aguardaba a que terminase. El tío Rouault, con su sombrero de seda nuevo y los adornos de la bocamanga, que llegábanle hasta las uñas, daba el brazo a la madre de Carlos. El señor Bovary, por su parte, que despreciaba a toda aquella gente, habíase presentado con un sencillo levitón de corte militar y se entretenía en piropear tabernariamente a una joven y rubia campesina, la cual, como no supiera qué responder, saludábale y se ponía colorada. Los restantes, o bien hablaban de sus negocios, o bien hacíanse burletes por la espalda, provocando de antemano la alegría, y al aguzar el oído, no cesaba de oírse el instrumento del rascatripas, que proseguía tocando por el camino. En cuanto notaba que la comitiva se había quedado muy atrás, se detenía para recobrar fuerzas, enceraba largamente con resina el arco para que las cuerdas chirriasen mejor y volvía a la marcha, subiendo y bajando, a fin de llevar el compás, el mango del violín. Al ruido del instrumento, los pajarillos huían, alborotando.

La mesa instalose bajo el cobertizo de las carretas. Veíanse en ella cuatro solomillos asados, seis sartenadas de pollo, cazuelas de estofado de vaca y de guisado de carnero, y en medio, hermosos lechoncillos dorados por el horno y rodeados de encebolladas morcillas. Los botellones de aguardiente erguíanse en los extremos de la mesa; las botellas de suave sidra espumeaban espesamente alrededor de los tapones, y las copas, por adelantado, llenáronlas de vino hasta los bordes. Fuentes de amarilla crema, que al más leve choque con la mesa se estremecían, ostentaban en su compacta superficie las iniciales de los recién casados en desiguales arabescos. Las confituras fueron encargadas a un confitero de Ivetot, el cual, como nuevo en la comarca que era, se esmeró mucho, presentando él mismo a los postres una obra de repostería que arrancó exclamaciones de entusiasmo. La base constituíala un templo de cartón azul con sus pórticos, columnas y estatuillas de estuco alrededor, colocadas en sendos altarcitos constelados de estrellas de dorado papel; luego, en el segundo piso, un torreón de pastel de Saboya, con fortificaciones menudas hechas con angélicas, almendras, pasas y trozos de naranja; y finalmente, en la plataforma superior, que era una verde pradera, con rocas, lagos de confituras y barquitos hechos con cáscaras de avellanas, veíase un amorcillo meciéndose en un columpio de chocolate, cuyos dos soportes terminaban en sendos capullos de rosa natural a modo de perinola.

La comida se prolongó hasta la noche. El que se cansaba de estar sentado íbase a dar un paseo por el patio, o bien a la granja para jugar al chito, y luego volvía a la mesa; y hasta hubo algunos que quedáronse allí dormidos y roncando. A la hora del café reanimose todo; comenzaron las canciones y ejecutaron ejercicios de fuerza: se levantaban pesos, se hacían equilibrios apoyados en los pulgares de la mano, se decían chistes verdes y se besaba a las señoras. A la hora de partir, los caballos, ahitos de avena, no querían que los enganchasen, daban coces, se encabritaban, rompían los arreos, entre las risas o juramentos de sus amos, y durante toda la noche, a la luz de la luna, por los caminos de la comarca viéronse carruajes que desaparecían como exhalaciones, brincando sobre los baches, saltando por encima de los montones de piedra, hundiéndose en la cuneta, en tanto que las mujeres asomábanse a las portezuelas para apoderarse de las bridas.

Los que permanecieron en Los Bertaux pasaron la noche en la cocina, bebiendo. La chiquillería durmiose en los bancos.

La novia suplicole a su padre que le evitara las acostumbradas bromas. Sin embargo, uno de sus primos, que era pescadero y hasta había llevado como regalo de bodas un par de lenguados, disponíase ya a echar agua con la boca por el ojo de la cerradura; pero el tío Rouault llegó precisamente a punto de impedírselo, haciéndole ver que la seria posición de su yerno no se avenía con tales inconveniencias. No sin dificultad, cedió el primo a esas razones, y acusando de orgullo al tío Rouault en lo íntimo de su ser, fuese a un rincón en busca de cuatro o cinco invitados que, como tuvieran la desgracia de arramblar, y ello repetidas veces, con el sobrante de los platos, consideraban que fueron mal recibidos, murmurando en contra del dueño y deseando su ruina con encubiertas palabras.

La madre de Carlos no despegó la boca en todo el día. Como el vestido de la novia se eligió y los preparativos de la fiesta se hicieron sin contar con ella, retirose muy temprano. Su marido, en vez de acompañarla, mandó por cigarros a Saint-Victor y se pasó toda la noche fumando y bebiendo ponches de *kirsch*, brebaje desconocido por aquella gente y que hizo subir aún más la consideración que se le tenía.

Carlos, como no era hombre chistoso, no se hizo notar mucho, y contestó muy desmañadamente a las pullas, chistes, palabras de doble sentido, galanterías y cuchufletas que apenas comenzada la comida se creyeron en el deber de dirigirle.

Al día siguiente, por el contrario, parecía otro hombre. A él, más que a ella, tomárasele por la virgen del día anterior, pues la recién casada no dejaba traslucir cosa alguna que hiciese sospechar lo más mínimo. Los más maliciosos no sabían qué decir y la contemplaban, al pasar junto a ellos, presa de la más viva tensión. Pero Carlos no hacía por disimular. La llamaba «mi mujer», tuteábala, preguntaba por ella a todos, la buscaba por todas partes y llevábasela a los patios, donde se le veía, por entre los árboles, asido a su cintura, caminando medio inclinado sobre ella, aplastando con su cabeza las blondas del corpiño.

A los dos días de la boda, como Carlos no podía estar ausente mucho tiempo a causa de sus enfermos, tuvieron que irse los esposos. El tío Rouault los condujo en su cabriolé y fue acompañándolos hast a Vassonville. Allí besó a su hija una vez más, apeose y emprendió el camino de su casa. Una vez andados unos cien pasos, detúvose, y al ver cómo se alejaba el coche entre una nube de polvo, lanzó un profundo suspiro. Luego acordose de sus bodas, de los tiempos idos, del primer embarazo de su mujer; también él sintiose muy contento el día que condujo a su esposa desde la casa paterna a la suya; iban los dos en el mismo caballo —ella a la grupa y cogida a un brazo suyo—, trotando por la nieve, pues se habían casado por los alrededores de Navidad y la nieve blanqueaba los campos; el viento agitaba los largos encajes del tocado normando de ella y a veces los llevaba a la boca de él, y cuando volvía la cabeza veía sobre su hombro su carita sonrosada que sonreía silenciosamente bajo el dorado gorrito. Y de cuando en cuando, para calentarse las manos, deslizábalas en su pecho. ¡Cuán distante estaba todo aquello! ¡Su hijo tendría, a la sazón, treinta años! Volvió de nuevo la cabeza y ya no vio nada por el camino. Sintiose triste, como una casa vacía, y los recuerdos enternecedores mezclábanse en su cerebro —oscurecido por los vapores de la comilona— con las ideas lúgubres, y por un momento ocurriósele dar una vuelta por la iglesia; pero como temiera entristecerse más con aquella visita, se encaminó directamente a su casa.

Hacia las seis de la tarde llegaron a Tostes Carlos y su señora, y los vecinos asomáronse a los balcones para ver a la nueva mujer del médico.

Presentose la anciana doméstica, hizo los saludos de rúbrica, excusose de no tener lista aún la comida e invitó a la señora a que, mientras tanto, conociera la casa.

V

La fachada de ladrillos daba precisamente sobre la
calle, o mejor dicho, a la carretera. Tras la puerta veíanse
colgados un capote con cuello, unas bridas y una gorra
negra de cuero, y en un rincón, tiradas por el suelo y manchadas aún de barro, unas espuelas. A la derecha estaba la
sala, que hacía las veces de gabinete y comedor, cubierta de
papel amarillo, con una guirnalda de desvaídas flores alrededor; unas blancas cortinas de algodón bordeadas de un
galón rojo se entrecruzaban a lo largo de las ventanas,
y sobre la angosta repisa de la chimenea brillaba un reloj
con el busto de Hipócrates entre dos candelabros de pla-
qué encerrados en sendos fanales de cristal. Al otro lado
del pasillo hallábase el despacho de Carlos, un cuartito de
unos seis pies de ancho, con una mesa, tres sillas y un sillón de escritorio. Los volúmenes del *Diccionario de cien-
cias médicas*, sin abrir, pero cuya encuadernación había sufrido en todas las ventas sucesivas por las que pasaran,
ocupaban casi por sí solos los seis anaqueles de un estante
de pino. A través del tabique penetraban en el despacho
los olores de la cocina durante las consultas, así como en
ésta se oían las toses y las historias que contaban los enfermos. Venía después una amplia y ruinosa pieza, con un

horno, que daba al patio donde se encontraba la cuadra, y que por entonces servía de leñera, alacena y depósito, llena de hierros viejos, toneles vacíos y enseres agrícolas desechados, con otra porción de cosas empolvadísimas y cuyo uso era imposible adivinar.

El jardín, más largo que ancho, corría entre dos tapias de adobes, cubiertas de albaricoqueros en espaldera hasta un seto de pino, que separábalo del campo; en el centro, sobre un pedestal de albañilería, veíase un reloj de sol de pizarra; cuatro arriates de enclenques escaramujos rodeaban simétricamente un útil bancal dedicado a la vegetación seria, y allá en el fondo, bajo los enanos abetos, un cura de yeso leía en un breviario.

Emma subió a las habitaciones. La primera hallábase desamueblada; pero en la segunda, que era la alcoba conyugal, cubierta de rojo, había una cama de caoba. Una caja de concha reposaba sobre una cómoda, y en el *secrétaire*, junto a la ventana, erguíase un florero con un ramo de azahar, ceñido por una cinta de raso blanca: era un ramillete de novia, el ramillete de la «otra». Emma lo miró, y Carlos, al notarlo, se apoderó del ramito y se lo llevó al desván, en tanto que Emma, sentada en un sillón, mientras lo iban preparando todo, pensaba en su ramillete, embalado en una caja, y preguntábase, soñando, qué sería de él si por casualidad ella muriera.

Durante los primeros días dedicose a hacer algunas innovaciones en la casa. Quitole los globos a los candelabros, hizo empapelar de nuevo y pintar la escalera, puso algunos bancos en el jardín, alrededor del reloj de sol, y hasta preguntó qué se podía hacer para tener un estanque con surtidores y peces. Su marido, finalmente, sabiendo lo aficionada que era a pasear en coche, compró uno de ocasión, y después de colocarle unos faroles y un guardabarros de cuero, casi quedó convertido en un tílburi.

Carlos era dichoso y no sentía preocupación alguna. Comer con ella enfrente, dar un paseo llegada la noche, por la carretera; pasarle la mano por los cabellos, ver su sombrero de paja colgado en la falleba de una ventana, y otra porción de cosas por el estilo, en las que nunca sospechara motivos de placer, constituían entonces el colmo de su felicidad. A la mañana, en el lecho, juntas las dos cabezas en la almohada, Carlos contemplaba la luz solar deslizarse a través de la pelusilla que cubría las sonrosadas mejillas de Emma, surcadas por las ribeteadas cintas de su gorrito. Sus ojos parecíanle mayores vistos tan de cerca, sobre todo cuando, al despertarse, pestañeaba repetidas veces; negros en la oscuridad y azul profundo a la luz del día, dijéranse como formados por sucesivas capas de colores, las cuales, más densas en el fondo, iban, a medida que se exteriorizaban, aclarando. La mirada de Carlos se perdía en aquellas profundidades, en las que se veía pequeñito, de medio cuerpo, con su gorro y su entreabierta camisa. Levantábase; dirigíase ella a la ventana para verle marchar, permaneciendo allí, acodada en el alféizar, entre dos macetas de geranios y envuelta en su holgado peinador. Carlos, una vez en la calle, se calzaba las espuelas en el guardacantón, en tanto que Emma proseguía hablándole desde arriba, al par que arrancaba con sus dientes un pétalo de flor o una brizna de verdura y se los enviaba de un soplido, y la brizna o el pétalo, girando, cerniéndose, describiendo semicírculos como un pajarillo, iban, antes de caer, a detenerse en las mal peinadas crines de la vieja y blanca yegua, inmóvil ante la puerta. Carlos, a caballo ya, le enviaba un beso; respondía ella con un ademán, cerraba la ventana y aquél partía. Y entonces, por las carreteras que se extendían interminablemente como largas y polvorientas cintas, por los profundos caminos de curvados árboles, por los senderos con trigales que llegaban a las rodillas, bajo la caricia del sol y de la brisa mañanera, lleno el corazón de los nocturnos placeres, tranquilo el espíritu, satisfecha la carne, caminaba saboreando la felicidad al modo de aquellos que, tras la comida, paladean aún el gusto de las trufas que digieren.

¿Qué había habido de bueno en la vida para él hasta aquel momento? ¿Su época de colegial, cuando permanecía encerrado entre aquellas altas paredes, solo en medio de sus camaradas, más ricos o más adelantados que él en las clases, a quienes hacía reír con su dejo al hablar, que se burlaban de su vestimenta, y cuyas madres acudían al locutorio con golosinas dentro del manguito? ¿O bien, posteriormente, cuando estudiaba medicina, siempre sin un centavo en el bolsillo para convidar a una obrerilla cualquiera, que era su querida? A continuación había vivido catorce meses con la viuda, cuyos pies, al acostarse, parecían barras de hielo. Pero en la actualidad poseía de por vida a aquella preciosa mujer, a la que adoraba. El universo encerrábase para él en el sedoso contorno de sus faldas, y como se reprochase no quererla lo suficiente, acuciado por el ansia de volverla a ver, regresaba a toda prisa y subía la escalera, palpitante el corazón. Emma, en su cuarto, componíase; llegaba Carlos silenciosamente, besábala en la nuca y ella lanzaba un grito. Bovary, de continuo, no podía sustraerse al impulso de manosear sus peines, sus sortijas, su pañoleta, y a veces besábala ruidosamente y a plena boca en las mejillas o le cubría de besitos el desnudo brazo, desde la yema de los dedos hasta el hombro. Emma rechazábale como se hace con los niños pegajosos, entre enfadada y risueña.

Antes de casarse creyose enamorada; pero como la felicidad que de un tal enamoramiento esperaba no se había presentado aún, preciso era —tal pensaba— que se hubiese equivocado. Y Emma trataba de saber qué se entendía exactamente en la vida por las palabras felicidad, pasión y embriaguez, que tan hermosas le parecieron en las novelas.

Emma, que leyera *Pablo y Virginia*, había soñado con la casita de bambú, con el negro Domingo y con el perro *Fiel*, pero muy especialmente con el dulce cariño de aquel buen hermanito que va en busca de rojas frutas a los enormes árboles, más altos que los campanarios, o que corre descalzo por la arena para traer nidos de pajarillos.

Cuando cumplió los trece años, su mismo padre la llevó a la ciudad para dejarla en un convento. Llegaron a una fonda del barrio Saint-Gervais, y en ella les sirvieron la comida en unos platos pintados que representaban la historia de la señorita de Lavallière. Las explicaciones, interrumpidas a trechos por las desconchaduras de los cuchillos, eran glorificaciones de la religión, de las delicadezas sentimentales y de las pompas de la corte.

Al principio, lejos de aburrirse en el convento, complaciose con la compañía de las buenas hermanas, las cuales, para entretenerla, conducíanla a la capilla, separada del refectorio por un largo pasillo. A la hora del recreo jugaba muy poco. Comprendía perfectamente el catecismo y era la que siempre contestaba a las preguntas difíciles del señor vicario. Encerrada de continuo en la tibia atmósfera de las clases y entre aquellas mujeres de blanco cutis, portadoras de rosarios con cruces de cobre, fue suavemente adormeciéndose en la mística languidez que se exhala del incienso: de los altares, de la frescura de las pilas de agua bendita y del resplandor de los cirios. En lugar de seguir la misa, contemplaba en su libro las piadosas viñetas de cerco azul, y complacíase mirando a la enferma ovejita, al sagrado corazón traspasado por agudas flechas y al buen Jesús en sus caídas con la cruz a cuestas. Quiso imponerse un voto, y hasta trató de pasar todo un día sin comer para mortificarse. Al confesarse urdía pecadillos para permanecer más tiempo de hinojos, hundida en la sombra, con las manos juntas y el rostro apoyado en la rejilla, oyendo el cuchicheo del sacerdote. El prometido, el esposo, el amante celestial, el matrimonio eterno, todas estas imágenes, que tanto se prodigan en los sermones, levantaban en lo profundo de su espíritu insospechados placeres.

Por la noche, antes de la oración, tenía lugar una lectura religiosa. Leíase durante la semana un resumen de historia sagrada, o bien las *Conferencias*, del padre Frayssinaus, y los domingos, a modo de recreo, trozos de *El genio del cristianismo*. ¡Cómo escuchó las primeras veces la sonora lamentación de las románticas melancolías que resonaban por los ámbitos todos de la tierra y de la eternidad! Si su niñez hubiese transcurrido en la trastienda de un barrio comercial, acaso su alma hubiérase abierto a las líricas invasiones de la naturaleza, sólo conocidas, de ordinario, a través de su traducción por los escritores. Pero el campo lo conocía de sobra, como de sobra conocía el balar de los rebaños, los arados y los productos que de la leche se sacan. Acostumbrada a las apacibles exterioridades, sentíase atraída por las tumultuosas. Gustaba del mar a causa de sus tempestades, y de los verdores, tan sólo cuando brotaban entre las ruinas. Necesitaba extraer de las cosas un como personal provecho, y rechazaba por inútil cuanto no contribuía al consumo inmediato de su corazón; más sentimental que artista, por temperamento, eran emociones y no paisajes lo que buscaba.

Todos los meses presentábase en el convento una solterona que se dedicaba durante ocho días al repaso de la ropa blanca. Protegida por el arzobispado, y ello a causa de pertenecer a una antigua y noble familia arruinada en tiempos de la revolución, comía en el refectorio con las buenas hermanas, y después de la comida y antes de entregarse a sus labores charlaba un ratito con ellas. Las pensionistas escapábanse frecuentemente del estudio para verla. Sabía de memoria canciones galantes del siglo pasado, que cantaba a media voz, mientras le daba a la aguja. Contaba cuentos, traía noticias, hacía encargos en la ciudad, y prestaba a las mayores, a hurtadillas, alguna novela que llevaba siempre en los bolsillos de su delantal y de las cuales la buena señorita devoraba también largos capítulos durante los intervalos de su tarea. Eran novelas de amores, de amantes, de amadas, de damas perseguidas que se desvanecían en pabellones solitarios, de postillones a quienes matan en todas las paradas, de caballos que revientan a cada página, de umbrías selvas, de congojas, de juramentos, de sollozos, de lágrimas y besos, de barquillas que se deslizan a la luz de la luna, de caballeros bravos como leones, dulces como corderos, virtuosos como ninguno, siempre bien vestidos y que lloran a torrentes. Durante seis meses, con quince años ya, Emma se ensució las manos con este polvo de viejas bibliotecas públicas. Posteriormente, leyendo a Walter Scott, aficionose sobre manera a las cosas históricas, y soñó con cofres, cuerpos de guardia y trovadores. Hubiera deseado vivir en un castillo feudal, como aquellas castellanas de largo corpiño que pasábanse los días bajo la ojival arcada, el codo en el alféizar y la barbilla en la mano, por si aparecía en lo profundo del camino un caballero de blanca pluma a lomos de un caballo negro. Por aquel tiempo rindió culto a María Estuardo y tuvo entusiastas veneraciones para las mujeres ilustres o infortunadas. Juana de Arco, Eloísa, Inés Sorell, la *bella Ferronnière* y Clemencia Isaura fueron para ella como cometas que destacábanse en la tenebrosa inmensidad de la historia, donde resplandecían también, aunque más hundidos en la sombra y sin relación alguna entre ellos, San Luis con su encina, Bayardo moribundo, algunas ferocidades de Luis XI, la noche de San Bartolomé, el penacho del Bearnés, y constantemente el recuerdo de los platos pintados en los que se glorificaba a Luis XIV.

En la clase de música cantábanse romanzas que trataban siempre de angelitos con doradas alas, de *madonnas*, de lagos, de gondoleros, apacibles composiciones todas en las que, a través de su ñoño estilo y del atrevimiento de las notas, entreveíase la atrayente fantasmagoría de las realidades sentimentales. Algunas de sus compañeras llevaban al convento sus libros, que habían recibido de regalo y que veíanse precisadas a esconder —aquí el atranco— para leerlos en el dormitorio. Palpando delicadamente sus hermosas encuadernaciones de raso, Emma fijaba sus deslumbrados ojos en el nombre de los desconocidos autores —condes o vizcondes, casi siempre— impreso al pie de sus obras.

Al soplar el papel de seda protector de los grabados, que medio se levantaba para caer suavemente sobre la página frontera, Emma estremecíase. Era un mancebo de capa corta, tras la balaustrada de un balcón, que oprimía entre sus brazos a una doncella de blanco atavío y escarcela a la cintura. O bien los anónimos retratos de *ladies* inglesas de rubios tirabuzones, que bajo sus redondos sombreros de paja miran con sus grandes y claros ojos. Otros exhibíanse en coches por en medio de los parques, en los que un lebrel abalanzábase al tronco guiado por dos pequeños postillones de calzón corto. Otras, en actitud soñadora sobre un sofá, y junto a una carta abierta, contemplaban la luna por la entornada ventana, que casi cubría un negro cortinón. Las ingenuas, con una lágrima en la mejilla, besaban a una tórtola por entre los hierros de su gótica jaula, o, con la cabeza inclinada sobre el hombro y sonriendo, deshojaban una margarita con sus dedos afilados y curvados como zapatos puntiagudos. Y veíanse también sultanes de largas pipas, traspuestos bajo los cenadores y en brazos de las bayaderas; alfanjes turcos, gorros griegos y, sobre todo, desvaídos paisajes de ditirámbicas comarcas, las cuales suelen presentar, al mismo tiempo, palmeras, abetos, tigres a la derecha, un león a la izquierda, tártaros alminares en el horizonte; en primer término ruinas romanas, acurrucados camellos después, y todo enmarcado por una selva virgen cuidadísima y con un rayo de sol que cae perpendicularmente y tembletea en el agua, donde de trecho en trecho, y sobre un fondo de acerado gris se destacan en blanco unos cisnes que surcan la corriente.

Y la llama del quinqué, colgado del testero, por encima de la cabeza de Emma, iba iluminando aquellas escenas de un mundo desconocido, que pasaban ante ella, unas tras otras, en el silencio del dormitorio, interrumpido por el lejano rumor de algún coche de alquiler retrasado que vagaba aún por los bulevares.

Cuando murió su madre lloró mucho durante los primeros días. Mandose hacer un cuadro fúnebre con el pelo de la muerta, y en una carta que enviara a Los Bertaux, rebosante de tristes reflexiones sobre la vida, pedía que al morir la enterraran en la misma tumba. Su pobre padre, en la creencia de que hubiese enfermado, fue a verla. Emma sintiose íntimamente satisfecha al verse tan pronto llegada a ese raro ideal de las existencias melancólicas, nunca alcanzado por los corazones mediocres. Dejose, pues, llevar por las fantasmagorías lamartinianas, y oyó las arpas en los lagos, el canto de los moribundos cisnes, la caída de las hojas, el ascender al cielo de las castas vírgenes y la voz del eterno en su discurrir por los vallecillos. Cansose de esto, aunque no quiso confesarlo, y prosiguió aferrada a sus ideas, por costumbre primero y por vanidad después, sorprendiéndose a la postre de encontrarse tranquila y sin más tristeza en el corazón que arrugas en la frente.

Las buenas religiosas, que habían contado siempre con la vocación de la joven, notaron con gran asombro que la señorita Rouault parecía apartarse de su camino. De tal suerte, en efecto, le habían prodigado ayunos, novenas, sermones y oficios religiosos, habláronle tantísimo del respeto que a los santos y mártires se debe, y tantos consejos le dieron sobre la modestia corporal y la salvación del alma, que le ocurrió como a los caballos demasiado sujetos por las riendas: que se paran en seco y sacuden el freno. Aquel espíritu, positivo en medio de sus entusiasmos, que amó la iglesia por sus flores, la música por la letra de sus romanzas y la literatura por sus excitaciones pasionales, sublevábase contra los misterios de la fe y más aún contra la disciplina, que era algo antipático a su idiosincrasia. Cuando su padre la sacó del convento su marcha no fue sentida. A la superiora llegó a parecerle que incluso se mostraba en los últimos tiempos poco respetuosa con la comunidad.

Emma, de vuelta a su casa, llevó con agrado la dirección en un principio; pero a poco le aburrió el campo y echó de menos el convento. Cuando Carlos se presentó por primera vez en Los Bertaux, considerábase desilusionadísima y sin nada por delante que aprender ni sentir.

Pero el ansia de cambiar de estado o quizá la irritación producida por la presencia de aquel hombre fue suficiente para hacerle creer que al fin poseía aquella maravillosa pasión que hasta entonces se mantuvo, como enorme pájaro de rosado plumaje, cerniéndose sobre el esplendor de los cielos líricos, y de aquí que no pudiera imaginarse ahora que aquella calma en que vivía fuese la soñada felicidad.

VII

A menudo pensaba que aquellos días —esos que constituyen lo que se llama luna de miel— eran los más hermosos de su existencia. Para saborear la dulzura de ellos hubiera sido menester sin duda encaminarse a esos países de sonoro nombre, donde los días que siguen al del matrimonio tienen más suaves perezas. En sillas de posta, tras las cortinillas de seda azul, se sube lentamente por escarpados caminos, oyendo la copla del postillón que resuena en la montaña con las campanillas de los rebaños y el sordo rumor de la cascada. A orillas de los lagos, cuando el sol se pone, aspírase el perfume de los limoneros, y después, llegada la noche, en la terraza de las villas, solas y entrelazadas las manos, se contemplan las estrellas, forjando proyectos. Parecíale que ciertos parajes del mundo debían ser propicios para la felicidad, así como hay plantas que crecen en un sitio y se agostan en otro. ¡Que no pudiera ella acordarse en el balcón de un chalé suizo, o encerrar su melancolía en un castillo escocés, junto a un marido con traje de terciopelo negro de largos faldones, altas botas, sombrero de tres picos y bocamangas de encajes!

Acaso deseara decir en secreto todas estas cosas a alguien; mas ¿cómo descubrir un malestar imperceptible, que cambia como las nubes y gira como el viento? Carecía, para hacerlo, de palabras, de calor y de coyuntura.

De quererlo, de sospecharlo Carlos, si su mirada hubiera salido una vez siquiera al paso de su pensamiento, parecíale a Emma que de su corazón habría emanado una súbita cosecha, así como el árbol en sazón ofrece sus frutos a la mano que se alarga. Pero a medida que era más íntima su vida, más grande era el interior apartamiento que se producía en ella, desligándola de él.

La conversación de Carlos carecía de altibajos, como una acera, y por ella desfilaban, con su ordinario atavío, los lugares comunes, sin excitar la emoción, la risa ni el ensueño. Jamás había sentido la curiosidad —aseguraba—, mientras vivió en Ruán, de ir al teatro para ver a los actores de París. No sabía nadar, ni manejar las armas, ni tirar a pistola, y un día no pudo explicar a su mujer un término de equitación encontrado por ella en una novela.

¿No era obligación de un hombre, por el contrario, conocerlo todo, sobresalir en múltiples actividades, para iniciar a la mujer en las energías de la pasión, en los refinamientos de la vida y en todos los secretos? Pero Carlos no le enseñaba nada. Creía feliz a su mujer, y ésta comenzaba a tomarle ojeriza por su inconmovible pachorra, por su pesada apacibilidad, incluso por la ventura que a ella le debía.

Emma algunas veces dibujaba, y era un gran entretenimiento para Carlos permanecer junto a ella en pie, viéndola trabajar y entornando los ojos para recibir mejor su obra, o amasando bolitas de pan con los dedos. Cuando tocaba el piano, mientras más aprisa iban sus dedos por las teclas, más se maravillaba él. Tocaba con un gran aplomo y recorría de uno a otro extremo el teclado sin detenerse.

De aquí que aquel viejo instrumento, cuando ella lo tocaba, de estar la ventana abierta, se oyese al final del pueblo, y con frecuencia el escribiente del procurador, que cruzaba por la carretera destocado y en zapatillas, deteníase para oírla, con sus papeles en la mano.

Por lo demás, Emma sabía dirigir su casa. Enviaba a los enfermos la cuenta de las visitas en cartas que en nada trascendían a facturas, por lo bien escritas. Si un domingo cualquiera convidaba a comer a algún vecino, veía la manera de ofrecerle un plato gustoso; colocaba sobre hojas de parra las pirámides de ciruelas Claudias; volcaba en un plato los moldes de los dulces, y hasta hablaba de comprar enjuagatorios para los postres. La consecuencia de todo esto era un aumento de la admiración que Bovary sentía por ella.

Carlos acabó por apreciarse más desde que poseía semejante mujer. Enseñaba con orgullo dos apuntes al lápiz hechos por ella, a los que puso unos anchísimos marcos y colgó con largos cordones verdes de la pared de la sala. Al salir de misa se le veía en el umbral de su casa calzado con unas hermosas zapatillas de orillo.

Carlos volvía tarde a casa, a las diez; algunas veces, a las doce. Pedía entonces la comida, y como ya estaba acostada la doméstica, servíasela su mujer. Para comer más a gusto se quitaba el levitón, e iba enumerando uno por uno a cuantos se había encontrado, todos los pueblos que visitara, las recetas que escribiera, y, satisfecho de sí mismo, se comía el resto del guisado, le quitaba la corteza al queso, mondaba una manzana, se bebía una botella y, por último, dirigíase a la cama, se tendía boca arriba y dormíase con suaves ronquidos.

Como estaba acostumbrado al gorro de dormir, el pañuelo de seda no se le mantenía bien en la cabeza; así es que por las mañanas despertaba con los enmarañados pelos sobre el rostro y llenos del plumón de la almohada, cuyas cintas desatábanse durante la noche. Usaba siempre unas recias botas, con un amplio doblez hacia el tobillo, en el empeine, mientras que el resto de éste permanecía en línea recta y tenso como si estuviera en una horma. Según decía, era lo mejor para el campo.

Esta economía era aprobada por su madre, pues ésta visitábale, como otras veces, siempre que en su casa se desencadenaba un temporal. La madre de Carlos, no obstante, sentía cierta prevención contra su nuera, de la que decía que era demasiado empingorotada para su posición; la leña, el azúcar y las velas se iban de la mano como en una casa de postín, y con la cantidad de carbón que se consumía en la cocina se hubieran podido guisar veinticinco platos. Le arreglaba la ropa blanca en los armarios y recomendábale que vigilase al carnicero a la hora de pesar la carne. Emma recibía estas lecciones, en las que era pródiga la señora Bovary, y las palabras hija mía y madre mía se cambiaban durante todo el día entre las dos, acompañadas de un leve fruncimiento de boca y de suaves palabras dichas con voz estremecida por la cólera.

En vida de la señora Dubuc, la vieja señora sabía perfectamente que era aún la preferida; pero ahora el amor de Carlos por Emma considerábalo como un desvío de su ternura, como una intromisión en algo que le pertenecía; así es que contemplaba la felicidad de su hijo con el melancólico mutismo del arruinado que vislumbra a través de los cristales gentes sentadas a la mesa en su antiguo hogar.

Recordábale las penas y sacrificios que por él se impuso, y comparándolos con las negligencias de Emma, deducía que no era razonable adorarla de tan exclusiva manera.

Carlos no sabía cómo contestar; respetaba a su madre y amaba infinitamente a su mujer; consideraba el juicio de la una como infalible, y, no obstante, tenía a la otra como irreprochable. Cuando la señora de Bovary se iba, Carlos trataba de aventurar tímidamente y en los mismos términos algunas de las más anodinas observaciones que oyera hacer a su mamá. Emma, tras de probarle con una palabra que estaba equivocado, enviábale a sus enfermos.

Quiso, empero, proporcionarse el amor con arreglo a las teorías que consideraba como buenas, y a la luz de la luna, en el jardín, recitábale a su marido todas las apasionadas rimas que sabía, y le cantaba entre suspiros melancólicas canciones; pero tras de esto, ella proseguía tan tranquila como antes, y Carlos no parecía ni más enamorado ni más conmovido.

Una vez que hubo golpeado de esta suerte y sin conseguir arrancarle una chispa al corazón de su marido, incapaz, por otra parte, de comprender lo que ella tampoco experimentaba ni creer en nada que no revistiese las formas de costumbre, persuadiose Emma fácilmente de que la pasión de Carlos no tenía nada de exorbitante. Había metodizado todas sus expansiones, y la besaba siempre a las mismas horas: era ello como una costumbre más entre las otras y como un postre de antemano previsto después de la monotonía de la comida.

Un guardabosque a quien Bovary curó un catarro bronquial había regalado a Emma una galguilla de Italia, con la que se iba de paseo, pues a veces salía para sentirse sola un instante y dejar de tener bajo los ojos el eterno jardín y la polvorienta carretera.

Llegaba hasta el hayal de Bonneville, cerca del pabellón abandonado que forma ángulo con la tapia del lado de la campiña. En el foso, entre las hierbas, se veían largos cañaverales de afiladas hojas.

Emma comenzaba por mirar a su alrededor para ver si había cambiado algo desde su última visita. Pero volvía a encontrar los alhelíes y las digitales, en su sitio; cubiertos de ortigas los gruesos peñascos, y a lo largo de las tres ventanas, con sus postigos siempre cerrados y pudriéndose en sus goznes enmohecidos, las cortinas de líquenes. Su pensamiento, sin norte al principio, vagaba al azar, como su galguilla, que iba y venía, ladrándole a las mariposas, cogiendo musarañas o mordiscando amapolas al borde de los trigales. Luego, poco a poco, iban aclarándose sus ideas, y sentada en el césped, que levemente golpeaba con la contera de su sombrilla, repetíase: «¿Por qué me habré casado, Dios mío?».

Preguntábase si por cualquier combinación del azar no le habría sido posible tropezarse con otro hombre y procuraba imaginarse cuáles habrían sido aquellos no realizados acontecimientos, aquella otra vida, aquel marido. No todos, en efecto, parecíanse al suyo. Hubiera podido ser guapo, ingenioso, distinguido, simpático, como éranlo sin duda los que se habían casado con sus antiguas compañeras de convento. ¿Qué harían éstas en aquel momento? En la ciudad, con el ruido de las calles, el rumoreo de los teatros y el esplendor de los bailes, llevarían una de esas existencias en las que el corazón se dilata y despiértanse los sentidos. Su vida, en cambio, era fría como desván con ventanuco al norte, y el aburrimiento —silenciosa araña— hilaba su tela bajo la sombra en todos los rincones de su corazón. Recordaba los días de reparto de premios, cuando subía a la plataforma para recoger sus pequeñas coronas. Con sus trenzados cabellos, su vestido blanco y sus escotados zapatitos estaba monísima, y los concurrentes, cuando volvía a su puesto, inclinábanse hacia ella, felicitándola. El patio estaba lleno de carruajes; decíanle adiós desde las portezuelas, y el maestro de música, con su caja de violín, desaparecía haciendo reverencias. ¡Cuán lejos quedaba todo aquello! ¡Cuán lejos!

Llamaba a *Djali*, poníala en su falda, acariciaba con sus dedos la larga cabeza del animal, y decíale:

—¡Vamos, besa a tu ama, tú, que no tienes penas!

Luego, al notar el melancólico gesto de la esbelta galguilla, que bostezaba con lentitud, se enternecía y, equiparándola a ella, le hablaba en voz alta como a un ser afligido, a quien se consuela.

A veces llegaban ráfagas de viento, brisas marinas, que al adentrarse de pronto por las llanuras de Caux inundaban de salobre frescura la extensión de los campos. Los juncos crujían a ras de la tierra, y las hojas de las hayas susurraban con rápido estremecerse, en tanto que las copas, balanceándose de continuo, no cesaban en su murmurar. Emma, asegurándose el chal en los hombros, se levantaba.

En la avenida, una luz verdosa, filtrada por el ramaje, iluminaba el leve césped que suavemente crujía bajo sus pies. Hundíase el sol; por entre el follaje divisábase un cielo rojizo, y los parejos troncos de los árboles plantados en línea recta parecían foscas columnas que se destacaban sobre un fondo de oro. Invadida por el miedo, Emma llamaba a *Djali*; regresaba a Tostes por la carretera a toda prisa, desplomábase en un sillón y no abría la boca en toda la noche.

Pero hacia fines de septiembre algo extraordinario acaeció en su vida, y fue ello que la invitaron a la Vauleyessard, mansión del marqués de Audervilliers.

Secretario de Estado bajo la Restauración, el marqués, para incorporarse de nuevo a la vida política, preparaba con tiempo su candidatura a la Cámara de Diputados. Durante el invierno repartía numerosas cargas de leña, y al Consejo General pedíale ahincadamente y de continuo carreteras para su distrito. Había tenido durante los grandes calores un flemón en la boca, del que Carlos le libró milagrosamente y mediante un lancetazo a tiempo. El apoderado del marqués, enviado a Tostes para pagar la operación, contó, a su regreso por la noche, que había visto en el jardincito del médico unas cerezas soberbias.

Ahora bien: como las cerezas de Vauleyessard crecían de mala manera, el señor marqués pidió unos cuantos esquejes a Bovary y creyose en la obligación, al recibirlos, de dar personalmente las gracias. Vio a Emma, notó que era de bonita planta y de modales nada campesinos; así pues, a nadie se le ocurrió pensar en el castillo que se traspasaran los límites de la condescendencia ni que se cometiese torpeza invitando al joven matrimonio.

El miércoles, a las tres, los Bovary partieron en su cochecito para Vauleyessard con una enorme maleta a la zaga y una sombrerera en el pescante. Carlos, además, llevaba una caja de cartón entre las piernas.

Llegaron al anochecer, cuando para alumbrar a los coches comenzaban a encender las luces en el parque.

VIII

El castillo, de construcción moderna y estilo italiano, con dos cuerpos salientes y tres escalinatas, desplegábase al pie de una inmensa pradera, en la que pacían algunas vacas, entre espaciados bosquecillos de árboles, en tanto que algunos macetones de arbustos, dompedros, jeringuillas y nieves arqueaban el desparejo verdor de sus ramajes sobre la curva línea del enarenado camino. Un riachuelo deslizábase bajo un puente, y a través de la bruma, diseminadas por la pradera, percibíanse unas construcciones con techumbre de álamo, que bordeaban dos colinas con árboles, y por detrás, en los macizos, erguíanse las cocheras y las cuadras, restos del antiguo y demolido castillo.

El tílburi de Carlos se detuvo ante la escalinata central; aparecieron unos domésticos; adelantose el marqués y, ofreciéndole el brazo a la mujer del médico, la introdujo en el vestíbulo.

El pavimento era de mármol y elevadísimo el techo, y el rumor de las pisadas y las voces repercutían allí como en una iglesia. Al frente arrancaba una escalera recta y a la izquierda divisábase una galena con vistas al jardín, que llevaba a la sala de billar, desde cuya puerta se oía el chocar de las marfileñas bolas. Al atravesarla para dirigirse al salón, Emma pudo ver en torno de la mesa a hombres de grave aspecto, el mentón apoyado sobre las altas corbatas, todos con condecoraciones y que sonreían silenciosamente al manejar el taco.

En el sombrío artesonado del muro, veíanse cuadros enormes de dorados marcos con negras inscripciones al pie. Emma leyó: «Juan Antonio de Audervilliers de Iverbouville, conde de la Vauleyessard y barón de la Fresnaye, muerto en la batalla de Coutras el 20 de octubre de 1587». Y en otro: «Juan Antonio Enrique Guido de Audervilliers de la Vauleyessard, almirante de Francia y caballero de la orden de San Miguel, herido en el combate de la Hougue-Saint-Vast el 29 de mayo de 1692; murió en la Vauleyessard el 23 de enero de 1693». Las que seguían apenas eran visibles, y ello porque la luz de las lámparas, concentradas sobre el tapiz verde del billar, dejaba en la penumbra el resto de la sala. La luz, al bruñir las horizontales telas, se rompía, conforme al grieteado del barniz en finas aristas, y de todos aquellos grandes y negros cuadros con cerco de oro destacábanse acá y allá un más claro trozo de pintura, una frente pálida, unos ojos que miraban, unas pelucas sobre las empolvadas hombreras de las rojas casacas, o bien la hebilla de una liga al final de una redonda pantorrilla.

El marqués abrió la puerta del salón; levantose una dama —la marquesa misma—, salió al encuentro de Emma, la hizo sentar a su lado en un confidente y comenzó a charlar amistosamente con ella como si la conociera de toda la vida. Era una mujer de unos cuarenta años, de arqueada nariz, de hermosos hombros y voz lángui-da; aquella noche llevaba, prendida de la castaña cabellera, una sencilla pañoleta de blonda, que le caía por detrás, en forma de triángulo. A su lado, y en una silla de alto espaldar, veíase a una joven rubia, y unos cuantos caballeros, con sendas florecitas en los ojales de sus fraques, charlaban con las señoras alrededor de la chimenea.

A las siete se sirvió la comida. Los hombres, más numerosos, se sentaron en la primera mesa, emplazada en el vestíbulo, y las damas en la segunda, que hallábase en el comedor, con el marqués y la marquesa.

Emma, al entrar, sintiose envuelta por una tibia atmósfera, en la que se mezclaban el perfume de las flores y de la mantelería, el buen olor de las viandas y el aroma de las trufas. Las luces de los candelabros alargaban sus llamas en las argénteas campanas; los biselados y esmerilados cristales despedían desvaídos reflejos; los ramos de flores alineábanse a lo largo de la mesa, y en los platos, de anchas franjas, las servilletas, enrolladas a modo de cucurucho, mostraban en sus aberturas sendos panecillos ovoides. Las rojas antenas de las langostas sobresalían de las fuentes; en los fruteros, y sobre hojas, amontonábanse las frutas; las codornices humeantes lucían sus plumas, y el maestresala, con medias de seda, calzón corto, corbata blanca y chorrera, grave como un juez, pasando por entre los hombros de los invitados las ya cortadas viandas, hacía saltar con su cuchara el trozo que se escogía. Sobre la enorme estufa de porcelana con filetes de cobre, una estatua de mujer, vestida hasta la barbilla, contemplaba inmóvil aquella sala llena de gente.

La señora Bovary observó que varias damas se abstuvieron de tocar sus vasos.

En tanto, en la cabecera de la mesa, solo entre todas aquellas mujeres, inclinado sobre el rebosante plato y con la servilleta anudada atrás, como un niño, comía un anciano de cuya boca desprendíanse gotas de salsa. Tenía los ojos enrojecidos y usaba peluca con trenza, a la que se arrollaba un lazo negro. Era el suegro del marqués, el anciano duque de Lavardière, antiguo favorito del conde de Artois por la época de las partidas de caza en Vaudreuil y en las posesiones del marqués de Conflans, y había sido, tal se decía, amante de la reina María Antonieta, sucediendo al señor de Coigny y antes del de Lauzum. Pendenciero, jugador y muy dado a las mujeres, fue la suya una vida ruidosa y desenfrenada y había derrochado su fortuna, siendo el espanto de toda su familia. Tras de su silla, un criado, en voz alta y al oído, decíale el nombre de los platos que tartamudeando le señalaba con el dedo. A Emma no le era posible apartar sus ojos de aquel anciano de caído belfo, como si se tratara de un ser augusto y extraordinario. ¡Había vivido en la corte y habíase acostado en el lecho de las reinas!

Sirvieron champaña helado. Emma, al sentir aquella frialdad en su boca, estremeciose de pies a cabeza. Nunca había visto granadas ni comido ananás. El mismo azúcar en polvo túvolo por más blanco y fino que otro cualquiera.

A continuación, las señoras subieron a sus respectivos cuartos, a fin de ataviarse para el baile.

Emma aderezose con la meticulosa conciencia de una actriz la noche de su debut. Se peinó con arreglo a las instrucciones del peluquero y púsose su traje de lanilla colocado sobre el lecho. A Carlos le oprimían los pantalones por el vientre.

—Las trabillas me van a molestar para bailar —dijo.

—¿Para bailar? —repuso Emma.

—Sí.

—Pero ¿has perdido el juicio? Se burlarían de ti; no hagas tal cosa. Además, es lo más conveniente para un médico —añadió.

Callose Carlos, yendo de acá para allá, en espera de que su mujer terminase de vestirse.

La veía por detrás, en el espejo, entre dos candelabros. Sus negros ojos parecíanle más negros. Sus cabellos, suavemente arqueados sobre las orejas, resplandecían con azules reflejos. En su rodete temblaba una rosa en su movible tallo, con ficticias gotitas de agua en la extremidad de sus hojas. Llevaba un vestido color azafrán pálido, realzado por tres ramos de rosas y hojas verdes.

Carlos fue a besarla en el hombro.

—¡Déjame, que me arrugas! —díjole ella.

Oyéronse unos sones de violín y de trompa, y Emma bajó la escalera conteniéndose para no correr.

Habían comenzado las cuadrillas. Iba llegando la gente y comenzaban los apretujones. Emma se colocó junto a la puerta en un diván.

Cuando acabó la contradanza, adueñáronse del centro del salón los hombres, que charlaban de pie, y los domésticos con librea, que iban y venían con grandes bandejas. Las señoras, sentadas en hileras, agitaban sus pintados abanicos, disimulaban sus sonrisas bajo los ramos de flores, y los frasquitos con tapón de oro giraban en sus entreabiertas manos, cuyos blancos guantes descubrían la forma de las uñas y ajustábanse a las muñecas. Los adornos de encaje, los broches de diamantes y los brazaletes con medallón temblaban en los corpiños, resplandecían en los senos y relucían en los desnudos brazos. Las cabelleras, muy pegadas a las sienes y recogidas en la nuca, tocábanse con miosotis, jazmines, granadinos, acianos o espigas en forma de diadema, de racimos o de ramos. Las madres de adusto rostro, muy tranquilas en sus sitios, ceñían rojos turbantes.

A Emma latiole levemente el corazón cuando, cogida de la punta de los dedos por su pareja, se puso en fila y aguardó la señal de la música para comenzar. Pero la emoción desapareció enseguida, y balanceándose al ritmo de la orquesta, se deslizaba hacia adelante con leves gestos del cuello. Una sonrisa dibujábase en sus labios al escuchar, mientras los otros instrumentos hacían alto, ciertos acordes del violín; de cuando en cuando se oía el claro tintineo de los luises de oro que cerca de allí se arrojaban sobre el tapete de las mesas; después, y a un tiempo mismo, comenzaba de nuevo la orquesta, el cornetín lanzaba un toque sonoro, los pies golpeaban a compás, ahuecábanse y rozábanse las faldas, se daban y soltaban las manos, y los mismos ojos que se bajaban ante uno volvían a mirar fijamente.

Algunos invitados —unos quince— de veinticinco a cuarenta años, confundidos entre los danzarines o charlando en el umbral de las puertas, distinguíanse de los demás por un aire de familia, fuesen cuales fuesen sus diferencias de edad, de vestimenta o de figura.

Sus fraques, mejor hechos, parecían de más flexible tela, y sus cabellos, en rizos sobre las sienes, enlustrados por más finas pomadas. Tenían el cutis de los ricos, ese blanco cutis que realzan la palidez de las porcelanas, el tornasol de los rasos, el barniz de los hermosos muebles y que se mantiene intacto gracias a un discreto régimen de exquisitos alimentos. Sus cuellos movíanse con desenvoltura sobre corbatas bajas, sus largas patillas caían sobre cuellos volcados y limpiábanse la boca con pañuelos de anchas iniciales bordadas, que despedían un suave perfume. Los que comenzaban a envejecer tenían aspecto juvenil, en tanto que una como madurez se reflejaba en el rostro de los jóvenes. En sus indiferentes miradas percibíase la serenidad de las pasiones a diario satisfechas, y a través de sus apacibles modales se descubría esa brutalidad particular que la dominación de las cosas medio fáciles proporciona —el manejo de los caballos de pura sangre y el roce con las mujeres perdidas—, en los que la fuerza se ejerce o se recrea la vanidad.

A tres pasos de Emma, un caballero con frac azul hablaba de Italia con una pálida joven que lucía un aderezo de perlas. Elogiaban las dimensiones de los pilares de San Pedro; hablaban de Tívoli, el Vesubio, Castellamare y los Cassines, de las rosas genovesas y el Coliseo a la luz de la luna. Emma oía también una conversación llena de palabras que no comprendía. Rodeaban a un joven que la semana anterior había vencido a *Miss Arabella* y a *Romulus* y ganado dos mil luises en Inglaterra, en una carrera de obstáculos. Quejábase el uno de que sus caballos engordaban; el otro, de las erratas de imprenta que habían desnaturalizado el nombre del suyo.

La atmósfera del salón de baile era pesada; empalidecían las luces; algunos invitados acogiéronse a la sala de bailar.

Un doméstico, subido en una silla, rompió dos cristales; la señora Bovary, al ruido, volvió la cabeza y vio en el jardín, junto a las vidrieras, algunos rostros de campesinos que miraban. Acudió entonces a su memoria el recuerdo de Los Bertaux, y representósele la granja, la charca cenagosa, y volvió a ver a su padre con blusa, bajo los manzanos, y ella misma viose, como otras veces, desnatando con el dedo los cuencos de leche en el tambo. Pero su vida pasada tan clara hasta entonces, desvanecíase por completo al fulgurar de la presente hora, y hasta dudaba de haberla vivido. Sólo sabía que se hallaba allí, envuelta en el baile, y fuera de aquello, todo lo demás hundíase en la sombra.

En aquel momento tomaba un sorbete de marraquino, que sostenía con su mano izquierda en una concha de plata sobredorada, y con la cucharilla entre los dientes entornaba los ojos.

Junto a ella, una señora dejó caer su abanico a punto de pasar un caballero.

—¿Me hace el favor —dijo la señora— de recogerme el abanico que se me ha caído detrás de este canapé?

El caballero se inclinó, y al alargar el brazo, Emma vio que la dama arrojaba en el sombrero de él algo blanco, doblado triangularmente. El caballero, después de recoger el abanico, ofrecioselo respetuosamente a la dama; ésta diole las gracias con una inclinación de cabeza y comenzó a oler su ramo de flores.

Tras de la cena, en la que prodigáronse los vinos de España y del Rin, las sopas de cangrejos y de leche de almendras, los *puddings* a la Trafalgar y los fiambres de todas clases, con sus cercos de gelatina que temblaba en los platos, comenzó, uno tras otro, el desfile de los coches.

Al apartar la cortina de muselina se veía deslizarse en la sombra la luz de sus faroles. Quedaban casi vacíos los divanes; algunos jugadores permanecían aún en sus puestos; los músicos se humedecían, para refrescarlos, la yema de los dedos con la punta de la lengua; Carlos se había medio dormido, apoyada la espalda en el quicio de una puerta.

A las tres de la madrugada comenzó el cotillón. Emma no sabía valsar. Todo el mundo, incluso la señorita de Audervilliers y la marquesa, bailaban; ya no había más que los huéspedes del castillo, una docena de personas aproximadamente.

A todo esto, uno de los danzarines, a quien llamaban familiarmente vizconde y cuyo escotadísimo chaleco dijérase moldeado en el busto, invitó a bailar por segunda vez a la señora de Bovary, asegurándole que la guiaría y que saldría bien del trance.

Comenzaron a danzar con lentitud, apresurándose después. Giraban, y con ellos todo, igual que una devanadera; las lámparas, los muebles, el artesonado, el pavimento. Al pasar junto a las puertas el vestido de Emma se enrollaba por abajo al pantalón, entrecruzábanse las piernas de entrambos y él, bajando sus ojos, la miraba, y ella, elevando los suyos, le miraba también. Emma, invadida por el cansancio, se detuvo. Comenzaron nuevamente, y el vizconde, arrastrándola con un más rápido movimiento, desapareció con ella hacia el final de la galería, y allí Emma, jadeante y apunto de caer, apoyó la cabeza por un momento en el pecho del vizconde. A continuación, girando siempre, pero con más suavidad, él la condujo de nuevo a su sitio, y ella, reclinándose en la pared, se cubrió los ojos con la mano.

Al apartarla de ellos, en medio del salón, ante una dama sentada en un taburete, veíase a tres caballeros arrodillados. La dama eligió al vizconde y el violón sonó de nuevo.

Todas las miradas convergían en ellos. Iban y venían; ella, inmóvil el busto y baja la barbilla, y él siempre en la misma postura, arqueado el cuerpo, en alto el codo y erguida la cabeza. ¡Aquélla sí que sabía valsar! Prosiguieron bailando mucho tiempo y los fatigaron a todos.

Tras del baile hubo unos minutos de charla, y a continuación, después de los adioses o más bien de los buenos días, los huéspedes del castillo se dirigieron a la cama.

Carlos, arrastrando los pies —las rodillas se le clavaban en el vientre—, se dirigió a la escalera. Había estado cinco horas seguidas en pie ante las mesas viendo jugar al *whist*, sin comprender lo más mínimo, y de aquí que al quitarse las botas lanzara un suspiro de satisfacción.

Emma echose un chal sobre los hombros, abrió la ventana y acodose en ella.

La noche era oscura. Caían algunas gotas de lluvia, y Emma aspiró la humedad del aire que refrescaba sus párpados. Aún zumbaba en sus oídos la música del baile, y hacía esfuerzos para mantenerse despierta a fin de prolongar la ilusión de aquella vida lujosa que le iba a ser preciso abandonar dentro de poco.

Despuntó el día, y contempló largamente las ventanas del castillo, tratando de adivinar cuáles serían las habitaciones de los que viera la noche antes. Hubiera deseado conocer sus vidas, penetrar en ellas, confundirse con ellas.

Pero como tiritaba de frío, desnudose y se acurrucó bajo las sábanas, junto a Carlos, que dormía.

Al desayuno, que duró diez minutos y en el que, con gran asombro del médico, no se sirvieron licores, asistió mucha gente. La señorita de Audervilliers, inmediatamente, recogió en una cestita pedazos de brioche para llevárselos a los cisnes del estanque, y luego fuéronse a pasear por el tibio invernadero, en el que se veían unas plantas extrañas y vellosas, formando pirámides, en sendas macetas, las cuales, semejantes a nidos rebosantes de serpientes, dejaban caer, por encima de sus bordes, largos cordones verdes entrelazados. El naranjal, que se hallaba a lo último, conducía, bajo cubierto, a las dependencias del castillo.

El marqués, para entretener a Emma, acompañola a las caballerizas. Sobre los pesebres, en forma de canastilla, leíanse los nombres de los caballos en sendas placas de porcelana con letras negras. Cada animal, cuando se pasaba junto a él chasqueando la lengua, agitábase en su departamento. El entarimado de la dependencia destinada a las guarniciones relucía como el de un salón. Los arreos de coche erguíanse en medio, colocados en dos perchas giratorias, y los bocados, las fustas, los estribos y las barbadas alineábanse a lo largo de la pared.

Carlos, entretanto, rogole a un doméstico que enganchara su coche. Lo condujeron ante la escalinata y, colocados que fueron los envoltorios, los esposos Bovary despidiéronse de los marqueses y tomaron el camino de Tostes. Emma, silenciosa, contemplaba el girar de las ruedas. Carlos, al final del asiento, guiaba con los brazos separados, y el caballejo trotaba entre los varales, excesivamente ancho para él. Las flojas bridas golpeaban la grupa, empapándose de sudor, y el maletín atado a la trasera iba dando acompasados golpes en la caja del carruaje.

Hallábanse por las cercanías de Thibourville, cuando ante ellos y de pronto pasaron unos jinetes riéndose y con sendos cigarros en la boca. Emma creyó reconocer en uno de ellos al vizconde; volvió la cabeza, pero sólo pudo percibir en la lejanía el movimiento de las cabezas, que abatíanse o se elevaban según el desparejo ritmo del trote o del galope.

Un cuarto de legua más adelante fue preciso detenerse para componer con una cuerda el cejadero, que se había roto.

Carlos, al dar el último vistazo a la compostura, vio algo en el suelo, entre las patas del caballo, y recogió una petaca de seda verde, bordada y con blasones en el centro, como la portezuela de una carroza.

—Hasta tiene dos puros —dijo—; me los fumaré esta noche después de la cena.

—Pero ¿tú fumas? —preguntó Emma.

—Algunas veces, cuando se presenta la ocasión.

Metiose en el bolsillo su hallazgo y azotó a la jaca.

Cuando llegaron a su casa, aún no estaba lista la comida. La señora se enfadó y Anastasia contestó insolentemente.

—¡Váyase! —dijo Emma—. Eso es burlarse; queda usted despedida.

Tenían para comer una sopa de cebolla y un trozo de vaca guisada. Carlos, sentado ante su mujer, dijo, frotándose las manos con aire feliz:

—¡Qué gusto da encontrarse uno de nuevo en su casa!

Oíase llorar a Anastasia. Carlos sentía un poco de cariño por aquella pobre muchacha. En la aburrida época de su viudedad habíale hecho compañía durante muchas noches. Era ella la primera que le ayudó, su más antiguo conocimiento en la comarca.

—¿De veras la despides? —dijo al fin.

—¡Claro! ¿Quién va a impedírmelo? —repuso Emma.

Mientras arreglaban el cuarto, calentáronse en la cocina. Carlos se puso a fumar. Fumaba avanzando la boca, escupiendo a cada momento y retrepándose a cada bocanada.

—Va hacerte daño —dijo ella desdeñosamente.

Carlos abandonó el cigarro y dirigiose a la bomba para beber un vaso de agua fresca. Emma, cogiendo la cigarrera, la arrojó vivamente al fondo del armario.

El día siguiente fue larguísimo para ella. Se paseó por el jardincillo, yendo y viniendo por las mismas sendas, deteniéndose ante los arriates, ante la espaldera, ante el cura de yeso, contemplando con asombro todas aquellas cosas, que tan bien conocía. ¡Cuán lejos antojábasele ya el baile! ¿Quién de tal suerte separaba uno de otro día? Su viaje a la Vauleyessard había partido su vida, al modo de la tempestad que hiende en una sola noche el seno de las montañas. Resignose, empero, y guardó piadosamente en la cómoda sus bellos atavíos y hasta los zapatitos de raso, cuyas suelas amarilleaban, y ello por el roce que sufrieran con la cera del entarimado de los salones. Su corazón era como ellos: el roce con la riqueza dejó en él una huella que jamás desaparecería.

El recuerdo de aquel baile fue para Emma una preocupación. Todos los miércoles, en cuanto despertaba, decíase:

—¡Ay! Hace ocho días..., hace quince días..., hace tres semanas que estaba allí.

Poco a poco fueron esfumándose en su memoria las fisonomías que viera; olvidó el aire de las contradanzas, dejó de ver con la claridad de antes libreas y salones; desaparecieron algunos detalles, pero el recuerdo perduró.

IX

A menudo, cuando Carlos salía, ella dirigíase al armario y sacaba de allí la petaca de seda verde, oculta entre los pliegues de la ropa blanca.

Contemplábala, la abría, e incluso aspiraba el perfume —mezcla de verbena y tabaco— de su interior.

¿A quién pertenecería?... ¿Al vizconde? Quizá fuese un regalo de su querida. Habríala bordado en algún bastidor de palisandro, lindo mueble que ocultara a todas las miradas, ante el que sin duda pasó horas y horas y en el que reposaron quizá los suaves bucles de la pensativa bordadora. Un amoroso hálito habría pasado por entre el tejido de la seda; cada puntada de la aguja fijaría una esperanza o un recuerdo, y toda aquella urdimbre de sedosos hilos acaso no fuera otra cosa que la continuidad de la misma callada pasión. Luego, una mañana, el vizconde llevaríasela con él. ¿De qué habían hablado junto a las chimeneas de amplios jambajes, entre los floreros y los relojes Pompadour? Ella estaba en Tostes. Él, a la sazón, en París, allá. ¿Cómo era París? ¡Qué nombre desmesurado! Y para deleitarse repetíaselo en voz baja, y resonaba en sus oídos como campana de catedral, y resplandecía ante sus ojos en las etiquetas de sus frascos de pomada.

Llegada la noche, cuando los pescaderos, en sus carretas, pasaban cantando la *Marjolaine* bajo sus ventanas, despertábase, y al escuchar el rumor de las ferradas ruedas, que iban perdiéndose en la lejanía, decíase:

«¡Mañana estarán allí!».

Y seguíalos con la imaginación, subiendo y bajando cuestas, atravesando pueblos, desfilando, a la luz de las estrellas, por los caminos. Tras de recorrer una distancia indeterminada, al final de su sueño, veíase siempre en una plaza vagarosa.

Compró un plano de París, y con la punta del dedo hacía correrías por la capital, en el mapa. Subía por los bulevares, deteniéndose en todos los ángulos, en las líneas que simulan las calles y en los cuadritos que señalan los edificios. Cansada a la postre de mirar, cerraba los ojos y veía, en las tinieblas, retorcerse a impulsos del viento las luces de gas y desplegarse con estruendo ante la puerta de los teatros los estribos de los coches.

Se suscribió a *La Canastilla*, revista de señoras, y a *La Sílfide de los Salones*, devorando, sin que se le fuera nada, el relato de todos los estrenos, carreras y reuniones, e interesándose por el debut de una cantante o la apertura de una tienda. Conocía las modas, las direcciones de los buenos modistos, los días de bosque y los de ópera. Estudió en las obras de Eugène Sué las descripciones de los mobiliarios y leyó a Balzac y a George Sand, buscando en ellos calmantes imaginarios para sus avideces personales. Incluso comiendo hojeaba sus libros, mientras Carlos hablaba y comía. El recuerdo del vizconde reaparecíasele de continuo en sus lecturas, estableciendo entre él y los personajes novelescos lazos de unión. Pero el círculo en cuyo centro aparecía fue poco a poco ensanchándose en torno de él, y la aureola que le circundaba apartose de su figura y se instaló más lejos para iluminar otro en sueños.

París, más vago que el océano, brillaba ante su vista, entre encendidos fulgores. La populosa vida que en aquel tumulto se agitaba hallábase, no obstante, dividida y perfectamente clasificada. Emma, en todo aquel tumulto, sólo dos o tres segmentos percibía que ocultaban a los otros y representaban por sí solos a la humanidad entera. El mundo de los embajadores deslizábase por pavimentos relucientes y artesonados salones, llenos de espejos, alrededor de ovaladas mesas cubiertas con tapetes franjeados de oro. Había allí vestidos de cola, grandes misterios, angustias ocultas bajo sonrisas. A continuación venía la sociedad de las duquesas: todos eran allí pálidos; se levantaban a las cuatro de la tarde; las mujeres —¡pobres ángeles!— llevaban encajes de punto de Inglaterra en los vados de las enaguas, y los hombres, cuya actividad sólo se aplicaba a las cosas fútiles, reventaban caballos por gusto, iban a Baden a veranear y casábanse, a la postre, hacia los cuarenta años, con ricas herederas.

En los reservados de los restaurantes columbraba las cenas nocturnas a la luz de las bujías y la abigarrada muchedumbre de literatos y actrices. Eran los tales pródigos como reyes y rebosaban en ellos las ambiciones ideales y los fantásticos delirios. Era una existencia por encima de las otras, entre el cielo y la tierra, en medio de las tempestades; algo sublime, en suma. El resto de la sociedad perdíase en lo indeterminado y como si no existiese. Su pensamiento se alejaba tanto más de las cosas cuanto mayor era su proximidad. Todo lo que veía en torno de ella, campiña tediosa, lugareños imbéciles, mediocridad de la existencia, considerábalo como excepción de la regla, como particularísimo azar en el que hallábase entre cogida, en tanto que más allá extendíase hasta perderse de vista el inmenso país de las felicidades y las pasiones. En su deseo se confundían el sensualismo del lujo con la alegría interior, la elegancia de las costumbres con las delicadezas del sentimiento. ¿No necesitaba el amor, como las plantas indias, de un adecuado terreno y de una especial temperatura? Los suspiros a la luz de la luna, los interminables abrazos, las lágrimas que bañan las manos que se abandonan, las fiebres todas de la carne y todas las languideces del cariño no podían, pues, separarse del balcón de los grandes castillos, mansiones del ocio, de los gabinetes con estores de seda, gruesas alfombras, flores a granel y lecho sobre un estrado, ni del resplandor de las piedras preciosas y de las galoneadas libreas.

El mozo de la posta, que acudía todas las mañanas para limpiar la yegua, atravesaba el corredor con los pies desnudos en los enormes zuecos y la agujereada blusa. ¡Con aquel *groom* de calzón corto tenía que contentarse por el momento! Terminada su tarea, ya no volvía más, porque Carlos, una vez de vuelta, llevaba él mismo el caballo a la cuadra y quitábale la montura y las riendas, en tanto que la doméstica traía una espuerta de paja, arrojándola como podía en el pesebre

Para reemplazar a Anastasia, que al fin se fue de Tostes, hecha un mar de lágrimas, Emma tomó a una muchachita de catorce años, huérfana y de apacible talante. Prohibiole que usase gorros de algodón, le enseñó a hablar en tercera persona, a servir los vasos de agua en un plato, a pedir permiso antes de entrar en un cuarto, a planchar, a almidonar, a vestirla, convirtiéndola en su doncella. La nueva criada obedecía en silencio, para que no la despidiesen, y como la señora tenía la costumbre de dejarse puesta la llave del aparador, Felicidad cogía todas las noches unos terrones de azúcar, y una vez a solas en su lecho y después de rezar sus oraciones, se los comía.

Por las tardes solía irse a charlar con los postillones y su señora se quedaba arriba en su cuarto.

Emma vestía una bata escotadísima, que dejaba al descubierto, entre las vueltas del corpiño, una camisola con pliegues y tres botones de oro. Su cinturón era un cordón de gruesas borlas y sus zapatillas lucían, ocultando el empeine del pie, unos moños de anchas cintas. Aunque no tenía con quién cartearse, había comprado una caja de papel y sobres y un palillero. Desempolvaba su estante, se miraba al espejo, cogía un libro, y después, soñando entre líneas, dejábalo caer en sus rodillas. Sentía ansias de viajar o de vivir nuevamente en el convento. Deseaba a un mismo tiempo morirse y residir en París.

Carlos, lloviese o nevase, trotaba por las veredas, comía tortillas en los cortijos, metía su brazo en lechos humedecidos, recibía en pleno rostro el tibio espurreo de las sangrías, escuchaba el estertor de los agonizantes, examinaba orines, manoseaba muchas ropas sucias; pero a su regreso por las noches hallábase con un buen fuego, con la mesa puesta, con muebles cómodos y con una mujer encantadora y bien vestida, trascendiendo a frescura, y con un perfume que no sabía si era de ella o de la ropa.

Encantábale su mujer con un sinnúmero de delicadezas: por como hacía las arandelas de papel para las palmatorias;

por un nuevo volante que le colocoba a su vestido; por el nombre extraordinario de un guiso sencillísimo echado a perder por la criada, pero que Carlos se comía con mucho gusto y sin dejar rastro. Emma había visto en Ruán que las señoras llevaban como colgante del reloj una porción de dijes, y se compró unos. Puso en la repisa de la chimenea los grandes floreros de vidrio azul, y pasado algún tiempo, un estuche de marfil con un dedal de plata sobredorada. A Carlos seducíanle aquellos refinamientos, tanto más cuanto menos los comprendía. Añadían algo al deleite de sus sentidos y a las dulzuras del hogar. Dijérase un dorado polvillo que caía sobre el sendero humilde de su vida.

Se encontraba bien, tenía buena cara y su reputación habíase cimentado por completo. Los campesinos apreciábanle porque no era orgulloso. Acariciaba a los niños, no iba nunca a la taberna y su conducta, además, inspiraba confianza. Especialmente los catarros y las dolencias del pecho eran las enfermedades que le proporcionaban más éxitos. Carlos, en efecto, temeroso de matar a sus pacientes, sólo recetaba calmantes, vomitivos; alguna que otra vez, pediluvios y sanguijuelas. Y no se vaya a creer por esto que la cirugía le amedrentase: sangraba a los enfermos en firme y como si fuesen caballos y tenía un puño de hierro para la extracción de muelas.

En fin, para estar al corriente suscribiose a *La Colmena Médica*, periódico nuevo, del que le enviaron un prospecto. Leía un poco después de la comida; pero el calor del cuarto unido a la digestión hacían que al cabo de cinco minutos se durmiese, y allí permanecía, con la barbilla entre las manos y los cabellos caídos como una melena, al pie de la lámpara.

Emma le miraba y hacía un gesto desdeñoso. ¡Si al menos fuese su marido uno de esos hombres febrilmente reconcentrados que se encierran de noche con los libros y lucen al fin a los sesenta años, cuando llegan los achaques, una condecoración en sus mal cortadas levitas! Hubiera deseado ella que el apellido Bovary, que era ya el de ella, fuese célebre, se mostrara en los escaparates de los libreros y en las columnas de los periódicos y lo conocieran en toda Francia. Pero ¡Carlos carecía de ambición! Un médico de Ivetot, con quien tuvo una consulta, humillole de cierta manera junto al lecho del enfermo y ante los parientes que allí se hallaban. Carlos contole por la noche el trance a Emma, y ésta se puso furiosa contra el colega. Enternecido y con lágrimas en los ojos, la besó en la frente. Pero ella estaba roja de vergüenza, sentía deseos de pegarle, y para calmar sus nervios fuese al pasillo, abrió la ventana y aspiró la frescura de la brisa.

—¡Qué pobre hombre! ¡Qué pobre hombre! —se decía entre dientes y mordiéndose los labios.

Cada día sentíase más irritada contra él. Carlos, con el tiempo, iba adquiriendo costumbres más groseras: después de los postres entreteníase en recortar los corchos de las botellas vacías, se pasaba la lengua por los dientes tras de comer, chascaba la lengua a cada cucharada de sopa, y como comenzaba a engordar, sus ojos, pequeños de suyo, parecían hundirse, y ello por el abultamiento de los pómulos.

Emma tenía que ocultarle a veces bajo el chaleco el rojo borde de sus camisetas, arreglarle la corbata o tirarle los guantes descoloridos que iba a ponerse. Tales cosas no las hacía por él, como suponía el pobre, sino por ella misma, por impulso de su egoísmo, por estímulo nervioso.

Hablábale también algunas veces de las cosas que había leído, tales como el capítulo de una novela, la obra teatral reciente o la anécdota de la alta sociedad de que se hablaba en el periódico, porque Carlos, después de todo, era una persona siempre dispuesta a escucharla y a aprobar cuanto ella decía. ¡A su galguilla habíale hecho también muchas confidencias! Y lo mismo se las hiciera a los leños de la chimenea o a la péndola del reloj.

Mientras tanto, allá en las reconditeces de su alma aguardaba un acontecimiento. Como los marineros abandonados, paseaba por la soledad de su existencia desesperadas miradas, buscando en la lejanía, entre las brumas del horizonte, alguna blanca vela.

Cuál fuese el azar que la favoreciera, el viento que la empujara, el sitio de desembarque, cosas eran que ignoraba, como asimismo si sería una barquichuela o un navío de tres puentes, con carga de angustias o rebosante hasta las bordas de venturas. Pero todas las mañanas, al despertar, aguardaba que ello sucediese, y escuchaba todos los rumores, y despertábase con sobresalto, y se asombraba de que no llegase; luego, a la puesta del sol, más triste siempre, ansiaba el nuevo día.

Llegó la primavera, y con los primeros calores, al florecer los perales, experimentó ahogos.

Desde principios de julio diose a contar con los dedos las semanas que faltaban para octubre, en la creencia de que acaso el marqués de Audervilliers diera un nuevo baile en la Vauleyessard. Transcurrió, empero, todo septiembre sin que recibiera invitación ni visita alguna. Tras de tan enojoso desengaño, su corazón quedose nuevamente vacío y volvieron los días a tener el mismo cariz de antes.

¡Otra vez iban a seguir desfilando, siempre semejantes, innumerables siempre y sin nada dentro! Las demás vidas, por monótonas que fuesen, tenían al menos la probabilidad de que algo les ocurriera. Una aventura producía a veces peripecias infinitas, y la decoración cambiaba. Pero para ella no llegaba nada. ¡Dios lo quería así! El porvenir era un pasillo oscurísimo, con una puerta cerrada en el fondo.

Abandonó el piano. ¿Para qué tocar? ¿Quién la oiría? No valía la pena molestarse estudiando, puesto que nunca iba a conseguir verse, vestida de terciopelo, con mangas cortas, sentada ante un piano Erard, en un concierto, recorriendo con ágil mano las teclas de marfil, sintiéndose envuelta, como en una brisa, por un murmullo de éxtasis. Dejó en el armario sus papeles de dibujo y el bordado. ¿Para qué hacer nada? ¿Para qué? La lectura le ponía de mal humor.

«Lo he leído todo», se decía.

Y dedicábase a atizar el fuego o miraba caer la lluvia.

¡Cuánta era su tristeza los domingos cuando tocaban a vísperas! Hundida en atento sopor, escuchaba una a una las cascadas campanadas. Por los tejados deslizábase con lentitud alguno que otro gato, que arqueaba su lomo bajo el desvaído sol. El viento, en la carretera, arrastraba nubes de polvo. En la lejanía ladraba a veces un perro, y la campana, con acompasado son, proseguía en su monótono repique, que se perdía en el campo.

Mientras tanto, la gente iba saliendo de la iglesia. Las mujeres, con sus relucientes zuecos, con su blusa nueva; los campesinos, desnuda la cabeza, y, saltando, la chiquillería, penetraban en sus respectivas casas. Y hasta el anochecer, cinco o seis hombres, siempre los mismos, se quedaban ante la puerta del mesón jugando al chito.

Aquel invierno fue frío. Todas las mañanas aparecían cubiertos de escarcha los cristales, y la luz, blancuzca a través de ellos, como a través de esmerilados vidrios, conservábase así a veces durante todo el día. A las cuatro de la tarde se hacía preciso encender la lámpara.

Los días buenos bajaba Emma al jardín. El rocío ponía en las coles argénteos encajes, con largos y sutiles hilitos que iban de unas a otras. Callaban los pájaros y todo dijérase dormido: la espaldera cubierta de paja y la parra como una enorme serpiente enferma bajo la albardilla de la tapia, en la que, al acercarse, se veían, arrastrándose, animalejos de numerosas patas. En el abetal, junto a la cerca, el cura del bonete, que leía en el breviario, había perdido el pie izquierdo, y la helada, al descascarillar el yeso, habíale llenado el rostro de una costra blancuzca.

Emma volvía a entrar en la casa, cerraba la puerta, arreglaba la chimenea, y desfalleciendo con el calor del fuego, sentía con más intensidad el aburrimiento que la invadía. Con gusto hubiera bajado a charlar con la criada, pero cierto pudor la retenía.

Diariamente, y a la misma hora, el maestro de escuela, tocado con un gorro de seda negro, abría las ventanas de su casa, y diariamente y con el sable al cinto, sobre su blusa, pasaba el guarda rural. Mañana y tarde, los caballos de la posta, de tres en tres, atravesaban la calle para ir a beber en los charcos. La puerta de un cafetín al abrirse de cuando en cuando, hacía sonar su campanilla, y cuando levantábase viento oíanse chirriar en sus garabatos las bacías del barbero que servían de muestra a su tienda, decorada con un antiguo grabado de modas adherido a la pared y un busto femenino de cera con amarillentos cabellos. Aquel barbero se lamentaba también de su torcido destino y de su mala suerte, y soñando con una peluquería en una gran ciudad, Ruán, por ejemplo, en el puerto, junto al teatro, iba y venía desde el ayuntamiento a la iglesia, sombrío y en espera de los clientes. Cuando la señora Bovary alzaba los ojos veíale siempre allí, como un centinela, con su gorro griego terciado y su chaqueta de paño.

Algunas tardes, un rostro de hombre aparecía tras las vidrieras de la sala, un rostro curtido, de negras patillas y que sonreía lentamente, con dulce sonrisa y blancos dientes. Al punto dejábase oír un vals, y en un diminuto salón, al compás del organillo, bailarines tamaños como dedos, mujeres con turbantes color rosa, patrones con chaqueta y señores de calzón corto, giraban y giraban entre los sillones, canapés y consolas, repitiéndose en los pedazos de espejos unidos por un filete de papel dorado. El de las patillas daba vueltas al manubrio mirando a derecha e izquierda y a las ventanas. De cuando en cuando, lanzando un salivazo de oscura saliva contra el guardacantón, levantaba con la rodilla el instrumento, cuya recia correa oprimíale el hombro, y plañidera o jocunda, apresurada o lenta, la musiquilla escapábase zumbando del organillo, a través de una cortina de seda color rosa y bajo una placa de cobre con arabescos. Eran aires de esos que se tocaban en los teatros, que se cantaban en los salones, que se bailaban bajo el resplandor de las arañas, ecos del mundo que llegaban hasta Emma. Zarabandas interminables bullían en su cerebro, y como bayadera sobre floreada alfombra, su pensamiento saltaba con las notas, balanceándose de fantasmogoría en fantasmagoría, de tristeza en tristeza. Una vez recogida la limosna en su gorra, el hombre dejaba caer una vieja funda de lana azul sobre el organillo, echábaselo a la espalda y desaparecía con tardo andar, seguido por la mirada de ella.

Pero era sobre todo en las horas de las comidas cuando sufría más, en esa pequeña sala de la planta baja, con la estufa que humeaba, la puerta que gemía, las paredes que trasudaban, los suelos húmedos; toda la amargura de la existencia le parecía servida en su plato y con el humo de la sopa subían del fondo de su alma como otras bocanadas de aplastamiento. Carlos era lento para comer; ella mordiscaba algunas nueces, o bien, apoyada en el codo, se entretenía haciendo rayas en el hule con la punta de su cuchillo.

Emma tenía ahora descuidada la casa, y cuando la madre de Carlos se presentó para pasar en Tostes parte de la Cuaresma, asombrose del trastrueque. Ella, en efecto, tan delicada antes, permanecía días enteros sin componerse, usaba medias grises de algodón y escatimaba los gastos. Decía a cada momento que era preciso economizar, puesto que no eran ricos, añadiendo que se hallaba contentísima, que era muy dichosa, que le gustaba mucho Tostes, y otras novedades por el estilo, que cerraban la boca de su suegra. Por otra parte, Emma no parecía dispuesta a seguir sus consejos, hasta el punto que una vez, como la madre de Carlos dijera que los señores estaban obligados a vigilar las ideas religiosas de sus domésticos, la miró con ojos tan llenos de cólera y tuvo una sonrisa de tal modo fría, que la buena mujer no se ocupó más de aquello.

Iba haciéndose antojadiza y esquinada. Hacíase confeccionar platos especiales, que luego no probaba; un día alimentábase exclusivamente con leche pura, y al otro, con tazas de té a porrillo. Con frecuencia se obstinaba en no salir; ahogábase a continuación, abría las ventanas y se vestía con ropas ligeras. Después de regañar duramente a la criada, hacíale regalitos o la enviaba a pasearse con las vecinas, y otras veces arrojábales a los pobres cuantas monedas llevaba en el bolsillo, y eso que apenas si era caritativa ni accesible a emocionarse con el infortunio ajeno, como les ocurre a casi todos los descendientes de campesinos, cuyas almas conservan siempre, en cierto modo, las callosidades de las manos paternas.

A fines de febrero, el tío Rouault, como recuerdo de su curación, llevole a su yerno una pava soberbia y permaneció tres días en Tostes. Como Carlos, a causa de sus enfermos, hallábase fuera casi todo el día, Emma tuvo que acompañarle. Fumaba en el cuarto, escupía en la chimenea y sólo hablaba de cultivo, de vacas, de becerros, de aves y de asuntos del municipio; de tal modo que, al marcharse, cerró Emma la puerta con tanta satisfacción, que hubo de extrañarle a ella misma. Por lo demás, ella no ocultaba su desprecio por nada ni por nadie, y algunas veces permitíase emitir singularísimas opiniones, criticando lo bueno y aprobando cosas perversas o inmorales, con gran asombro de su marido.

¿Es que iba a ser eterna aquella vida miserable? ¿Es que no iba a salir nunca de ella? ¿Acaso no valía ella tanto como las que eran felices? En el baile de la Vauleyessard había visto duquesas de cintura menos fina y de maneras más ordinarias que la suya, y ello hacíale revolverse contra la injusticia de Dios. Apoyaba la cabeza en la pared para llorar y envidiaba las existencias tumultuosas, las noches de máscaras, los placeres desvergonzados, con todas las embriagueces que debían de producir y que ella ignoraba.

Como empezara a palidecer y a sufrir palpitaciones, Carlos le administró la valeriana y pediluvios de alcanfor; pero todo lo que se hacía por ella parecía irritarla más.

Algunos días charlaba febrilmente hasta por los codos; pero a tales exaltaciones sucedían de improviso embotamientos que le impedían hablar ni moverse. Lo que la reanimaba entonces era derramarse un frasco de agua de colonia en los brazos.

Como se quejaba continuamente de Tostes, ocurrióse a Carlos que tal vez el origen de todo aquello se encontrara en alguna influencia local, y de aquí que pensara seriamente en la conveniencia de un traslado.

A partir de aquel momento, Emma bebió vinagre para adelgazar, contrajo una seca tosecita y perdió el apetito por completo.

Carlos sentía mucho tener que salir de Tostes, después de cuatro años de vivir en él y cuando comenzaba a adquirir crédito. ¡Qué remedio, si era preciso! La llevó a Ruán para que la viera su antiguo maestro. Se trataba de una enfermedad nerviosa, y el cambio de aires se imponía.

Tras de muchas indagaciones, vino Carlos en conocimiento de que en el distrito de Neufchâtel existía una villa importante, llamada Yonville-L'Abbaye, cuyo médico —un emigrado polaco— había puesto pies en polvorosa la semana anterior. Escribiole entonces al farmacéutico del pueblo para que le dijera el número de habitantes, la distancia a que se hallaba el colega más próximo, lo que su antecesor ganaba anualmente, etc., y como los informes fuesen satisfactorios, resolvió trasladarse para la primavera si Emma no se reponía.

Cierto día que, teniendo en cuenta la marcha, arreglaba Emma un cajón, pinchose en un dedo con algo que resultó ser el alambre de su ramo de novia. Los capullos de las flores habían amarilleado con el polvo, y las cintas de raso ribeteadas de plata desflecábanse por los bordes. Echó el ramo al fuego, donde prendió como la paja seca. A poco era como inflamado matorral sobre las cenizas y se consumía lentamente. Emma mirábalo arder. Los tubitos de cartón se incendiaban, retorcíanse los alambres, se deshacían las cintas y las corolas de papel apergaminadas, y revoloteando sobre el fuego como negras mariposas, desaparecieron a la postre por la chimenea.

Al salir de Tostes, en el mes de marzo, la señora Bovary estaba encinta.

SEGUNDA PARTE

I

Yonville-L'Abbaye, cuyo nombre se debe a un antiguo convento de capuchinos, del que ni siquiera las ruinas
existen ya, es una villa situada a ocho leguas de Ruán, entre
la carretera de Abbeville y la de Beauvais, en lo hondo de un
valle regado por el Rieule, riachuelo que une sus aguas
a las del Andelle, después de hacer girar tres molinos, hacia
su desembocadura, y donde se crían truchas, que los muchachos se entretienen en pescar con caña los domingos.

Se deja a un lado la carretera de Boissière y se prosigue
por el llano hasta la altura del collado de Leux, desde el
cual se divisa el valle. El río que lo atraviesa divídelo en
dos regiones de aspecto diferente; a la izquierda no se
ven más que pastos, y tierras de labor a la derecha. La pradera se extiende al pie de una serie de colinas, que por detrás se unen a los pastos del país de Bray, en tanto que por
levante la llanura asciende con suavidad y se ensancha,
ostentando, hasta perderse de vista, sus dorados trigales.
El agua, que se desliza a ras de la hierba, separa, con la argentada cinta de su corriente, el verdecido color de los pra-
dos de la fosca entonación de los surcos, y de esta manera,
la campiña dijérase desplegado manto con cuello de terciopelo verde ribeteado de un galón de plata.

Una vez que se llega vislúmbranse en el confín del horizonte los encinares de Argueil y la escarpada pendiente de Saint-Jean, surcada por largos y desiguales regueros rojos originados por las lluvias, y aquellos tonos de ladrillo que cortan en estrechas franjas el grisáceo color montañoso provienen de los abundantes y ferruginosos manantiales que brotan del lado de allá, en las tierras circunvecinas.

El valle se halla enclavado en los confines de Normandía, Picardía y la isla de Francia y es una comarca equívoca, en la que el lenguaje carece de relieve y de carácter el panorama. Allí se hacen los peores quesos de Neufchâtel y, además, el cultivo resulta caro, porque hace falta mucho abono para abonar tierras deleznables, en las que abundan la arena y los cascotes.

Yonville, hasta 1835, careció de caminos transitables; pero a partir de dicho año tuvo uno de unión que enlaza la carretera de Abbeville con la de Amiens y del que a veces se sirven los carreteros que van de Ruán a Flandes. Yonville-L'Abbaye, empero, a pesar de estas nuevas salidas, ha permanecido estacionario. En vez de perfeccionar el cultivo, la gente sigue aferrada aún a los pastos, por despreciables que sean, y el perezoso pueblo, apartándose de la llanura, ha proseguido extendiéndose naturalmente hacia el río. Vésele desde lejos tendido a lo largo de la ribera, como el vaquero que duerme la siesta a orillas del agua.

Al pie de la cuesta, pasado el puente, comienza una calzada plantada de chopos, que conduce en línea recta hasta las primeras casas del pueblo. En torno de ellas corren sendas empalizadas y se yerguen en medio de patios llenos de departamentos dispersos —lagares, cuadras y destilerías—, diseminadas bajo los frondosos árboles en cuyas ramas se ven escalas, látigos y garfios. Los techos de bálago, a manera de gorras de forraje que cayeran sobre las cejas, cubren hasta un tercio, aproximadamente, las bajas ventanas, cuyos bombeados y gruesos cristales tienen, como la base de las botellas, una abolladura en el centro. En las paredes, atravesadas por negras vigas, se apoya a veces algún raquítico peral, y las plantas bajas tienen en la puerta una pequeña barrera giratoria para defenderlas de los pollitos que vienen a picotear en el umbral las migajas de pan moreno empapadas de sidra. Luego van estrechándose los patios, las casas se aglomeran, desaparecen las empalizadas; un haz de helecho se balancea en la extremidad de un mango de escobón; se ve la fragua de un herrador y a seguida un taller de carretero con dos o tres carros flamantes en la parte de fuera, obstruyendo el camino. Luego, a través de una verja, se divisa un círculo de césped, y señoreando este cespedal, ornado con un amor que se lleva un dedo a la boca, se yergue una casa blanca; a un lado y otro de la escalinata se ven sendos jarrones de hierro colado, y en la puerta relucen unas placas notariales. Es la vivienda del notario, la más hermosa del pueblo.

Del otro lado, veinte pasos más lejos, a la entrada de la plaza, aparece la iglesia. El pequeño cementerio que la rodea, cercado por una tapia de escasa elevación, está tan lleno de sepulturas, que las viejas losas, a ras del suelo, enmarcadas por la hierba que crece a su antojo entre las junturas, forman como un enlosado continuo. Esta iglesia se construyó en los últimos años del reinado de Carlos X. La bóveda de madera comienza a pudrirse por arriba, y de trecho en trecho tiene foscas hendiduras en su color azul. Por cima de la puerta, en el sitio que debiera ocupar el coro, se ve un ambón para hombres, al que se llega por una escalera de caracol que resuena bajo la pisada de los zuecos.

La luz solar, al penetrar por los continuados ventanales, ilumina sesgadamente la ringlera de bancos adosados a la pared, cubierta acá y allá por estrellitas clavadas, en la que campea esta inscripción: «Banco de Fulano de Tal». Más allá, donde se estrecha la nave, el confesonario hace pareja con una imagen de la Virgen, vestida de raso, tocada con velo de tul salpicado de plateadas estrellas y encaminadas las mejillas como un ídolo de las islas Sandwich; finalmente, una copia de la *Sagrada familia*, envío del ministro del Interior, señoreando el altar mayor entre cuatro candelabros, completa la perspectiva. Las sillas del coro, de madera de abeto, permanecen sin pintar.

Los mercados, es decir, una techumbre de tejas soportada por una veintena de postes, ocupan por sí solos la mitad, aproximadamente, de la plaza mayor de Yonville. La alcaldía, construida según los planos de un arquitecto de París, es como un templo griego, que hace esquina junto a la casa del farmacéutico. Tiene en la planta baja tres columnas jónicas, y en el primer piso, una galería con arcada de medio punto, en tanto que en el tímpano que sirve de remate campea un gallo francés, una de cuyas patas se apoya sobre la carta, mientras la otra sostiene la balanza de la justicia.

Pero lo que más atrae la atención es la farmacia del señor Homais, situada frente a la fonda de El León de Oro. De noche, principalmente, cuando está encendida la luz, y los bocales, rojo el uno y verde el otro, que hermosean el escaparate, alargan en el suelo sus dos coloreadas siluetas, entonces, a través de ellas, como a través de luces de Bengala, se vislumbra la sombra del farmacéutico, acodado en su pupitre. Su casa está, de arriba abajo, cubierta de rótulos en cursiva inglesa, en redondilla y en moldeado: «Aguas de Vichy, de Seltz y de Barèges; jarabes depurativos; específicos de Raspail; *racahut* árabe; pastillas Darcet; pomada Regnault; vendajes, baños, chocolates medicinales, etc». Y la muestra, que tiene el largo de la fachada, ostenta este letrero en dorados caracteres: «Homais, farmacéutico». Después, en el fondo de la botica, detrás de las balanzas sujetas al mostrador, se lee la palabra *Laboratorio* encima de una puerta de cristales, en medio de la cual, en letras doradas y sobre un fondo negro, se repite otra vez el nombre Homais.

Después de esto, nada más hay que ver en Yonville. Su única calle, cuya largura no excede de un tiro de fusil, con tiendas a un lado y otro, termina en un recodo de la carretera. Si se deja ésta a la derecha y se sigue al hilo de la cuesta de Saint-Jean, inmediatamente se llega al cementerio.

Cuando el cólera, para agrandar éste, construyeron un trozo de tapia y compraron algunas fanegas de tierra; pero esta adquisición resultó inútil, porque las fosas, como antaño, continúan amontonándose junto a la puerta.

El guardián, que es al par sepulturero y sacristán de la iglesia, con lo que saca un doble beneficio a los cadáveres de la parroquia, se ha aprovechado del terreno libre para sembrar en él patatas. De año en año, empero, su pegujal se achica, y cuando sobreviene una epidemia no sabe si regocijarse de los fallecimientos o afligirse por las sepulturas.

—¡Usted se alimenta de muertos, Lestiboudois! —díjole cierto día el señor cura.

Estas sombrías palabras hiciéronle reflexionar y le contuvieron algún tiempo; pero aún hoy continúa cultivando sus patatas e incluso afirma con aplomo que crecen por sí solas.

Desde los acontecimientos que se van a contar, nada, en efecto, ha cambiado en Yonville. La veleta tricolor de hojalata prosigue girando en el campanario de la iglesia; la tienda del comerciante en novedades agita aún al viento sus dos flámulas de indiana; los fetos del farmacéutico como haces de yesca blanca, se descomponen cada vez más en su cenagoso alcohol, y por encima de la puerta principal de la fonda, el viejo león de oro, despintado por la lluvia, prosigue mostrando a los transeúntes su melena de perro de aguas.

La tarde que debían llegar a Yonville los esposos Bovary, la viuda de Lefrançois, dueña de la hospedería en cuestión, hallábase tan atareada en la cocina, que sudaba la gota gorda. Al día siguiente se celebraba mercado en el pueblo y era preciso preparar por adelantado las viandas, destripar los pollos, hacer la sopa y el café. Además, tenía que preparar la comida de sus huéspedes y la del médico, su mujer y su criada; en el billar, el alboroto era grande; tres molineros, en la salita, llamaban para que los llevasen aguardiente, y en la larga mesa de la cocina, entre los cuartos de carnero crudo, alzábanse las pilas de platos, que se estremecían a los golpes dados en el tajo para desmenuzar las espinacas. En el corral, perseguidas por la criada para cortarles el pescuezo, cacareaban las aves.

Un hombre con babuchas de piel verde, algo picado de viruelas y tocado con gorro de terciopelo y borla de oro, calentábase la espalda junto a la chimenea. Su semblante respiraba satisfacción de sí mismo y era su talante tan apacible como el del jilguero suspendido en la jaula de alambre por encima de su cabeza: era el farmacéutico.

—¡Artemisa! —gritaba la patrona—. ¡Desata el haz de leña, llena las garrafas, sirve el aguardiente! ¡Vamos, date prisa! ¡Si supiera, al menos, qué postres podría servir a las personas que usted aguarda! ¡Dios mío! Los mozos que han traído los muebles de esa familia alborotan de nuevo en el billar. ¡Y su carro permanece ante la puerta! ¡*La Golondrina* es capaz de desfondarlo en cuanto llegue! ¡Llama a Hipólito para que la contenga!... ¡Y pensar, señor Homais, que es muy posible que hayan jugado quince partidas desde esta mañana y que se hayan bebido ocho frascos de sidra!... Lo que siento es que van a desgarrar el paño de la mesa —proseguía, mirándolos desde lejos, con la espumadera en la mano.

—No se perdería mucho —repuso el señor Homais—; así compraría usted otra.

—¡Otra mesa de billar! —exclamó la viuda.

—Claro, puesto que ésa ya no sirve, señora Lefrançois. Se lo repito: se está usted perjudicando, se está usted perjudicando grandemente. Ahora, los aficionados quieren que las mesas tengan troneras y que los tacos sean pesados. Ya no se juega a carambolas; ha cambiado todo. ¡Es preciso amoldarse a las circunstancias! Vea si no lo que hace Tellier...

La fondista enrojeció de despecho. El farmacéutico añadió:

—Su billar, diga lo que diga, es más bonito que el de usted, y cuando a uno se le ocurre la idea, por ejemplo, de organizar una partida patriótica a favor de Polonia o de los inundados de Lyon...

—¡No son los perdidos como ése los que a mí me asustan! —interrumpió la hostelera, encogiéndose de hombros—. ¡Vamos, señor Homais, vamos; mientras El León de Oro exista, acudirá a él la gente! ¡Tenemos el riñón bien cubierto! Usted verá, en cambio, cómo el día que menos se piense amanece cerrado el Café Francés y con las puertas selladas... ¡Cambiar mi billar —prosiguió, como hablándose a sí misma—, que tan a las mil maravillas me sirve para preparar la lejía y en el que cuando llega la época de la caza han llegado a acostarse seis viajeros!... ¡Y ese remolón de Hivert, que no viene!

—¿Le aguarda usted para la comida de sus huéspedes? —preguntó el boticario.

—¿Aguardarle? ¡Y al señor Binet! A las seis en punto le verá usted entrar, pues es puntual como nadie. Necesita siempre ocupar su puesto en la salita. Preferiría que le mataran a comer en otro sitio. ¡Cuidado que es fastidioso! ¡Y qué de reparos le pone a la sidra! No es así el señor León: llega, algunas veces a las siete, incluso a las siete y media, y ni siquiera se fija en lo que come. ¡Qué muchacho más bueno! Jamás dice una palabra más alta que otra.

—Es que hay bastante diferencia, como puede ver, entre un joven bien educado y un antiguo carabinero, que hoy es recaudador.

Al dar las seis entró Binet.

Un gabán azul cubría su enjuto cuerpo, y la gorra de piel con orejeras anudadas por un cordón dejaba al descubierto, bajo la levantada visera, una frente calva, deprimida por el continuo uso de la teresiana. Llevaba chaleco de paño negro, cuello de crin, pantalones grises y, en toda época, botas lustrosísimas con sendas y paralelas hinchazones, reveladoras de juanetes. Ni siquiera un pelo sobresalía en el simétrico corte de su rubia barba, la cual, rodeando su mandíbula, encuadraba, como el borde de un arriate, su apagado y largo rostro, de ojos pequeños y arqueada nariz. Muy ducho en las artes del juego carteado, buen cazador y con una magnífica letra, tenía en su casa un torno, y enteteníase torneando servilleteros, que amontonaba en su domicilio con el celo de un artista y el egoísmo de un burgués.

Binet dirigiose a la salita, pero antes fue preciso hacer salir a los tres molineros, y mientras le prepararon la mesa permaneció silencioso en su puesto, junto a la estufa; luego cerró la puerta y quitose la gorra, como de costumbre.

—De seguro no serán las cortesías las que le desgasten la lengua —dijo el farmacéutico al quedarse solo con la hostelera.

—Pues siempre es lo mismo —repuso la aludida—; la semana última vinieron dos pañeros, dos muchachos saladísimos, que al llegar la noche contaron una porción de chascarrillos que me hicieron reír de lo lindo; pues bien, nuestro hombre permanecía aquí como un poste, sin decir palabra.

—Sí—dijo el boticario—, no tiene imaginación ni ocurrencias, ni nada de lo que tienen los hombres sociables.

—Dicen, sin embargo, que tiene recursos —objetó la fondista.

—¡Recursos! —repuso el señor Homais—. ¡Él recursos!

—Entre los suyos, es posible —añadió con más apacible acento. Y prosiguió luego—: Que un comerciante tenga muchísimos quehaceres, que un jurisconsulto, que un médico, que un farmacéutico, se hallen de tal modo ensimismados que se vuelvan, debido a ello, caprichosos y hasta bruscos, lo comprendo; la vida nos ofrece casos de esa clase; pero por lo menos piensan. ¡Cuántas veces me ha ocurrido a mí buscar una pluma en mi mesa para escribir una etiqueta y al fin resultar que la tenía tras de la oreja!

La señora Lefrançois, mientras hablaba el farmacéutico, encaminose a la puerta para ver si aparecía *La Golondrina*, y estremeciose. Un hombre vestido de negro penetró de pronto en la cocina. A la escasa luz del crepúsculo pudo verse que era de rubicundo rostro y atlética apariencia.

—¿En qué puedo servirle, señor cura? —preguntó la dueña de la fonda, al par que alcanzaba de la chimenea una de las palmatorias de cobre que hallábanse allí alineadas en sus respectivas velas—. ¿Quiere tomar algo? ¿Un poquito de anís? ¿Una copa de vino?

El sacerdote lo rehusó muy cortésmente. Iba en busca de su paraguas, que se había dejado olvidado el otro día en el convento de Ernemont, y tras de rogarle a la señora Lefrançois que se lo remitiera al presbiterio por la noche, salió para encaminarse a la iglesia, de donde llegaba el toque del ángelus.

Cuando el señor Homais dejó de oír el rumor de sus pasos por la plaza, dijo que lo hecho por el sacerdote poco antes le parecía de una gran inconveniencia. Aquel negarse a tomar un refrigerio antojábasele una hipocresía de las más odiosas; los sacerdotes empinaban el codo a escondidas y trataban de volver a la época de los diezmos.

La hostelera defendió al cura.

—Además, puede con cuatro como usted. El año último ayudó a nuestras gentes a transportar la paja, y es tan fuerte que llegó a cargarse seis costales a la vez.

—¡Bravo! —dijo el farmacéutico—. ¡Que vayan, pues, las muchachas a confesarse con hastialotes de esa índole! Si yo perteneciera al gobierno ordenaría que se sangrase a los curas una vez al mes. ¡Sí, señora Lefrançois, una amplia flebotomía todos los meses, en bien de la moral y de las buenas costumbres!

—¡Cállese, señor Homais! ¡Es usted un impío! ¡No tiene religión!

El farmacéutico respondió:

—¡Tengo una religión, mi religión, y hasta la tengo en más que todos ellos la suya, no obstante sus mojigangas y sus charlatanerías! Adoro a Dios, por el contrario. Creo en el ser supremo, en un creador, sea el que fuere, poco importa, que nos ha puesto sobre la tierra para que cumplamos nuestros deberes de ciudadanos y de padres de familia; pero no quiero ir a la iglesia para besar reliquias y engordar con mi dinero a un cúmulo de farsantes que se alimentan mejor que nosotros. A Dios se le puede honrar de igual modo en medio de un bosque, en el campo, e incluso, como los antiguos, contemplando la celeste bóveda. ¡Mi Dios es el de Sócrates, de Flanklin, de Voltaire y de Béranger! Me declaro por la *Profesión de fe del vicario saboyano* y por los inmortales principios del ochenta y nueve! Tampoco admito a ese buen hombre de Dios que se pasea por sus avenidas con un bastón en la mano, aloja a sus amigos en el vientre de las ballenas, muere lanzando un grito y resucita al cabo de tres días; cosas todas absurdas de por sí y en abierta pugna, además, con todas las leyes de la física, lo que nos prueba de paso que los curas viven hundidos en una ignominiosa ignorancia y que se esfuerzan por arrastrar a los pueblos en su caída.

Callose, dirigiendo a su alrededor una mirada, como si pretendiera descubrir a su auditorio, pues por un momento, y llevado de su entusiasmo, el farmacéutico se creyó en plena sesión del municipio. Pero la dueña de la fonda, atenta a un rumor lejano, no le escuchaba ya. Dejábase oír el rodar de un coche, mezclado a un crujir de hierros desvencijados que golpeaban el suelo, y al fin *La Golondrina* se detuvo ante la puerta.

El tal vehículo componíase de una caja amarilla, sobre dos grandes ruedas, las cuales llegaban a la altura de la baca, y a más de impedirles a los viajeros la vista del camino, ensuciábanles los hombros. Los cristales de sus vidrieras, cerrado el coche, retemblaban en sus marcos y conservaban, acá y allá, manchas de lodo entre la añeja y polvorienta capa que los cubría y que ni aun las aguas torrenciales habían conseguido que desapareciera por completo. El tiro componíase de tres caballos, uno de ellos de delantero; y al bajar las cuestas, el vehículo rozaba el suelo y se bamboleaba.

Acercáronse algunos burgueses de Yonville; hablaban todos a la vez, en demanda de noticias, explicaciones y encargos. Hivert no sabía a quién contestar. Era el cosario del pueblo. Iba a las tiendas, compraba rollos de piel para el zapatero, hierros viejos para el herrador, un barril de arenques para su ama, gorritos en la tienda de la modista, postizos en la peluquería, y una vez de vuelta, iba distribuyendo a lo largo del camino sus paquetes, que arrojaba por encima de las tapias, en pie en el pescante y gritando a más no poder, mientras los caballos caminaban de por sí. Un incidente fue la causa del retraso. La galguita de la señora de Bovary se escapó a campo traviesa. Durante un cuarto de hora la llamaron inútilmente. El mismo Hivert volvió atrás como una media legua, creyendo descubrirla a cada momento; pero fue preciso proseguir el camino sin ella. Emma lloró y púsose fuera de sí, acusando a Carlos de aquella desgracia. El señor Lheureux, mercader de paños y compañero de viaje, trató de consolarla con multitud de ejemplos de perros perdidos que al cabo de muchos años reconocieron a su amo. Se citaba a uno —decía— que había vuelto desde Constantinopla a París. Otro había hecho cincuenta leguas en línea recta y cruzado a nado cuatro ríos. Su mismo padre tuvo un perro de aguas, el cual, una noche, después de doce años de ausencia, le saltó a la espalda de improviso, yendo por la calle y cuando se dirigía a comer fuera de casa.

II

Emma descendió la primera; luego, Felicidad, el señor Lheureux, una nodriza, y finalmente, Carlos, a quien fue preciso despertar, pues apenas anocheció habíase dormido por completo en su rincón.

Homais presentose a sí mismo; ofreciole sus respetos a la señora, saludó al señor, dijo que le encantaba haberlos podido ser útil en alguna cosa y añadió con cordial talante que comería con ellos por hallarse ausente su mujer.

La señora Bovary, una vez en la cocina, acercose al fuego, y cogiéndose la falda con dos dedos, a la altura de la rodilla, y arremangándose hasta el tobillo, acercó a la llama, por encima del guiso, su pie, calzado con bota negra. El fuego la iluminaba de pies a cabeza, inundando con su cruda luz la trama de su vestido, la satinada blancura de su piel y hasta sus párpados, que de tiempo en tiempo se agitaban. Las ráfagas de aire, al irrumpir por la entornada puerta, ponían en su figura el rojizo resplandor de la llama.

Desde el extremo opuesto, un joven de cabellos rubios la miraba silenciosamente.

Como se aburría mucho en Yonville, donde estaba de escribiente en el despacho del señor Guillaumin, León Dupuis, pues él era el segundo comensal de El León de Oro, retrasaba con frecuencia la hora de la comida esperando que acudiese a la fonda algún viajero para pasar con él la noche de charla. Cuando terminaba pronto su tarea en el despacho, no tenía más remedio, a falta de otra ocupación, que presentarse a la hora exacta y sufrir, desde la sopa a los postres, la compañía de Binet. De aquí que aceptara con júbilo la invitación que hiciérale la fondista de comer con los recién llegados. Así pues, pasaron todos al comedor grande, donde la señora Lefrançois, para mayor boato, había puesto la mesa.

Homais, por miedo a la coriza, pidió permiso para conservar puesto su gorro griego.

Después, dirigiéndose a su vecina:

—¿Estará usted rendida, sin duda, señora? ¡Es tan horrible el traqueteo que se sufre en *La Golondrina*!

—Es cierto —replicó Emma—; pero es una molestia que me divierte; me gusta cambiar de aires.

—¡Es tan fastidioso —suspiró el escribiente— vivir clavado en el mismo sitio!

—¡Si tuviese —dijo Carlos— que estar de continuo a caballo, como yo!...

—Sin embargo —repuso León, dirigiéndose a la señora Bovary—, a mi parecer, no hay cosa más agradable. Si se puede... —añadió.

—Por lo demás —dijo el boticario—, el ejercicio de la medicina no es muy penoso en nuestra comarca, pues el estado de nuestras carreteras permite el uso del cabriolé, y por lo general, como la posición de los agricultores es desahogada, se paga con largueza. Tenemos, según la estadística, aparte de los casos ordinarios, bronquitis, enteritis, afecciones biliares, etc., alguna que otra fiebre intermitente por la época de la siega; en suma, pocos casos graves y nada digno de especial mención, a no ser la abundancia de tumores fríos, que se deben, sin duda, a las deplorables condiciones higiénicas de las casas campesinas. Pero, ¡ah!, tendrá que combatir muchos prejuicios señor Bovary, muchas arraigadas rutinas; en unas y otros se estrellarán cotidianamente sus esfuerzos científicos, pues estas gentes recurren aún a las novenas, a las reliquias y al cura antes de presentarse en casa del médico o en la del boticario. El clima, empero, no es desagradable, la verdad sea dicha, y hasta contamos con algunos nonagenarios en la comarca. El termómetro, como he podido observar, desciende en invierno a los cuatro grados, y en el rigor del verano sube a los veinticinco, a los treinta a lo sumo, lo que nos proporciona una máxima de veinticuatro Reaumur, o dicho de otro modo, cincuenta y cuatro de Fahrenheit, medida inglesa, y nada más. En efecto, el bosque de Argueil nos pone al abrigo de los vientos del norte, así como de los del oeste nos libra el cerro de Saint-Jean; sin embargo, este calor, que a causa de los vapores acuosos desprendidos del río y de la abundancia de ganado en las praderas, las cuales exhalan, como usted sabe, mucho amoníaco, esto es, ázoe, hidrógeno y oxígeno —no ázoe e hidrógeno solamente—, y que, al absorber el humus de la tierra, confundiendo todas estas diversas emanaciones, reuniéndolas en un haz, por así decirlo, y combinándose con la electricidad atmosférica, cuando la hay, podría a la larga, como en los países tropicales, engendrar miasmas insalubres; este calor, digo, se encuentra justamente atemperado por la parte de donde viene, o más bien, de donde debía venir, eso es, del lado sur, por los vientos del sudeste, los cuales, como se refresquen a su paso por el Sena, llegan a nosotros de improviso, algunas veces, como si fueran brisas siberianas.

—¿Tienen ustedes, al menos, algunos paseos por los alrededores? —preguntaba la señora Bovary, dirigiéndose al joven.

—¡Oh!, muy pocos —repuso—. Hay un paraje en lo alto del cerro, a la salida del bosque, que se llama el Prado. Algunos domingos me voy allí con un libro para contemplar la puesta del sol.

—Nada me parece tan admirable como las puestas de sol —dijo ella—; sobre todo, a orillas del mar.

—¡Oh, yo adoro el mar! —replicó León.

—Y además, ¿no cree usted que el espíritu vaga más libremente por esa llanura ilimitada, cuya contemplación eleva el alma y nos inunda de inquietud e idealidad?

—Lo mismo ocurre con algunos paisajes montañosos —repuso León—. Yo tengo un primo que ha estado en Suiza el año pasado, y según él, no hay modo de imaginarse la poesía de los lagos, el hechizo de las cascadas, el imponente espectáculo de los ventisqueros. A través de los abismos se vislumbran pinos enormes, cabañas suspendidas sobre los abismos, y cuando las nubes se despejan, valles enteros. ¡Tales espectáculos deben entusiasmar, predisponer para la oración y el éxtasis! No me asombra, pues, la costumbre de aquel célebre músico que, para mejor excitar su imaginación, se iba a tocar el violín ante algún panorama imponente.

—¿Sabe usted música? —preguntó Emma.

—No; pero me gusta mucho —repuso el joven.

—¡Oh!, no le haga caso, señora Bovary —interrumpió Homais, inclinándose sobre el plato—; eso lo dice por pura modestia. ¿Cómo es eso, amigo mío? Y el otro día, ¿no cantaba usted en su cuarto, de un modo enloquecedor, el *Ángel guardián*? Le oía desde el laboratorio. Matiza usted esa canción como un cantante.

León, en efecto, vivía en el segundo piso de la casa del boticario, en un cuartito que daba a la plaza. Ruborizose al oír el elogio de su casero, que ya se había vuelto hacia Carlos y le enumeraba, uno tras otro, los principales habitantes de Yonville, refiriéndole anécdotas y proporcionándole datos. No era posible calcular con exactitud la fortuna del notario, y existía, además, la casa Tuvache, que le hacía mucha sombra.

Emma prosiguió:

—¿Y qué música prefiere usted?

—¡Oh!, la música alemana, que es la que induce a soñar.

—¿Conoce los italianos?

—Aún no; pero los veré el año que viene, cuando vaya a París para terminar mi carrera de abogado.

—Hablábale yo ahora a su marido —dijo el boticario— de ese pobre Yanoda, que se ha fugado, y le decía que gracias a las locuras que ha cometido les va a ser posible a ustedes disfrutar de una de las casas más confortables de Yonville. Lo que de más cómodo tiene principalmente para un médico esa casa es una puerta que da a la Alameda, la cual puerta permite entrar y salir sin ser visto. Además, ofrece todo lo que puede ser agradable a una familia: lavadero, cocina con despensa, gabinete, huerto, etc. Era un hombre decidido, que no se paraba en barras. Al final del jardín, junto al estanque, se hizo levantar un cenador para beber la cerveza en verano, y si a la señora le gusta la jardinería, podrá...

—Mi mujer apenas si se ocupa de eso —dijo Carlos—; prefiere, aun cuando le recomiendan el ejercicio, quedarse en su habitación leyendo.

—Como me ocurre a mí —dijo León—. ¿Hay nada mejor que pasar la noche con un libro, en un rincón, junto al fuego, mientras el viento azota las vidrieras y brilla la lámpara?...

—¿Verdad que sí? —replicó Emma, mirando al joven con sus grandes y negros ojos, abiertos de par en par.

—No se piensa en nada —prosiguió León—, y las horas se deslizan. Sin moverse, uno pasea por los países que cree ver, y el pensamiento, arrebatado por la ficción, se engaña a sí mismo, se interesa por las aventuras y se identifica con los personajes hasta parecer que es uno mismo el que palpita bajo sus trajes.

—¡Es verdad! ¡Es verdad! —asintió Emma.

—¿No le ha ocurrido algunas veces —prosiguió León— tropezarse en un libro con una idea vaga que se ha tenido, como una imagen borrosa que nos viene de lejos, algo así como la exposición completa de nuestros sentimientos más sutiles?

—Sí que lo he experimentado —afirmó ella.

—He aquí por qué —continuó el joven— me gustan, sobre todo, los poetas. Encuentro más ternura en los versos que en la prosa, y hacen llorar más fácilmente.

—A la larga, no obstante, fatigan —observó Emma—; a mí me gustan más las obras que se leen de un tirón y que nos asustan. Los héroes vulgares y los sentimientos templados, tal y como se dan en la naturaleza, no me agradan.

—En efecto —hizo notar el escribiente—; esa clase de obras no conmueven; y por ello se apartan, en mi sentir,

113

de la verdadera finalidad del arte. ¡Es tan agradable, en medio de los desencantos que la vida nos ofrece, poder identificarse idealmente con caracteres nobles, afectos puros y cuadros de dicha! En cuanto a mí, viviendo como vivo en este apartado rincón del mundo, mi única distracción es ésa: ¡ofrece tan pocos atractivos Yonville!

—Como Tostes, sin duda —replicó Emma—; allí estuve, por esa razón, abonada a un salón de lectura.

—Si la señora quiere honrarme aceptando mis libros —dijo el farmacéutico, que acababa de oír las últimas palabras—, pongo a su entera disposición una biblioteca compuesta de los mejores autores: Voltaire, Rousseau, Delile, Walter Scott, el *Eco de los Folletines*, etc., y recibo, además, diversos periódicos, *El Faro de Ruán*, entre otros, que se publica diariamente y que tiene la ventaja de ser yo su corresponsal para las circunscripciones de Buchy, Farges, Neufchâtel, Yonville y los alrededores.

Desde hacía dos horas y media hallábanse en la mesa, y ello porque la criada Artemisa, arrastrando indolentemente por el suelo sus chanclas de orillo, servía con mucha parsimonia, lo olvidaba todo, no oía nada y dejábase de continuo entreabierta la puerta del billar, que golpeaba contra la pared.

León, mientras hablaba, y sin darse cuenta, había puesto su pie en uno de los travesaños de la silla de la señora Bovary. Llevaba ésta una corbatita azul, que mantenía enhiesto, como una gorguera, un cuello de acanalada batista, y según los gestos que hiciera, hundíase en él su barbilla o emergía suavemente. De esta suerte, uno junto a otra, mientras Carlos y el farmacéutico charlaban, adentrábanse por una de esas conversaciones en las que el azar de las

114

frases nos conduce siempre al centro de una común simpatía. Examináronlo todo y de todo hablaron hasta el final de la comida: de los teatros de París, de títulos de novelas, de los bailes nuevos, de la sociedad que no conocían, de Tostes, donde ella vivió; de Yonville, donde al presente se encontraban.

Una vez servido el café, levantose Felicidad para preparar el cuarto de la nueva casa, y los comensales, a poco, levantáronse también. La señora Lefrançois dormía junto a la chimenea, en tanto que el mozo de cuadra, con un farol en la mano, aguardaba a los señores de Bovary para acompañarlos a su domicilio. En la roja pelambrera de tal individuo, que cojeaba de la pierna izquierda, veíanse algunas briznas de paja. Una vez que se apoderó con la otra mano del paraguas del señor cura, se puso en marcha.

Dormía el pueblo, los postes del mercado alargaban sus enormes sombras en el suelo, y la tierra se revestía de una grisácea tonalidad, como de noche veraniega.

Pero como la casa del médico se hallaba a cincuenta pasos de la fonda, fue preciso, casi inmediatamente, despedirse y cada cual echó por su lado.

Emma, al entrar en el zaguán, sintió sobre sus hombros, como un paño húmedo, el frío de las paredes, completamente nuevas. Al subir, los peldaños de la escalera crujieron.

En el cuarto del primer piso, por las ventanas sin cortinas, penetraba una lechosa claridad. Vislumbrábanse desde allí las copas de los árboles, y más lejos, la pradera, medio esfumada en la niebla que emergía del río, a la luz de la luna. En medio de la habitación, confusamente amontonados, veíanse cajones de cómoda, varillas de cortinas, botellas, barras doradas, colchones puestos sobre las sillas y jofainas tiradas en el suelo, pues los dos hombres que hicieron la mudanza habíanlo dejado todo allí a la buena de Dios. Era la cuarta vez en su vida que Emma iba a dormir en un sitio para ella desconocido. Fue la primera el día de su entrada en el convento; la segunda, cuando llegó a Tostes; la tercera, en la Vauleyessard, y aquélla era la cuarta. Cada una de ellas podía considerarse como el principio de una nueva fase de vida. No creía que pudiesen ocurrir las mismas cosas en sitios diferentes, y como lo hasta entonces vivido había sido malo, lo que le quedaba por vivir, sin duda, sería mejor.

III

Cuando se levantó al día siguiente, vio al escribiente en la plaza. Emma se cubría con un peinador, y León, que había levantado la cabeza, saludola; entonces ella, tras de contestar con un rápido gesto, cerró la ventana.

León aguardó durante todo el día a que diesen las seis; pero al entrar en la fonda sólo halló en la mesa al señor Binet.

La comida de la noche antes había sido para él un acontecimiento importantísimo; nunca hasta entonces habló durante dos horas seguidas con una dama. ¿Cómo, pues, le había sido posible exponer de aquel modo tantísimas cosas que antes no le hubiera sido dado decir? Era por naturaleza tímido y reservado, con esa reserva que es a un mismo tiempo pudor y disimulo. En Yonville se le tenía por distinguido. Escuchaba los razonamientos de las personas maduras y no parecía exaltado en la política, cosa notable en un joven. Poseía, además, algunas habilidades: pintaba a la acuarela, conocía la clave de sol, y de muy buen grado, después de comer y cuando no jugaba a las cartas, ocupábase de literatura. El señor Homais teníale en mucho aprecio por su instrucción, y la señora del boticario le estimaba por su complacencia, pues frecuentemente íbase al jardín con sus hijos, mocosuelos siempre sucios, muy mal educados, y como la madre, un poco linfáticos. Cuidaban de ellos, además, la criada y Justino, el mancebo de la botica, primo segundo del señor Homais, a quien por caridad recogieron en la casa y que hacía las veces, al mismo tiempo, de doméstico.

El boticario mostrose como el mejor de los vecinos. Puso a la señora Bovary al tanto de la residencia de los tenderos, mandó llamar a su sidrero, probó él mismo la sidra y tuvo cuidado de que colocaran bien el barril en la cueva, y para remate, diole a conocer los medios de que podía valerse para comprar barata la manteca, y llegó a un acuerdo con Lestiboudois, el sacristán, quien, además de sus funciones religiosas y funerarias, cuidaba, a jornal, las principales huertas de Yonville.

Toda esta obsequiosa cordialidad del farmacéutico no era puramente desinteresada y obedecía a un soterrado propósito.

Homais había infringido el artículo 1.º de la ley del 19 de ventoso del año XI, la cual prohíbe ejercer la medicina a todo aquel que no posea el título correspondiente, y tan era así que, por denuncias anónimas, tuvo que presentarse en Ruán, llamado por el procurador del rey, que recibiole en su despacho, en pie, con toga, muceta de armiño y birrete. Ello fue por la mañana, antes de la audiencia. En el pasillo se oía el resonar de las recias botas de los gendarmes y un como lejano rumor de gruesos cerrojos al correrse. Le zumbaron los oídos al boticario, y hasta llegó a creer que iba a sufrir un vómito de sangre; creyó ver las mazmorras, a su familia llorando, vendida la farmacia, todos los tatarretes dispersos, y viose obligado a entrar en un café

118

y tomarse una copa de ron con seltz para tranquilizar su espíritu.

El recuerdo de aquella amonestación fue poco a poco debilitándose, y en la actualidad, y como antes hiciera, seguía celebrando sus anodinas consultas en la rebotica. Pero el alcalde le odiaba, sus compañeros teníanle envidia y todo era de temer.

Atraerse a Bovary con sus amabilidades equivalía a ganarse su gratitud y a impedir que hablase alguna vez si notaba algo. Por eso, todas las mañanas le llevaba el periódico, y con frecuencia abandonaba un momento la farmacia por la tarde para irse a casa del médico y charlar con él.

Carlos hallábase desanimado: la clientela no acudía. Se pasaba las horas sentado, sin hablar, se iba a dormir a su despacho, o bien miraba coser a su mujer para distraerse, trató de hacer algo en la casa, y hasta pretendió pintar el granero con un poco de pintura que se habían dejado los pintores. Pero la cuestión económica le preocupaba. Había hecho tantos gastos en arreglar su casa de Tostes, en comprarle vestidos a su mujer y en la mudanza última, que toda la dote de Emma —más de tres mil escudos— había desaparecido en dos años. ¡Y cuántas cosas perdidas o echadas a perder en la mudanza de Tostes a Yonville, sin hacer mención del cura de yeso, el cual, y como cayera del carro en un fuerte vaivén de éste, se había hecho mil pedazos en el camino de Quincampaix!

Una más grata preocupación —el embarazo de su mujer— vino a distraerle. A medida que acercábase la hora del parto, aumentaba el cariño que por ella sentía. Era aquello un nuevo lazo carnal y un más complejo sentimiento de unión. Cuando la veía, de lejos, andar perezosamente, desplazándose con molicie sobre sus caderas sin corsé; cuando, frente a ella, veíala a todo su sabor y talante sentada en un sillón, adoptar fatigadas posturas, entonces desbordábase su ventura y, levantándose, acariciaba su rostro, llamábala madrecita, pretendía hacerla bailar y desembuchaba, medio riendo, medio llorando, cuantas acariciadoras bromas se le ocurrían. La idea de ser padre enloquecíale y no echaba de menos nada; la existencia le era conocida de punta a punta, y se sentaba a la mesa acodándose con serenidad.

Emma, al principio, sintiose grandemente sorprendida, y luego ardió en deseos de dar a luz para saber lo que era ser madre. Mas, siéndole imposible, como lo era, hacer gastos a su antojo, comprar una cuna en forma de barquilla con cortinas de seda rosa y moñas bordadas, renunció en un arranque de amargura al ajuar del rorro, y, sin más ni más, encargóselos a una costurera del pueblo, sin escoger ni discutir nada. No se entretuvo, pues con semejantes preparativos, aguzadores de la ternura materna, y por ello acaso el afecto por el futuro vástago sintiose desde el principio atenuado por un no se sabe qué.

Sin embargo, como Carlos, durante las comidas, hablaba del rorro, Emma acabó por pensar en él con más frecuencia.

Deseaba que fuese un niño; sería fuerte y moreno y llamaríase Jorge. La idea de tener un varón era para ella como el esperanzado desquite de todas sus pasadas impotencias. El hombre, al menos, es libre y puede recorrer las pasiones y los países, vencer obstáculos, gustar de las más lejanas felicidades. La mujer, en cambio, siéntese aherrojada de continuo. Blanda e inerte a un mismo tiempo, tiene

120

en su contra las debilidades de la carne, juntamente con los rigores de la ley. Su voluntad, como el velo de su sombrero, que un cordón sujeta, palpita a todos los vientos, y siempre se da en ella junto al deseo que arrastra la conveniencia enfrentadora.

Un domingo, a eso de las seis, a punto de surgir el sol, dio a luz Emma.

—¡Es una niña! —dijo Carlos.

Ella volvió la cabeza y desvaneciose.

Casi al punto acudió la señora de Homais y la besó; lo propio hizo la tía Lefrançois de El León de Oro. El boticario, como hombre discreto, limitose por el pronto a felicitarla provisionalmente desde la entornada puerta. Quiso ver a la niña y la encontró perfectamente conformada.

Durante la convalecencia dedicose Emma a buscarle un nombre a su hija. Primeramente pasó revista a todos los que tenían terminaciones italianas, tales como Clara, Luisa, Amanda, Atala; gustábale mucho Galsuinda, y más aún Isolda o Leocadia. Carlos era de opinión que la niña debía llevar el nombre de la madre, pero ésta se oponía. Se recorrió el calendario, desde el principio al fin, y se consultó a los amigos.

—León —decía el farmacéutico—, con quien hablé el otro día del asunto, se asombra de que no se decidan ustedes por el nombre de Magdalena, que es ahora el más de moda.

Pero la madre de Carlos se opuso terminantemente a que su nieta se llamara como una pecadora. Por lo que hace al señor Homais, gustábale los nombres ligados a un hombre ilustre, a un hecho famoso o a una generosa concepción, y así lo tuvo en cuenta a la hora de bautizar a sus cuatro hijos, entre los cuales Napoleón representaba la gloria y Franklin la libertad; Irma, acaso, era una concesión al romanticismo; y Alalia un homenaje a la más inmortal obra maestra de la escena francesa. Pues sus opiniones filosóficas no eran un obstáculo para sus admiraciones artísticas; el pensador, en él, no ahogaba al hombre sensible; sabía establecer diferencias y separar convenientemente la imaginación del fanatismo. De tal tragedia, por ejemplo, censuraba las ideas, pero admiraba el estilo; maldecía la concepción y aplaudía los detalles; los personajes le exasperaban, pero le entusiasmaban sus discursos. Al leer los trozos mejores sentíase transportado, pero desolábale el pensar que los frailucos se aprovechaban de aquello para sus propagandas, y en una tal confusión de embarazantes sentimientos hubiera deseado a un tiempo mismo poder coronar a Racine con sus dos manos y discutir con él durante un buen cuarto de hora.

Emma, al fin, recordó que, en el castillo de la Vauleyessard, la marquesa, al dirigirse a una joven, la había llamado Berta, y al punto fue elegido dicho nombre, y como al tío Rouault no le fuera dado ir, se le rogó al señor Homais que hiciese de padrino. Los regalos consistieron todos en productos de su establecimiento, a saber: seis cajas de azufaifa, un tarro entero de *racahut*, tres estuches de pastillas de malvavisco y, además, seis barras de azúcar cande que habíase encontrado en una alacena. La tarde de la ceremonia celebrose un gran banquete, al que asistió el cura y en el que se enardecieron los ánimos. El señor Homais, a la hora de los brindis, entonó el *Dios de las buenas gentes*; León cantó una barcarola, y la madre de Carlos, que era la madrina, una romanza de la época del imperio; finalmente, el señor Bovary padre hizo que le trajesen a la niña y la bautizó echándole una copa de champaña por la cabeza. Esta irrisión del primero de los sacramentos, indignó al padre Bournisien; Bovary padre contestole con una cita de *La guerra de los dioses* y el cura se quiso marchar; suplicaron las damas, intervino Homais y consiguiose que el sacerdote se sentara de nuevo, y una vez sentado, cogió tranquilamente su taza de café, en la que aún quedaba la mitad.

El señor Bovary permaneció un mes en Yonville, deslumbrando a los vecinos con su gorra de cuartel galoneada de plata; poníasela por las mañanas y se dirigía a la plaza para fumarse una pipa. Como tenía también la costumbre de beber mucho aguardiente, frecuentemente enviaba a la criada a El León de Oro para que le comprase una botella, que apuntaban en la cuenta del hijo. Además, para perfumarse sus pañuelos apuró todo el agua de colonia que tenía su nuera.

A Emma no le desagradaba su compañía. Había recorrido el mundo y hablaba de Berlín, de Viena, de Estrasburgo, de su época de oficial, de las queridas que tuvo, de las francachelas que había corrido, y además mostrábase amable, e incluso a veces, bien en la escalera, bien en el jardín, la cogía por la cintura y gritaba:

—¡Carlos, ten cuidado!

La señora Bovary madre, velando por la felicidad de su hijo, como temiera que su marido, a la larga, pudiese ejercer alguna influencia inmoral sobre la joven, sintiose invadida por el miedo y apresuró la marcha. Acaso experimentara más serias inquietudes. Bovary era hombre que no respetaba nada.

Un día, Emma sintió de pronto el deseo de ver a su hijita, a quien amamantaba la mujer del carpintero, y sin mirar en el almanaque si habían transcurrido o no las seis semanas de la virgen, encaminose a la vivienda de Rollet, enclavada al final del pueblo y al pie de la colina, entre el camino y la pradera.

Eran las doce; las ventanas de las casas aparecían cerradas, y los pizarrosos tejados, relucientes bajo el fuerte resplandor del cielo azul, despedían chispas. Soplaba un viento caliginoso, y Emma, al avanzar, sentíase débil; los guijarros de la calle la molestaban y un momento no supo qué hacer, si regresar a su casa o meterse en cualquier parte para descansar.

En aquel punto, León salió de un portal con un rollo de papeles bajo el brazo. Acercose a saludarla y se puso a la sombra, junto al establecimiento de Lheureux, bajo el toldo gris, que estaba echado.

La señora Bovary le dijo que iba a ver a su hija, pero que comenzaba a sentirse cansada.

—Sí... —repuso León sin atreverse a terminar.

—¿Tiene algo que hacer? —preguntole ella.

Y oída la respuesta del pasante, le rogó que la acompañara.

Aquella noche lo supo todo Yonville, y la señora de Tuvache, mujer del notario, dijo delante de su criada que la señora de Bovary se comprometía con aquello.

Para ir a casa de la nodriza era preciso, al final de la calle, torcer a la izquierda, camino del cementerio, y después seguir, entre casitas y patios, por un camino bordeado de florecidos ligustros y agavanzos, de ortigas, verónicas y zarzas que emergían de los matorrales.

Por los agujeros de las cercas percibíanse, en las casuchas, alguno que otro cerdo en el estercolero, o bien vacas trabadas que frotaban sus cuerpos contra el tronco de los árboles. Ambos marchaban juntos y suavemente, ella apoyándose en él y él acompasando su andar al de ella. En el cálido ambiente, por delante de ellos, revoloteaba, zumbando, un enjambre de moscas.

Reconocieron la casa por el añoso nogal que la sombreaba. En la tal casita, achaparrada y cubierta de oscuras tejas, veíase, bajo el ventanuco del granero, una ristra de cebollas suspendidas. Unos haces de leña, apoyados en la cerca de espinos, rodeaban un bancal de lechugas y algunos pies de espliego y chícharos en flor pendientes de las ramas. Desparramándose por la hierba se deslizaba el agua sucia, y alrededor percibíanse algunos guiñapos indistintos, medias de punto, una chambra de indiana roja y, sobre la cerca, una enorme y recia sábana. Al oír abrir la verja apareció la nodriza con un niño en brazos, que mamaba, y otro de la mano, un pobre rapaz enclenque, lleno de escrófulas, hijo de un gorrero de Ruán, a quien sus padres, ocupadísimos con el negocio, habían enviado al campo.

—Entre —dijo la nodriza—; la pequeña está durmiendo.

El cuarto, en la planta baja, único de la vivienda, tenía en el fondo, adosado a la pared, un amplio lecho sin cortinas, y del lado de la ventana, uno de cuyos cristales hallábase pegado con un trozo de papel azul, veíase la artesa. En un rincón, bajo la losa del lavadero, alineábanse unos zapatones de suelas claveteadas con relucientes clavos, cerca de una pluma. En la repisa de la chimenea, entre piedras de chispa, cabos de vela y trozos de yesca, yacía un

Mathieu Laensberg. Finalmente, como última superfluidad de aquel departamento, clavada con seis tachuelas en la pared, aparecía una *Fama* tocando la trompeta, imagen, sin duda, que habían recortado del anuncio de alguna perfumería.

La niña de Emma dormía en una cuna de mimbre en el suelo. Emma la cogió, envuelta en la misma manta que la cubría, y cantando dulcemente comenzó a mecerla.

León, en tanto, se paseaba por el cuarto, asombrado de ver entre semejante miseria a aquella hermosa dama con su vestido de nanquín. La señora Bovary se ruborizó, y el joven, por si en sus miradas había algo de impertinente, apartó de ella los ojos. Tras de esto, Emma acostó a la pequeña, que acababa de vomitarle en su cuello de encaje. La nodriza apresurose a limpiarla, asegurando que la mancha desaparecería.

—Lo hace con mucha frecuencia —dijo la nodriza— y tengo que andar limpiándola de continuo. ¿Por qué no hace usted el favor de decirle a Camus, el tendero, que me proporcione siempre que lo necesite un poquito de jabón? Hasta resultaría más cómodo para usted, puesto que así dejaría yo de molestarla.

—¡Bueno, bueno! —repuso Emma—. Hasta la vista, tía Rollet.

Y salió, tras de limpiarse los pies en el umbral.

La buena mujer acompañola hasta el final del patio, y por el camino le habló de lo mal que le sentaba levantarse de noche.

—Algunas veces, de rendida que estoy, me duermo en la silla; debiera usted darme, por lo menos, una librita de café molido; todas las mañanas me tomaría una tacita con leche, y de este modo tendría para un mes.

126

Alejose la señora Bovary no sin escuchar un diluvio de gracias, y apenas avanzó unos cuantos pasos, tuvo que volver la cabeza, atraída por las pisadas de unos zuecos: era la nodriza.

—¿Qué se le ocurre?

Entonces la campesina, llevándola aparte, tras de un olmo, comenzó a hablarle de su marido, el cual, con lo que su oficio le producía y seis francos anuales que el capitán...

—Acabe pronto —dijo Emma.

—Pues bien —prosiguió la nodriza, lanzando suspiros entre palabra y palabra—; tengo miedo de que mi marido se entristezca al verme tomar café sola; ya sabe usted, los hombres...

—Tendrá usted café para los dos —interrumpió Emma—. No se ponga usted pesada.

—¡Ay! El caso es, querida señora, que mi marido, a consecuencia de sus heridas, sufre calambres horribles en el pecho. Hasta la sidra, según dice, le debilita.

—¡Acabe de una vez, tía Rollet!

—Bueno —prosiguió ella haciendo un saludo—; si no fuera pedir demasiado..., demasiado... —y saludó nuevamente—, cuando a usted le parezca —y su mirada se hizo suplicante— envíeme —dijo al fin— una botella de aguardiente y frotaré con él los piececiitos de su niña, que los tiene de blandos como la lengua.

Desembarazada de la nodriza, Emma cogiose nuevamente del brazo de León. Caminó de prisa por un momento; luego hizo más lento el paso, y su mirada, que iba de un lado a otro, tropezose con el hombro del pasante, cuya levita tenía un cuello de terciopelo negro; sobre él, lisos y muy peinados, caían sus cabellos castaños. Emma notó que sus uñas eran largas, cosa desacostumbrada en Yonville. El cuidárselas era una de las grandes ocupaciones del joven, y para ello tenía en la mesa de su escritorio un cortaplumas especial.

Regresaron a Yonville por la orilla del río. En la época del calor, lo menguado de la corriente descubría hasta el arranque las tapias de las huertas, las cuales tenían escaleras de varios escalones, que llegaban hasta el río. El agua deslizábase silenciosa, rápida y visiblemente fría; altas y sutiles hierbas doblábanse en conjunto, en dirección de la corriente, y, como verdes y abandonadas cabelleras, reflejábanse en su limpidez. Algunas veces, en la extremidad de los juncos o en la hoja de los nenúfares veíase, detenido o en marcha, un insecto de patas finas. La luz solar atravesaba la azulada superficie de las ondas, que se sucedían, deshaciéndose. Los añosos y recortados sauces reflejaban en la corriente su grisácea apariencia; más allá, en los aledaños, la pradera dijérase deshabitada. Era la hora de la comida en las granjas, y la joven y su acompañante sólo oían, al caminar, la cadencia de sus pisadas en la arena del sendero, las palabras que se dirigían y el roce del vestido de Emma que en torno de ella runruneaba.

Las tapias de los jardines, con sus albardillas cubiertas con pedazos de botellas, estaban calientes como los cristales de un invernadero. Entre los ladrillos habían crecido amarillentos alhelíes, y la señora de Bovary, al pasar, con el borde de su abierta sombrilla desmenuzaba en menudo y dorado polvo una parte de sus marchitas flores, o bien tal cual rama de madreselva o clemátide, que pendía por fuera, se arrastraba un momento por la seda del quitasol, enredándose en las deshilachaduras.

Hablaban de una compañía de bailarines españoles que llegaría en breve al teatro de Ruán.

—¿Irá usted? —preguntó Emma.

—Como pueda, sí —repuso el joven.

¿No tenían ninguna otra cosa que decirse? Una más seria conversación traslucíase en sus ojos, y mientras se esforzaban en buscar frases triviales, uno y otra sentíanse invadidos por una misma languidez; dijérase un murmullo, soterrado y perenne, del alma, que sobreponíase al de las voces. Llenos de asombro ante aquella nueva dulzura, no pensaban en exteriorizar lo que sentían ni en descubrir la causa de lo sentido. Las dichas futuras, como las tropicales costas, esparcen sus perfumadas brisas y sus ingénitas molicies por las amplias extensiones que las circundan, y el alma, sin parar mientes en el aún no percibido horizonte, sumérgese en la embriaguez que la rodea. Los baches del camino, que a trechos produjeran el tránsito de los animales, obligaban a marchar sobre peones espaciados en el lodo y recién desprendidos de las canteras. Emma deteníase de continuo un momento para posar el pie, y vacilando en el inestable peñón, en alto los brazos, inclinado el busto e inquieta la mirada, reía entonces, por miedo a caer en el lodazal.

Una vez ante su jardín la señora Bovary empujó la verja, subió a toda prisa los escalones y desapareció.

León dirigiose a su oficina; no estaba el jefe; lanzó una ojeada a los legajos, preparó una pluma después y, por último, apoderose de su sombrero y se marchó.

Fuese a la pradera, hacia las alturas de Argueil, a la entrada del bosque; se tendió en el suelo, bajo los abetos, y a través de su abierta mano contempló la azul inmensidad.

«¡Cómo me aburro! —se decía—. ¡Cómo me aburro!».

Se creía digno de lástima por vivir en aquel villorrio, teniendo a Homais por amigo y como jefe al señor Guillaumin. Éste, siempre ocupadísimo, con sus lentes de dorada armadura y sus rojizas patillas sobre la blanca corbata, desconocía en absoluto las delicadezas del espíritu, aunque afectase en sus maneras una británica tiesura, que en un principio impresionó al pasante. En cuanto a la mujer del farmacéutico, era la mejor esposa de Normandía, apacible como un cordero, amante de sus hijos y de su padre, su madre y sus parientes, siempre dispuesta a compartir las desgracias del prójimo, sin dotes caseras de gobierno y enemiga del corsé, pero tan pesada, tan enojosa de oír, de un tan vulgar aspecto y de una tan limitada conversación, que nunca habíasele ocurrido, aunque ella tuviese treinta años y veinte él, aunque se acostaban en cuartos contiguos, y hablaran diariamente, que para nadie fuese una mujer, ni que poseyera de su sexo otra cosa que el vestido.

Aparte ésta, ¿qué otra gente había en el pueblo? Binet, algunos comerciantes, dos o tres mesoneros, el cura y, finalmente, el alcalde, señor Tuvache, con sus dos hijos, personas adineradas, toscas y necias, cultivadores por sí mismos de sus tierras, que celebraban francachelas íntimas, devotos por añadidura y de un trato completamente insoportable.

Mas en aquella vulgaridad ambiente destacábase la figura de Emma, aislada y lejana aún, pues el joven sentíase separado de ella por vagos abismos.

Al comienzo habíase presentado varias veces en su casa, acompañado por el farmacéutico. Carlos no mostró grandes deseos de recibirle, y León no sabía qué partido tomar, entre el miedo a ser indiscreto y el deseo de una intimidad que consideraba casi imposible.

IV

Al empezar el frío, Emma abandonó su cuarto por la sala, una pieza rectangular de bajo techo, en la que había, sobre la chimenea, un frondoso árbol de coral, al pie del espejo. Sentada en su sillón, junto a la ventana, veíase por la acera pasar a la gente del pueblo.

León iba dos veces al día desde la oficina a El León de Oro. Emma oía de lejos sus pasos, inclinábase para escuchar, y el joven se deslizaba tras la cortina, siempre vestido de igual modo y sin volver la cabeza. Pero al atardecer, cuando, con la barbilla en la mano izquierda, había abandonado su comenzada labor, estremecíase con frecuencia al ver aparecer de pronto aquella ambulante sombra. Levantábase entonces y mandaba poner la mesa.

A la hora de la cena aparecía el señor Homais. Con el gorro en la mano, avanzaba quedamente, para no molestar, diciendo siempre lo mismo: «Buenas noches a todos». Después, una vez en su sitio, ante la mesa y entre los dos esposos, preguntábale al médico por sus enfermos, y el médico le consultaba sobre los honorarios que podía exigir. A continuación hablaban de lo que decía el periódico. Homais, a aquellas alturas, sabíaselo ya de memoria y lo recitaba íntegramente, con las reflexiones del periodista y todas las historias de las catástrofes individuales ocurridas en Francia o en el extranjero. Pero, agotado el tema, no tardaban en hacer algunas observaciones sobre la comida, e incluso a las veces, medio levantándose, señalaba delicadamente a la señora el trozo más tierno, o bien, volviéndose a la criada, dábale consejos sobre el modo de preparar los guisos y sobre la higiene de los condimentos; hablaba de aroma, de osmazomas, de jugos y gelatina de una manera sorprendente. Con la cabeza, por otra parte, más llena de recetas que de tarros su farmacia, Homais sobresalía en el arte de preparar confituras, vinagres y licores, y era conocedor también de todos los escalfadores económicos de moderna invención, y de la manera de conservar los quesos y de cuidar los vinos echados a perder.

A las ocho presentábase Justino en su busca para cerrar la farmacia, y entonces, sobre todo si Felicidad andaba por allí, mirábale con mirada socarrona, pues había notado que su mancebo íbale cobrando afición a la casa del médico.

—Esta buena pieza —decía— comienza a avisparse, y creo, el diablo me lleve si me equivoco, que anda enamorado de la criada de ustedes.

Pero su más grave defecto, que le reprochaba de continuo, era el de escuchar siempre las conversaciones. Los domingos, por ejemplo, no había modo de hacerle salir del gabinete, adonde acudía llamado por la señora de Homais para que cogiera a los niños, que se dormían en los sillones, arrugando con sus espaldas, y en fuerza de moverse, las demasiado amplias fundas de algodón.

A las reuniones del farmacéutico no acudían muchas personas, porque su maledicencia y sus opiniones políticas habían alejado de su casa a ciertas gentes respetables. El pasante era de los asiduos. En cuanto sonaba la campanilla salía al encuentro de la señora Bovary, apoderábase de su chal y colocaba aparte, en el mostrador de la botica, las pesadas zapatillas de orillo que, cuando nevaba, poníase encima del calzado.

Primeramente jugaban al treinta y uno, y luego el señor Homais y Emma, al *écarté*. León, tras ella, le aconsejaba las jugadas. En pie, con las manos en el espaldar de la silla, contemplaba las púas de la peineta que hundíanse en el rodete. A cada movimiento que hacía la joven para arrojar los naipes levantábase su vestido por el lado derecho De su recogida cabellera, y sobre la espalda, descendía una oscura entonación, la cual, desvaneciéndose gradualmente, perdíase poco a poco en la penumbra. Su vestido, a continuación, caía, ahuecándose y llenándose de pliegues, a uno y otro lado de la silla, hasta posarse en el suelo. Cuando León sentía a veces la suela de su bota sobre el vestido se apartaba como si hubiese pisado a alguien.

Una vez terminada la partida de naipes, el boticario y el médico jugaban al dominó, en tanto que Emma, cambiando de sitio, acodándose en la mesa para hojear *La Ilustración* y su periódico de modas, que se había traído. León sentábase al lado de ella y miraban juntos los grabados, sin volver la hoja hasta que los dos terminaban. Frecuentemente, ella rogábale que le recitara versos, y León declamábalos con voz conmovedora, cuidando de hacerla suspirante en los pasajes amorosos. Pero el ruido de las fichas le contrariaba. El señor Homais era un formidable jugador y ganábale siempre a Carlos. Terminada la partida sentábanse junto al fuego y no tardaban en dormirse. Entre las cenizas extinguíase la lumbre; la tetera estaba vacía; León continuaba leyendo, y escuchábale Emma, que maquinalmente hacía girar la pantalla de la lámpara, en cuya tela veíanse pintados unos *pierrots* en coches y unos volatineros con unos balancines. Se detenía entonces León, y señalando con un gesto a su dormido auditorio, comenzaban a charlar quedamente, y su conversación se les antojaba más dulce porque no la oía nadie.

De esta suerte establecióse entre ambos una como asociación y continuo comercio de libros y novelas. Bovary, poco celoso de suyo, no se asombraba de esto.

Carlos recibió para su santo una magnífica cabeza frenológica, llena de números y pintada de azul. Aquélla era una atención del pasante, y no la única por cierto, pues hasta llegó a hacerle encargos en Ruán, y como un novelista pusiese de moda las plantas carnosas, compró algunas para Emma y las trajo en *La Golondrina* sobre las rodillas, pinchándose en los dedos con sus espinas.

Emma hizo colocar en el alféizar de la ventana una tabla con su correspondiente barandilla para colocar las macetas, y como el escribiente también tuvo su suspendido jardincillo, les era dado verse desde sus ventanas respectivas cuidando las flores.

Entre las otras ventanas del pueblo había una más frecuentemente ocupada aún. En efecto, los domingos, desde por la mañana hasta por la noche, y todas las tardes si estaba el cielo despejado, veíase en el ventanuco de un desván el enjuto perfil del señor Binet, inclinado sobre su torno, cuyo monótono chirriar llegaba hasta El León de Oro.

Una tarde, a su regreso, León encontró en su cuarto una rameada alfombra de terciopelo y lana, de apagado fondo. Llamó para enseñársela al matrimonio Homais, a sus hijos, a la cocinera, y le habló del asunto a su jefe. Todo el mundo mostró deseos de conocer aquella alfombra. ¿Por qué la señora del médico se mostraba tan generosa con el pasante? Se tuvo por extraña la cosa, y en definitiva, se pensó que Emma debía de ser su mejor amiga.

El joven dábalo a entender así, pues siempre estaba hablando de su talento y de sus atractivos, hasta tal punto que Binet, en cierta ocasión, hubo de decirle, muy brutalmente:

—¿Qué me importa a mí todo eso? ¿Acaso la conozco?

Torturábase para descubrir el medio de declararse, y fluctuando de continuo entre el temor de ofenderla y la vergüenza de su pusilanimidad, lloraba de desaliento y de deseos. A continuación tomaba decisiones enérgicas; escribía declaraciones y rompíalas después; fijábase fechas para decidirse, aplazándolas siempre. Con frecuencia poníase en camino, dispuesto a todo; pero al verse ante Emma desechaba al punto semejante resolución, y cuando Carlos, apareciendo, invitábale a subir al tílburi, para visitar juntos a algún enfermo de los aledaños, aceptaba inmediatamente, saludaba a la señora y se iba con él. ¿Acaso no era el marido algo de ella?

Emma, por su parte, nunca se preguntó si le amaba. El amor —tal creía ella— debía presentarse de improviso, con grandes estruendos y fulguraciones, como tempestad celeste que se desencadena sobre la vida y la trastorna, y arrastra como a secas hojas las voluntades, y hunde en el abismo y por completo a los corazones. No sabía que la lluvia forma charco en las azoteas de las casas cuando las canales están obstruidas, y hubiera permanecido segura de su virtud si no hubiera descubierto súbitamente una grieta en la pared.

V

Ello fue un domingo de febrero por la tarde y cuando nevaba.

Todos ellos, el señor y la señora Bovary, Homais y el señor León, encamináronse a una media legua de Yonville para ver una hilandería que estaban montando en el valle.

El boticario, con el fin de que hiciesen ejercicio, habíase llevado a Napoleón y a Alalia, a quienes acompañaba Justino con unos paraguas al hombro.

Nada menos curioso, empero, que esa curiosidad. Limitábase todo a una extensión de terreno deshabitada, donde se veían, en revuelta confusión y entre montones de arena y piedras, algunas ruedas de engranaje enmohecidas ya y un amplio y cuadrangular edificio con multitud de ventanitas. No estaba terminado aún, y por entre las vigas del tejado columbrábase el cielo. Atado a la vigueta del frontispicio, un haz de paja, entremezclado de espigas, daba al aire sus cintas tricolores.

Homais tenía la palabra y explicaba a la compañía la importancia futura de aquel establecimiento; calculaba la fuerza de los entarimados, el espesor de las paredes y sentía mucho no tener un bastón métrico como el del señor Binet, el cual poseía uno para su uso particular.

Emma, que le daba el brazo, apoyábase ligeramente en su hombro y contemplaba el disco solar irradiando a lo lejos, entre la bruma, su deslumbrante palidez. Volvió la cabeza y tropezose con Carlos. Llevaba la gorra hundida hasta las cejas y sus gruesos labios estremecíanse, y ello daba a su rostro un no sé qué de estúpido, y hasta su misma espalda, su tranquila espalda, era una cosa irritante de ver, y descubría, aposentada en ella, sobre el levitón, toda la vulgaridad de su dueño.

En tanto que le contemplaba, saboreando en medio de su irritación una como depravada voluptuosidad, León adelantose un paso. El frío que le empalidecía parecía bañar su rostro en una más suave languidez; el cuello de su camisa, algo flojo, dejaba al descubierto la carne; la punta de la oreja asomaba por entre un mechón de cabellos, y sus grandes y azules ojos, fijos en las nubes, antojábansele a Emma más hermosos y transparentes que esos lagos de las montañas en los que se refleja el cielo.

—¡Desgraciado! —exclamó, de pronto, el boticario.

Y dirigiose precipitadamente hacia su hijo, que acababa de meterse en un montón de cal para embadurnarse de blanco las suelas. Napoleón, al oír el regaño paterno, diose a berrear, en tanto que Justino limpiábale las botas con un haz de paja. Pero hacía falta una navaja, y Carlos ofreció la suya.

«¡Oh! —pensó Emma—. ¡Lleva una navaja en el bolsillo como los campesinos!».

Caía la nieve, y tuvieron que regresar a Yonville.

Aquella noche, la señora Bovary no fue a casa de sus vecinos. Cuando Carlos partió y quedose sola, comenzó nuevamente el paralelo con la nitidez de una sensación casi inmediata y con ese alargamiento de perspectiva que el recuerdo proporciona a las cosas. Contemplando desde su lecho la clara lumbre que ardía, continuaba viendo lo antes visto, esto es, a León cimbreando con una mano su bastoncillo y llevando de la otra a Alalia, que chupaba tranquilamente un pedazo de hielo. Encontrábale guapísimo y no podía apartar de él su imaginación; recordó sus actitudes de otras veces, las frases que dijera, el tono de su voz, su persona toda, y se decía, avanzando los labios como para besar:

«¡Sí, es guapísimo! ¡Guapísimo!... ¿No amará a nadie? —preguntó—. ¿A quién?... ¡Pues a mí!».

Todo así se lo probaba y estremeciose su corazón. La llama de la chimenea ponía en el techo una alegre y temblorosa claridad. Emma, desperezándose, se volvió de espalda y repitió la eterna cantilena:

—¡Oh! ¡Si el cielo lo hubiese querido!... ¿Por qué no ha de ser? ¿Quién se lo impediría?...

Cuando a las doce volvió Carlos, fingió que se despertaba, y como su marido hiciera ruido al desnudarse, se quejó de tener jaqueca, y luego, como al descuido, quiso tener noticias de la velada.

—León se ha retirado temprano —dijo Bovary.

Emma no pudo evitar una sonrisa, y durmiose llena el alma de un desconocido encanto.

Al anochecer del día siguiente recibió la visita del señor Lheureux, tendero de novedades. Era el tal un hombre habilísimo.

Gascón de nacimiento, convirtiose en normando y ocultaba su facundia meridional bajo una socarrona cautela. Su mofletudo rostro, blanducho y lampiño, dijérase embadurnado por un cocimiento de regaliz, y su blanca cabellera hacía más vivo aún el rudo brillo de sus negros ojillos. Se ignoraba lo que había sido antaño; según unos, buhonero; banquero en Routot, según otros. Lo único cierto es que hacía de memoria cálculos complicadísimos y capaces de asombrar al mismísimo Binet. Cortés hasta la exageración, manteníase siempre un poco inclinado, en la actitud del que saluda o invita.

Tras de haber dejado su enlutado sombrero antes de entrar, colocó sobre la mesa una caja verde y comenzó a quejarse, con muy finas palabras, de no haber merecido hasta entonces la confianza de la señora. Un tenducho como el suyo no merecía ser visitado por una *elegante*, y subrayó la palabra. Podía, empero, pedir lo que quisiera y él se encargaría de proporciónaselo, lo mismo en mercería que en ropa blanca, en sombreros como en novedades, pues él iba a la ciudad fijamente cuatro veces al mes. Hallábase en relaciones con los más acreditados establecimientos. Podían preguntar por él en Las Tres Hermanas, en La Barba de Oro o en El Gran Salvaje, cuyos dueños conocíanle a la perfección. En aquel momento se presentaba de paso a la señora para mostrarle algunos artículos que por una verdadera casualidad había adquirido. Y esto dicho, sacó de la caja una media docena de cuellos bordados.

La señora Bovary los examinó.

—No necesito nada —dijo.

El señor Lheureux sacó entonces, muy delicadamente, tres chales argelinos, varios paquetes de agujas inglesas, un par de zapatillas de junco, y finalmente, cuatro hueveras con caladas cinceladuras hechas por presidiarios. Luego, las manos sobre la mesa, en alto los codos, inclinado el busto, siguió, boquiabierto, la mirada de Emma, que contemplaba con indeciso mirar aquellas mercancías. De cuando en cuando, y como para sacudir el polvo, daba unos golpecitos con el dedo en la seda de los chales, completamente desplegados, que se estremecían, con un leve rumor, haciendo cabrillear como estrellitas en la verdosa luz del crepúsculo las doradas lentejuelas de su urdimbre.

—¿Qué precio tienen?

—Una insignificancia; pero no corre prisa; ya pagará cuando pueda; no estamos entre judíos.

Reflexionó unos momentos y una vez más diole las gracias al señor Lheureux, que replicó, sin conmoverse:

—Bien, bien, más adelante nos entenderemos; yo siempre llego a un acuerdo con las señoras, menos con la mía, sin embargo.

Emma sonriose.

—Quiero decir —prosiguió el tendero, después de su broma, con aire simplón— que el dinero es lo que menos me preocupa... Cuando lo necesite podré proporcionárselo.

Ella hizo un gesto de sorpresa.

—Sí —dijo Lheureux, vivamente y en voz baja—; no me sería preciso ir muy lejos para encontrarlo; cuente con él.

Y comenzó a pedir noticias del tío Tellier, el dueño del Café Francés, a quien por entonces asistía Bovary.

—¿Qué es lo que tiene el tío Tellier?... Tose como un descosido, y me temo que a vuelta de poco le haga falta más bien un ataúd que una camisa de franela. ¡Ha sido tan juerguista en su juventud! Las gentes de esa condición, señora, son desordenadas hasta más no poder. Le ha achicharrado el aguardiente. Pero es horrible, a pesar de todo, ver como desaparecen nuestros conocidos.

Y mientras cerraba la caja de nuevo, siguió hablando así de la clientela del médico.

—Al tiempo, sin duda —dijo, contemplando los cristales con ceñudo rostro—, se deben todas estas dolencias. También yo me siento echando a perder y será necesario que un día de éstos me presente por aquí para consultar con su señor marido, pues tengo un dolor en la espalda. En fin, hasta la vista, señora Bovary. Téngame por un servidor humildísimo y mande lo que guste.

Y cerró tras él, con mucho cuidado, la puerta.

Emma se hizo servir la comida en su cuarto, junto a la lumbre, en una bandeja; comió mucho y todo lo encontró a pedir de boca.

«¡Qué prudente he sido!», decíase al pensar en el chal.

Oyó pasos en la escalera: era León. Levantose, y dirigiéndose a la cómoda, se apoderó de uno de los trapos que en ella había, para ribetear el primero del montón. Al aparecer la joven parecía ocupadísima.

La conversación fue lánguida, y ello porque la señora Bovary la abandonaba a cada momento, en tanto que él sentíase como cohibido. Sentado en una silla baja, junto a la chimenea, León hacía girar entre sus dedos el alfiletero de marfil. Ella cosía, o bien de cuando en cuando doblaba con la uña la tela, sin abrir la boca; cautivado por su silencio, como lo hubiese sido por sus palabras, el joven permanecía también silencioso.

«¡Pobre muchacho!», pensaba Emma.

«¿En qué la habré ofendido?», preguntábase León.

Al fin, acabó por decir que de un día a otro se marcharía a Ruán obligado por un asunto de su oficina.

—¿Quiere usted que renueve el abono de la música, si es que ha terminado?

—No —repuso Emma.

—¿Por qué?

—Porque...

Y apretando los labios, pasó lentamente una larga puntada de hilo gris.

A León le irritaba que cosiera. Los dedos de Emma parecían despellejarse por las yemas. Ocurriósele una galantería, pero no se arriesgó a exteriorizarla.

—¿La abandona entonces? —prosiguió él.

—¿El qué? ¿La música? —dijo ella vivamente—. ¡Oh, Dios mío! ¡Claro que sí! Pesan sobre mí muchos cuidados: el de la casa, el de mi marido; mil cosas, en fin, y muchas obligaciones de más importancia.

Miró el reloj. Carlos se retrasaba. Fingiose preocupada y por dos o tres veces dijo:

—¡Es tan bueno!

Al pasante le era simpático el señor Bovary, pero aquella ternura le sorprendió de una manera desagradable; sin embargo, prosiguió el elogio, afirmando que todos mostrábanse conformes en elogiarle, y especialmente el farmacéutico.

—Sí, es una buena persona —añadió Emma.

—Sin duda —repuso León.

Y esto dicho, comenzó a hablar de la señora Homais, cuyo desaliño en el vestir provocaba en ambos la risa por lo general.

—¿Qué importa eso? —interrumpió Emma—. Una buena madre de familia no se preocupa de su atavío.

Y volvió, tras de estas palabras, al silencio de antes.

Lo mismo ocurrió en los días siguientes: sus palabras, sus modales, todo cambió. Viósele entregarse con ahínco al cuidado de la casa, ir a la iglesia con regularidad y mostrarse más severa con la criada.

Se trajo a Berta a casa, y cuando había visita, Felicidad aparecía con ella, y la señora Bovary desnudábala para que viesen su cuerpecito. Diole por decir que adoraba a los niños; Berta era su alegría, su consuelo, su locura, y acompañaba sus palabras con cariñosas y líricas expansiones, que a cualquiera menos a los yonvilleses les hubiese recordado la Sachette de *Notre Dame de París*.

Carlos, a su regreso, encontrábase sus zapatillas junto a la lumbre, para que se calentaran. Sus camisetas aparecían perfectamente dobladas, sus camisas no carecían ahora de botones, e incluso érale dado contemplar en simétricas pilas sus gorros de dormir. Emma no se oponía, como otras veces, a pasear por el huertecito; las propuestas de su marido eran aceptadas sin rechistar, si bien nunca adelantábase a los deseos tan resignadamente acogidos, y cuando León veía a Bovary junto al fuego, después de la comida, las manos cruzadas sobre el vientre, los pies en los morillos de la chimenea, arrebolado el rostro por la digestión, radiantes los ojos de felicidad, con la niña que se arrastraba por la alfombra, y aquella mujer de fino talle que le besaba en la frente por encima del respaldo de la butaca, decíase para sus adentros:

«¡Qué locura! ¿Cómo llegar hasta ella?».

Antojósele, pues, tan virtuosa e inaccesible, que toda esperanza, incluso la más remota, le abandonó.

Este renunciamiento le colocaba precisamente en extraordinarias condiciones. Desprendiose para él de sus carnales atractivos, que no había de alcanzar, y aposentose en su corazón, elevándose de continuo y destacándose a la magnífica manera de una apoteosis que alza su vuelo. Era uno de esos sentimientos puros que no se oponen al disfrute de la existencia, que se cultivan por su misma exquisitez y cuya pérdida afligiría más de lo que alegraría la posesión.

Emma adelgazó, palidecieron sus mejillas, alargose su rostro. Con sus negros aladares, sus grandes ojos, su recta nariz, su andar de pájaro y siempre en silencio, ¿no parecía que atravesaba por la existencia sin rozarla apenas y que llevaba en la frente el vagaroso rastro de alguna sublime predestinación? Hallábase tan pesarosa y tan tranquila, tan reservada y tan dulce a la vez, que uno sentíase junto a ella presa de un glacial encanto, de ese escalofrío que en las iglesias se siente entre el perfume de las flores y la frialdad de las marmóreas losas. Ni aun los extraños escapábanse a esta seducción. El farmacéutico decía:

—Es una mujer de grandes recursos y estaría muy bien en una subprefectura.

Los burgueses admiraban su economía; los clientes, su finura; los pobres, su caridad.

Ella, empero, rebosaba de codicias, rabia, encono. Aquel vestido de sencillos pliegues ocultaba un trastornado corazón, y aquella boca tan púdica no descubría su tormento. Hallábase enamorada de León y buscaba la soledad para poder deleitarse más gustosamente con su imagen. La presencia del joven turbaba la voluptuosidad de aquella meditación. Emma, al oír sus pasos, conmovíase, y luego, ante él, sentía derrumbarse la emoción, y tras de esto sólo le quedaba un inmenso asombro, que se resolvía en tristeza.

León ignoraba que cuando salía de casa de ella, desesperado, Emma levantábase tras él para verle por la calle. Inquietábanla sus acciones, espiaba su rostro, hasta inventó una historia para poder visitar su cuarto. La mujer del farmacéutico era para ella dichosísima porque dormía bajo el mismo techo, y sus pensamientos iban de continuo a posarse en aquella casa, como los pichones de El León de Oro, que acudían allí para remojar en los canales sus sonrosadas patitas y sus níveas alas. Pero mientras más percatábase de su amor, más y más lo reprimía, para que no se mostrase y disminuyese. Hubiera querido que León lo adivinase, y se imaginaba catástrofes e incidencias que a ello condujeran. Lo que, sin duda, la contenía era el espanto o la pereza, como asimismo el pudor. Pensaba que había exagerado la nota, que ya no era sazón, y que todo estaba perdido. El orgullo, además, y el placer de decirse: «Soy virtuosa», y de contemplarse, con resignado talante, en el espejo consolábala un poco del sacrificio que creía hacer. En aquel punto, los apetitos carnales, las codicias de dinero y las amorosas melancolías, todo confundiose en un mismo sufrimiento, y en lugar de desentenderse, su imaginación aferrábase más a él, excitándola a sufrir y buscando cuantas ocasiones se presentaban. Un plato mal servido o una puerta entreabierta eran motivos de irritación, y quejábase de no poseer vestidos de terciopelo, de su carencia de felicidad, de la excesiva elevación de sus ensueños, de la angostura de su vivienda.

Y lo que más la exasperaba era que Carlos no parecía percatarse de su suplicio. La convicción abrigada por su marido de hacerla dichosa considerábala como un necio insulto, y como una ingratitud, su seguridad a este propósito.

¿A qué, pues, su prudencia? ¿No era él, acaso, el obstáculo para toda felicidad, la causa de toda miseria y como la opresora hebilla de aquel complejo cinturón que la oprimía por todos lados?

Todo el odio que atesoraba, originado por sus sinsabores, hízolo recaer sobre Carlos, y aun cuando esforzábase por disminuirlo, sólo conseguía aumentarlo, y ello porque esta inútil tarea uníase a sus otros motivos de desesperación y contribuía más aún al alejamiento. La propia apacibilidad de su vida incitábala a la rebelión, así como la estrechez doméstica y la paz conyugal ponían en su alma ensueños de grandezas y adúlteros deseos. Hubiera querido que Carlos la golpeara, para detestarle más justamente y vengarse de él. A veces se asombraba de los atroces proyectos que surgían en su mente. ¿Sería preciso no dejar de aparecer risueña, escuchar de continuo que era dichosa, fingir serlo y dejarlo creer?

Una tal hipocresía, empero, no era de su gusto, y sentíase deseosa de huir con León a cualquier parte, muy lejos, para ensayar una nueva vida; pero al punto abríase en su alma un vagaroso y ensombrecido abismo.

«El caso es que no me quiere —pensaba—. ¿Qué va a ser de mí? ¿De dónde ha de venirme el consuelo, el socorro, el alivio?».

Y permanecía quebrantada, jadeante, inerte, sollozando quedo y con lágrimas en los ojos.

—¿Por qué no se lo dice usted al señor? —preguntaba la criada, al presenciar tales crisis.

—Son los nervios —respondía Emma—; no le hables del asunto, porque le afligirías.

—A usted —proseguía Felicidad— le ocurre justamente lo que a la Guérine, la hija del tío Guerin, el pescador del Pollet, a la que conocí en Dieppe antes de entrar al servicio de la señorita. Estaba tan triste, tan triste, que al verla en pie en el umbral de su casa le hacía a uno el efecto de un paño de duelo tendido delante de la puerta. Su dolencia, al parecer, consistía en una especie de bruma que se había colado en su cabeza, y no la podían curar los médicos ni el cura tampoco. Cuando le daba un ataque fuerte se iba a orillas del mar, y allí la veía, al pasar, el teniente de carabineros, tendida boca abajo y llorando sobre la arena. Después de casada, según dicen, se le pasó.

—Pues a mí —decía Emma— se me ha presentado después de casada.

VI

Una tarde, sentada junto al alféizar de la abierta ventana, y a poco de ver a Lestiboudois, el sacristán, que podaba un boj, Emma oyó de pronto el toque del ángelus.

Era en los comienzos abrileños, cuando florecen las prímulas y una tibia brisa vaga por los cultivados arriates, y los jardines, como las mujeres, dijérase que se engalanan para las fiestas estivales. Por entre el enrejado del cenador y allá en la lejanía divisábase, en la pradera, el riachuelo que dibujaba sus vagabundas sinuosidades por el verde camino. El vaho crepuscular discurría por entre los desnudos álamos, esfumando su contorno con un violáceo matiz, desvaído y translúcido, como gasa sutilísima prendida de sus ramas. A lo lejos veíase vagar el ganado; no se oían sus pisadas ni sus mugidos, y la campana, sin cesar en su repique, desleía en el aire su pacífica quejumbre.

En la mente de la joven, ante la persistencia de aquellos sones, se desperezaron las añejas remembranzas de su juventud y del colegio. Se acordó de los grandes candelabros erguidos sobre el altar, dominando los jarrones rebosantes de flores y el tabernáculo de columnitas. Hubiera querido, como en otras épocas, formar parte de la larga hilera de velos blancos, acá y allá interrumpida por las negras y rígidas tocas de las buenas hermanas, de hinojos en sendos reclinatorios; los domingos, durante la misa, cuando levantaba la cabeza, vislumbraba el dulce semblante de la Virgen, entre las azuladas espirales del ascendente incienso. En tal punto, la ternura señoreose de ella; se sintió débil y abandonada, como pluma de pájaro que la tempestad arrastra, y así, sin conciencia de lo que hacía, encaminose a la iglesia, dispuesta a hundirse en cualquier devoción con tal que absorbiera su alma y de olvidarse por completo de la vida. Por el camino se tropezó con Lestiboudois, que volvía de la iglesia, pues, para no desperdiciar el tiempo, prefería interrumpir su trabajo y reanudarlo después, de manera que tocaba a ángelus, según su comodidad. El repique de antes, además, avisaba a la chiquillería la hora del catecismo.

Algunos muchachos, que habían llegado ya, jugaban a las bolas en las losas del cementerio. Otros, a horcajadas en las tapias, agitaban las piernas, arrasando con sus zuecos las enormes ortigas que crecían entre las últimas tumbas y la tapia. Era éste el único sitio con hierbas; en lo restante no había más que losas, cubiertas, no obstante el escobón de la sacristía, por un fino polvo.

Los muchachos corrían por allí como por un parquét hecho para ellos, y oíase el estruendo de sus voces, a través del repique, cada vez más lento, según las oscilaciones de la cuerda, la cual, descendiendo desde las alturas del campanario, arrastraba por el suelo su extremidad.

Las golondrinas, lanzando sus gritos, cruzaban, hendiendo el aire con su tajante vuelo, y metíanse apresuradamente en sus amarillentos nidos, bajo las tejas del alero. En lo profundo de la iglesia ardía una lámpara, es decir, una mariposa suspendida. Su luz, a lo lejos, dijérase una mancha blancuzca y temblorosa sobre el aceite. Un largo rayo de sol atravesaba la nave de punta a punta y hacía más foscos aún los laterales y rincones.

—¿Dónde está el cura? —preguntole la señora Bovary a un mozalbete que se entretenía con la tarabilla, haciéndola girar en su demasiado flojo agujero.

—Está al venir —repuso.

Efectivamente, rechinó la puerta del presbiterio, apareció el padre Bournisien, y los muchachos, a la desbandada, penetraron en la iglesia.

—¡Estos granujillas!... ¡Siempre igual! —murmuró el eclesiástico.

Y recogiendo un catecismo hecho pedazos que acababa de tropezar con el pie, añadió:

—¡No respetan nada!

Pero apenas vio a la señora Bovary, dijo:

—Perdóneme; no la había conocido.

Hundió el catecismo en su bolsillo y se detuvo sin dejar de balancear entre sus dedos la pesada llave de la sacristía.

La luz del sol poniente, que heríale en pleno rostro, hacía amarillear la sotana, reluciente por los codos y deshilachada por abajo. Unas manchas de grasa y tabaco descendían por su amplio pecho a lo largo de los botoncitos, haciéndose más numerosas a medida que apartábanse del alzacuello, sobre el que caía la roja papada, llena de amarillentas salpicaduras, que desaparecían en la recia y canosa pelambrera de su barba. Acababa de comer y su respiración era ruidosa.

—¿Cómo se encuentra? —añadió.

—Mal; sufro —repuso Emma.

—También yo —dijo—. De seguro que estos primeros calores la debilitan extraordinariamente, ¿no es cierto?
En fin, ¿qué quiere usted?; hemos nacido para sufrir, como dijo San Pablo. ¿Y qué dice de eso el señor Bovary?

—¡Él! —replicó Emma con un gesto desdeñoso.

—¡Cómo! —argüyó el buen hombre, asombrado—.
¿No le receta nada?

—¡Ah!, no son los remedios terrenos los que yo necesito —dijo Emma.

Pero el cura, de vez en cuando, miraba a la iglesia, donde los chiquillos, arrodillados en fila, se empujaban y caían
como los naipes de una baraja.

—Desearía saber... —prosiguió ella.

—Espera, espera, Riboudet —gritó el sacerdote con
encolerizado acento—. ¡Como yo vaya, te voy a calentar
las orejas, so granuja!

Y luego, volviéndose hacia Emma, añadió:

—Es el hijo de Boudet, el carpintero; como sus padres
se encuentran bien, le dejan maniobrar a su antojo. La cuestión es que si quisiera aprendería pronto, porque es muy
listo. Yo, algunas veces, por pura broma, le llamo Riboudet,
como al cerro que hay que subir para llegar a Maromme,
e incluso acostumbro llamarle mi Riboudet. ¡Ja! ¡Ja! Mont
Riboudet*. El otro día se lo dije a su ilustrísima y se rió de
la cosa..., se dignó reír. ¿Y cómo va el señor Bovary?

Emma parecía no escucharle. El cura prosiguió:

---

* La aproximada pronunciación en francés de *mon Riboudet y mont
Riboudet* forma un juego de palabras *(N. del T.)*

—Siempre ocupadísimo, ¿no es verdad? Él y yo somos ciertamente las dos personas más atareadas de la parroquia. Pero él es médico del cuerpo —añadió, riendo estrepitosamente—, y yo, de las almas.

Emma clavó una suplicante mirada en el clérigo.

—Sí...; usted alivia todas las miserias —dijo.

—¡Oh! ¡No me hable de eso, señora Bovary! Esta misma mañana he tenido que ir a Bas-Diauville para ver a una vaca hidrópica, a la que, según ellos, le habían echado mal de ojo. Todas las vacas, no sé cómo... Pero perdone... ¡Longuemarre! ¡Boudet!... ¡Diantre! ¡Estaos quietos ya!

Y de un salto penetró en la iglesia.

Los muchachos, en aquel momento, se apretujaban en torno del atril, trepaban por la banqueta del chantre y abrían el misal; otros, cautelosamente, llevaban su osadía al extremo de irrumpir en el confesonario. Pero el cura, de pronto, distribuyó una granizada de mojicones, y cogiendo a los rapaces por el cuello de la chaqueta levantábalos en vilo y los obligaba a arrodillarse en las losas del coro, tan fuertemente como si pretendiera hundirlos allí.

—Pues sí —dijo al hallarse de nuevo junto a Emma y desplegando su enorme pañuelo de algodón, una de cuyas extremidades sujetó con los dientes—; los campesinos son dignos de lástima.

—También lo son otras personas —repuso Emma.

—Ciertamente; los obreros de las grandes ciudades, por ejemplo.

—No son ellos...

—Perdóneme; he conocido a pobres madres de familia, a mujeres virtuosas, a verdaderas santas, créame, que carecían incluso de pan.

152

—Pero aquellas otras —replicó Emma, y las comisuras de su boca al hablar se torcían—, aquellas otras, señor cura, que tienen pan y carecen...

—¿De fuego en el invierno?

—¡Bah! ¡Qué importa eso!

—¡Cómo! ¿Que no importa? A mí me parece que cuando uno se ha calentado y comido bien...; porque, en fin...

—¡Dios mío! ¡Dios mío! —suspiró Emma.

—¿Se encuentra mal? —dijo el cura avanzando con inquieto talante—. Es, sin duda, la digestión. Será preciso, señora Bovary, que regrese a su casa y se tome una tacita de té; eso la fortificará; o bien un vaso de agua fresca azucarada.

—¿Para qué?

Tenía ese aspecto propio de quien acaba de despertar.

—Como se pasaba usted la mano por la frente, he creído que acaso sufriera un mareo —y luego, recobrándose, añadió—: ¿Necesita algo de mí? Dígame lo que sea.

—No...; nada..., nada... —replicó Emma.

Y su inquieta mirada se detuvo y se clavó lentamente en el anciano de sotana. Una y otro miráronse cara a cara y sin hablar.

—Pues entonces, señora Bovary —dijo al fin—, perdóneme que me retire; pero el deber, ya lo sabe, es antes que todo, y es preciso que despache a esos bribones. El día de la primera comunión está próximo, y me temo que aún puedan darme alguna sorpresa; así es que a partir del día de la Ascensión les dedicaré una hora más todos los miércoles. ¡Pobres muchachos! Nunca es demasiado temprano para encauzarlos por la vía del Señor, como, por otra parte, Él mismo nos lo recomendara por boca de su divino hijo... Que usted se conserve buena, señora; y recuerdos a su señor marido.

Y penetró en la iglesia, haciendo, apenas llegado al umbral, una genuflexión.

Emma viole desaparecer entre las dos ringleras de bancos con tardo andar, sesgada la cabeza y las entreabiertas manos fuera.

Tras de esto, Emma, rígida como una estatua, volvió sobre sus pasos y encaminose a su domicilio. Pero la recia voz del cura y la aguda de los muchachos oíanse aún y continuaban tras ellas.

—¿Es usted cristiano?

—Sí; soy cristiano.

—¿Qué es un cristiano?

—El que siendo bautizado..., bautizado..., bautizado...

Subió la escalera de su casa agarrándose a la barandilla, y cuando penetró en su cuarto desplomose en un sillón. La blanquecina luz que penetraba por los cristales descendía, ondulando, suavemente. Los muebles, en sus respectivos sitios, dijéranse más inmóviles que nunca y como perdidos en la sombra, al igual que en tenebroso océano. La chimenea estaba apagada, no cesaba en su marcha el reloj, y Emma asombrábase, ante su aterrado trastorno, de aquella apacibilidad de cosas. Pero la pequeña Berta hallábase allí, entre la ventana y la mesa de costura, tambaleándose en sus bolitas de punto, y trataba de aproximarse a su madre para coger por una punta las cintas de su delantal.

—¡Déjame! —dijo apartándola con la mano.

La pequeña no tardó en acercarse más a sus rodillas, y acodándose sobre ellas, alzaba hacia su madre sus grandes ojos azules, en tanto que un hilito de baba desprendíase de su boca sobre la seda del delantal.

—¡Déjame! —repitió la joven irritadísima. Su rostro asustó de tal modo a la niña, que comenzó a gritar.

—¡Vamos! ¡Déjame de una vez! —volvió a decir, empujándola con el codo.

Berta fue a caer al pie de la cómoda, contra el tirador de metal; hiriose con él en la mejilla y la sangre brotó. La señora Bovary abalanzose a ella para levantarla; rompió, a fuerza de tirar, la campanilla; llamó a la criada con todas sus tuerzas, y cuando se disponía a maldecirse, apareció Carlos. Era la hora de la comida y estaba ya de vuelta.

—Mira, amigo mío —dijo Emma con tranquilo acento—; la pequeña, jugando, acaba de herirse.

Carlos la tranquilizó, afirmando que la cosa carecía de importancia, y fuese en busca de una pomada.

La señora Bovary no quiso bajar al comedor y quedose con la niña para cuidarla. Entonces, al ver dormida a la niña, su inquietud fue poco a poco disipándose y hasta se calificó de excesivamente buena y tonta por aquella inmotivada turbación de poco antes. Berta, en efecto, no gemía ya y su respiración levantaba de imperceptible modo la cobertura del lecho. Gruesas lágrimas brillaban aún, inmóviles, en sus entornados ojos, a través de cuyas pestañas veíanse las claras y hundidas pupilas. El tafetán adherido a la mejilla atirantaba sesgadamente la tensa piel.

—Es raro —decíase Emma—. ¡Qué fea es esta niña!

Cuando Carlos, a las once de la noche, regresó de la botica, adonde fuera, después de la comida, para devolver lo que había sobrado de la pomada, encontrose a Emma de pie y junto a la cuna.

—Te aseguro que no es nada —dijo besándola en la frente—; tranquilízate; pobre querida, ¿no ves que podrías enfermar?

Carlos había permanecido mucho tiempo en casa del boticario, y, aunque no se mostró muy conmovido, el señor Homais, no obstante, esforzose en tranquilizarle y levantarle el espíritu. Hablaron de los peligros diversos que amenazaban a la infancia y de las ligerezas de los criados. De esto podía hablar la señora Homais, que conservaba aún en el pecho las huellas de una escudilla llena de brasas que una cierta cocinera le dejó caer sobre la blusa. De aquí el gran número de precauciones que tomaban aquellos buenos padres. Los cuchillos no estaban nunca afilados ni enceradas las habitaciones. En las ventanas había rejas de hierro, y en los jambajes, fuertes barras. Los pequeños Homais, a pesar de su independencia, no podían moverse sin que alguien los siguiera; al más leve catarro, su padre los atiborraba de pastillas pectorales, y hasta después de los cuatro años ceñían despiadadamente sus cabecitas con sendas chichoneras acolchadas. Ésta era, es verdad, una manía de la señora Homais, que afligía interiormente a su marido por el temor del posible daño que pudiese resultar para los órganos intelectuales de una compresión semejante; por ello, incluso llegó a decir:

—¿Acaso pretendes hacer de ellos caribes o botocudos?

Carlos intentó varias veces interrumpir la charla.

—Desearía hablarle —habíale dicho quedamente y al oído a León, que descendía por la escalera de delante de él.

—¿Sospechará algo? —se preguntaba el joven, y latíale el corazón y se deshacía en conjeturas.

Carlos, al fin, tras cerrar la puerta, le rogó que cuando fuera a Ruán hiciera por enterarse del precio de un buen daguerrotipo; tratábase de una cariñosa sorpresa, de una delicada atención que quería tener con su mujer ofreciéndole su retrato de frac. Pero antes deseaba saber a qué atenerse; aquellas diligencias no debían molestar a León, puesto que aproximadamente iba a la ciudad todas las semanas.

¿Con qué fin? Homais sospechaba a este propósito alguna historia amorosa, una intriga. Pero se engañaba: León no iba tras ningún amorcillo, más que nunca sentíase triste, y bien que lo notaba la señora Lefrançois por la cantidad de comida que dejaba en el plato. Para estar más al tanto del asunto, preguntole al recaudador; pero Binet, con tono altanero, hubo de responder que a él no le pagaban para que fuese policía.

Su camarada, sin embargo, parecíale un hombre singular, pues con frecuencia León, desplomándose en una silla y abriendo los brazos, se quejaba vagamente de la existencia.

—Eso se debe a falta de distracciones —decíale el recaudador.

—¿Qué hacer?

—Yo en su lugar, me compraría un torno.

—Pero si no sé tornear.

—¡Oh! Es cierto —decía el otro, acariciándose la mandíbula con aire entre desdeñoso y satisfecho.

León estaba cansado de amar tan por lo inútil; comenzaba a sentir ese agobio que produce la repetición de una misma vida cuando ningún interés la encauza y ninguna esperanza la sostiene. Molestábanle de tal modo Yonville y los yonvilleses, que la presencia de ciertas personas y la vista

157

de ciertas cosas irritábale a más no poder, y el farmacéutico, no obstante su bonachonería, comenzaba a parecerle completamente insoportable. Sin embargo, la perspectiva de una nueva situación le asustaba al par que le seducía.

Semejante recelo tornose muy pronto en impaciencia, y París se le mostró en la lejanía, con el encanto de sus bailes carnavalescos y la risa de sus grisetas. Puesto que le era preciso terminar su carrera de abogado, ¿por qué no partía? ¿Quién se lo estorbaba? Y comenzó a hacer mentalmente los preparativos: ordenó de antemano sus ocupaciones; amueblose para sus adentros una habitación. Llevaría una vida de artista; aprendería a tocar la guitarra; tendría un batín, una boina vasca y unas zapatillas de terciopelo azul. E incluso admiraba ya sobre la chimenea dos floretes entrecruzados con una calavera y la guitarra encima.

Lo difícil era el consentimiento materno; nada, sin embargo, más razonable. Su mismo jefe le incitaba a entrar en otro bufete donde se pudiera desenvolver con más amplitud. Decidiéndose por un término medio, León buscó una plaza cualquiera de segundo pasante en Ruán. Pero no la encontró; al fin, escribió una larga y detalladísima carta a su madre, en la que exponía, fundamentándola, la conveniencia inmediata de marchar a París. La madre accedió a ello; pero León no se apresuraba, y todos los días, durante un mes, Hivert transportó para el joven, desde Yonville a Ruán y desde Ruán a Yonville, cajas, maletas y paquetes; y cuando repuso su guardarropa, rellenó sus tres sillones, compró un surtido de pañuelos, y, en una palabra, hizo más preparativos que si pensara dar la vuelta al mundo, aplazó el viaje de semana en semana, hasta que recibió, instándole a partir, puesto que deseaba presentarse a examen antes de las vacaciones, una segunda carta materna.

Llegada la hora de las despedidas, la señora de Homais se deshizo en lágrimas; Justino, en sollozos; Homais, como hombre entero que era, disimuló su emoción y quiso llevar por sí mismo el gabán de su amigo hasta la casa del notario, pues éste conducía a León en su coche a Ruán. Al pasante le quedaba el tiempo justo para despedirse de Bovary.

Una vez en lo alto de la escalera —tal fue su desaliento— se detuvo. La señora Bovary, al verle entrar, se levantó con presteza.

—Aquí me tiene otra vez —dijo León.

—Estaba segura de ello.

Emma se mordió los labios, y una oleada de sangre extendiose por su rostro, encaminándolo desde la raíz del pelo hasta el borde del cuello. Permanecía de pie, apoyado en la pared el hombro.

—¿No está su marido? —preguntó.

—No, no está —contestó; y repitió—: No está.

Entonces hubo una pausa; miráronse, y sus pensamientos, en una misma angustia confundidos, estrecháronse con fuerza, como dos pechos palpitantes.

—Quisiera besar a Berta —insinuó León.

Emma, descendiendo algunos escalones, llamó a Felicidad.

El joven lanzó de prisa a su alrededor una larga ojeada, que posose en las paredes, en los estantes, en la chimenea, como si pretendiera escudriñarlo todo, llevárselo todo.

Volvió a entrar la señora Bovary y apareció la criada con Bertita, la cual, con la cabeza baja, sacudía un molino de viento sujeto a la extremidad de una cuerda.

León la besó en el cuello repetidas veces.

—¡Adiós, pobrecita niña! ¡Adiós, querida pequeñuela! ¡Adiós!

Y entregósela a su madre.

—Llévesela —dijo Emma a la criada.

Volvieron a quedarse solos.

La señora Bovary, vuelta de espaldas, apoyaba la cabeza en uno de los cristales; León tenía la gorra en la mano y golpeábase suavemente el muslo con ella.

—Va a llover —dijo Emma.

—Llevo un capote —repuso él.

—¡Ah!

Emma volviose, humillada la frente. La luz deslizábase por ella, como por un mármol, hasta la curva de sus cejas, sin que fuese dado apreciar lo que miraba en el horizonte ni lo que en lo profundo de su ser se escondía.

—¡En fin, adiós! —suspiró él.

Emma, bruscamente, irguió la cabeza.

—¡Sí, adiós!... ¡Váyase!

Avanzaron uno y otra; León alargó su mano y ella dudó un momento.

—Sea; despidámonos a la inglesa —dijo Emma abandonando la suya y esforzándose por reír.

Al sentirla León entre sus dedos, le pareció que la sustancia misma de todo su ser descendía a aquella humedecida mano. Soltola después, tropezáronse de nuevo sus ojos y desapareció.

Una vez en el mercado, se detuvo y escondiose tras uno de los pilares para contemplar por última vez aquella casa blanca con sus cuatro persianas verdes.

Pareciole ver en el cuarto, y tras los cristales, una sombra; pero la cortina, desprendiéndose del soporte como por arte de magia, desplegó sus oblicuos pliegues, que cayeron de un golpe y permaneció rígida e inmóvil como una tapia. León echó a correr.

A lo lejos, en la carretera, vislumbró el cabriolé del notario, y junto al carruaje, a un hombre con mandil que tenía al caballo de la brida. Homais y el señor Guillaumin aguardábanle charlando.

—Venga un abrazo —dijo el boticario con lágrimas en los ojos—. Aquí tiene su gabán, mi buen amigo. ¡Cuidado con el frío! ¡Cuídese! ¡Atiéndase!

—Vamos, León, al coche —dijo el notario.

Homais inclinose sobre el guardabarros, y con voz entrecortada por los sollozos dejó escapar estas dos tristes palabras:

—¡Buen viaje!

—¡Buenas tardes! —repuso el señor Guillaumin—. Hágase a un lado.

Partieron, y Homais regresó a su casa.

Emma había abierto la ventana que daba al huertecito y contemplaba las nubes, que amontonábanse hacia el poniente, del lado de Ruán, y deslizaban con rapidez sus foscas volutas, tras de las cuales, y sobrepasándolas, brillaban los rayos del sol, como doradas flechas de suspendido trofeo, en tanto el resto del cielo resplandecía con una blancura de porcelana. Una ráfaga de aire, empero, encorvó los álamos, y súbitamente cayó la lluvia, que repiqueteaba en el verde follaje. Luego apareció el sol, cacarearon las gallinas; los gorriones batían sus alas en los empapados matorrales y las aguas arrastraban en su corriente las sonrosadas flores de una acacia.

—¡Cuán lejos estará ya! —pensó Emma.

El señor Homais, como de costumbre, presentose a las seis y media, durante la comida.

—Bueno —dijo el boticario sentándose—; ya tenemos a nuestro joven de camino.

—Eso parece —repuso el médico. Y volviéndose al boticario, añadió—: ¿Y qué hay de nuevo por su casa?

—Poca cosa. Mi mujer hallábase algo emocionada esta tarde. Ya sabe usted que las mujeres se emocionan por lo más mínimo, sobre todo la mía. Y cometeríamos un error si pretendiésemos evitarlo, ya que la constitución nerviosa de las mujeres es mucho más impresionable que la nuestra.

—¿Cómo va a vivir en París ese pobre León? —decía Carlos—. ¿Se acostumbrará a semejante vida?

La señora Bovary suspiró.

—¿Por qué no? —dijo el farmacéutico chascando la lengua—. Juerguecitas, bailes de máscaras, champaña, todo lo probará; se lo aseguro.

—No creo que se encenague —objetó Bovary.

—Ni yo —repuso vivamente el señor Homais—; pero tendrá que seguir a sus camaradas si no quiere que le tomen por jesuita. ¡Usted ignora la vida que llevan esos truhanes en el Barrio Latino con las actrices! Por lo demás, en París se les considera mucho a los estudiantes. Como sean un poco dicharacheros, se les abren las puertas de los salones, e incluso hay damas del *faubourg* Saint-Germain que se enamoran de ellos, y de aquí que se les presenten grandes ocasiones para hacer muy buenos matrimonios.

—Sin embargo —dijo el médico—, me temo que ese París...

—Tiene usted razón —interrumpió el boticario—; ahí está el inconveniente; en París no hay que apartar la mano de la cartera. Se encuentra usted, supongamos, en un jardín público; se le presenta un *quidam* de buena presencia, condecorado inclusive y que cualquiera tomaría por un diplomático; le aborda, le habla, se insinúa, le ofrece tabaco, le recoge el sombrero que se ha caído. Luego se intima cada vez más; le lleva al café, le invita a su casa de campo, le pone en relación con multitud de personas; y todo, ¿para qué? Pues en la mayoría de los casos para entrar a saco en su bolsillo o para arrastrarle por perniciosos caminos.

—Es cierto —repuso Carlos—; pero yo iba a referirme sobre todo a las enfermedades; a la fiebre tifoidea, por ejemplo, que suele atacar a los estudiantes provincianos.

Emma se estremeció.

—A causa del cambio del régimen —prosiguió el boticario— y de los trastornos que de ello resulta para la economía general. Añádase a esto el agua de París, ¡imagínese!; la comida de los restaurantes, cuyos picantísimos alimentos acaban por encender la sangre y que no se pueden comparar, dígase lo que se diga, con un buen cocido. Por lo que a mí toca, he preferido siempre la alimentación casera; es más sana. Por eso, cuando yo estudiaba mi carrera en Ruán estuve en una pensión con comida, y comía con los profesores. Y prosiguió de este modo exponiendo sus opiniones generales y simpatías personales hasta que vino Justino a llamarle para que despachara una receta.

—No tengo un momento de reposo —exclamó—. ¡Siempre en la brecha! No puedo salir un momento. Hay que sudar sangre y agua, como un caballo de labor. ¡Qué vida más miserable! —y añadió desde la puerta—: A propósito, ¿no conoces la noticia?

—¿Cuál?

—Pues que es muy probable —dijo arqueando las cejas y revistiendo su rostro una gran seriedad— que los comicios agrícolas del Sena Inferior se celebren este año en Yonville-l'Abbaye. Así se dice por lo menos. Ya dejaba translucir algo esta mañana el periódico. Esto sería de una gran importancia para nuestra localidad. Ya hablaremos después del asunto. Veo bien, no se molesten; Justino tiene el farol.

VII

El día siguiente fue para Emma una jornada fúnebre. Antojósele todo como hundido en una sombría atmósfera, que confusamente flotaba sobre las cosas, y la pesadumbre adentrábase en su alma, como el viento invernal en los abandonados castillos, con quejido suave. Sueños que se forja la mente sobre lo que nunca más ha de volver; lasitud, que ante lo inevitable se apodera de nosotros; dolor, en fin, producido por el brusco interrumpirse de lo cotidiano, por la súbita cesación de una vibración prolongada: eso era todo.

Como al regreso de la Vauleyessard, cuando las parejas de baile giraban en su imaginación, Emma experimentaba una lúgubre melancolía, una entumecedora desesperación. León aparecíasele más alto, más guapo, más delicado, más vagaroso, y aunque alejado de ella, no se había ido: estaba allí, y diríase que las paredes conservaban su sombra. No le era dado apartar sus ojos de aquella alfombra por él hollada, de aquellos vacíos sillones donde sentábase él. El río se deslizaba aún y deshacía sus ondas a lo largo del ribazo resbaladizo. Por allí habíanse paseado muchas veces con aquel mismo murmurar de las ondas sobre las piedras cubiertas de musgo ¡Qué hermoso sol les alumbraba! ¡Qué tardes más esplédidas aquéllas, solos los dos, entre la sombra, allá en lo profundo del huerto! Él leía en voz alta descubierto, sentado en un banco de secos troncos. La fresca brisa del prado hacía temblar las páginas del libro y las capuchinas del cenador... ¡Y él, la única posible esperanza de felicidad, el solo encanto de su vida, había partido! ¿Cómo no se apoderó ella, al presentarse, de aquella dicha? ¿Por qué no la retuvo con ambas manos, de rodillas, a punto de querer irse? Y se maldijo por no haber amado a León, tuvo sed de sus labios, fue presa del deseo de correr en busca suya, de arrojarse en sus brazos y decirle: «¡Aquí me tienes; tuya soy!». Pero las dificultades de la empresa conteníanla de antemano, y sus deseos, que el pesar aumentaba, hacíanse más vivos cada vez.

Desde entonces, el recuerdo de León fue como el centro de su pesar, y aquel recuerdo chispeaba con más fuerza aún que la lumbre encendida y abandonada sobre la nieve por los viajeros en medio de las estepas rusas. Abalanzábase, saltaba sobre él, removía delicadamente aquel hogar próximo a extinguirse; buscaba a su alrededor cuanto pudiera contribuir a reanimarlo, y las más lejanas reminiscencias, así como las más próximas ocasiones, lo que experimentaba y lo que imaginaba, sus dispersas ansias de voluptuosidad, sus proyectos de ventura que crujían en el aire como secas ramas, su estéril virtud, sus caídas esperanzas, el lecho conyugal, todo lo recogía, todo lo amontonaba, todo le servía para enardecer su pesadumbre.

Debilitáronse, empero, las llamas, bien porque la provisión se agotase o porque el amontonamiento fuese excesivo. El amor, con la ausencia, extinguiose poco a poco; el pesar se ahogó con la costumbre, y aquella llamarada de incendio que a su desvaído cielo empurpuraba se cubrió de sombras y esfumose por grados. Y hasta en el adormecimiento de su conciencia llegó a tomar la repugnancia al marido por aspiración al amante, las quemaduras del odio por las calideces de la ternura; mas como el huracán soplando, y como la pasión consumíase en sus cenizas, y como no venía ningún socorro, y como no aparecía ninguna luz, hízose por doquiera noche cerrada y Emma permaneció perdida en el horrible frío que la envolvía.

En tal punto, comenzaron de nuevo los aciagos días de Tostes. Considerábase en aquel momento mucho más desgraciada, pues no sólo tenía la experiencia de lo sufrido, sino también la certidumbre de que no acabaría su sufrimiento.

Una mujer que habíase impuesto tan grandes sacrificios bien podía tener algunas fantasías. Se compró un reclinatorio gótico, y en menos de un mes compró catorce francos de limones para abrillantarse las uñas; encargó a Ruán un vestido azul de cachemira, y en casa de Lheureux escogió el más hermoso de los chales, que anudábase a la cintura, por encima de la bata, y con tan insólito indumento, libro en la mano y las ventanas cerradas, permanecía tendida en un canapé.

Con frecuencia variaba de peinado, y así, peinábase unas veces a la manera china, otras con rizos flojos, otras con trenzas, y hasta llegó a sacarse la raya a un lado y a recogerse el pelo por detrás como un hombre.

Diole por aprender la lengua italiana, y compró un diccionario, una gramática y una cierta cantidad de papel. Dedicose a las lecturas serias, a la historia y a la filosofía. Carlos, algunas veces, despertábase de noche sobresaltado, creyéndose que iban en su busca para que asistiera a un enfermo.

—Voy allá —murmuraba.

Y tratábase del ruido de una cerilla que frotaba Emma a fin de encender la lámpara. Pero él no paraba mientes en aquellas sus lecturas, como tampoco en sus labores, las cuales, una vez comenzadas y siempre sin terminar, iban a parar al armario. Ella las tomaba, las dejaba, empezaba otras.

Sufría accesos, y entonces era muy fácil empujarla a cometer extravagancias. Un día sostúvole a su marido que sería capaz de beberse medio vaso grande de aguardiente, y como Carlos cometiera la necedad de desafiarla se lo bebió hasta la última gota.

A pesar de sus aires evaporados —tal era la palabra empleada por los burgueses de Yonville—, Emma no parecía satisfecha, y por lo general conservaba en las comisuras de la boca esa rígida contracción que arrugaba el rostro de las solteronas y el de los fracasados ambiciosos. Siempre estaba pálida, con palidez de cera; atirantábase hacia las aletas la piel de su nariz y sus ojos miraban de una vaga manera. El descubrimiento de tres canas en las sienes le hizo hablar de su vejez.

Sufría frecuentes desvanecimientos. Un día, incluso esputó sangre, y como Carlos se acongojara y descubriera su inquietud, Emma repuso:

—¡Bah! ¿Qué importa?

Carlos fue a refugiarse a su despacho, y allí lloró, acodado en la mesa, sentado en su sillón, sobre el cráneo frenológico.

Escribiole entonces a su madre para que fuese, y una vez juntos celebraron largas conferencias a propósito de Emma.

¿Qué partido seguir? ¿Qué hacer, puesto que se oponía a todo tratamiento?

—¿Sabes lo que necesitaría tu mujer? —aseguraba la madre de Carlos—. Pues ocupaciones ineludibles y trabajos manuales. Si se viera obligada, como tantas otras, a ganarse el pan, no tendría esos humos, que provienen de la serie de ideas que se meten en la cabeza y de la ociosidad en que vive

—Sin embargo, tiene ocupaciones —decía Carlos.

—¡Ocupaciones! ¿Cuáles? Leer novelas, libros perniciosos, obras que van contra la religión, cuyos autores se burlan de los sacerdotes con palabras tomadas a Voltaire. Eso, pobre hijo mío, acarrea consecuencias funestas, pues quien carece de ideas religiosas acaba por andar en malos pasos.

Acordose, pues, impedir que Emma leyese novelas. La empresa no parecía fácil. La buena señora se encargó del asunto. Debía, a su paso por Ruán, presentarse en casa del alquilador de libros y decirle que Emma se daba de baja como abonada. Y si el librero, a pesar de todo, persistía en su tarea envenenadora, ¿no sería cosa de dar parte a la policía?

Suegra y nuera despidiéronse fríamente. Durante las tres semanas que estuvieron juntas apenas si se hablaron, limitándose a los cumplidos de rúbrica, en la mesa y a la hora de acostarse.

La madre de Bovary se fue un miércoles, día de mercado.

La plaza veíase desde por la mañana llena de carros que, con los varales en alto, se extendían a lo largo de las casas, desde la iglesia hasta la fonda. Al otro lado había barracas en las que se vendían telas de algodón, mantas y medias de lana, a más de ronzales para los caballos y piezas de cintas azules cuyas puntas revoloteaban en el aire. La ordinaria quincallería mostrábase en el suelo, entre las pirámides de huevos y las cestitas de quesos, por las que se asomaban unas pegajosas pajitas; junto a las trilladoras, las gallinas, cacareando en sus jaulones, asomaban la cabeza por entre los hierros. La muchedumbre, en su afán de amontonarse e inmovilizarse en un mismo sitio, amenazaba destruir el escaparate de la botica. Ésta hallábase atestada todos los miércoles, pues no sólo iban allí a comprar medicamentos, sino también a consultar con el boticario, tan famosa era la reputación del señor Homais en los pueblos circunvecinos. Su extraordinario aplomo fascinaba a los campesinos, que le consideraban como el mejor de los médicos.

Emma, acodada en la ventana, cosa que hacía con frecuencia —la ventana, en provincias, reemplaza al teatro y al paseo—, entreteníase en contemplar aquel rústico barullo, cuando divisó a un caballero con levita de terciopelo verde. Llevaba guantes amarillos, no obstante ceñir recias polainas, y dirigíase a la casa del médico, seguido por un campesino cabizbajo y pensativo.

—¿Puedo ver al señor? —preguntole a Justino, que hablaba en el umbral con Felicidad.

—Dígale que don Rodolfo Boulanger, de La Huchette, está aquí.

El recién llegado añadió aquel segundo nombre al patronímico, no por vanidad de terrateniente, sino para darse a conocer mejor. En efecto, La Huchette era un dominio situado en las cercanías de Yonville, cuyo castillo acababa de comprar, con más dos granjas que cultivaba por sí mismo, aunque sin molestarse demasiado. Hacía vida de soltero y pasaba por tener quince mil libras esterlinas de renta, por lo menos.

Carlos penetró en la sala y el señor Boulanger presentole a su acompañante, el cual deseaba sangrarse porque sentía hormigueos en todo el cuerpo.

—Eso me purgará —objetaba a cuantas observaciones le hacían.

Bovary ordenó que le trajesen una venda y una palangana, rogándole a Justino que la sostuviera. Luego, dirigiéndose al ya lívido aldeano, le dijo:

—Vamos, sea valiente, no tenga ningún miedo.

—No, no —repuso el aludido—; adelante, adelante.

Y con aire fanfarrón alargole el robusto brazo. Al lancetazo brotó sangre, y sus salpicaduras llegaron al espejo.

—Aproxima la palangana —exclamó Carlos.

—¡Recontra! —dijo el lugareño—. Cualquiera diría que era un surtidor. ¡Qué roja tengo la sangre! Eso debe de ser buena señal; ¿no es cierto?

—Algunas veces —prosiguió Bovary— no se experimenta nada al principio; pero el síncope sobreviene después, y más particularmente entre personas de recia contextura como la suya.

El campesino, al oír tales palabras, soltó la venda que hacía girar entre sus dedos; una sacudida de sus hombros hizo crujir el respaldo de la silla y cayósele el sombrero.

—Me lo sospechaba —dijo Bovary, comprimiendo la vena con el dedo.

La palangana comenzó a agitarse en las manos de Justino; tembláronle las piernas y se puso pálido.

171

—¡Emma! ¡Emma! —gritó el médico.

De un salto, Emma descendió por la escalera.

—¡Vinagre! —volvió a decir—. ¡Oh, Dios mío! ¡Dos a la vez!

Y, con la emoción, apenas si podía aplicar la compresa.

—No es nada —dijo el señor Boulanger con toda tranquilidad.

Y cogiendo en brazos a Justino, le sentó en la mesa.

La señora Bovary comenzó a quitarle la corbata; tenía un nudo en los cordones de la camisa, y por un instante permaneció agitando sus ligeros dedos en el cuello del joven; a seguida vertió unas gotas de vinagre en su pañuelo de batista, humedeciéndole las sienes a golpecitos y soplándole suavemente.

Recobrose el lugareño; pero el síncope de Justino duraba aún y sus pupilas desaparecían en la esclerótica como azules flores en la leche.

—Será preciso esconder esto —dijo Carlos.

La señora Bovary apoderose de la palangana, y al inclinarse para colocarla debajo de la mesa, su vestido —un vestido veraniego de cuatro faralaes, amarillo de color, bajo de cintura, amplio de vuelo— se dilató en torno de ella sobre los ladrillos del pavimento, y como Emma, debido a la inclinación de su postura, vacilaba un poco al alargar los brazos, el abombamiento de la tela henchíase acá y allá, según las inflexiones del corpiño.

A continuación fuese por un jarro de agua, y cuando derretía en él algunos terrones de azúcar llegó el farmacéutico. La criada, durante el alboroto, fue a avisarle. Al ver a Justino con los ojos abiertos, se tranquilizó; luego, volviéndose a él y mirándole de arriba abajo, le dijo:

—¡Necio y más que necio! ¡Pues sí que es gran cosa, después de todo, una flebotomía! ¡Y que esto le suceda a un mozo que no se asusta de nada! ¡A una especie de ardilla que sube a alturas vertiginosas para coger nueces! ¡Anda, habla, vanaglóriate! ¡Pues sí que tienes condiciones magníficas para ejercer más adelante la farmacia! ¡Ya te pueden llamar en momentos de apuro ante los tribunales para que ilustres la conciencia de los magistrados! ¡Allí no hay más remedio que conservar la sangre fría, razonar, mostrarse hombre, o bien pasar por imbécil! —Justino callaba; el boticario prosiguió—: ¿Quién te ha mandado venir? ¡No cesas de importunar a estos señores! Además, tu presencia me es indispensable los miércoles. Veinte personas hay en la casa. Lo he abandonado todo por lo mucho que me preocupas. ¡Vamos, vete, corre, aguárdame y vigila los tarros!

Una vez que se fue Justino, después de haberse vestido, se habló un poco de los desvanecimientos. La señora Bovary no los había sufrido nunca.

—¡Eso es extraordinario en una señora! —dijo el señor Boulanger—. Por lo demás, hay personas muy sensibles. Yo he visto desmayarse en un duelo a uno de los padrinos por el solo hecho de oír cargar las pistolas.

—A mí —dijo el boticario—: la vista de la sangre de los demás no me hace impresión; pero ante la sola idea de que corra la mía sentiríame desfallecer si pensase mucho en ello.

El señor Boulanger, mientras tanto, despidió a su criado, incitándole a que se tranquilizara, puesto que ya había realizado su deseo.

—Ello me ha proporcionado el placer de conocer a usted —añadió.

Y al decir tales palabras miraba a Emma.

Luego colocó tres francos en una extremidad de la mesa, saludó con negligencia y se fue. A poco se hallaba del otro lado del río —éste era su camino para regresar a La Huchette— y Emma viole avanzar por la pradera, bajo los álamos, deteniéndose de vez en cuando como el hombre que medita.

«¡Es guapísima! —decíase—. ¡Es muy guapa la mujer del médico! Tiene los dientes bonitos, los ojos negros, pequeño el pie y el porte de una parisiense. ¿De dónde ha salido esa mujer? ¿Dónde se la ha tropezado ese hastialote?».

Rodolfo Boulanger tenía treinta y cuatro años; era de temperamento brutal y perspicaz inteligencia, y como había frecuentado el trato de las mujeres, conocíalas muy bien. Ésta le pareció bonita, y de aquí que pensara en ella y en su marido.

«Ha de ser muy bruto. No cabe duda de que ha de tenerla harta. Lleva él las uñas sucias y una barba de tres días. Mientras él corre por ahí visitando enfermos, ella se dedicará a zurcir calcetines. ¡Y se aburre! ¡Querría vivir en la ciudad, bailar polcas todas las noches! ¡Pobre mujercita! En medio de su aburrimiento, piensa en el amor, como la carpa piensa en el agua sobre la mesa de la cocina. Con unas cuantas galanterías, seguro estoy de ello, se la conquista. Ello sería enternecedor y encantador... Sí, pero ¿cómo desembarazarse de ella después?»

El cúmulo de placeres, en lontananza vislumbrados, hiriéronle pensar, por analogía, en su querida, una cómica de Ruán, a la que mantenía entonces. Y como se detuviera en la mental contemplación de la que ni en la imagen le era soportable ya, se dijo:

«¡Oh! La señora de Bovary es mucho más bonita que ella y más fresca sobre todo. Virginia, decididamente, comienza a engordar demasiado. Sus arranques de alegría me resultan fastidiosos; además, ¡qué afición le tiene a los cangrejos!».

El campo estaba desierto, y Rodolfo sólo oía a su alrededor el acompasado crujir de las hierbas bajo su planta y el chirriar de los grillos ocultos entre las avenas. Representábase a Emma en la sala, vestida como la había visto, y desnudola en su imaginación.

—¡Oh! ¡Será mía! —exclamó deshaciendo de un bastonazo un montoncillo de arena que vio ante él.

Y a continuación examinó en silencio la parte diplomática de la empresa:

«¿Cómo verla de nuevo? ¿De qué medios valerse para conseguirlo? De seguro andará a todas horas con la niña a cuestas; únase a todo esto la criada, los vecinos, el marido y una serie interminable de molestias. ¡Bah!, ¡bah!; tendría que perder mucho tiempo. Pero es el caso —prosiguió pensando— que sus ojos son como berbiquíes que nos atraviesan... Y tiene el cutis pálido... ¡Con lo que a mí me gustan las mujeres pálidas!».

Al llegar al cerro de Argueil se decidió por completo:

«No hay más que buscar la coyuntura. Perfectamente. La visitaré de cuando en cuando, les obsequiaré con las piezas que cobre en mis cacerías, me haré sangrar si preciso fuera, seremos amigos, los invitaré a mi casa. ¡Córcholis! —añadió—. Los comicios van a celebrarse pronto; irá por allí, nos veremos y comenzaré la conquista con decisión; es lo más seguro».

VIII

En efecto, llegó, por fin, el día de aquellos famosos comicios. Los habitantes todos entregáronse desde por la mañana a los preparativos. La fachada de la alcaldía fue enguirnaldada con hiedra; armaron en una pradera una tienda de campaña, para el banquete, y, en mitad de la plaza, delante de la iglesia, una especie de lombarda debía avisar, con su estampido, la llegada del señor prefecto y subrayar el nombre de los agricultores premiados. La guardia nacional de Buchy —en Yonville no la había— vino a reunirse con el cuerpo de bomberos, cuyo capitán era Binet. Éste llevaba aquel día un cuello mucho más alto que de costumbre, y, embutido en su uniforme, era tal la inmovilidad y rigidez de su busto, que hacía pensar en el posible concentramiento de todas sus fuerzas vitales en las piernas, las cuales se movían acompasadas y cadenciosamente. Como subsistiera aún una cierta rivalidad entre el recaudador y el coronel de la guardia, uno y otro, para descubrir sus habilidades, hacían maniobrar separadamente a sus subalternos, y durante todo el día, alternativamente, viéronse pasar y repasar charreteras rojas y petos negros. ¡Aquello no acababa nunca! ¡Jamás se había visto semejante derroche de pompa! Algunos vecinos adecentaron sus casas; las banderas tricolores ondeaban en las entreabiertas ventanas; todas las tabernas veíanse llenas, y dado el buen tiempo que hacía, las rígidas gorras, las cruces de oro y las pañoletas de color, dijéranse más diáfanas que la nieve, resplandecían a la clara luz del sol y realzaban con su esparcido abigarramiento la fosca monotonía de los levitones y de las blusas azules. Las granjeras de los aledaños, al descender de las cabalgaduras, quitábanse el grueso alfiler que sujetaba, en torno de la cintura, la falda, recogida así para que no se manchase; sus maridos, por contra, para preservar sus sombreros, permanecían con los pañuelos por encima, una de cuyas puntas se aseguraba entre los dientes.

La muchedumbre afluía a la calle Mayor por una y otra extremidad del pueblo, como asimismo de las callejas, avenidas y casas, y de cuando en cuando oíase el resonar de los aldabones tras de los inquilinos con guantes de hilo que salían para ver el espectáculo. Lo que llamaba la atención, sobre todo, eran dos altísimos soportes triangulares, cubiertos de farolillos, que flanqueaban una plataforma destinada a las autoridades. Adosados a las cuatro columnas de la alcaldía veíanse otras tantas pértigas, con sus correspondientes estandartes de vela verdosa y sendas inscripciones en letras doradas. En uno leíase: «Al Comercio»; en otro: «A la Agricultura»; en el tercero: «A la Industria», y en el cuarto: «A las Bellas Artes».

El júbilo, empero, que asomaba a todos los rostros parecía entristecer a la señora Lefrançois, la hostelera. De pie en los peldaños de la cocina, murmuraba entre dientes:

—¡Pues sí que es una necedad la tal barraca de tela! Creen que el prefecto va a comer a gusto ahí, bajo esa tienda de campaña, como si fuera un titiritero ¡A semejantes estorbos llaman favorecer al pueblo! ¡No valía la pena de haber ido a Neufchâtel por un bodegonero! ¿Y para qué? Para vaqueros y pobretones...

Pasó el boticario. Llevaba frac, pantalón de nanquín, zapatos de castor y, cosa rara, sombrero hongo.

—Servidor de usted —dijo—; perdóneme, pero voy deprisa.

Y como la obesa viuda le preguntase que adónde iba:

—Le parece extraño, ¿no es cierto? —repuso—. Yo, que estoy siempre confinado en mi laboratorio, como la rata del fabulista en el queso...

—¿Qué queso? —preguntó la hostelera.

—No, nada; no es nada —repuso Homais—. Quería decir únicamente, señora Lefrançois, que de costumbre estoy recluido en mi casa. Hoy, en vista de las circunstancias, es preciso que...

—¡Ah! ¿Va usted allá abajo? —dijo, con cierto desdén, la señora Lefrançois.

—Sí, allá abajo voy —replicó, asombrado, el farmacéutico—. ¿Acaso no formo parte de la junta consultiva?

La hostelera le miró un instante, y acabó por responder, sonriendo:

—Eso es otra cosa. Pero ¿qué tiene usted que ver con la agricultura? ¿Es que entiende usted de eso?

—Vaya si entiendo; por algo soy farmacéutico; es decir, químico, y la química, señora Lefrançois, estudia la acción recíproca y molecular de todos los cuerpos de la naturaleza, y por eso la agricultura se halla comprendida en su dominio. En resumen de cuentas, la composición de los abonos, la fermentación de los líquidos, el análisis

178

de los gases y la influencia de los miasmas, ¿qué es todo eso, se lo pregunto, sino química simple y pura?

La hostelera no respondió nada. Homais prosiguió:

—¿Cree usted que haga falta para ser agricultor haber labrado la tierra por sí mismo o cebado gallinas? Más bien hace falta conocer las sustancias que se emplean, los yacimientos geológicos, las acciones atmosféricas, la calidad de los terrenos, de los minerales, de las aguas; la densidad de los diferentes cuerpos y su capilaridad, ¡qué sé yo! Es preciso poseer concienzudamente todos los principios de la higiene para dirigir, para criticar la construcción de las edificaciones, el régimen de los animales, la aumentación de los domésticos. Es preciso, además, señora Lefrançois, conocer la botánica, discernir las plantas, ¿comprende?; saber cuáles son saludables y cuáles venenosas, cuáles inútiles y cuáles comestibles; si es bueno arrancarlas por aquí o cogerlas por allá; propagar las unas y destruir las otras; en suma, es preciso estar al tanto del movimiento científico, por medio de los libros y revistas; sentirse siempre dispuesto para indicar las mejores...

La fondista no apartaba los ojos de la puerta del Café Francés; el farmacéutico prosiguió:

—¡Pluguiese a Dios que nuestros agricultores fueran químicos o, por lo menos, que prestaran más atención a los consejos de la ciencia! Por lo que a mí se refiere, he publicado hace poco un grueso opúsculo, una memoria con más de setenta y dos páginas, titulada *La sidra, su fabricación y efectos, con más algunas nuevas reflexiones que le atañen*, y que en su día envié a la Sociedad Agronómica de Ruán, lo que me ha proporcionado la honra de ser incluido entre sus miembros, sección de agricultura, subdivisión de pomología. Pues bien: si mi obra se hubiese dado a la publicidad...

El boticario se detuvo; de tal modo parecía preocupada la señora Lefrançois.

—¡Vea, vea! —decía—. No hay modo de entenderse ahí. ¡Valiente figón!

Y encogiéndose de hombros, hasta el punto de atirantar sobre el pecho los puntos de su cuerpecillo, señalaba con entrambos manos el café de su rival, de donde salían en aquel momento rumores de coplas.

—Por lo demás, no le queda mucho tiempo —añadió—; antes de ocho días todo se lo habrá llevado la trampa.

Homais hízose atrás de estupefacción. La fondista bajó los tres escalones, y hablándole al oído:

—¡Cómo! —dijo—. ¿No sabe usted lo que ocurre? Van a embargarle en esta semana por culpa de Lheureux, que le trae frito con sus préstamos.

—¡Qué espantosa catástrofe! —exclamó el boticario, que tenía siempre el adecuado gesto para todas las catástrofes imaginables.

La hostelera comenzó a contar la historia, que conocía por Teodoro, el criado del señor Guillaumin, y no obstante execrar a Tellier, censuraba a Lheureux. Era el tal un hombre adulador y rastrero.

—Mire, mire —dijo—; allí está, en el mercado; en este momento saluda a la señora de Bovary, que lleva un sombrero verde; el señor Boulanger la lleva del brazo.

—¡La señora de Bovary! —exclamó Homais—. Corro a saludarla. Acaso quiera ocupar un puesto en el recinto, bajo el peristilo.

Y sin escuchar a la hostelera, que le llamaba para concluir de contarle la comenzada historia, el farmacéutico se alejó rápidamente, con la sonrisa en la boca, distribuyendo saludos a derecha e izquierda y flotantes al viento los enormes faldones de su frac.

Rodolfo, al percibirle de lejos, aligeró el paso; mas como Emma se sofocara, tuvo que aflojar la marcha, y sonriendo, díjole a la joven, con brusco acento:

—Lo hacía para zafarnos de ese pelmazo; me refiero al farmacéutico.

Emma le dio con el codo.

«¿Qué querrá decir con esto?», preguntose Boulanger. Y la miró con el rabillo del ojo, sin dejar de anclar.

Pero no era posible adivinar nada; tal era de sereno su perfil, que a plena luz destacábase bajo el óvalo de su capota, cuyos desvaídos lazos parecían hojas de caña. Sus ojos, de largas y arqueadas cejas, miraban al frente, y aunque muy abiertos, dijéranse como una tilde sofrenados por los pómulos, y ello a causa de la sangre que suavemente latía bajo la fina piel. Un sonrosado color tenía su nariz; inclinaba la cabeza sobre el hombro, y entre sus labios percibíanse las nacaradas puntas de sus níveos dientes.

«¡Si se burlara de mí!», pensaba Rodolfo.

El codazo de Emma, sin embargo, no había sido más que una advertencia, pues el señor Lheureux iba con ellos y de cuando en cuando dirigíales la palabra, deseoso de trabar conversación.

—¡Vaya un día soberbio! Todo el mundo se ha lanzado a la calle, y sopla el levante.

Emma, lo mismo que Rodolfo, apenas contestaban; pero en cuanto hacían el más mínimo gesto, Lheureux se les acercaba para preguntarles: «¿Decían algo?», y llevábase la mano al sombrero.

Una vez ante la casa del albéitar, en lugar de seguir camino adelante, Rodolfo, bruscamente, torció por un sendero, arrastrando a Emma, y exclamó:

—¡Que usted lo pase bien, señor Lheureux!

—¡Qué manera de despedirle! —dijo, riendo, la Bovary.

—¿Por qué hemos de aguantar a los demás? —repuso—. Y puesto que hoy tengo la dicha de hallarme con usted...

Ruborizose Emma y Rodolfo no terminó la frase. A continuación habló del buen tiempo y de lo agradable que era andar sobre la hierba. Comenzaban a apuntar algunas margaritas.

—He aquí unas flores preciosas —dijo—, propias para surtir de oráculos a los enamorados de la comarca —y añadió—: ¿Qué le parecería a usted si yo cogiese algunas?

—¿Es que está usted enamorado? —dijo Emma, tosiendo levemente.

—¡Quién sabe! —repuso Rodolfo.

La gente empezaba a inundar la pradera, y los matrimonios se cobijaban con sus chiquillos y cestos bajo enormes sombrillas. Con frecuencia se hacía necesario apartarse ante una larga fila de campesinas con medias azules, zapatos sin tacones y sortijas de plata, que al pasar junto a ellas trascendían a establo. Era aquél el momento del examen, y los agricultores, unos tras otros, penetraban en un como hipódromo, formado por una larga cuerda atada de trecho en trecho a un poste.

El ganado hallábase allí, cara a la cuerda, alineando confusamente sus desiguales ancas. Los adormecidos cerdos hundían sus hocicos en la tierra; los becerros mugían; balaban las ovejas; las vacas, tumbadas de vientre sobre la hierba y entornados los ojos, rumiaban con lentitud, bajo una nube de zumbadores mosquitos. Los carreteros, desnudos los brazos, sostenían por el ronzal a los encabritados sementales, que relinchaban con todas sus fuerzas hacia donde aglomerábanse las yeguas. Éstas permanecían tranquilas, lacias las crines, alargando el cuello, mientras los potros descansaban a su sombra o acercábanse de cuando en cuando para mamar. A lo largo de aquel ondulante hacinamiento de cuerpos veíase flamear como una ola alguna blanca crin, o bien destacarse unos agudos cuernos y el rápido deslizamiento de tal cual cabeza de hombre. Aparte, fuera de las pistas, cien pasos más allá, había un torazo negro, abozalado, con un anillo de hierro en el hocico y tan inmóvil como si fuera de bronce. Un rapaz astroso cuidaba de él.

Por entre las dos ringleras, con tardo paso, avanzaban unos señores, examinando las reses y cambiando impresiones en voz baja. Uno de ellos, al parecer el de más viso, tomaba nota, sin pararse, en un cuaderno. Era el señor Derozerays de la Panville, presidente del jurado.

En cuanto reconoció a Rodolfo dirigiose apresuradamente hacia él, y sonriendo y con amable continente le dijo:

—¡Cómo! ¿Nos abandona, señor Boulanger?

Protestó Rodolfo de semejante cosa; pero apenas desaparecido el presidente, añadió, dirigiéndose a Emma:

—¡Vaya si los abandono! Es preferible acompañarla a usted.

Y aunque burlándose de los comicios, para circular más a sus anchas, Rodolfo exhibía su pase e incluso a veces deteníase ante algún hermoso ejemplar, que apenas si miraba la Bovary. Percatose de ello y comenzó a chancearse del indumento de las damas yonvillenses, excusándose por la negligencia del suyo, el cual tenía esa incoherencia y rebuscamiento en los que el vulgo acostumbraba descubrir una existencia extravagante, sentimentales desórdenes, tiranías artísticas y siempre un cierto desdén por los convencionalismos sociales, todo lo cual le reduce o le exaspera. Tal su camisa de abollonada pechera, que henchíase a merced del aire en el escote del chaleco, de cutí gris, y su pantalón de rayas grandes, que descubría las botas de nanquín con palas de charolado cuero, tan reluciente que la hierba reflejábase en ellas. Con una mano en el bolsillo de la chaqueta y terciado el sombrero de paja, Rodolfo, al caminar, rozaba con sus botas los excrementos de los caballos.

—Además —añadió—, cuando se vive en el campo...

—Todo está demás —dijo Emma.

—Certísimo —replicó Rodolfo—. ¡Y pensar que ni uno de estos buenos sujetos es capaz de apreciar el buen corte de una levita!

Y hablando entonces de la mediocre vida provinciana, de las existencias que consumía, de las ilusiones que marchitábanse en ella.

—Por eso —decía Rodolfo— me sumerjo en una tristeza...

—¡Usted! —interrumpiole, asombrada, la Bovary—. ¡Y yo que le creía muy alegre!

—¡Ah! Sí, aparentemente; ante el mundo cubro mi rostro con una máscara burlona Y, sin embargo, ¡cuántas veces, ante un cementerio, a la luz de la luna, me he preguntado si no fuera preferible reunirme a los que allí descansan!

—Pero ¿y sus amigos? —dijo Emma—. ¿No piensa en ellos?

—¡Mis amigos! ¿Cuáles? ¿Los tengo acaso? ¿Quién se ocupa de mí?

Y de su garganta escapose como un silbido al pronunciar las últimas palabras.

En este punto viéronse obligados a la separación, a causa de un complicado andamiaje de sillas que tras ellos conducía un hombre. Tal era la carga, que no se le veían más que las puntas de los zuecos y las extremidades de sus erguidos brazos. Aquel sujeto era Lestiboudois, el sepulturero, que acarreaba por entre la multitud las sillas de la iglesia. De una gran imaginación para todo lo que concerniera a sus intereses, había descubierto aquel medio para aprovecharse de los comicios, y su éxito fue tan grande, que ya no sabía a quién atender. En efecto; los lugareños, víctimas del calor, disputábanse aquellas sillas, que olían a incienso, y se apoyaban con una cierta veneración en sus recios espaldares, abrillantados por la cera de los cirios.

La Bovary cogiose nuevamente al brazo de Rodolfo, y éste, como si hablara consigo mismo, prosiguió:

—¡Sí! ¡Me han fallado tantas cosas! ¡Siempre solo! ¡Si mi vida hubiese tenido alguna finalidad, si hubiese encontrado algún afecto, si hubiese tropezado con alguien...! ¡Oh, cómo hubiera derrochado toda la energía de que soy capaz, cómo lo hubiera arrollado y vencido todo!

—Me parece, sin embargo —dijo Emma—, que no hay por qué compadecerle.

—¿Lo cree usted? —preguntó Rodolfo.

—Porque, en resumen de cuentas —prosiguió la de Bovary—, es usted libre... —dudó un momento y añadió—: Rico.

—¡No se burle de mí! —repuso Boulanger.

A punto de jurar ella que no se burlaba, resonó un cañonazo, y todo el mundo, en revuelta confusión, encaminose al pueblo.

Tratábase de un falso aviso. El señor prefecto no había llegado aún, y los miembros del jurado se hallaban perplejísimos, porque no sabían si comenzar el acto o seguir aguardando.

Al fin, por el fondo de la plaza, apareció un landó tirado por dos jamelgos, a los que fustigaba un auriga con sombrero blanco. Binet sólo tuvo tiempo para gritar: «¡A formar!», y lo propio ocurriole al coronel. Cogieron a la carrera sus fusiles y apresuráronse a formar. Algunos incluso llegaron a olvidar el cuello. Pero la comitiva del prefecto pareció darse cuenta del apuro, y los dos apareados rocines, contoneándose, llegaron al trote ante el peristilo de la alcaldía en el preciso momento en que los bomberos y la guardia nacional desplegábanse, marcando el paso y a los redobles del tambor.

—¡Alto! —gritó Binet.

—¡Firmes! —exclamó el coronel—. ¡Alineación izquierda!

Y después de presentar las armas, cuyas abrazaderas, a lo largo de las filas, produjeron un rumor semejante al rodar de un caldero escaleras abajo, los fusiles volvieron a su posición.

En aquel momento viose descender del carruaje a un caballero con casaquín bordado de plata, calvo por delante y con un gran mechón en el occipucio, de descolorida tez y de apariencia por demás benévola. Sus ojos, en demasía saltones y de gruesos párpados, entornábanse para observar a la multitud, al mismo tiempo que elevaba su puntiaguda nariz y dibujábase en su boca una sonrisa. Cuando reconoció al alcalde por la banda, dirigiose a él y le dijo que el señor prefecto no había podido venir y que él era un consejero de la prefectura, presentando a continuación algunas excusas. Dirigiole Tuvache unos cumplidos, aparentó confundirse el otro, y así permanecieron cara a cara y casi unidas las frentes, rodeadas por los miembros del jurado, el consejo municipal, las personas de viso, la guardia nacional y la muchedumbre. El señor consejero, con el negro tricornio apretado sobre el pecho, reiteraba sus saludos, en tanto que Tuvache, curvado como un arco, sonreía también, tartamudeaba, escogía las frases y protestaba de su adhesión a la monarquía, agradeciendo el honor que dispensábasele a Yonville

Hipólito, el mozo de la hostería, cogió por la brida los caballos del coche y los condujo, cojeando con su contrahecho pie, bajo el cobertizo de El León de Oro, rebosante de lugareños, que habían acudido para contemplar el coche.

Redobló el tambor, retumbó la lombarda, y los enfilados señores subieron a la plataforma y arrellanáronse en sendos sillones de rolo terciopelo de Utrecht que había prestado la señora del alcalde.

Todas aquellas gentes se asemejaban. Sus fofos y rubicundos rostros, algo curtidos por el sol, tenían el matiz de la sidra dulce, y sus ahuecadas patillas escapábanse de los enormes y rígidos cuellos, ceñidos por blancas corbatas de bien repartidos lunares. Todos los chalecos eran de terciopelo; de todos los relojes pendían largas cintas con sendos y ovalados dijes de ágata, y todos apoyaban sus manos en las caderas, separando cuidadosamente las piernas, enfundadas en pantalones cuyo no ajado paño relucía con más brillantez que el cuero de las recias botas.

Las señoras distinguidas agrupábanse detrás, entre las columnas del vestíbulo, mientras que al frente, en pie o sentadas en sillas, veíase a la muchedumbre. En efecto: Lestiboudois trasladó a aquel sitio las que arrebató de la pradera, e incluso dirigíase corriendo a la iglesia en busca de otras, y tal entorpecimiento producía con aquel su ir y venir, que costaba mucho trabajo llegar a la escalerita de la plataforma.

—Me parece —dijo el señor Lheureux al farmacéutico, que se dirigía a ocupar su puesto— que hubieran debido colocar aquí dos mástiles a la veneciana, con adornos de cierta riqueza y buen gusto; habría ofrecido esto un magnífico golpe de vista.

—De seguro —repuso el boticario—; pero ¡qué quiere usted! El alcalde se lo ha hecho todo, y ese pobre Tuvache no sólo carece de buen gusto, sino que está desprovisto de eso que se llama genio artístico.

Rodolfo subió mientras tanto con la de Bovary al primer piso del ayuntamiento, y como el salón de sesiones hallábase vacío, declaró que allí podrían ver el espectáculo con más comodidad. Cogió tres banquetas de las que estaban en torno de la ovalada mesa, bajo el busto del rey, y aproximándolas a una de las ventanas, sentáronse en ellas.

Prodújose, entre cuchicheos y murmullos, un gran revuelo en la plataforma, y el señor consejero, por fin, se levantó. Sabíase ya que se llamaba Lieuvain, y su nombre corría de boca en boca entre la muchedumbre. Tras de ojear unas cuantas cuartillas, comenzó de esta suerte:

—Señores: Séame permitido en primer lugar, y antes de hablaros del objeto que aquí nos reúne hoy, y estoy seguro que este sentimiento lo compartiréis todos vosotros; séame permitido, repito, rendir justicia a la administración superior, al gobierno, al monarca, al soberano, a nuestro queridísimo rey, señores, a quien ninguna rama de la prosperidad privada o pública le es indiferente y que dirige con entera y firme mano, al par, la nave del Estado por entre los incesantes escollos de una mar tempestuosa, haciendo respetar la paz como la guerra, la industria, el comercio, la agricultura y las bellas artes.

—Debería hacerme atrás — dijo Rodolfo.

—¿Por qué? —preguntó Emma.

En este punto, la voz del consejero, elevando el diapasón de modo extraordinario, hablaba así:

—Pasaron ya aquellos tiempos, señores, en que la discordia civil ensangrentaba nuestras plazas públicas, en que el propietario, el comerciante, el mismo obrero, se dormían llenos de tranquilidad y despertaban, de pronto, atemorizados por el toque de rebato; en que las más subversivas máximas minaban audazmente los cimientos...

—Es que podrían distinguirme desde abajo —prosiguió Rodolfo—, y si así ocurre tendré que estar dando excusas durante quince días, dada mi mala reputación.

—¡Oh! Se calumnia usted —dijo Emma.

—No, no, es execrable; se lo juro.

—Ahora bien, señores —prosiguió el consejero—, si, apartando de mi memoria esos sombríos cuadros, fijo mis ojos en el estado actual de nuestra hermosa patria, ¿qué es lo que veo? El comercio y las artes florecientes por dondequiera; por dondequiera, nuevas vías de comunicación, como otras tantas arterias que cruzan el cuerpo del Estado y crean nuevas relaciones; nuestros grandes centros fabriles recobran su actividad; la religión, más asentada, sonríe a todos los corazones; nuestros puertos se ven llenos de barcos; la confianza renace, y Francia, al fin, respira...

—Desde el punto de vista social —adujo Rodolfo—, acaso tenga razón. ¡Quién sabe!

—¿Cómo es eso? —preguntó Emma.

—¿Ignora usted que existen almas atormentadas sin cesar? Esas almas necesitan entregarse alternativamente a la actividad y a los sueños, a las más puras pasiones, a los más desenfrenados placeres, y de aquí que se arrojen a toda clase de caprichos y locuras.

Al decir esto mirole ella como se mira al viajero que ha cruzado por extraordinarios países, y repuso:

—A nosotras, pobres mujeres, ni aún esa distracción nos queda.

—Triste distracción, en verdad, puesto que ella no nos proporciona la ventura.

—¿Se la encuentra acaso alguna vez? —preguntó.

—Sí; llega un día en que se tropieza con ella.

—Y he aquí de lo que os habéis percatado —decía el consejero—. ¡Vosotros, agricultores y braceros campesinos! ¡Vosotros, peones pacíficos de una obra civilizadora! ¡Vosotros, hombres progresistas y morales, os habéis percatado, repito, que las tormentas políticas son verdaderamente aún más temibles que las atmosféricas!...

—Llega un día —repitió Rodolfo— en que de pronto, y cuando menos se pensaba, tropiézase con la felicidad. Entonces se entreabren los horizontes y parece oírse una voz que grita: «¡Aquí la tienes!». Y siente uno la necesidad de confesárselo todo, de dárselo todo, de sacrificárselo todo a la persona que nos la trae. No se explica, se adivina. Se la ha entrevisto en sueños —al decir esto miraba a Emma—. Ya está aquí, por último, el tesoro que con tanto afán se ha buscado, y aquí delante de nosotros, fulgura y resplandece. Sin embargo, aún se duda, aún no se atreve uno a creer en ese tesoro, y permanece deslumbrado, como si acabase de salir de las tinieblas a la luz.

Cuando fueron dichas estas palabras, Rodolfo hizo el correspondiente gesto. Pasose la mano por el rostro, como si un vértigo le asaltara, y dejola caer a continuación en la de Emma. Ésta apartó la mano. El consejero, mientras tanto, proseguía:

—¿Y a quién sorprendería tal cosa, señores? Únicamente al que esté lo bastante ciego, lo bastante entrecogido, no temo asegurarlo, lo bastante entrecogido por los prejuicios de otra edad para desconocer aún el espíritu de las poblaciones agrícolas. ¿Dónde encontrar, en efecto, más patriotismo, más adhesión a la causa pública, más inteligencia, en una palabra, que en el campo? Y no me refiero, señores, a esa inteligencia superficial, adorno de los espíritus ociosos, sino a aquella otra, profunda y moderada, que aplicase por encima de todo a la persecución de fines útiles, contribuyendo de esta suerte al bien de cada uno, a la mejora de la comunidad y al sostén de los

Estados, fruto del respeto debido a las leyes y de la práctica de los deberes...

—¡Siempre la misma cantinela! —dijo Rodolfo—. ¡Siempre a vuelta con los deberes! ¡Ya estoy de ellos hasta la coronilla! ¡Son una porción de viejos zopencos en mangas de camisa y de santurrones de sacristía los que continuamente nos gritan al oído: «¡El deber! ¡El deber!»! ¡Cáspita! El deber no es otro que sentir lo grande, adorar lo bello y no aceptar, con las ignominias que nos impone, todos los convencionalismos sociales.

—Sin embargo..., sin embargo... —argüía la de Bovary.

—¡De ningún modo! ¿Por qué arremeter contra las pasiones? ¿No son ellas lo único hermoso que existe en el mundo? ¿La fuente del heroísmo, del entusiasmo, de la poesía, de la música, de las artes, de todo, en fin?

—Pero hace falta —dijo Emma— someterse, en cierto modo, a la opinión de la sociedad y obedecer sus normas morales.

—Pero es que hay dos clases de moral —replicó Rodolfo—. La cominera, la convencional, la que de continuo cambia, y grita, y bulle a ras de tierra, como esa turba de imbéciles que tenemos delante. Pero la otra, la eterna, está en torno nuestro y por encima de nosotros, como el paisaje que nos rodea y el cielo azul que nos ilumina.

El señor Lieuvain acababa de limpiarse la boca con su pañuelo y prosiguió:

—¿Qué me sería preciso hacer, señores, para demostraros aquí la utilidad de la agricultura? ¿Quién satisface nuestras necesidades? ¿Quién nos proporciona los alimentos? ¿No es la agricultura? La agricultura, señores, que, sembrando con laboriosa diestra los fecundos surcos campesinos, hace que brote el trigo, el cual, triturado y molido por medio de ingeniosas máquinas, se convierte en harina, que es transportada a las ciudades y luego a la tahona, donde el panadero amasa un alimento que sirve para el pobre y para el rico. La agricultura, ¿no es también la que, para proporcionarnos indumento, ceba a sus rebaños en los pasturajes? ¿Cómo nos alimentaríamos, cómo nos vestiríamos sin la agricultura? ¿Es que hay necesidad, señores, de remontarse tanto en busca de ejemplos? ¿Quién no ha parado mientes en los grandísimos beneficios que nos reporta ese modesto animal, orgullo de nuestros corrales, que proporciona, al par, blandas almohadas a nuestros lechos, suculentas carnes para nuestras mesas y huevos? Pero no acabaría nunca si pretendiese enumerar unos tras otros los diferentes productos que una bien cultivada tierra prodiga, como generosa madre, a sus hijos. Aquí es la viña; más allá son los manzanos; en otra parte es la colza; en tal otro sitio son los quesos y el lino. Señores, no olvidemos el lino, que en los últimos años ha experimentado un considerable aumento, y sobre el que me atrevo a llamar más particularmente vuestra atención.

No había necesidad de llamarla: todos los circunstantes hallábanse boquiabiertos, en guisa de tragarse sus palabras. Tuvache, junto a él, le escuchaba con los ojos muy abiertos; el señor Derozerays entornaba suavemente de cuando en cuando los párpados, y más lejos, el boticario, con su hijo Napoleón entre las piernas, llevábase la mano al pabellón de la oreja, para no perder ni una sola sílaba. Los demás miembros del jurado movían la cabeza en guisa aprobatoria. Los bomberos, al pie de la plataforma, descansaban en sus fusiles, y Binet permanecía inmóvil, enarcando el brazo y en alto la punta del sable. Es posible que oyera; mas desde luego no veía nada, y ello debido a la visera del casco, que descendíale hasta la nariz. Aún había exagerado más el suyo su teniente, el hijo menor del señor Tuvache; llevaba éste un enorme casco que tambaleábasele en la cabeza, y su pañuelo de indiana asomaba una de sus puntas. Con infantil dulzura sonreía bajo aquel armatoste, y en su pálida carita, por la que resbalaban gotas de sudor, percibíase un gesto gozoso, acansinado y soñoliento.

La plaza estaba por completo llena de gente; acodadas en las ventanas y en pie en los umbrales de las casas aparecían algunas personas, y Justino, ante el escaparate de la botica, dijérase completamente hundido en la contemplación del espectáculo. No obstante el silencio, la voz del señor Lieuvain se perdía en el vacío, y sólo a retazos percibíanse sus oraciones, que interrumpían acá y allá el crujir de las sillas de la muchedumbre; luego, de pronto, oíase el prolongado mugido de un buey, o bien el balar de los corderos, como contestación, en las esquinas de las calles. Vaqueros y pastores, efectivamente, lleváronse a aquel paraje su ganado, que de vez en vez berreaba, arrancándose con la lengua tal cual brizna de ramaje que le pendía del hocico.

Rodolfo habíase aproximado a Emma y, aprisa y en voz baja, decía:

—¿No le indigna semejante conjura de la sociedad? ¿Existe algún sentimiento que no anatematice? Las más puras simpatías, los más nobles instintos son perseguidos, calumniados, y si dos infelices almas, a la postre, se tropiezan, todo se halla dispuesto para que no puedan unirse. Lo intentarán sin embargo, batirán sus alas, se llamarán, y temprano o tarde, a los seis meses, a los diez años, conseguirán reunirse y amarse, porque así lo exige el destino y porque han nacido la una para la otra.

Hallábanse de codos sobre las rodillas, y así, con la cabeza en alto, hacia Emma, la miraba de cerca y fijamente, y Emma distinguía en sus ojos dorados rayitos que irradiaban alrededor de sus negras pupilas, e incluso percibía el perfume de la pomada que abrillantaba sus cabellos. Una extraña languidez apoderose en aquel punto de ella, y se acordó de aquel vizconde que la hiciera valsar en la Vauleyessard y cuya barba despedía, como los cabellos de Rodolfo, aquel olor a limón y vainilla, y maquinalmente entornó los párpados para aspirarlo más a su gusto. Pero al retreparse en la silla, vislumbró a lo lejos, en los confines del horizonte, la vieja diligencia *La Golondrina*, que descendía lentamente por la cuesta de los Leux, con un penacho de polvo a la zaga. ¡En aquel amarillento coche regresó León más de una vez, y por aquel mismo camino había partido para siempre! Creyó verle en su ventana. Luego confundiose todo; deslizáronse unas nubes, y creyó que aún valsaba, bajo la luz de las arañas, del brazo del vizconde, y que León no estaba lejos, que iba a llegar..., y no obstante, seguía sintiendo junto a ella la cabeza de Rodolfo. De esta suerte, la dulzura de aquella sensación despertaba en ella sus antiguos deseos, y como granos de polvo en el aire bullían en la sutil tufarada de perfume que extendíase por su alma. Dilató las aletas de la nariz repetida y fuertemente para aspirar la frescura de la hiedra que colgaba de los capiteles. Quitose los guantes, se enjugó las manos y abanicose con el pañuelo, en tanto que a sus oídos llegaba, mezclado al latir de sus sienes, el rumor de la muchedumbre y la voz del consejero, que seguía perorando:

—¡Continuad! ¡Perseverad! ¡No escuchéis ni las sugestiones de la rutina ni los consejos, por demás prematuros, de un empirismo temerario! ¡Dedicaos, sobre todo, al mejoramiento del suelo y de los abonos; al desenvolvimiento de las razas caballar, bovina, lanar y porcina! ¡Que estos comicios sean para vosotros como pacíficas palestras en las que el vencedor, al abandonarlas, tienda la mano al vencido y fraternice con él, con la esperanza de un más brillante éxito! ¡Y vosotros, servidores venerables, humildes criados, en cuyas penosas labores no parara mientes, hasta el momento de ahora, ningún gobierno, llegad para recibir la recompensa de vuestras ocultas virtudes y tened presente que, en lo sucesivo, el Estado no apartará sus miradas de vosotros, que os animará, que os protegerá, que prestará oído a vuestras justas reclamaciones y que aligerará en cuanto le sea posible la carga de vuestros penosos sacrificios!

Sentose el señor Lieuvain y se levantó el señor Derozerays, pronunciando otro discurso. El suyo, acaso, no fue tan florido como el del consejero; pero se recomendaba por lo positivo de su carácter, esto es, por una mayor suma de conocimientos especiales y de elevadas consideraciones. Fue más parco en el elogio del gobierno, extendiéndose más en lo que a la agricultura y a la religión se refería. Poniéndose en él de manifiesto las relaciones que existían entre una y otra y su común aportación a la obra civilizadora. Entre tanto, Rodolfo hablaba con la de Bovary de los ensueños, de los presentimientos, del magnetismo.

El orador, remontándose al origen de las sociedades, describía aquellos salvajes tiempos en que los hombres se alimentaban con bellotas en lo profundo de los bosques. Luego, desprendiéndose de las pieles de los animales, se cubrieron con telas, abrieron surcos, plantaron viñas. ¿Era eso un bien? Semejante descubrimiento, ¿reportaba más inconvenientes que ventajas? Tal era el problema que planteábase el señor Derozerays. Rodolfo, paulatinamente, pasó del magnetismo a las afinidades, y mientras el presidente citaba a Cincinato con su arado, a Diocleciano plantando coles y a los emperadores de la China inaugurando los años con la siembra, Rodolfo explicábale a Emma cómo las atracciones irresistibles tenían su origen en una existencia anterior.

—Así —decía—, ¿por qué nos hemos conocido nosotros? ¿Qué azar lo ha querido? No cabe duda de que, a través de las distancias, como dos ríos que corren para reunirse, nuestros íntimos destinos nos han empujado hasta ponernos frente a frente.

Y se apoderó de la mano de Emma. Ésta no la retiró.

—¡Premios a los buenos abonos! —gritó el presidente.

—¡Así, por ejemplo, cuando me he presentado en su casa de usted!...

—Al señor Bizet, de Quincampaix.

—¿Sabía que había de acompañarla?

—¡Setenta francos!

—Cien veces he intentado marcharme, y la he seguido, y me he quedado, no obstante.

—Estiércoles.

—Como me quedaría esta noche, y mañana, y los demás días, y toda mi vida.

—¡Al señor Carón, de Argueil, una medalla de oro!

—Porque jamás he tropezado en el mundo con una persona tan encantadora como usted.

—¡Al señor Bain, de Givry-Saint-Martin!

—Así pues, su recuerdo no se apartará de mí.

—Por un carnero...

—Pero yo habré pasado por su vida como una sombra y me olvidará.

—¡Al señor Belot, de Notre Dame!

—¡Oh, no! Yo significaré algo en su vida, en su pensamiento, ¿no es verdad?

—Raza porcina, premio *ex aequo*: ¡a los señores Lehérissé y Cullembourg, sesenta francos!

Rodolfo estrechaba la mano de Emma y sentíala en la suya, tibia y trémula, como tortolilla cautiva que quisiese alzar su vuelo; mas, bien para desprenderse, bien para responder a aquella presión, fue lo cierto que Emma hizo un movimiento con sus dedos, y Rodolfo exclamó:

—¡Oh! ¡Gracias! ¡No me rechaza usted! ¡Es usted buena! ¡Comprende que soy completamente suyo! ¡Déjeme verla, contemplarla!

Una ráfaga de aire, que penetró por las ventanas, arrolló el tapete de la mesa, y abajo, en la plaza, todas las enormes papalinas de las lugareñas desplegáronse, como alas de níveas mariposas que se agitan.

—Empleo del orujo de granos oleaginosos —continuó el presidente, dándose prisa.

—Abonos flamencos, drenajes, cultivo del lino, arriendos a largo plazo, servicio doméstico.

Rodolfo no hablaba ya. Emma y él se limitaban a mirarse. Un supremo deseo estremecía sus secos labios, y suavemente, sin esfuerzo alguno, confundiéronse sus manos.

—¡Catalina Nicasia Isabel Leroux, de Sassetotla-Guenière, por sus cincuenta y cuatro años al servicio en la misma granja, una medalla de plata, valorada en veinticinco francos!

—¿Dónde está Catalina Leroux? —volvió a repetir el consejero.

No se presentaba, y oíase un cuchicheo de voces.

—¡Ya va!

—No.

—Por la izquierda

—¡No tenga miedo!

—¡Qué tonta!

—¿Está o no está? —exclamó Tuvache.

—¡Sí!... ¡Aquí está!

—¡Que se acerque!

Viose entonces avanzar por la plataforma una viejecita, en su pobre indumento, de tímido y encogido aspecto. Calzaba enormes zuecos y cubría su falda con un delantal azul. Su enjuto rostro, tocado por una cofia sin cerco, estaba más arrugado que una manzana seca, y las mangas de su chambra roja caían sobre dos largas manos de nudosas articulaciones. El polvo de los graneros, la potasa de las lejías, el churre de las lanas, las emporcaron, endurecieron y estropearon de tal modo que aun lavándolas mucho, parecían sucias, y a fuerza de trabajar con ellas permanecían a medio cerrar, como para ofrecer su humilde testimonio de las inmensas penalidades sufridas. Una cierta rigidez cenobítica realzaba la expresión de su rostro, y ni el más mínimo enternecimiento o tristeza suavizaba su mirar apagado. Del frecuente roce con los animales había adquirido su placidez y su mutismo. Era aquélla la primera vez que se veía en medio de tanta gente, y asustada en lo íntimo por las banderas, los tambores, los caballeros de frac y la condecoración del consejero, permanecía completamente inmóvil, pues ignoraba si sería preciso avanzar o retirarse, como ignoraba igualmente por qué la empujaba la muchedumbre y por qué sonreía el jurado. De este modo manteníase ante aquellos satisfechos señores el medio siglo aquel de servidumbre.

—¡Aproxímese, venerable Catalina Nicasia Isabel Leroux! —dijo el consejero, que había tomado de mano del presidente la lista de las personas premiadas, y examinando alternativamente la hoja de papel y a la anciana, repetía con paternal acento—: ¡Aproxímese! ¡Aproxímese!

—¿Es usted sorda? —dijo Tuvache, saltando de su sillón, y comenzó a gritarle al oído—: ¡Cincuenta y cuatro años de servicio! ¡Una medalla de plata! ¡Veinticinco francos! Es para usted.

Una vez con la medalla en la mano, la viejecita la contempló; una beatífica sonrisa extendiose por su rostro, musitando al marcharse:

—Se la daré al señor cura para que me diga misas.

—¡Qué fanatismo! —exclamó el farmacéutico, dirigiéndose al notario.

La sesión había terminado; dispersose la muchedumbre, y cada cual, leídos ya los discursos, volvió a su puesto y a sus habituales quehaceres; los amos maltrataban a los domésticos, y éstos golpeaban a los animales, indolentes triunfadores que regresaban al establo con una corona verdecida entre los cuernos.

Los guardias nacionales, en el ínterin, habían subido al primer piso de la alcaldía, con sendos pasteles clavados en las bayonetas, y el tambor, con una cesta de botellas. La de Bovary cogió del brazo a Rodolfo y éste la acompañó hasta su casa; despidiéronse en la puerta, y luego aquél comenzó a pasear solo por la pradera, aguardando la hora del banquete.

El festín fue largo, ruidoso y estuvo mal servido; tan apretujados se hallaban, que apenas si podían mover los codos, y los angostos tableros que servían de banco apunto estuvieron de romperse bajo el peso de los comensales. Comieron abundantemente, atracándose de lo lindo. El sudor bañaba todas las frentes, y un blanquecino vaho, como bruma de río en mañana otoñal, flotaba entre las suspendidas lámparas, por encima de la mesa. Rodolfo, con la espalda apoyada en el lienzo de la tienda, con tal fuerza pensaba en Emma que no oía nada. Tras él, sobre el césped, los criados apilaban los platos sucios; hablábanle sus vecinos de mesa y él no respondía; uno se cuidaba de llenarle la copa, y no obstante el acrecentamiento de los rumores, el silencio reinaba en su interior. Pensaba en lo que ella había dicho y en la forma de su boca; su rostro, como en mágico espejo, brillaba en la placa de los cascos; los pliegues de su vestido descendían a lo largo de las paredes, y los días de pasión amorosa desarrollábanse hasta el infinito en las perspectivas del porvenir.

Volvió a verla por la noche, durante los fuegos artificiales, pero se hallaba en compañía de su marido, de la señora de Homais y del boticario, al cual le preocupaba mucho, por el peligro que aquello representaba, la desaparición de los cohetes, y a cada paso separábase de sus acompañantes para ir en busca de Binet y hacerle ciertas observaciones.

Las piezas pirotécnicas, dirigidas al señor Tuvache, encerrolas éste, por un exceso de precaución, en la cueva de su casa; por eso, la pólvora humedecida, apenas sí ardía, y la pieza principal, que representaba un dragón mordiéndose la cola, fracasó por completo. De cuando en cuando surcaba el aire un modestísimo cohete, y entonces la muchedumbre, asombrada, prorrumpía en clamores, mezclándose a ellos los gritos de las mujeress, a las que, valiéndose de la oscuridad, hacían cosquillas en la cintura. Emma silenciosa, acurrucábase junto a Carlos, y luego, en alto la cabeza, seguía por el fosco cielo el luminoso surtidor de los cohetes. Rodolfo contemplábala a la luz de los farolillos.

Apagáronse éstos paulatinamente; aparecieron las estrellas y comenzaron a caer algunas gotas de lluvia. Emma anudose a la destocada cabeza su chal.

En aquel momento salió de la hospedería el coche del consejero. El auriga, que iba borracho, adormeciose al punto, y vislumbrábase de lejos, por encima de la capota, la masa de su cuerpo, que se balanceaba según los vaivenes del coche.

—En verdad —dijo el boticario—, la embriaguez debiera castigarse con rigor. Por mi gusto, se debieran apuntar semanalmente en la puerta de la alcaldía, en un cuadro *ad hoc*, los nombres de todos los que durante la semana se intoxicasen con alcohol. Estos datos estadísticos vendrían, por otra parte, a ser como anales patentes a los que recurriríamos llegada la hora... Dispensen.

Y apresuradamente se dirigió hacia el capitán.

Éste volvía a su casa. Iba a revisar el torno.

—Acaso no haga usted mal —le dijo Homais— enviando a uno de sus hombres o yendo usted mismo...

—Déjeme tranquilo —repuso el recaudador—, puesto que nada ocurre.

—Tranquilícese —dijo el boticario cuando se halló de nuevo junto a sus amigos—. El señor Binet me ha asegurado que están tomadas las necesarias precauciones. No caerá ninguna pavesa. Las bombas están dispuestas. Vamos a dormir.

—Sí, que lo necesito —dijo la señora de Homais, bostezando de un modo horrible—; pero no importa: hemos disfrutado durante la fiesta de una hermosa temperatura.

—¡Sí, sí, muy hermosa! —repitió Rodolfo quedamente y con enternecida mirada.

Y después de saludarse se separaron.

Dos días después, en *El Faro de Ruán* aparecía un largo artículo sobre los comicios, que Homais escribiera al día siguiente de celebrarse aquéllos, en un rapto de inspiración.

«¿A qué se debían esas orlas, esas flores, esas guirnaldas? ¿Adónde corría esa muchedumbre, como las ondas de una mar enfurecida, bajo los torrentes de luz de un sol tropical que inundaba de calor nuestros barbechos?»

A continuación hablaba de la idiosincrasia de los campesinos. El gobierno, sin duda, hacía mucho; pero no lo bastante.

«¡Ánimo! —exclamaba—. Hay que realizar mil indispensables reformas: emprendámoslas».

Al relatar la llegada del consejero lo sacó a relucir todo «el aire marcial de nuestra milicia», «nuestras más vivarachas lugareñas, los ancianos de calva cabeza, especie de patriarcas que hallábanse allí, y algunos de los cuales, restos de nuestras inmortales falanges guerreras, sentían aún latir sus corazones al son varonil de los tambores». Citábase el primero entre los miembros del jurado, e incluso recordaba en una nota que el farmacéutico señor Homais había enviado a la Sociedad de Agricultores una memoria acerca de la sidra. Al describir la distribución de las recompensas pintaba la alegría de los agraciados con ditirámbicas frases: «El padre besaba a su hijo, el hermano al hermano, el marido a su mujer. Más de uno mostraba con orgullo su modesta medalla, y sin duda, de regreso en la casa, junto a la buena compañera, la colgaría llorando en la humilde pared de su choza».

«Los principales concurrentes a la fiesta reuniéronse después, a eso de las seis, en la dehesa del señor Laigerard, donde efectuose un banquete, en el que reinó, sin que decayera un momento, la cordialidad más franca. Pronunciáronse algunos brindis: el señor Lieuvain brindó por el monarca; por el prefecto, el señor Tuvache; el señor Derozerays, por la agricultura; el señor Homais, por la agricultura y las bellas artes, las dos hermanas, y el señor Leplichey, por las futuras mejoras. Por la tarde, una brillante serie de fuegos artificiales iluminó el ambiente. Dijérase aquello un verdadero calidoscopio, una decoración de la ópera, y por un momento, nuestra humilde localidad pudo creerse sumergida en un sueño de *Las mil y una noches*.»

«Anotemos que ningún incidente desagradable ha turbado esta familiar reunión.»

Y añadía:

«Solamente se notó la ausencia del clero. En las sacristías, sin duda, se entiende el progreso de muy otra manera. ¡Ustedes son muy dueños, hijos de Loyola!».

IX

Transcurrieron seis semanas sin que se presentara Rodolfo, hasta que, al fin, apareció una tarde.

«No volveré muy pronto —habíase dicho—, porque cometería una ligereza».

Y al final de la semana fuese de cacería, y a la vuelta de ella pensó que había transcurrido demasiado tiempo, pero después se hizo el razonamiento siguiente:

«Si me ha amado desde el principio, la impaciencia por volverme a ver habrá aumentado su amor. ¡Adelante, pues!».

Y comprendió que hallábase en lo cierto cuando, al penetrar en la sala, vio que palidecía Emma.

Era el atardecer y estaba sola. Los visillos de muselina, a lo largo de los cristales, tamizaban, debilitándola, la luz crepuscular, y el dorado del barómetro, sobre el que caía un rayo de sol, ponía por entre los claros del árbol de coral un ígneo fulgor en el espejo.

Rodolfo permaneció en pie, y Emma apenas si contestó a sus primeras cortesías.

—Me han retenido unos asuntos —dijo Rodolfo—, y, además, he estado enfermo.

—¿Gravemente? —exclamó ella.

—Pues bien —repuso Boulanger, sentándose junto a ella en una banqueta—, ¡no!... Es que no he querido venir.

—¿Por qué?

—¿No lo adivina?

Y la miró nuevamente y con ímpetu tal, que ella, ruborizándose, bajó la cabeza. Rodolfo dijo:

—Emma...

—¡Caballero! —repuso la de Bovary, apartándose un poco.

—¡Ah! ¿Ve usted —replicó Rodolfo— cómo tenía razón para no venir? ¡Me prohíbe usted que pronuncie ese nombre, ese nombre que llena mi alma y que se me ha escapado!... ¡Ese nombre que, por otra parte, no es el suyo, que es de otra persona! —y repitió—: ¡De otra persona! —y ocultándose el rostro entre las manos—: ¡Pienso en usted de continuo..., sí!... Su recuerdo me desespera. ¡Perdóneme!... Me voy... ¡Adiós!... ¡Me iré lejos..., tan lejos, que no volverá a oír hablar de mi persona!... Y, sin embargo..., hoy..., no sé qué fuerza me ha empujado de nuevo hacia usted. ¡No es posible luchar contra el cielo, substraerse a la sonrisa de los ángeles, esquivar lo que es hermoso y adorable y encantador!

Era la primera vez que Emma oía decir semejantes cosas, y su orgullo, como aquel que se reconforta junto a una estufa, desperezábase al calor de un tal lenguaje suavemente y por completo.

—Pero si no he venido —prosiguió—, si no me ha sido dado verla, por lo menos, ¡ay!, he contemplado todo lo que la rodea. De noche, todas las noches, me levantaba y llegaba hasta aquí para contemplar su casa, el tejado, reluciente bajo la luna; los árboles del huerto, balanceándose junto a la ventana, y una lamparita, una luz que resplandecía en la sombra, a través de los cristales. Usted apenas si sospecharía que allí, tan cerca y tan lejos, encontrábase un pobre desgraciado...

Emma, sollozando, se volvió hacia él.

—¡Oh! Es usted bueno —dijo.

—No; todo se reduce a que la amo. No lo dude. ¡Dígame una palabra, una sola palabra!

Y Rodolfo, insensiblemente, iba deslizándose de la banqueta al suelo; dejose oír el ruido de unos zuecos por la cocina, y la puerta del cuarto —habíase dado cuenta de ello— no estaba cerrada.

—¡Qué caritativa sería usted —prosiguió, levantándose— si satisficiera un capricho mío!

El tal capricho no era otro que visitar la casa; deseaba conocerla, y la de Bovary no vio inconveniente en ello; pero al punto de levantarse presentose Carlos.

—Buenos días, doctor —díjole Rodolfo.

El médico, halagado por aquella inesperada manera de saludarle, se deslizó en cumplidos, de lo que se aprovechó Boulanger para reponerse un poco.

—La señora —dijo— me hablaba de su salud.

Interrumpiole Carlos. Su inquietud, en efecto, era grandísima, pues veía que el malestar de su mujer comenzaba a reproducirse. Rodolfo preguntó, entonces, si no la convendría montar a caballo.

—¡Es verdad! La idea me parece excelentísima, admirable. ¿Por qué no la ensayas?

Y como Emma adujese que no tenía caballo, el señor Boulanger ofreció uno, que ella rechazó, sin que él insistiera en el ofrecimiento. Luego, a fin de explicar su visita, dijo que su carrero, el hombre de la sangría, continuaba con sus desvanecimientos.

—Iré a verle —repuso Bovary.

—No, de ningún modo; él se pasará por aquí; vendremos juntos; esto me parece más cómodo para usted.

—Perfectísimamente; se lo agradezco.

Cuando se quedaron solos, dijo Bovary:

—¿Por qué no has aceptado los cordialísimos ofrecimientos del señor Boulanger?

Emma, con enfurruñado gesto y tras de buscar mil excusas, declaró a la postre que aquello pudiera parecer extraño.

—¡Bah! A mí me tiene sin cuidado lo que digan —dijo Carlos, haciendo un mohín—. La salud es antes que nada. Déjate de tonterías.

—¿Y cómo quieres que monte a caballo si no tengo amazona?

—Hay que encargarte una —dijo Carlos.

Lo de la amazona la decidió.

Cuando el traje estuvo listo, Carlos escribiole al señor Boulanger, participándole que Enima se hallaba a su disposición y que él contaba con el amable ofrecimiento que le hiciera.

A las doce del día siguiente presentose Rodolfo ante la puerta de los Bovary con dos hermosos caballos. Uno de ellos llevaba sendas escarapelas rosa en las orejas y una silla de mujer, de piel de gamo.

Rodolfo habíase puesto altas botas de montar, en la creencia de que Emma no habría visto nunca nada semejante. En efecto; cuando apareció en el rellano con su casaca de terciopelo y su blanco pantalón de punto, Emma, que hallábase ya dispuesta y le aguardaba, quedó encantada de su aspecto.

Justino escabullose de la botica para verla, y lo propio hizo el boticario. Éste, además, dirigiole algunas advertencias al señor Boulanger.

—¡Es tan fácil una desgracia! ¡Tengan cuidado! Es posible que los caballos sean fogosos.

Emma oyó un cierto ruido por encima de su cabeza. Era Felicidad, que tamborileaba en los cristales para entretener a Bertita. La niña, desde su altura, enviaba besos a la madre, y ésta, como contestación, agitaba en el aire el puño de la fusta.

—¡Que ustedes se diviertan! —gritó el señor Homais—. ¡Prudencia! ¡Prudencia, sobre todo!

Y agitó su periódico al verlos alejarse.

El caballo de Emma púsose inmediatamente al galope. Rodolfo, junto a la dama, galopaba también. Cambiaron de cuando en cuando alguna que otra palabra. Con la cabeza baja, la mano en alto y arqueado el brazo derecho, Emma abandonábase a la cadencia del movimiento que la mecía en la montura.

Rodolfo, al pie de la cuesta, soltó las bridas; partieron al par de un solo brinco, y una vez en lo alto, de pronto, los caballos detuviéronse y el gran velo azul volvió a caer.

Era en los comienzos de octubre. La bruma caía sobre los campos: unas veces extendíase por los confines, entre el contorno de las colinas, y otras, desgarrándose, ascendía hasta perderse de vista. A veces, por entre los desgarrones de las nubes, bajo un rayo de sol, percibíanse a lo lejos los tejados de Yonville, en los huertos ribereños, los patios, las tapias y el campanario de la iglesia. Emma entornaba los párpados para reconocer su casa, y jamás aquel humilde villorrio donde vivía pareciole tan pequeño. Desde la altura en que se encontraban, dijérase el valle un inmenso y desvaído lago evaporándose en el ambiente. Los espaciados grupos de árboles sobresalían como oscuras rocas, y las altas siluetas de los álamos, por sobre la bruma, figuraban arenales agitados por la brisa.

Al lado, sobre el césped y entre los abetos, una sombría luz vagaba por la tibia atmósfera. La tierra, rojiza como polvo de tabaco, amortiguaba el rumor de las pisadas, y los caballos, al marchar, levantaban con el filo de sus herraduras las piñas desprendidas.

Rodolfo y Emma siguieron de esta suerte por los linderos del bosque. Emma volvíase de vez en vez para evitar la mirada de su acompañante, y entonces sólo veía la ringlera de abetos, cuya continua sucesión aturdíala en cierto modo. Resoplaban los caballos y el cuero de las monturas crujía.

A punto de penetrar en el bosque apareció el sol.

—¡Dios nos protege! —dijo Rodolfo.

—¿Lo cree usted? —repuso ella.

—¡Avancemos! ¡Avancemos! —replicó Boulanger. Chasqueó la lengua. Los caballos corrían.

Largas ramas de helecho que bordeaban el camino agarrábanse al estribo de Emma, y Rodolfo, sin dejar de marchar, inclinábase y las quitaba. Otras veces, para apartar las ramas, pasaba junto a ella, que sentía en su rodilla el roce de la pierna de Rodolfo. El cielo habíase despejado y las hojas permanecían inmóviles. Veíanse grandes espacios llenos de floridos brezos, y las sábanas de violetas alternaban con las copas de los árboles, que eran, según la diversidad de sus hojas, rosáceas, leonadas o amarillas. Con frecuencia se oía bajo los matorrales un leve batir de alas, o bien el suave y ronco graznido de los cuervos que iban a posarse en las encinas.

Descendieron. Rodolfo ató los caballos. Emma iba delante, por el musgo, entre los relejes del sendero.

Pero su vestido, demasiado largo no obstante llevar recogida la cola en el brazo, era un impedimento para andar, y Rodolfo, que iba a la zaga, contemplaba, entre el negror de la bota y de la tela del vestido, la delicada blancura de su media, que antojábasele algo de su desnudez.

Emma se detuvo.

—Estoy cansada—dijo.

—Vamos, haga un esfuerzo —repuso Rodolfo—. ¡Ánimo!

Cien pasos más allá se detuvo nuevamente, y a través del velo, que de su sombrero de hombre descendía sesgadamente sobre las caderas, vislumbrábase su rostro en una azulosa transparencia, como si oleadas azules la envolviesen.

—¿Adónde vamos, pues?

Nada dijo el mancebo. Emma respiraba fatigosamente. Rodolfo miraba a su alrededor y se mordía el bigote.

Llegaron a un más amplio paraje, donde se veían unos resalvos abatidos. Sentáronse en un derribado tronco de árbol, y Rodolfo comenzó a hablar de su amor.

En un principio no quiso asustarla con excesivas galanterías. Mostrose tranquilo, serio, melancólico.

Emma le escuchaba cabizbaja, removiendo con la punta del pie los terrenos de arena.

Pero al oírle esta frase:

—¿Acaso ahora nuestros destinos no son comunes?

—De ningún modo —repuso—. Bien lo sabe. Eso es imposible.

Y se levantó para marchar. Él la retuvo por la muñeca. Emma se detuvo. Luego, tras de mirarle con amorosa y empañada mirada, dijo vivamente:

—Ea, basta; no hablemos más de eso... ¿Dónde están los caballos? Regresemos.

Él tuvo un gesto de cólera y enojo. Ella repitió:

—¿Dónde están los caballos? ¿Dónde están los caballos?

Entonces, sonriendo con extraña sonrisa, inmóvil la mirada, apretados los dientes, avanzó con los brazos abiertos. Emma, temblorosa, se hizo atrás, balbuciendo:

—¡Oh! Me asusta usted, me atormenta. Vámonos.

—Sea, puesto que es preciso —replicó, cambiando de talante.

E inmediatamente volvió a mostrarse respetuoso, cariñoso y tímido. Ella le cogió del brazo y se alejaron de allí. Boulanger decía:

—¿Qué le ocurre? No la comprendo. Está usted equivocada, no me cabe duda. Usted se asienta en mi alma, como una virgen en su trono, en un lugar elevadísimo, sólido e inmaculado. Pero ¡yo la necesito a usted para vivir! ¡Necesito sus ojos, su voz, su pensamiento! ¡Sea usted mi amiga, mi hermana, mi ángel tutelar!

Y alargando el brazo, ceñíala por la cintura; ella trataba de desprenderse con débil esfuerzo, y él la retenía.

Oyeron las pisadas de los dos caballos, que pacían la hierba.

—Todavía no —dijo Rodolfo—. No nos vayamos. ¡Quédese!

Y la arrastró más lejos, al borde de un estanque, cuya superficie aparecía cubierta de plantas acuáticas. Los marchitos nenúfares manteníanse inmóviles entre los juncos. Al ruido de sus pisadas por la hierba saltaban las ranas para ocultarse.

—¡No hago bien! ¡No hago bien! —decía Emma—. ¡Soy una loca escuchándole a usted!

—¿Por qué?... ¡Emma! ¡Emma!

—¡Oh, Rodolfo! —dijo lentamente la de Bovary, reclinándose en el hombro de Boulanger.

La tela de su vestido prendíase al terciopelo de la casaca; inclinó su blanco cuello, henchido por un suspiro, y desfallecida, deshecha en llanto, estremeciéndose y ocultando el rostro, se abandonó.

Las sombras crepusculares descendían; la sosegada luz del sol, deslizándose por entre el ramaje, cegaba sus ojos. Acá y allá, en torno de ella, en las hojas por el suelo, estremecíanse luminosas manchas, como si una turba de colibríes, al volar, hubiese desperdigado sus plumas. El silencio señoreábalo todo; de los árboles parecía desprenderse un algo suave; la joven sentía el ruido de su corazón, cuyos latidos comenzaban de nuevo, y el bullir de la sangre en sus venas como un río lácteo. Entonces oyó a lo lejos, más allá del bosque, sobre las colinas, un vago y prolongado grito, una voz que se perdía, una voz que se mezclaba como una música a las postreras vibraciones de sus conmovidos nervios y que silenciosamente escuchaba. Rodolfo, con el cigarro entre los dientes, componía con su cortaplumas una de las riendas, que se había roto.

Regresaron a Yonville por el mismo camino y vieron nuevamente en el lodo las apareadas huellas de los caballos, y los mismos matorrales y las mismas piedras en la hierba. Nada había cambiado alrededor de ellos, y, sin embargo, para Emma sobrevino algo más importante que una transmutación de montañas. Rodolfo, de cuando en cuando, inclinábase y cogía su mano para besarla.

¡Cuán encantadora resultaba a caballo, en el rojizo resplandor del crepúsculo, erguida la esbelta cintura, la doblada rodilla en la crin del animal y el rostro ligeramente encendido por el aire!

Al entrar en Yonville, Emma hizo caracolear a su caballo, y las gentes se asomaron a las ventanas para verla.

Su marido, a la hora de la comida, le encontró muy buena cara, y cuando preguntó detalles del paseo se hizo la desentendida y permaneció con el codo junto a su plato, entre dos candelabros encendidos.

—Emma —dijo Carlos.

—¿Qué quieres?

—A eso de las doce me he pasado por casa del señor Alejandro, el cual tiene una potranca bastante crecida, sin más que un ligero defecto en la rodilla, y que la daría, estoy seguro, por un centenar de escudos... —y añadió—: Figurándome que esto te agradaría, la he comprometido..., la he comprado. ¿He hecho bien? Dímelo.

Emma asintió con la cabeza, y un cuarto de hora después:

—¿Vas a salir esta noche? —preguntó.

—Sí, ¿por qué lo preguntas?

—¡Oh! Por nada, por nada, amigo mío.

Y una vez libre de Carlos se fue a su habitación para encerrarse.

Al principio se quedó como aturdida. Veía los árboles, el camino, las cunetas, a Rodolfo, y sentía aún la opresión de sus brazos, en tanto que el ramaje se estremecía y silbaban los juncos.

Al verse en el espejo se asombró de su rostro. Nunca había tenido los ojos tan grandes, tan negros, tan sobre manera profundos. Transfigurábala un cierto toque sutil que se extendía por toda su persona.

—¡Tengo un amante! ¡Tengo un amante! —repetíase. Esta idea la deleitaba como si sintiera el surgir de una nueva pubertad. Iba a gozar, por fin, esos goces amorosos, esa desusada felicidad, que tuvo por inasequibles. Penetraba en un paraje maravilloso, donde todo sería pasión, éxtasis, delirio; una luz inmensa la circundaba; las cumbres del sentimiento resplandecían, señoreadas por su imaginación, y el cotidiano vivir ofrecíase a lo lejos, en lo profundo, en la sombra, entre las vertientes de aquellas alturas.

Entonces recordó a las heroínas de los libros que leyera, y la única legión de aquellas adúlteras mujeres comenzó a cantar, con voces de hermanas que la seducían, en su recuerdo. Ella misma convertíase en una verdadera parte de aquellas imaginaciones, y creyéndose el prototipo de la enamorada que tanto había envidiado, realizaba el prolongado sueño de su juventud. Emma, por otra parte, era presa de un sentimiento de vergüenza. ¡Acaso no había sufrido lo bastante! Pero en aquel momento sentíase victoriosa, y el amor, tan largo tiempo contenido, surgía por completo, con burbujear jocundo, y lo saboreaba sin remordimientos, sin inquietudes ni turbaciones.

El día siguiente tuvo para ella una desconocida dulzura. Hubo recíprocos juramentos. Emma le contaba sus pesares; Rodolfo la interrumpía para besarla, y aquélla, contemplándole con los ojos entornados, le pedía que repitiese su nombre y que dijera una vez más que la amaba. Ocurría esto en el bosque, como la víspera, bajo una choza de un vendedor de zuecos. Las paredes eran de paja y tan baja la techumbre, que para permanecer allí era preciso mantenerse inclinado. Sentáronse en un montón de hojas secas, uno junto a otro.

A partir de aquel día se escribieron todas las noches. Emma depositaba su carta en una ranura del terraplén, al final del jardín, junto al río. Rodolfo iba a recogerla y colocaba otra en su lugar, de cuyo laconismo quejábase siempre Emma.

Una mañana, como Carlos saliera antes del amanecer, Emma experimentó el capricho de ver inmediatamente a Rodolfo. En muy poco tiempo podía llegarse a La Huchette, permanecer allí una hora y regresar a Yonville cuando aún estuviese dormido todo el mundo. Semejante idea la hizo jadear de angustia, y pocos momentos después se hallaba en la pradera, por donde avanzaba rápidamente y sin mirar hacia atrás.

Iba clareando el día. Emma, a lo lejos, reconoció la casa de su amante, cuyas dos veletas de cola de golondrina recortábanse por oscuro en la desvaída luz del amanecer.

Tras el patio de la granja veíase un edificio, que debía de ser el castillo. Penetró allí como si las paredes se apartasen a su paso por propio impulso. Una gran escalera llevaba al corredor. Emma hizo girar el picaporte de una puerta, y de pronto, en el fondo del cuarto, vislumbró a un hombre que dormía. Era Rodolfo, y Emma lanzó un grito.

—¡Tú aquí! ¡Tú aquí! —repetía Boulanger—. ¿Cómo has podido venir? ¡Te has mojado el vestido!

—¡Te amo! —repuso Emma, echándole los brazos al cuello.

Desde entonces, y en vista del éxito de aquella su primera audacia, cada vez que su marido salía temprano, Emma vestíase a la carrera y descendía cautelosamente por la escalinata hasta el río.

Mas cuando el tablón por donde pasaban las vacas estaba levantado veíase en la precisión de deslizarse a lo largo de los paredones que daban al río, y como el suelo era muy resbaladizo, cogíase con la mano, para no caer, a las ramas de marchitos alhelíes. Luego seguía a través de las cultivadas tierras, en las que ella se hundía, tropezaba y enredaba sus delicadas bolitas. Su chal, anudado a la cabeza, flameaba al viento, entre el follaje. La vista de los toros llenábala de miedo y ponía pies en polvorosa; de aquí que llegara sofocadísima, encendido el semblante y exhalando toda su persona un fresco perfume de savia, de heno y de aire puro. Rodolfo, a aquella hora, dormía aún. La irrupción de Emma era como un hálito mañanero y primaveral que penetraba en su cuarto.

Las amarillas cortinas, a lo largo de las ventanas, dejaban suavemente pasar una velada y dorada luz. Emma caminaba a tientas, entornados los ojos, y las gotas de rocío suspendidas de sus aladares fingían en torno de su rostro una aureola de topacios. Rodolfo, riendo, atraíala y la estrechaba contra su pecho.

Tras de esto, Emma examinaba la habitación, abría los cajones de los muebles, peinábase con el peine de él y se contemplaba en el espejo del tocador, e incluso algunas veces llevábase a la boca una enorme pipa que estaba en la mesita de noche, entre limones y terrones de azúcar y junto a una botella de agua.

Necesitaban un largo cuarto de hora para despedirse. Entonces, Emma deshacíase en lágrimas, pues no hubiera querido abandonar nunca a Rodolfo. Algo por encima de ella empujábala hacia él, hasta que un día Rodolfo, al verla aparecer de improviso, frunció el ceño, como hombre contrariado.

—¿Qué te ocurre? —preguntole Emma—. ¿Estás malo? Habla.

Rodolfo, al fin, declaró que aquellas visitas eran imprudentes y comprometedoras para ella.

X

Los temores de Rodolfo fueron paulatinamente invadiéndola. En un principio, la embriaguez amorosa no la dejó pensar en nada. Pero ahora, que aquel amor era indispensable para su vida, temía perderlo o que lo turbasen. Al regresar de casa de Rodolfo lanzaba inquietas miradas a su alrededor, espiaba cuantos bultos aparecían en el horizonte y cuantas ventanas pudieran servir de punto de mira para vislumbrarla. Escuchaba las pisadas, los gritos, los ruidos de los carros, y deteníase más lívida y más temblorosa que las hojas de los álamos que balanceábanse sobre su cabeza.

Una mañana, cuando volvía de esta suerte, creyó vislumbrar de pronto el largo cañón de un fusil hacia ella dirigido. El tal fusil sobrepasaba sesgadamente el borde de un pequeño tonel, medio hundido en la hierba, a orillas de un foso. Emma, próxima a desfallecer de terror, avanzó no obstante, y un hombre, al modo de esos diablos que salen de las cajas de sorpresa, surgió del tonel. Ceñía unas polainas abrochadas hasta las rodillas, la gorra llevábala encasquetada hasta los ojos, era roja su nariz y temblorosos sus labios. Tratábase de capitán Binet, que acechaba a los ánades silvestres.

—Ha debido usted gritar desde lejos —exclamó—. Es necesario hacerse notar cuando se percibe un fusil.

El recaudador trataba de disimular de aquel modo el susto que había pasado, pues como quiera que el prefecto sólo permitía la caza de ánades en barca, el señor Binet, a pesar de su respeto por las leyes, habíalas infringido; de aquí que temiera a cada momento que el guarda jurado se presentara. Una tal inquietud acrecentaba su placer, y a solas en su cuba, aplaudía su suerte y su viveza.

Al encontrarse con Emma pareció quitársele un peso de encima, y al punto entabló conversación:

—Esto no es calor: es derretirse —dijo.

Emma permaneció callada.

—Veo que ha salido usted muy temprano —añadió.

—Sí —dijo, balbuciendo, Emma—; vengo de casa de la nodriza que cuida de mi hija.

—¡Oh, muy bien! ¡Muy bien! Pues aquí me tiene a mí, tal como me ve, desde que comenzó a clarear, pero hace un tiempo tan neblinoso que, a menos de tener la caza ante las narices, es imposible verla.

—Buenos días, señor Binet —interrumpiole Emma, volviéndole la espalda.

—Para servir a usted, señora —repuso con sequedad.

Y volvió a su cuba.

Emma arrepintiose de haber abandonado tan bruscamente al recaudador. Sin duda, se entregaría a suposiciones malévolas. No había excusa peor que la de la nodriza, puesto que todo el mundo sabía en Yonville que la pequeña Berta estaba ya, desde hacía un año, con sus padres. Además, nadie habitaba por aquellos alrededores, y aquel camino sólo conducía a La Huchette; Binet, por consiguiente, había adivinado de dónde venía y —segurísima estaba de ello— se lo contaría a todo el mundo. Todo el día permaneció torturando su magín en busca de toda suerte de mentiras y sin que se apartara de sus ojos aquel imbécil carnívoro.

Carlos, después de la comida, como encontrase preocupada a su mujer, quiso llevarla, para distraerla, a casa del farmacéutico. La primera persona que descubrió en la farmacia fue al recaudador. Hallábase en pie ante el mostrador, iluminado por la luz del globo rojo, y decía:

—Haga usted el favor de darme media onza de vitriolo.

—Justino —gritó el boticario—, tráeme el ácido sulfúrico.

Y luego, dirigiéndose a Emma, que quería subir al cuarto de la señora de Homais, dijo:

—No se moleste: va a bajar enseguida. Acérquese a la estufa... Perdone... Bien venido, doctor —pues el farmacéutico complacíase en pronunciar la palabra doctor como sí, dirigiéndosela a otro, recayese sobre él, en cierta manera, la pompa de que la revestía—. ¡Cuidado, Justino, no vayas a volcar los morteros! ¡Trae las sillas de la salita! ¡No hay para qué tocar a los sillones del salón, ya lo sabes!

Y para colocar de nuevo en su sitio el suyo precipitose fuera del mostrador, a punto de pedir Binet media onza de ácido de azúcar.

—¿Ácido de azúcar? —dijo desdeñosamente el boticario—. No sé lo que es eso. ¡Querrá usted decir ácido oxálico! Ácido oxálico debe de ser, ¿no es cierto?

Binet explicó que necesitaba un ingrediente a fin de componer por sí mismo un aguafuerte con la que quitarle la herrumbre a diversas guarniciones de caza. Emma se estremeció.

—Efectivamente —dijo el boticario—: el tiempo no es propio a causa de la humedad.

—Sin embargo —dijo el cazador con aire malicioso—, hay personas que no se asustan de ella.

Emma se ahogaba.

—Deme usted también...

«¡No acabará de irse nunca!», pensaba la de Bovary.

—Media onza de colofonia y de trementina, cuatro de cera virgen y una y media de negro animal para limpiar los cueros charolados de mi equipo.

Comenzaba el farmacéutico a cortar la cera, cuando su señora apareció con Juna en los brazos, Napoleón junto a ella y Atala a la zaga. Fue a sentarse en el banco de terciopelo adosado a la ventana, y el muchachito acurrucose en una banqueta, mientras que la niña mayor rondaba en torno del tarro de azufaifas, junto a su papaíto. Éste llenaba los embudos y taponaba las botellas, pegaba etiquetas y hacía paquetes. Todos callaban a su alrededor, y solamente se oía de cuando en cuando el tintineo de las pesas en las balanzas y las quedas y brevísimas advertencias que el farmacéutico dirigía a Justino.

—¡Cómo está su pequeñuela! —preguntó, de pronto, la señora de Homais.

—¡Silencio! —exclamó el boticario, que apuntaba números en un cuaderno.

—¿Por qué no la ha traído? —prosiguió a media voz la boticaria.

—¡Chist! —dijo la de Bovary, señalando con el dedo a Homais.

Pero Binet, entregado por completo a la lectura de la suma, probablemente no había oído nada. Al fin se fue. Emma, al verse libre de su presencia, lanzó un enorme suspiro.

—¡Qué modo más fuerte de suspirar! —dijo la de Homais.

—Es que hace calor —repuso Emma.

Al día siguiente pusiéronse de acuerdo los dos amantes para organizar sus citas. Emma quería sobornar a la criada con un regalo, pero Rodolfo hubiera preferido encontrar en Yonville una casa oculta, y prometió buscarla.

Durante todo el invierno, envuelto en las sombras de la noche y dos o tres veces a la semana, dirigíase al huertecito. Emma, de antemano y expresamente, había quitado la llave de la verja, que Carlos dio por perdida.

Para avisar, Rodolfo lanzaba a la ventana un puñado de arena. Ella levantábase sobresaltada; pero algunas veces veíase en el trance de aguardar, porque Carlos tenía la manía de charlar al amor de la lumbre y no terminaba nunca. Emma consumíase de impaciencia, y de poder, le hubiese arrojado por la ventana con los ojos. Al fin comenzaba su tocado nocturno; cogía un libro luego, y como si la lectura le entretuviera, poníase a leer muy tranquilamente. Pero Carlos, que estaba ya en el lecho, la invitaba a acostarse.

—Anda, Emma —decía—; ya es hora.

—Sí, voy, voy —respondía Emma.

Y como la luz le molestaba, Carlos se volvía hacia la pared y quedábase dormido.

Emma, entonces, escabullíase, conteniendo la respiración, risueña, palpitante, medio desnuda.

Rodolfo llevaba un capotón, envolvíala en él por completo, y ciñéndola por la cintura, arrastrábala en silencio hasta lo profundo del huertecito.

Era ello bajo el cenador, en el mismo banco de podridos troncos, donde otras veces, en las noches estivales, tan amorosamente la mirara León. Entonces apenas si se acordaba de él.

Las estrellas resplandecían a través de las ramas del deshelado jazmín. Tras ellos oíase el rumor del río al deslizarse, y de cuando en cuando, en el ribazo, el crujir de las secas cañas. Foscas masas acurrucábanse acá y allá, en la penumbra, y a las veces, estremeciéndose de golpe, se erguían y se inclinaban como inmensas y sombrías olas que avanzaran para envolverlos. El nocturno frescor hacíalos unirse más fuertemente; sus ojos, entrevistos apenas, se les antojaban más grandes, y en medio del silencio, las palabras susurradas con cristalina sonoridad repercutían con múltiples vibraciones.

Cuando la noche era lluviosa refugiábanse en el gabinete de las consultas, situado entre el cobertizo y la cuadra. Encendía una de las palmatorias de la cocina, oculta de antemano entre los libros, y Rodolfo instalábase allí como en su casa. La vista de la biblioteca y de la mesa de despacho, de todo el departamento en fin, excitaba su buen humor, y sin poder contenerse, hacía chistes a costa del marido, lo que molestaba a Emma. Hubiérale querido ver más serio, y en ciertas ocasiones, más dramático, como aquella vez que creyó oír rumor de pasos que se acercaban.

—¡Alguien viene! —dijo Emma.

Rodolfo apagó la luz.

—¿Tienes pistola?

—¿Para qué?

—Para defenderte.

—¿De tu marido? ¡Bah! ¡Pobre hombre!

Y subrayó su frase con un gesto que significaba: «Le aplastaría de un capirotazo».

Pasmose ante aquella bravura, si bien vislumbró en ella una como indelicadeza y grosería que le escandalizó.

Rodolfo pensó mucho en lo de la pistola. Si Emma —pensaba— había hablado seriamente, era sobremanera ridícula e incluso odiosa, pues él no tenía, no estando, como no lo estaba, devorado por los celos, motivo para odiar al infeliz marido. A este propósito, Emma habíale hecho un juramento que tampoco encontraba del mejor gusto.

Emma, por otra parte, se iba poniendo demasiado sentimental; el cambio de miniaturas se impuso, así como el de mechones de pelo, y por entonces quería una alianza, un verdadero anillo de bodas, en señal de compenetración eterna. Con frecuencia le hablaba de las campanadas del atardecer y de la voz de la naturaleza. Luego le hablaba de sus respectivas madres —Rodolfo perdió la suya hacía veinte años—. No obstante esto, Emma le consolaba con palabras infantiles, como si se dirigiese a un rapaz abandonado, e incluso a veces le decía, mirando la luna:

—Estoy segura de que nuestras madres bendicen este amor desde allá arriba.

Pero ¡era tan bonita! ¡Había poseído a tan pocas mujeres que poseyeran un candor semejante! Aquel amor sin libertinaje era algo nuevo para él, algo que, apartándose de sus fáciles costumbres, acariciaba a un mismo tiempo su orgullo y su sensualidad. La exaltación de Emma, que su buen sentido burgués desdeñaba, parecíale, en lo íntimo de su alma, encantadora, puesto que la producía. Seguro de ser amado, dejó de molestarse en lo sucesivo, e insensiblemente fue cambiando su modo de proceder.

Rodolfo ya no empleaba, como otras veces, aquellas dulces palabras que hacíanla llorar, ni aquellas caricias vehementes que la enloquecían, y aunque aquel gran amor que la señoreaba pareció disminuir, como el agua del río que se absorbiera en su cauce, descubriendo ante su vista el enfangado fondo, ella no quería creerlo, redobló sus caricias y Rodolfo ocultó cada vez menos su indiferencia.

Emma no sabía si se apesadumbraba por haber cedido o si, por el contrario, deseaba quererle más. La humillación de sentirse débil tornábase en un como rencor, que moderaban las voluptuosidades. Aquello no era cariño; era como una continua seducción. Rodolfo la subyugaba y ella casi le tenía miedo. Las apariencias, no obstante, eran más apacibles que nunca.

Rodolfo había conseguido manejar a la adúltera según su capricho, y al cabo de seis meses, cuando apareció la primavera, comportábanse como un matrimonio que alimenta tranquilamente una pasión doméstica.

Por aquella época enviaba el señor Rouault, como recuerdo por la pierna rota, un pavo. El regalo llegaba siempre con una carta. Emma cortó la tramilla que reteníala al cesto y leyó las líneas siguientes:

«Mis queridos hijos: Espero que os encontréis bien al recibo de la presente y que el pavo que envío no desmerecerá de los anteriores, pues me parece de carne un poco más blanda y hasta más lleno. Para la próxima vez, por variar, os enviaré un gallo, a no ser que prefiráis los pavos, y hacedme el favor de enviarme la banasta con las dos anteriores. El cobertizo de las carretas ha perdido la techumbre una noche que hacía mucho viento, y la cosecha no ha sido muy buena que digamos. En fin: no sé cuándo podré ir a veros. ¡Me es tan difícil abandonar la casa ahora que me encuentro solo, mi pobre Emma!

(Aquí había un espacio en claro, como si el buen hombre hubiese suspendido la pluma para pensar por un momento.)

»Yo, por mi parte, me encuentro bien, salvo un catarro que cogí el otro día en la feria de Ivetot, adonde fui en busca de un pastor, pues al que tenía tuve que d arle soleta porque era muy delicado de boca. ¡Cuánto se sufre con estos bandidos! Tampoco era honrado, además.

»He sabido por un buhonero, que anduvo por ahí este invierno y se sacó una muela, que Bovary trabajaba siempre de firme. Esto no me asombra; me ha enseñado la muela y hemos tomado café juntos. Le pregunté que si te había visto y me dijo que no; pero que sí había visto en la cuadra dos animales, de donde deduzco que la cosa marcha. Tanto mejor, hijos míos, y que el cielo os colme de todas las dichas posibles.

»Me apena mucho no conocer aún a mi nietecita. He plantado para ella en el huerto, bajo tu cuarto, un ciruelo, y no quiero que nadie lo toque, a no ser que sea para hacer compotas, que guardaré en la alacena para ofrecérselas a ella cuando venga por aquí.

»Adiós, hijos míos. Recibid muchos besos, como asimismo la pequeñuela, de vuestro padre, que os quiere,

»*Teodoro Rouault.*»

Emma permaneció por un momento con aquel tosco papel entre las manos. Las faltas ortográficas sucedíanse unas tras otras, y Emma perseguía el saturado y dulce pensamiento que susurraba, como gallina medio escondida en un matorral. La tinta fue secada con ceniza de la chimenea, pues cayó en su vestido un poco de polvillo ceniciento, y casi creyó percibir a su padre encorvándose ante el hogar para coger las tenazas. ¡Cuánto tiempo hacía que no se encontraba a su lado, en el escabel, al amor de la lumbre, cuando quemaba la punta de un leño en la llama de los juncos marinos chisporreantes!... A su memoria acudía el recuerdo de las soleadas tardes veraniegas. Los potros, al pasar junto a ellos, relinchaban, sin dejar de galopar... Bajo su ventana había una colmena, y algunas veces, las abejas, girando en la luz, chocaban en los cristales y rebotaban en ellos como dorados proyectiles. ¡Qué felicidad la de entonces! ¡Qué libertad la suya! ¡Qué riqueza de ilusiones! ¡Cuántas esperanzas! Al presente, todo aquello había desaparecido; lo consumió todo en las múltiples aventuras de su alma, en las sucesivas etapas de su vivir, en la virginidad, en el matrimonio, en el amor; así, de continuo, lo perdió todo a lo largo de la vida, como el viajero que va dejando parte de su riqueza en las hospederías del camino.

Pero ¿quién la hacía tan infeliz? ¿Dónde se ocultaba la extraordinaria catástrofe que habíala trastornado? Y levantó la cabeza mirando a su alrededor, como para buscar la causa de su sufrimiento.

Un rayo de sol abrileño fulguraba en las porcelanas del armario; ardía el hogar, y bajo sus zapatillas percibía la blancura de la alfombra; clara era la luz, tibia la atmósfera, y oyó a su hija reír escandalosamente.

En efecto, la pequeñuela revolcábase en aquel momento por el césped, en medio de la rastrillada hierba. Hallábase panza arriba, en lo alto de un montón de verdura, y su niñera la sostenía por la falda. Lestiboudois rastrillaba por junto a ella, y al acercarse, la pequeña se inclinaba hacia él, agitando los bracitos.

—¡Tráemela! —gritó la madre, precipitándose para besarla—. ¡Cuánto te quiero, hijita mía, cuánto te quiero!

Luego, al notar que tenía las orejas un poco sucias, pidió agua caliente, la lavó, le cambió la ropa, las medias, los zapatos; hizo mil preguntas acerca de su salud, como si volviese de un viaje, y, por último, besándola de nuevo y lloriqueando, la puso otra vez en manos de la niñera, que permanecía llena de asombro ante aquel exceso de ternura.

Rodolfo, por la noche, la halló más seria que de costumbre.

«Debe de ser un capricho —pensó—; ya se le pasará».

Y estuvo durante tres días consecutivos sin acudir a la cita. Cuando volvió, ella mostrose fría y casi desdeñosa.

—¡Bah! Pierdes el tiempo, monina...

E hizo que no notaba sus melancólicos suspiros, y aparentó no ver que sacaba el pañuelo.

Emma, en aquel momento, se arrepintió e incluso preguntose por qué execraba a Carlos y si no hubiese sido preferible amarle. Pero Bovary no ofrecía grandes alicientes a aquellas sentimentales reacciones, de suerte que se hallaba sobremanera indecisa y sin decidirse al sacrificio, cuando el boticario vino a proporcionarle una ocasión.

El había leído recientemente el elogio de un nuevo método para la curación de los pies deformes, y como era un devoto del progreso, concibió la patriótica idea de que Yonville se «pusiese al nivel» y realizase también operaciones de estrefopodia.

—Porque —decíale a Emma—, ¿qué es lo que se arriesga? Examine usted misma —y enumeraba con los dedos las ventajas de la tentativa—: éxito casi seguro, alivio y embellecimiento del paciente, rápida celebridad del operador... ¿Por qué su esposo, pongamos por caso, no va a poder descargar de tal defecto a este pobre Hipólito de El León de Oro? Piense usted que él no dejaría de relatar su curación a todos los viajeros; después —Homais bajaba la voz y giraba la vista alrededor—, ¿quién me iba a prohibir enviar una notita al periódico? ¡Ah, Dios mío! Usted sabe que un artículo circula, se comenta... y ¿quién sabe?

En efecto, Bovary podía acertar... Ninguna prueba tenía Emma de que él no fuese un hombre hábil. ¿Y no sería una satisfacción para ella haberle animado a una empresa que acrecentaría su reputación y su fortuna? Emma debía apoyarse en algo más sólido que el amor...

Instigado por el boticario y ella, Carlos se fue dejando convencer, hizo venir de Ruán el libro del doctor Duval, y todas las noches, con la cabeza entre las manos, se abismaba en su lectura. Mientras que él estudiaba los pies equinos, los varus y los valgus, es decir, la estrefocatopodia, la estrefendopodia y la estrefexopodia (digamos las diferentes desviaciones del pie: hacia abajo, hacia dentro o hacia afuera), junto a la estrefipopodia y la estrefanopodia (torsión por debajo, elevación hacia arriba), el señor Homais hacía uso de todos los razonamientos necesarios para convencer al mozo de la hostería de que se dejase operar.

—Puede ser que apenas sientas sino un ligerísimo dolor, algo como la picadura de una pequeña sangría, menos que la extirpación de ciertos callos.

Hipólito reflexionaba y miraba estúpidamente a una y otra parte.

—Por lo demás —proseguía el farmacéutico—, a mí nada me va en ese asunto: es cosa tuya; yo sólo me intereso por pura humanidad... Eso sí: querría verte libre de esa horrorosa cojera y ese balanceo de la región lumbar, que, digas lo que digas, tiene que perjudicarte considerablemente en tu trabajo.

Homais le hacía ver cuánto más ágil y garboso había de sentirse después, cuánto mejor dispuesto para agradar a las mujeres... (El mozo de cuadra sonreía toscamente.) Homais le atacó por el flanco de la vanidad.

—Pero, en fin, ¿no eres un hombre, diantre? ¿Qué ocurriría si hubieses de servir en el ejército, si combatieras bajo sus banderas? ¡Ay, Hipólito!

Y Homais se alejaba, declarando su dificultad de comprender una terquedad semejante, una ceguera que le hacía rechazar los beneficios de la ciencia.

Era una especie de conjuración... Binet, que jamás se había mezclado en los asuntos del prójimo; la señora Lefrançois, Artemisa, los vecinos, hasta el alcalde Tuvache, estaban de acuerdo en obligarle, sermonearle, avergonzarle... El desdichado cedió. Lo de que aquello «no le costaría nada» acabó de decidirle. El propio Bovary se encargó de suministrar, a tales efectos, el artilugio de la operación. Emma había tenido esa generosa idea y su esposo la aceptaba, reconociendo en el fondo de su corazón que su mujer era un ángel. Con los consejos del farmacéutico hizo hasta tres proyectos, y al fin encomendó al carpintero, ayudado por el cerrajero, una especie de cajón de ocho libras, más o menos, sin ahorro de madera, hierro, palastro, cuero, tuercas y tornillos. No obstante, para saber qué tendón de Hipólito debía cortarse, era indispensable conocer su especie de cojera. Él tenía un pie equino que formaba con la pierna una línea casi recta, de suerte que era un pie equino con algo de varas; pero con este equino, ancho, en efecto, como un pie de caballo, de piel rugosa, tendones secos y gruesos dedos, donde las negras uñas parecían los clavos de una herradura, este estrefópodo galopaba de la mañana a la noche como un ciervo. Se le veía continuamente en un determinado punto brincando alrededor de las carretas, echando hacia adelante su desigual soporte. Incluso parecía más vigoroso de esta pierna que de la otra. A fuerza de uso, la pierna había contraído como cualidades morales de energía y paciencia, y en ella se apuntalaba siempre que le era encomendada alguna obra de consideración.

Ahora bien: como se trataba de un equino, debía hacerse cortar el tendón de Aquiles; después se iría al músculo tibial anterior, pues el médico no osaba, de un solo golpe, arriesgar dos operaciones, pese a lo cual ya temblaba ante la posibilidad de atacar alguna región importante por él desconocida.

Ni Ambrosio Paré, aplicando por vez primera, desde Celso, con quince siglos de intervalo, la ligadura inmediata de una arteria; ni Dupuytren, abriendo un absceso a través de una capa espesa de encéfalo; ni Gensoul, en la primera ablación de maxilar superior, tuvieron el corazón tan palpitante, la mano tan estremecida, el espíritu tan tenso, como el señor Bovary cuando se acercó a Hipólito con su «tenótomo» entre los dedos. Y como en los hospitales, veíanse al lado, sobre una mesa, montones de hilas, de hebras enceradas, de vendas... ¡Sobre todo, pirámides de vendas; todas las vendas que se hallaron en casa del boticario! Fue el señor Homais quien había estado organizando, desde la mañana, aquellos preparativos, tanto para deslumhrar a la multitud como para ilusionarse él mismo. Carlos pinchó la piel, se oyó un crujido seco... Había cortado el tendón: la operación estaba hecha... Hipólito no volvía de su sorpresa y se lanzó a cubrir de besos las manos del médico.

—Vamos, cálmate —dijo el boticario—; más tarde expresarás tu gratitud a este benefactor.

Y él descendió a contar el resultado a cinco o seis curiosos, estacionados en el patio, que ya se imaginaban la reaparición de Hipólito marchando a pie derecho hacia ellos. Después, Carlos, habiendo sujetado a su enfermo en el mecánico artilugio, volvió a su casa, donde Emma le esperaba a la puerta, llena de ansiedad. Se arrojó a sus brazos; ambos se sentaron a la mesa; él comió mucho y quiso tomar, al final, una taza de café, exceso que sólo se permitía el domingo, cuando tenía testigos.

La velada fue encantadora, llena de confidencias, de sueños en común. Hablaron de su próxima fortuna, de las mejoras que introducirían en la casa; él daba por segura la rápida extensión de su notoriedad y el aumento de su bienestar junto al eterno amor de su esposa; ella parecía dichosa de refrescar su corazón en un sentimiento nuevo, más sano y mejor que otros; de experimentar cierta ternura por este pobre muchacho, que la veneraba. Sólo un instante pasó por su cabeza la idea de Rodolfo, pero sus ojos se volvieron a Carlos, e incluso notó, con sorpresa, que no tenía, en absoluto, los dientes feos.

Estaban ya en el lecho cuando el señor Homais, pese a la cocinera, entró de rondón en la alcoba blandiendo una hoja de papel con escritura aún fresca; era la información que él destinaba a *El Faro de Ruán*; él la dio a leer.

—Lea usted mismo —dijo Bovary.

Homais leyó:

«Pese a la red de prejuicios que aún oscurecen una parte de la faz de Europa, ha comenzado la luz a penetrar en nuestros campos. El martes, nuestra pequeña ciudad de Yonville fue el teatro de una experiencia quirúrgica que constituyó, al propio tiempo, un acto de elevada filantropía. El señor Bovary, uno de nuestros patricios más distinguidos...»

—¡Por Dios! ¡Eso es ya demasiado! —dijo Carlos sofocado por la emoción.

—¡Nada de eso! Prosigo: «... ha operado de un pie zopo...». No he puesto el término científico porque no es

234

adecuado a un periódico; no todo el mundo lo comprendería; es necesario que las masas...

—En efecto —convino Bovary—. ¡Continúe!

—Reanudemos —dijo el farmacéutico—: «El señor Bovary, uno de nuestros patricios más distinguidos, ha operado de un pie zopo al llamado Hipólito Tautain, mozo de caballos del hotel El León de Oro desde hace veinticinco años. Como es sabido, dicho hotel está regentado por la señora Lefrançois y se encuentra en la plaza de las Armas.

»Muchedumbre de curiosos de la localidad, atraídos por la novedad de la tentiva y el interés del asunto, se han agolpado ante el umbral de la hostería, obstruyendo el acceso. La operación, por lo demás, se ha practicado como por arte de encantamiento, y apenas si algunas gotas de sangre han manchado la piel, como para atestiguar que el tendón rebelde cedía, al fin, a los esfuerzos de la ciencia. El enfermo, cosa extraña (nosotros lo afirmamos *de visu*), no acusó ningún dolor.

»Su estado, hasta el presente, nada deja que desear. Todo hace creer que la convalecencia será corta, y ¡quién sabe, igualmente, si en las próximas ferias habremos de ver a nuestro bravo Hipólito figurar en las danzas báquicas, en un coro de alegres diablos, demostrando a todos, con sus cabriolas y sus bríos, una completa curación! ¡Honor, pues, a los sabios generosos! ¡Honor a los infatigables espíritus que consagran sus desvelos al mejoramiento o alivio de su especie! ¡Honor! ¡Tres veces honor! ¿No es el caso de proclamar que los ciegos verán y los cojos marcharán por su pie? Aquello que el fanatismo de otras edades prometió a sus elegidos, ahora lo realiza la ciencia para todos los hombres. Tendremos, pues, a nuestros lectores al corriente de las sucesivas fases de esta curación notable...»

Ello no impidió que, cinco días después, la tía Lefrançois apareciese espantada, dando gritos:

—¡Socorro! ¡Se muere! ¡Dios mío, yo pierdo la cabeza!

Carlos se precipitó hacia El León de Oro, y el farmacéutico, que le vio correr por la plaza, sin sombrero, abandonó la farmacia. Él mismo parecía inquieto, rojo, anhelante, al preguntar a quienes subían la escalera:

—¿Qué le ocurre a nuestro interesante estrefópodo?

El estrefópodo se retorcía en atroces convulsiones, y el artilugio mecánico, donde la pierna estaba presa, golpeaba la pared con riesgo de echarla abajo.

Con grandes precauciones, para no alterar la posición del miembro, éste fue librado de su prisión, y surgió un horrible cuadro. Las formas del pie desaparecían, en una tal hinchazón, que la piel, cubierta de equimosis por la presión de la famosa máquina, parecía próxima a estallar.

Hipólito se había lamentado de su dolor, sin inspirar serio cuidado. Debía reconocerse que no había sufrido un completo daño y se le dejó libre algunas horas. Pero apenas el edema dio señales de mejoría, juzgaron los sabios llegado el momento de volver el miembro a su aparato, y aun de oprimirlo un poco más para acelerar el curativo proceso. En fin, tres días después, no pudiendo Hipólito soportar su tortura, fue librado nueva vez del artilugio, pasmándose todos del resultado. Una lívida tumefacción se extendía por la pierna, con flictenas en distintos lugares, por las que supuraba un negro líquido. La cosa tomaba un serio cariz. Hipólito comenzó a aburrirse y la tía Lefrançois le instaló en la salita, junto a la cocina, a fin de procurarle, al menos, alguna distracción.

No obstante, el recaudador, que todos los días cenaba allí, se lamentó con amargura de semejante vecindad, y entonces se transportó a Hipólito a la sala de billar. Ahí fue a parar, gimoteando bajo las gruesas mantas, pálido, la barba larga, los ojos hundidos, cambiando de vez en vez de postura la sudorosa cabeza en la sucia almohada, donde revoloteaban las moscas. La señora Bovary vino a verle. Llevó paños para cataplasmas, le consoló, le alentó. Por lo demás, no le faltaba compañía, sobre todo los días de mercado, cuando los campesinos, en torno a él, daban tacadas a las bolas de billar, fumando, bebiendo, cantando, vociferando...

—¿Cómo te va? —decían, aporreándole la espalda—. No pareces muy contento, pero tú tienes la culpa. Habría que hacer esto o aquello.

Referían historias de personas que habían sido curadas por otros remedios, y le decían, después, a modo de consuelo:

—Es que tú te escuchas demasiado, te regalas como un rey. ¡Levántate de una vez! ¡Ah, farsante! No nos hueles nada bien.

En efecto, la gangrena iba extendiéndose por momentos. El propio Bovary se sentía enfermo ante aquello. Venía junto a Hipólito a cada hora, a cada instante. Éste le miraba con espantados ojos y balbucía, sollozando:

—¿Cuándo estaré curado? ¡Sálveme usted! ¡Qué desgraciado, qué desgraciado soy!

Y el médico abandonaba el lugar siempre recomendando la dieta.

—No le hagas caso, hijo mío —decía la tía Lefrançois—;
ya te han martirizado bastante. Ahora te van a debilitar. ¡Toma, engulle!

Y le mostraba algún buen caldo de la olla, alguna taja-
da de cordero, algún trozo de tocino y hasta unas cepitas de
aguardiente, que él no tenía el valor de llevarse a los labios.

Habiendo sabido que empeoraba, el padre Bournisien pidió verle. Comenzó lamentándose de su mal, pero
declaró que él debía alegrarse de esto, puesto que era la
voluntad del Señor, y le ofrecía una ocasión de reconci-
liarse con el cielo.

—Porque —dijo el eclesiástico con tono paternal—
tú has descuidado un poco tus deberes; rara vez se te ha
visto en misa. ¿Cuántos años hace que no te has aproximado al altar? Comprendo que tus ocupaciones, el torbellino del mundo, han podido apartarte del cuidado de tu salud. Pero ahora ha llegado el momento de reflexionar en
todo. No hay que desesperar, sin embargo, pues yo he conocido grandes culpables que, próximos a comparecer
ante Dios, y yo sé bien que no es tu caso todavía, han im-
plorado su misericordia y han muerto en las mejores disposiciones. Esperemos que, como ellos, tú nos darás buenos
ejemplos. Así, por pura precaución, nadie ha de impedir-
te que recites, mañana y noche, un *Padre nuestro* y un *Ave
María*. ¡No dejes de hacerlo! ¡Hazlo, al menos, en mi ob-
sequio! ¿Qué cuesta eso? ¿Me lo prometes?

El pobre diablo prometió. El cura volvió en los siguientes días. Hablaba con la hostelera, refería anécdotas mez-
cladas de bromas, retruécanos que el enfermo no acababa
de comprender. Después, llegado el instante, volvía a los
temas religiosos, tomando un aire circunspecto.

Su celo tuvo éxito. Pronto el estrefópodo expresó el deseo de ir en peregrinación al Buen Socorro, si llegaba a curarse, a lo que el padre Bournisien no opuso el menor reparo. Dos precauciones valían más que una; con eso «no se arriesgaba nada».

El boticario se indignó contra lo que él llamaba «maniobras del clérigo»; pretendía que ellas perjudicaban la convalecencia de Hipólito, y repitió a la señora Lefrançois:

—¡Dejadle! ¡Dejadle en paz! Con vuestro misticismo estáis perturbando su moral.

Mas la buena mujer no quiso ya escucharle. Él era la causa de todo, y por espíritu de contradicción, ella misma colgó, a la cabecera del enfermo, una pila de agua bendita con una rama de boj.

Pero ni la religión ni la cirugía parecieron socorrerle, y la invencible podredumbre fue subiendo hacia el vientre desde las extremidades. Por más que se cambiaban las drogas y las cataplasmas, los músculos del enfermo parecían cada vez más desencolados, y cuando la tía Lefrançois preguntó a Carlos si ella no podría, en caso desesperado, hacer venir de Neufchâtel al célebre señor Canivet, que era una notabilidad, aquél respondió con un gesto afirmativo...

Con sus cincuenta años, una sólida posición y hombre seguro de sí mismo, no se molestó el colega en expresar su desdén cuando descubrió la pierna gangrenada hasta la rodilla. Declaró, sencillamente, la necesidad de amputarla, y marchó a la farmacia, a apostrofar a los asnos que habían puesto a un desdichado en semejante situación. Allí sacudió por las solapas al señor Homais y vociferó:

—¡Buenos estamos con las invenciones de París! ¡He aquí las ideas de esos señores de la capital! Como el estrabismo, el cloroformo y la litotricia: un cúmulo de monstruosidades que el gobierno debía prohibir. Pero, por lo visto, hay que dárselas de listo y atracarse de remedios sensacionales sin pensar en las consecuencias. Nosotros no somos tan importantes, no somos sabios, lindos ni pisaverdes, sino unos curadores sencillos, unos prácticos, incapaces de imaginar que haya de operarse a un sano que se las arregla como puede. ¡Enderezar patizambos! ¡Es como poner derecho a un jorobado!

Homais sufría con tal discurso, pero disimulaba su malestar con una sonrisa de cortesano, porque era preciso «conducirse» con el señor Canivet, cuyas recetas llegaban a veces a Yonville. Por consiguiente, se abstuvo de defender a Bovary, y abdicando de sus principios, sacrificó su dignidad a los intereses más serios del negocio.

La amputación por el muslo de la pierna de Hipólito, a cargo del doctor Canivet, fue el acontecimiento del lugar. Ese día madrugaron todos sus vecinos, y la calle Grande, aunque llena de gente, presentaba un lúgubre aspecto, como si se tratase de la ejecución de un reo. De la gravedad de Hipólito se discutía en casa del abacero; las tiendas no despachaban, y la señora Tuvache, la alcaldesa, no se apartaba de su ventana, poseída por la impaciencia de ver llegar al operador. Éste apareció en un cabriolé, que conducía él mismo. Bajo el peso de su corpulencia, mostrábase vencido el muelle derecho del carricoche, que marchaba ladeado, y podía verse en el otro asiento, junto a él, un gran cajón cubierto de badana roja, cuyas tres cerraduras de cobre brillaban de un modo magistral.

Cuando entró, como una tromba, bajo el porche de El León de Oro, no dejó de ordenar a gritos que desenganchasen su caballo, y marchó a la cuadra a convencerse de si habían repuesto de avena y el animal comía a su satisfacción. Practicaba la vieja costumbre, al visitar a sus enfermos, de atender en primer lugar a su cabriolé y a su yegua. A este respecto se decía: «¡Este señor Canivet, siempre tan original!». Se le estimaba más por ese inquebrantable aplomo. Aunque el mundo se viniese abajo, aplastando al último ser humano, él no hubiera dejado de practicar el más insignificante de sus hábitos.

Homais se presentó.

—Cuento con usted —dijo el doctor—. ¿Estamos listos? Pues ¡en marcha!

El boticario enrojeció; se reconocía muy sensible para asistir a una operación semejante.

—Ya sabe usted lo que ocurre cuando sólo se es un simple espectador: la imaginación se impresiona. Por otra parte, mi sistema nervioso.

—¡Bah, sus nervios! —interrumpió Canivet—; yo creo, por el contrario, que usted es propenso a la apoplejía. Pero tampoco me extraña lo que usted me dice. Ustedes, los señores boticarios, están siempre metidos en su cocina, y eso acaba por alterar el temperamento. Véame usted a mí: me tiro de la cama, todos los días, a las cuatro de la madrugada; me afeito con agua fría, porque yo no tengo frío jamás, ni pesco un constipado ni me echo franelas encima... Estoy hecho de buena madera. Vivo como un filósofo, de cualquier manera, a lo que salga. No soy delicado como usted, y me es lo mismo trinchar a un cristiano que a un volátil. ¡Después hablará usted de la costumbre! ¡Vaya con la costumbre!

Entonces, sin el menor miramiento para Hipólito, que sudaba de angustia entre sus ropas, emprendieron esos señores una charla que permitió al boticario comparar la sangre fría de un cirujano con la de un general, imagen que agradó a Canivet, quien se extendió en palabras sobre las exigencias de su oficio. Lo consideraba como un sacerdocio, si bien los oficiantes de la salud lo deshonraban.

Recordando, al fin, al enfermo, examinó las vendas proporcionadas por Homais, las mismas que habían servido desde el primer instante para sujetar el pie contrahecho, y requirió a cualquiera para que sostuviese la pierna del enfermo. Se envió a buscar a Lestiboudois, y el señor Canivet, habiendo remangado sus brazos, pasó a la sala de billar, mientras el boticario quedaba con Artemisa y la hostelera, ambos más pálidos que su mandil, con el oído pegado a la puerta.

Durante este tiempo, Bovary no había osado salir de su casa. Sentado en un rincón, junto a la apagada chimenea de la sala, tenía las manos juntas, los ojos fijos y hundía su barbilla en el pecho. «¡Qué desventura! —pensaba—. ¡Qué decepción!». Él había tomado, sin embargo, todas las precauciones imaginarias, pero la fatalidad se había mezclado en ello. Pese a todo, si Hipólito llegaba a morir, todo el mundo diría que él le había asesinado. ¿Qué razones iban a convencer a las gentes? Puede que él se hubiese equivocado en algo, más no sabía en qué. Claro que los famosos cirujanos también tienen sus fallos, pero a él no le medirían con el mismo rasero. En su caso se reiría, se le denigraría... El escándalo podía llegar a Forges, a Neufchâtel, a Ruán. Acaso los colegas escribiesen contra él, se produjese una polémica y él hubiera de responder en los periódicos. El propio Hipólito, de quedar enfermo y malparado, podía moverle proceso. Se sentía deshonrado, humillado, perdido... Y su imaginación, asaltada por una multitud de hipótesis, iba y venía en medio de ellas como un tonel vacío que rueda sobre las olas.

Frente a él, Emma le observaba. No compartía su humillación, pero experimentaba otra: la de haber imaginado que un hombre así podía valer algo, como si veinte ocasiones hubieran sido pocas para convencerse de su mediocridad.

Carlos se paseaba de un lado a otro de la habitación. Sus botas crujían sobre el parqué.

—¡Siéntate, me irritas! —dijo ella.

Carlos se sentó.

¿Qué había ocurrido para que ella, tan inteligente, se dejara engañar una vez más? Por otra parte, ¡qué deplorable manía haber enterrado así su existencia bajo inútiles y continuos sacrificios! Ella recordaba sus instantes de lujo, las privaciones de su alma, las miserias del matrimonio, de la casa, lo que ella había deseado y lo que había rechazado, y todo cuanto hubiera podido poseer. Y eso, ¿para qué?

En medio del silencio, que llenaba el pueblo, un grito desgarrador cruzó el aire. Bovary palideció como si fuera a desvanecerse. Ella frunció el entrecejo con un gesto nervioso y continuó considerando: ¡Había sido por él, por este ser, por este hombre, que no sentía nada, que no comprendía nada! ¿Dudaría él un solo momento que, a partir de ahora, el ridículo de su nombre los mancharía a los dos? ¡Había hecho esfuerzos por amarle, se había arrepentido llorando, una y otra vez, de haber cedido a otro!

—Pero ¿era, quizá, un valgus? —exclamó de súbito Bovary, exteriorizando sus reflexiones.

A lo imprevisto de esta frase, que aturdió su pensamiento como un golpe de maza, Emma alzó la cabeza, estremecida, queriendo adivinar el significado de sus palabras. Se miraron silenciosamente, casi pasmados de verse, a tal punto la conciencia los alejaba al uno del otro. Carlos atisbaba a su mujer con la mirada confusa del beodo, mientras escuchaba inmóvil los últimos gritos del amputado, que se sucedían en lentas modulaciones, cortadas por estridentes sacudidas, como el lejano alarido de una bestia a la que degüellan. Emma mordió sus pálidos labios, y haciendo girar entre los dedos uno de los trocitos de polipeso que había ido encajando, fijó sobre Carlos el aguijón ardiente de sus pupilas, como dos flechas de fuego dispuestas a dispararse. Todo en él la irritaba: su rostro, su traje, lo que no decía, su persona total, su existencia, en fin. Se arrepentía, como de un crimen, de su pasada virtud, y aquello que de ésta aún subsistía se desplomaba bajo los furiosos golpes de su orgullo. Así, se deleitaba con todas las aviesas ironías del adulterio triunfante, y el recuerdo de su amigo volvía a atraerla con una fuerza vertiginosa. Hacia él lanzaba su alma, impulsada por un entusiasmo nuevo. Y Carlos le parecía tan apartado de su vida, tan ausente, tan imposible y anonadado para siempre, como si hubiese agonizado bajo sus ojos.

Se oyó un rumor de pasos por la acera. Carlos miró: a través de la persiana vio junto a los mercados, en pleno sol, al doctor Canivet, que enjugaba el sudor con su pañuelo. Tras él iba Homais, llevando a la mano el rojo cajón. Ambos se dirigían a la farmacia.

Entonces, presa de súbita ternura y abatimiento, Carlos se volvió a su mujer, diciéndole:

—¡Abrázame, querida mía!

—¡Déjame! —profirió ella, roja de cólera.

—¿Qué te ocurre? ¿Qué tienes? —interrogó él, estupefacto—. ¡Cálmate! ¡Vuelve en tí! Tú sabes que te amo.

—¡Demasiado! —gritó ella con un gesto terrible.

Y huyendo de la sala, Emma cerró la puerta con tal fuerza, que el barómetro saltó de la pared y se hizo añicos contra el suelo.

Carlos se hundió en su sillón, trastornado, preguntándose la causa de todo aquello, imaginando a su mujer presa de enfermedad nerviosa, llorando, sintiendo vagamente circular en torno a sí algo de funesto y de incomprensible.

Cuando, a la noche, Rodolfo apareció en el jardín, halló a su amante que le esperaba en el primer peldaño de la escalera. Ambos se estrecharon. Todo el rencor pasado se fundía, como la nieve, bajo el calor de un beso.

XII

Los amantes reanudaron sus amores. Con frecuencia, Emma, en pleno día, escribíale a Rodolfo, y luego, a través de los cristales, le hacía una señal a Justino, el cual, desatándose el mandil, encaminábase al vuelo a La Huchette en busca de Rodolfo, y éste poníase en camino. Era para decirle que se aburría, que su marido le resultaba odioso, y la vida, horrible.

—Pero ¿es que puedo remediarlo? —exclamó un día, impacientándose.

—¡Si tú quisieras!...

Emma hallábase sentada en el suelo, entre las rodillas de él, sueltos los aladares, extraviado el mirar.

—¿Qué? —dijo Rodolfo.

Emma suspiró.

—Nos iríamos a vivir a otra parte..., a cualquier sitio.

—¡Verdaderamente, estás loca! —dijo, riendo—. ¿Es posible eso?

Insistió Emma, pero él hízose el desentendido y cambió de conversación.

Rodolfo no comprendía aquel arrebato en cosa tan sencilla como el amor; pero Emma tenía unos motivos, unas razones, un algo que exacerbaba su cariño.

Aquella ternura, en efecto, acrecentábase más y más a medida que aumentaba la repulsión hacia su marido. Cuanto más quería al uno, tanto más execraba al otro. Jamás le parecía Carlos tan desagradable, de manos tan toscas, de ingenio tan romo, de maneras tan ordinarias, como después de entrevistarse con Rodolfo. Dándoselas de casada y honesta, cuando se hallaban juntos, enardecíase ante aquella cabeza, cuyos negros rizos caían sobre la curtida frente; ante aquel busto tan varonil y elegante; ante aquel hombre, en fin, tan lleno de experiencia al razonar y tan vehemente en sus deseos. Por él se limaba las uñas con admirable cuidado, y nunca parecíale suficiente el *cold-cream* que cubría su cutis ni el pachulí que echaba en sus pañuelos. Llenábase de pulseras, de anillos y gargantillas. Cuando estaba para llegar, llenaba de rosas dos grandes floreros de cristal azul y componía su habitación y su persona como la cortesana que espera a un príncipe. La criada tenía que estar constantemente lavando la ropa, y durante todo el día Felicidad no se movía de la cocina, donde Justino, que con frecuencia iba a visitarla, la miraba trabajar.

De codos sobre la tabla que servía para planchar, el mancebo contemplaba con avidez las diversas prendas femeninas que extendíanse a su alrededor: las faldas de bombasí, los chales, los cuellecitos, los pantalones abiertos, anchos por las caderas y angostos por abajo.

—¿Para qué sirve todo esto? —preguntaba el muchacho, pasando su mano por la crinolina o los broches.

—¿No has visto nunca estas cosas? —respondía, riendo, Felicidad—. ¿Acaso tu ama no las usa también?

—¡Ah! Es verdad: la señora Homais —y añadía con meditativo acento—: Pero ¿la señora Homais es una señora como la tuya?

Felicidad, empero, impacientábase de verle constantemente en torno de ella. Tenía seis años más que él, y Teodoro, el criado del señor Guillaumin, comenzaba a cortejarla.

—¡Déjame tranquila! —decíale, apartando la vasija del almidón—. Vete a machacar almendras; te gusta andar siempre pegado a las faldas; eres aún muy joven; espera a que tengas pelos en la cara, so renacuajo.

—No se enfade; voy a limpiar las botas de la señora.

Y al punto alcanzaba las botas de Emma, cubiertas de fango —el fango de las citas—, que deshacíase bajo sus dedos en polvo, polvo que veía ascender suavemente en un rayo de sol.

—¡Qué miedo tienes a estropearlas! —decía la cocinera, que nunca se esmeraba tanto en la limpieza, porque la señora, en cuanto deteriorábase un poquito el paño, se las regalaba.

Emma tenía en su armario una cierta cantidad de dinero, y derrochábalo a su antojo, sin que jamás Carlos se permitiese la más mínima observación.

Debido a esto pudo gastar trescientos francos en una pierna de madera, que creyó conveniente regalarle a Hipólito.

La contera estaba guarnecida de corcho y tenía sus correspondientes resortes en las articulaciones; era un complicadísimo aparato, cubierto por un pantalón negro, que caía sobre una bota acharolada. Pero Hipólito, no atreviéndose a usar diariamente una tan magnífica pierna, suplicó a la señora de Bovary que le proporcionase otra más modesta. El médico, claro está, cargó con los gastos de esta adquisición.

Así pues, el mozo de cuadra volvió poco a poco a sus tareas, y como antes, recorría el pueblo. Cuando Carlos oía a lo lejos el seco resonar de la pata de madera sobre las losas, cambiaba al punto de dirección.

El comerciante señor Lheureux fue el encargado de proporcionar la pata de madera, y ello le permitió visitar con frecuencia a la de Bovary. Hablaba con ella de las nuevas mercancías parisienses y de mil curiosidades femeninas, mostrábase complacientísimo y jamás reclamaba dinero. Emma quiso tener, para regalársela a Rodolfo, una magnífica fusta que había visto en un establecimiento de Ruán, y a la semana siguiente el señor Lheureux la colocó sobre la mesa.

Pero al día siguiente presentose en casa de ella con una factura de doscientos ochenta francos y céntimos. Emma se vio en un gran apuro; su gaveta hallábase vacía; debíasele más de una quincena a Lestiboudois, dos trimestres a la criada, más otra porción de cosas, y Bovary aguardaba impaciente el giro del señor Derozerays, que tenía que pagarle todos los años allá para el día de San Pedro.

En un principio consiguió desembarazarse de Lheureux, hasta que, al fin, éste impacientose: veíase perseguido, se hallaba sin fondos, y si no le pagaban, no tendría más remedio que recobrar sus mercancías.

—Pues bien: recóbrelas —dijo Emma.

—Ha sido una broma —repuso—. Lo único que echo de menos es la fusta. Se la pediré al señor.

—¡No! ¡De ningún modo! —replicó la de Bovary.

«¡Ah! ¡Te he cogido!», pensó Lheureux.

Y seguro de su descubrimiento, salió, repitiéndose quedamente y silbando, como tenía por costumbre:

—¡Sea! ¡Ya veremos! ¡Ya veremos!

Emma pensaba cómo saldría de aquel atolladero, cuando la cocinera penetró y puso sobre la chimenea un rollito de papel azul de parte del señor Derozerays. Abalanzose Emma al rollito y lo deslió. Había quince monedas de veinte francos: justamente, el importe de la cuenta. Oyó a Carlos en la escalera, arrojó el oro en el fondo del cajón y guardose la llave.

Tres días después reapareció Lheureux.

—Vengo a proporcionarle un regalo —dijo—, si en lugar de la suma convenida quiere usted...

—Aquí tiene —repuso Emma, colocándole en la mano catorce monedas de oro.

El mercader quedose sorprendido, y para disimular su contrariedad se deshizo en excusas y ofrecimientos que Emma rechazó en absoluto; luego, y por un instante, permaneció palpando en el bolsillo de su delantal las dos monedas que el comerciante le había devuelto. Prometíase economizar, a fin de restituir más adelante...

«¡Bah! —pensó—. No se acordará de esto». Además de la fusta con puño de plata sobredorada, Rodolfo había recibido una sortija con esta inscripción: *Amor nel cor*, así como tela para que se hiciera una bufanda, y finalmente, una pitillera idéntica a aquella del vizconde que Carlos se encontró por el camino y que Emma conservaba. Aquellos regalos, empero, le humillaban; por varias veces los rechazó; pero ante la insistencia de ella, Rodolfo acabó por doblegarse, si bien la tuvo por tiránica y dominante.

A veces tenía extrañas ideas:

—Cuando den las doce de la noche —decía— piensa en mí.

Y si confesaba que no había pensado en ella, deshacíase en reproches, que siempre terminaban con las mismas preguntas:

—¿Me amas?

—¡Claro que sí!

—¿Mucho?

—Mucho.

—¿No has amado a ninguna otra?

—¿Piensas que soy yo un cadete? —exclamaba, riendo.

Lloraba Emma y esforzábase él por consolarla, salpimentando con retruécanos sus protestas amorosas.

—¡Oh! ¡Es que te amo! —proseguía—. ¡Te amo hasta el extremo de no poder pasar sin ti! ¿Comprendes? A veces, cuando todas las furias del amor me desgarran, siento deseos de volverte a ver. «¿Dónde estará? ¿Acaso con otras mujeres? Le sonreirán al aproximarse...» Mas no, ninguna te agrada, ¿no es cierto? ¡Las hay más hermosas, pero yo sé amar mejor! ¡Soy tu esclava, tu concubina! ¡Eres mi rey! ¡Mi ídolo! ¡Eres bueno! ¡Eres guapo! ¡Eres inteligente! ¡Eres fuerte!

Había oído tantas veces aquellas cosas, que para él carecían de originalidad. Emma se parecía a todas las queridas: el encanto de lo nuevo, resbalando poco a poco como un vestido, dejaba al desnudo la eterna monotonía de la pasión, que tiene siempre las mismas formas y el mismo lenguaje. Aquel hombre tan lleno de experiencia no acertaba a discernir, bajo la paridad de expresiones, la semejanza de sentimientos. Porque unos labios libertinos o triviales le habían murmurado frases por el estilo no creía sino muy débilmente en la ingenuidad de las de Emma. «Hay que combatir —pensaba— las frases exageradas, encubridoras de sentimientos mediocres». ¡Como si la exuberancia cordial no se desbordase algunas veces en metáforas de las más vanas, puesto que nadie puede dar nunca la exacta medida de sus deseos, de sus ideas ni de sus dolores, y puesto que la palabra humana es como cascado caldero a cuyos sones se hace bailar a los osos cuando se pretende conmover a las estrellas!

Pero con esa superioridad de juicio propia de quien en no importa qué clase de relaciones se muestra reservado, Rodolfo vislumbró en aquel cariño otros goces que se podían explotar. Juzgó inútil todo pudor y comenzó a tratarla sin miramientos, acabando por corromperla. Eran aquéllas unas relaciones idiotas, llenas de admiración para él; de voluptuosidad y transporte, que la enervaban, para ella. Su alma se sumergía en aquella embriaguez y ahogábase en ella, anegándose, como el duque de Clarence en su tonel de malvasía.

A consecuencia de sus costumbres amorosas, la de Bovary cambió de modales. Sus miradas luciéronse más atrevidas y más libre su conversación, e incluso cometió la inconveniencia de pasearse, en compañía de Rodolfo, con un cigarrillo en la boca, como para reírse del mundo; finalmente, los que dudaban aún convenciéronse a la postre, al verla descender un día de *La Golondrina* ceñido el busto con un chaleco, como si fuera un hombre. La madre de Carlos, que, tras una espantosa reyerta con su marido, habíase refugiado en casa de su hijo, no fue la que menos se escandalizó. Otras cosas, a más de ésta, no fueron de su agrado. En primer lugar, Carlos, desentendiéndose de sus consejos, no había prohibido a su mujer la lectura de novelas; luego, el género de vida de la casa no era de su gusto; permitiose algunas observaciones y hubo de incomodarse, una vez sobre todo, a causa de Felicidad.

La víspera por la noche, la madre de Bovary, al pasar por el corredor, había sorprendido a la criada en compañía de un hombre de cuello oscuro y de unos cuarenta años, el cual, al oír sus pisadas, escabullose apresuradamente de la cocina. Emma, al enterarse, se echó a reír; pero la buena señora encolerizose, declarando que era preciso vigilar a los criados, so pena de no darle importancia a las buenas costumbres.

—¿De dónde ha salido usted? —dijo la nuera con un tan impertinente mirar, que la madre de Carlos preguntole si al hablar de aquel modo no defendía su propia causa.

—¡Vayase! —dijo Emma, levantándose de un brinco.

—¡Emma!... ¡Madre!... —exclamaba Carlos para contenerlas.

Una y otra, en su exasperación, salieron de estampía, y Emma, golpeando el suelo con los pies, no cesaba de decir:

—¡Qué falta de mundo! ¡Qué palurda!

Carlos se dirigió corriendo hacia su madre, la cual, fuera de sí, balbucía:

—¡Es una insolente! ¡Una atolondrada! ¡Quién sabe si algo peor!

Y quería marcharse al punto si la otra no trataba de excusarse. Carlos fuese de nuevo en busca de su mujer y la invitó de rodillas a que cediera, hasta que, al fin, Emma accedió a sus deseos.

—Sea —repuso—; iré.

En efecto; alargó la mano a la suegra con principesca dignidad y dijo:

—Perdóneme, señora.

Después, de vuelta a su cuarto, arrojose boca abajo en la cama, y hundiendo en la almohada la cabeza, lloró como una niña.

Ella y Rodolfo habían convenido que, dado el caso de algún extraordinario acontecimiento, pondría en la persiana un pedazo de papel blanco, a fin de que, si él se hallaba en Yonville, acudiera al callejón que había a espaldas de la casa. Emma puso la señal; transcurrieron tres cuartos de hora y vislumbró a Rodolfo en una esquina del mercado. Tentada estuvo de abrir la ventana y llamarle; pero ya había desaparecido, lo que la hizo desesperarse de nuevo.

A poco, no obstante, pareciole verle por la acera. Era él, indudablemente. Emma descendió y atravesó el patio; estaba allí fuera. Al verle arrojose en sus brazos.

—Ten cuidado —dijo Boulanger.

—¡Oh! ¡Si supieras! —repuso la Bovary.

Y comenzó a contárselo todo muy aprisa, sin ilación, exagerando los hechos, inventando algunos y prodigando con tal abundancia los paréntesis, que Rodolfo nada comprendía.

—Vamos, ángel mío, ánimo, tranquilízate, ten paciencia.

—¡Cuatro años hace que la tengo y que sufro!... ¡Un amor como el nuestro no debería ocultarse! ¡Me martirizan todos!... ¡No puedo más! ¡Sácame de aquí!

Y apretábase a Rodolfo. Sus ojos, llenos de lágrimas, resplandecían como un llamear bajo las ondas; palpitaba con fuerza su corazón. Rodolfo nunca había sentido tanto cariño por ella como en aquel momento, de tal modo que perdió el juicio y exclamó:

—¿Qué es preciso hacer? ¿Qué quieres?

—¡Sácame de aquí! —repuso ella—. ¡Sácame de aquí!... ¡Te lo suplico!

Y precipitose a la boca de Rodolfo como para coger en ella el consentimiento inesperado que se exhalaba en un beso.

—Pero... —inició Rodolfo.

—¿Qué?

—¿Y tu hija?

Reflexionó unos momentos y dijo:

—Nos la llevaremos. ¡Tanto peor!

«¡Qué mujer!», díjose Rodolfo al verla alejarse, pues la habían llamado y no tuvo más remedio que irse.

La madre de Carlos, en los días siguientes, asombrose muchísimo de la metamorfosis operada en su nuera. Efectivamente, Emma se mostró más dócil, e incluso llevó su deferencia al extremo de pedirle una receta para adobar pepinillos.

¿Lo hacía, acaso, para mejor engañar a la una y al otro? ¿O bien, llevada de un estoicismo voluptuoso, quería sentir más profundamente la amargura de lo que iba a dejar? Ella, empero, no se preocupaba de estas cosas; al contrario: vivía como sumergida en el anticipado disfrute de su próxima ventura. Éste era el tema eterno de sus charlas con Rodolfo.

Apoyábase en su hombro y murmuraba:

—¿Qué tal cuando nos encontremos en la diligencia?... ¿Piensas en lo mismo? ¿Será posible? Cuando arranque el coche me va a parecer como si nos metiéramos en un globo, como si nos dirigiéramos a las nubes. ¿Querrás creer que cuento los días?... ¿Te pasa a ti lo mismo?

Jamás la Bovary estuvo tan hermosa como entonces. Tenía esa indescriptible belleza que es una resultante de la alegría, del entusiasmo, del éxito, y que no es otra cosa que la armonización del temperamento con las circunstancias. Sus angustias, sus pesares, la experiencia del placer y sus siempre juveniles ilusiones la habían, como a las flores los abonos, la lluvia, el aire y el sol, gradualmente desenvuelto, y mostrábase, al fin, en toda la plenitud de su ser. Los párpados dijéranse hechos para aquellas sus largas y amorosas miradas, en las que se perdían las pupilas, en tanto que un recio hálito dilataba las sutiles aletas de su nariz y levantaba las carnosas comisuras de sus labios, sombreados, vistos a la luz, por leve y negrísimo vello. Se hubiera dicho que un artista maestro en concepciones había colocado en su nuca la trenzada mata de su cabellera, que anudábase abultadamente y en modo descuidado, conforme a los azares del adulterio, que desatábalos a diario. Su voz había adquirido, como asimismo su busto, más blandas y suaves inflexiones. Un algo sutil y penetrante desprendíase desde su vestido hasta el contorno. Carlos, como en la primera época de su matrimonio, encontrábala deliciosa e irresistible.

Cuando regresaba a medianoche no se atrevía a despertarla. La mariposa de porcelana ponía en el techo una redonda y temblorosa claridad, y las cerradas cortinas de la cunita dijéranse una nívea choza que se arqueaba en la sombra, junto al lecho. Carlos contemplaba a las dos y creía oír el leve aliento de su hija. Iba creciendo; cada estación era portadora de un nuevo progreso. Veíala ya de vuelta de la escuela, a la caída del día, muy risueña, salpicado de tinta el justillo y con la cestita al brazo. Luego habría que meterla en una pensión; esto costaría mucho.

¿Cómo arreglárselas? Y dábase a reflexionar. Alquilaría una granjita en los alrededores, que él mismo vigilaría todas las mañanas, de camino que visitaba a sus enfermos. Ahorraría lo que le produjera para colocarlo en la Caja de Ahorros; a continuación, compraría unas acciones, aquí o allí, era lo de menos; además, aumentaría su clientela. Con todo esto contaba, pues quería que su hija tuviera algunas habilidades, que aprendiese a tocar el piano. ¡Oh, qué bonita sería más adelante, a los quince años, cuando, a semejanza de su madre, usara, como ella, en el verano, enormes sombreros de paja! Vistas de lejos, parecerían dos hermanas. Representábasela trabajando junto a ellos, a la luz de la lámpara; le bordaría unas zapatillas; ocuparíase de la casa; llenaríala toda ella con su gentileza y desenvoltura. Finalmente, sería preciso pensar en casarla; se le encontraría un buen muchacho de sólida posición, que la haría dichosa por los siglos de los siglos.

Emma no dormía; fingía dormir, y en tanto que él adormeciese a su lado, ella se entregaba a muy otras soñaciones.

Desde hacía ocho días sentíase arrastrada, al galope de cuatro caballos, hacia un país desconocido, del que no regresaría nunca. Con frecuencia vislumbraban de pronto, desde la cumbre de una montaña, alguna espléndida ciudad, con sus cúpulas, sus puentes, sus barcos, sus bosques de limoneros y sus níveas y marmóreas catedrales, en cuyos campanarios anidaban las cigüeñas. Marchaban al paso, a causa de las enormes losas, y veíanse en el suelo ramos de flores que vendían unas mujeres ataviadas con rojos justillos. Oíase el repicar de las campanas y el relinchar de los mulos entre el rasguear de las guitarras y el rumor de las fuentes, cuyas salpicaduras refrescaban un montón de frutas, dispuestas en forma de pirámide, al pie de las desvaídas estatuas que sonreían bajo los acuosos surtidores. Luego, una noche, llegaban a un pueblecito de pescadores, en el que, tendidas al viento, secábanse las pardas redes a lo largo del acantilado y de las chozas. Escogían aquel lugar para vivir; habitarían en una casita de baja y lisa techumbre, sombreada por una palmera, en el fondo de un golfo, a orillas de la mar. Pasearíanse en góndola y se mecerían en una hamaca, y su existencia sería agradable y cómoda, así como sus vestidos, de seda cálida y estrellada, como las suaves noches que contemplarían. Sobre la inmensidad, empero, de aquel imaginario porvenir, nada extraordinario se presentaba; los días, magníficos, asemejábanse como las olas, y todo ello se balanceaba en el infinito horizonte, armonioso, azulado y pleno de sol. Pero la niña empezaba a toser en su cuna, o bien Bovary roncaba más fuerte, y ya no podía dormirse hasta el amanecer, cuando la aurora blanqueaba los cristales y el joven Justino, en la plaza, abría la botica.

Hizo presentarse al señor Lheureux y le dijo:

—Necesito una capa amplia, con cuello ancho y vuelto.

—¿Se marcha usted de viaje?

—No, pero... no importa; cuento con usted, ¿verdad? La necesito muy pronto.

Lheureux se inclinó.

—Necesitaré también —prosiguió— un baúl..., no muy pesado, que sea cómodo.

—Sí, sí, comprendido; de unos noventa y dos centímetros por cincuenta, como los que ahora se usan.

—Y un saco de noche.

«Aquí hay gato encerrado —pensó Lheureux—; ¡no cabe duda».

—Tome —dijo la Bovary, sacando el reloj—; coja esto en prenda.

Pero el comerciante dijo que estaba equivocada. ¿No se conocían? ¿Iba a dudar de ella, acaso? ¡Qué niñería!

Insistió Emma, sin embargo, obligándole a que por lo menos tomara la cadena, y ya se la había metido en el bolsillo Lheureux y se marchaba, cuando la Bovary le llamó.

—Déjelo todo en su casa. En cuanto a la capa —y pareció reflexionar—, no me la mande tampoco. Deme tan sólo la dirección del operario y dígale que la tenga a mi disposición.

Al mes siguiente debían fugarse. Emma saldría de Yonville con el pretexto de marchar a Ruán para comprar unas cosas. Rodolfo tendría ya los pasajes; habría sacado los pasaportes e incluso escrito a París, a fin de que todo estuviese dispuesto hasta Marsella, donde comprarían una calesa, y desde allí proseguirían, sin detenerse, por la carretera de Génova. Emma encargaríase de enviar su equipaje a casa de Lheureux, para que desde allí lo llevaran directamente a *La Golondrina*; de esta manera, nadie podría sospechar. A todo esto, jamás ocupábase de su hija. Rodolfo evitaba hablar del asunto, y acaso ella misma no se acordaba ya.

Al llegar el plazo señalado para la fuga, Rodolfo pidió una prórroga de dos semanas, a fin de ultimar ciertos asuntos; después, al cabo de ocho días, pidió otra de quince; luego fingiose enfermo; tras esto emprendió un viaje; transcurrió el mes de agosto, y tras de todos estos retrasos acordaron que la fuga tuviera lugar, irrevocablemente, el lunes 4 de septiembre.

Llegó, al fin, el sábado, antevíspera de la marcha.

Rodolfo presentose por la noche antes que de costumbre.

—¿Está todo preparado? —preguntó Emma.

Entonces rodearon el arriate y fueron a sentarse cerca del terraplén, junto a la tapia.

—Estás triste —dijo Emma.

—No, ¿por qué he de estarlo?

Y la miraba, al decir esto, extrañamente y de una muy tierna manera.

—¿Acaso porque te vas a marchar? ¿Porque abandonas tus afectos, tu vida? ¡Ah! Ya comprendo... Yo no tengo nada en el mundo... Tú lo eres todo para mí. También yo lo seré todo para ti; seré tu familia, tu patria; te cuidaré, te amaré.

—¡Qué encantadora eres! —dijo, estrechándola entre sus brazos.

—¿De veras? —repuso ella con voluptuosa sonrisa—. ¿Me amas? ¡Júramelo!

—¿Que si te amo? ¿Que si te amo? ¡Te adoro, amor mío!

La luna, empurpurada y redonda, surgía, a ras del suelo, en lo hondo de la pradera y ascendía prestamente, entre las ramas de los álamos, que, de trecho en trecho y a modo de agujereada y fosca cortina, la ocultaban. Luego, resplandeciente de blancura, apareció en el desierto cielo por ella iluminado; entonces dejó caer sobre el río un largo y escintilante reguero de luz. Aquel plateado resplandor parecía retorcerse hasta lo profundo de las aguas, a la manera de una acéfala serpiente cubierta de luminosas escamas. Parecíase también a un monstruoso candelabro, a lo largo del cual descendían fundidas gotas de diamante. La apacible noche los envolvía, y las sombras extendíanse por el follaje. Emma, entornados los ojos, aspiraba a grandes bocanadas el soplo de la fresca brisa. Demasiado hundidos en sus meditaciones, no se hablaban, y la ternura de los antiguos días tornaba otra vez a sus pechos, por manera silenciosa y abundante, como el río que discurría, con blandura tanta, que llevábales el perfume de las jeringuillas, proyectando en sus recuerdos sombras más desmesuradas y melancólicas que las de los inmóviles sauces que se extendían por la hierba. Frecuentemente, algún animal nocturno —erizo o comadreja—, poniéndose a tiro, turbaba la quietud del follaje, o bien se oía caer de la espaldera, a intervalos, por propio impulso, un maduro melocotón.

—¡Oh! ¡Qué hermosa noche! —dijo Rodolfo.

—¡De otras como ésta gozaremos! —repuso Emma. Y como hablándose a sí misma, añadió—: Sí, será delicioso viajar... Sin embargo, estoy triste. ¿Por qué? ¿Es el miedo a lo desconocido?... ¿El abandono de las viejas costumbres?... ¿O más bien...? ¡No! ¡Es el exceso de felicidad! ¡Qué débil soy! ¿No es cierto? Perdóname.

—Aún es tiempo —exclamó Rodolfo—. Reflexiona; acaso te arrepientas.

—¡Jamás! —dijo impetuosamente la Bovary. Y acercándose a él—: ¿Qué desgracia puede ocurrirme? ¡No hay desierto, ni precipicio, ni océano que no esté dispuesta a atravesar contigo! El lazo que nos une, a medida que más vivamos juntos, se irá más y más fortaleciendo y perfeccionando. No habrá duda, cuidados ni obstáculos, que nos turbe. Viviremos solos el uno para el otro eternamente... Habla, respóndeme.

—¡Sí!... ¡Sí! —respondía, a intervalos regulares, Rodolfo.

Emma había hundido sus manos en los cabellos de él, y no obstante sus lágrimas, repetía con infantil acento:

—¡Rodolfo! ¡Rodolfo!... ¡Oh, mi querido Rodolfito!

Dieron las doce.

—¡Las doce! —dijo Emma—. ¡Otro día más! ¡Aún falta uno!

Rodolfo se levantó para marcharse, y como si el gesto que hiciera fuese la señal de la fuga, Emma, de pronto, con aire jovial, dijo:

—¿Tienes los pasaportes?

—Sí.

—¿No olvidas nada?

—No.

—¿Estás seguro?

—Segurísimo.

—En el Hotel de Provenza me aguardarás a las doce, ¿no es cierto?

Él asintió con la cabeza.

—¡Hasta mañana, pues! —dijo Emma, tras de una última caricia.

Y le miró alejarse.

Rodolfo no volvía la cabeza. Corrió hacia él, e inclinándose, a orillas del río, por entre los matorrales:

—¡Hasta mañana! —exclamó.

Rodolfo hallábase ya en la orilla opuesta y avanzaba por la pradera.

Pasado un momento, Boulanger se detuvo, y cuando la vio desvanecerse en la sombra, con su blanco vestido, igual que un fantasma, fue tal su conmoción, que le fue preciso apoyarse en un árbol para no caer.

—¡Qué imbécil soy! —dijo, lanzando un espantoso juramento—. Pero ¡qué importa! ¡Ha sido una preciosa querida!

Y al punto la belleza de Emma, con todos los placeres de aquel amor, reaparecieron en su memoria. En un principio se entristeció, pero luego revolviose contra ella.

—Porque, en resumen de cuentas —exclamaba, gesticulando—, yo no puedo expatriarme y cargar con una criaturita.

Y decíase tales cosas para robustecer sus propósitos.

—Únase a esto las molestias, los gastos... Nada, nada; ¡no y mil veces no! Sería un solemnísimo disparate.

XIII

Apenas llegó a su casa, Rodolfo se dejó caer ante la mesa de su despacho, bajo la cabeza de ciervo que a modo de trofeo veíase en la pared. Mas una vez con la pluma entre los dedos no supo qué escribir, y eso que se apoyó en los codos, con la cabeza entre las manos, para mejor reflexionar. Antojábasele que Emma se había hundido en un remoto pasado, como si la resolución que acababa de tomar alejase entre ellos un inmenso abismo.

Para tener ante su vista algo de ella sacó del armario, que hallábase a la cabecera del lecho, una antigua caja de bizcochos de Reims, en la que tenía la costumbre de encerrar sus cartas amorosas, y al abrirla escapose de ella un olor a humedad y a rosas marchitas. Primeramente vio un pañuelo con manchas negruzcas. Pertenecía a Emma, y las manchas eran de una vez que sangraba por la nariz, yendo de paseo. Ya no se acordaba de semejante cosa. La miniatura que Emma le regaló estaba también allí; su atavío antojósele pretencioso, y su mirada de reojo, del más lamentable efecto; luego, a fuerza de contemplar aquella imagen y de evocar el recuerdo del modelo, los rasgos de Emma confundiéronse poco a poco de su memoria, como si la fisonomía real y la pintada, frotándose mutuamente, se hubieran por manera recíproca borrado. Por último, leyó sus cartas, unas cartas breves, técnicas y apremiantes, como cartas comerciales, en las que hablaba de asuntos relacionados con la próxima fuga. Quiso leer aquellas otras más largas, las que le escribía antes. Para encontrarlas, al fin, en el fondo de la cajita, tuvo que revolver todas las demás, y maquinalmente puso patas arriba todo aquel montón de papeles y cosas, apareciendo entre aquel revoltijo flores, una liga, un antifaz negro, horquillas y mechones de cabello, mechones negros y rubios, algunos de los cuales, como se prendieran a la cerradura de la caja, se rompían al abrirla.

Husmeando de esta suerte por entre sus recuerdos examinaba las letras y el estilo de las misivas, unas y otro tan variados como su ortografía. Eran tiernas o joviales, melancólicas o burlonas. Unas pedían amor, otras demandaban dinero. A propósito de algunas palabras, acordábase de ciertos rostros, de tales o cuales gestos, de un timbre de voz; otras veces, por contra, no se acordaba de nada.

Aquellas mujeres, en efecto, al surgir parejamente en su imaginación, se estorbaban entre sí y se empequeñecían bajo la acción igualatoria del mismo amoroso nivel. Cogiendo a puñados las revueltas epístolas, se entretuvo en pasarlas, a modo de cascada, de una a otra mano, hasta que al fin, cansado y aburrido, encerró la caja en el armario, diciéndose:

—¡Qué atajo de embustes!...

Lo que resumía su opinión, pues los placeres, como colegiales en el patio de un colegio, pisotearon de tal modo su corazón, que éste ya no sentía, y lo que pasaba por él, con aturdimiento mayor que el de los niños, al igual de éstos, ni siquiera dejaba su nombre grabado en la pared.

—¡Ea! —se dijo—. ¡Comencemos!

Y escribió:

«¡Ánimo, Emma! ¡Ánimo! No quiero hacerte desgraciada...».

«Después de todo —pensó Rodolfo—, es la verdad. Procedo con honradez y en beneficio suyo».

«¿Has pensado maduramente tu determinación? ¿Te das cuenta del abismo a que te arrastro, ángel mío? ¿Verdad que no? Caminabas confiada y loca, creyendo en la felicidad, en el porvenir... ¡Oh! ¡Qué desgraciados, que insensatos somos!»

Rodolfo, para buscar alguna excusa, se detuvo aquí.

«¿Y si le dijera que me he arruinado? No, no conseguiría nada; todo reduciríase a comenzar de nuevo. A mujeres como ésta no hay modo de hacerlas entrar en razón.»

Y añadió, tras de reflexionar:

«No te olvidaré nunca y continuamente sentiré por ti un cariño profundo; pero un día cualquiera, más tarde o más temprano, este inmenso cariño —tal es el sino de las cosas humanas—, indudablemente, disminuirá; el cansancio se apoderará de nosotros, y ¡quién sabe si el destino me reservaría el horrible dolor de presenciar tus remordimientos y de compartirlos yo mismo, como causante dé ellos! ¡La sola idea de que puedas sufrir me tortura, Emma! ¡Olvídame! ¿Por qué te he conocido? ¿Por qué eres tan hermosa? ¿Tengo yo la culpa? ¡Oh, Dios mío! ¡No, no; culpa de todo ello a la fatalidad!».

«Esta palabra es siempre de un efecto seguro», se dijo.

«Si fueras tú una mujer de corazón frívolo, como las hay, de fijo hubiese podido yo, egoístamente pensando,

266

intentar entonces una experiencia sin peligro alguno para ti. Pero la deliciosa exaltación, que es al par tu encanto y tu tormento, te ha impedido percatarte, adorable criatura, de la falsedad de nuestra futura posición. Tampoco yo paré mientes en ello al principio y me tendí, sin prever las consecuencias, a la sombra de esa ideal ventura como a la sombra del manzanillo.»

«Acaso pueda creer que renuncio a la aventura por tacañería... ¡Bah! ¡No importa! ¡Tanto peor! Es preciso terminar de una vez.»

«El mundo es cruel, Emma, y por dondequiera que fuéramos nos habría perseguido y hubieras tenido que sufrir las preguntas indiscretas, la calumnia, el desdén, el ultraje acaso. ¡Ultrajada tú! ¡Oh!... ¡Y yo que quisiera sentarte en un trono! ¡Y yo que guardo tu imagen como un talismán! Porque voy a castigar con el destierro todo el daño que te he hecho. Me marcho. ¿Adónde? ¡No lo sé! ¡Estoy loco! ¡Adiós! Sé buena siempre. Conserva el recuerdo de este desgraciado que se queda sin ti. Enséñale mi nombre a tu hija, y que lo repita en sus oraciones.»

Oscilaba la luz de las dos bujías. Rodolfo se levantó para cerrar la ventana, y una vez sentado de nuevo:

«Me parece que esto es todo —se dijo—. Aunque, no; falta algo, pues me temo que pudiera venir a sonsacarme».

«Cuando leas estas tristes líneas estaré lejos. He querido huir a la carrera para evitarme la tentación de verte. ¡Fuera debilidades! Volveré, y es posible que más adelante, y con entera frialdad, hablemos juntos de nuestros antiguos amores. ¡Adiós!»

Y tras de este adiós puso otro en dos palabras —A Dios—, lo que consideraba de excelente gusto.

«Ahora, ¿cómo firmo? ¿Tu incondicional?... No. ¿Tu amigo?... Eso es.» Y firmó: «Tu amigo».

Releyó la carta y encontrola muy bien.

«¡Pobrecilla! —pensó, enternecido—. Va a creer que soy más insensible que una roca. Unas lagrimitas hubiesen estado muy en su punto. Pero yo no puedo llorar; la culpa no es mía».

Esto dicho, llenó un vaso de agua, sumergió en él un dedo, y elevándolo, dejó caer una gruesa gota, que puso una desvaída mancha sobre la tinta. Luego lacró el sobre, y buscando un sello, se encontró con la sortija que decía *Amor nel cor.*

«No es lo más apropiado para las circunstancias. ¡Bah! ¡Qué importa!»

Tras de esto se fumó tres pipas y acostose.

Al día siguiente, cuando estuvo en pie —a eso de las dos, pues se había dormido tarde—, hizo preparar una cesta de albaricoques, puso en el fondo, bajo unas hojas de parra, la carta, y ordenole al punto a Girard, el mozo de labranza, que llevase aquello con mucho cuidado a casa de la señora de Bovary. Valíase de aquel medio para cartearse con ella, enviándole, según la estación, frutas o caza.

—Si te preguntase por mí —dijo—, contesta que me he ido de viaje. Es preciso que le entregues el cesto a ella misma, en sus propias manos... Anda, y mucho ojo.

Girard se puso la blusa nueva, cubrió los albaricoques con su pañuelo y pesada y tranquilamente, chancleteando con sus enormes y claveteados zuecos, tomó el camino de Yonville.

Emma, cuando llegó Girard, arreglaba con la criada, en la mesa de la cocina, un envoltorio de ropa blanca.

—Mi amo le envía esto —dijo el mozo.

Emma tuvo un mal presentimiento, y mientras buscábase una moneda en el bolsillo, contemplaba con espantosos ojos al lugareño, el cual, a su vez, mirábala a ella con asombro, no acertando a comprender que un semejante regalo pudiera producir una tal emoción. Fuese el mozo, al fin; pero Felicidad permaneció con su señora. Emma no pudo resistir por más tiempo y dirigiose apresuradamente a la sala, como para llevar los albaricoques; volvió el cesto, arrancó las hojas, descubrió la carta, la abrió, y como si tras ella se hubiese declarado un formidable incendio, diose a correr, en el colmo del espanto, hacia su habitación.

Hallábase Carlos allí; ella le vio; él le dijo algo; pero Emma no oyó nada y siguió a toda prisa por la escalera, jadeante, desatinada, como borracha, sin soltar aquella horrible hoja de papel, que crujía, como si fuese metálica, entre sus dedos. Al llegar al segundo piso se detuvo ante la cerrada puerta del granero.

Pretendió calmarse entonces; se acordó de la carta y quiso terminarla de leer, pero no se atrevía. Además, ¿dónde y cómo leerla? La podrían ver.

—¡Oh! Aquí no me verá nadie —se dijo.

Y empujando la puerta del granero, entró.

Las pizarras de la techumbre dejaban caer a plomo un calor pesado, que oprimía sus sienes y la ahogaba. Arrastrose hasta el ventanuco, descorrió el cerrojo y una cegadora luz irrumpió de golpe.

Ante ella, por encima de los tejados, extendiese, hasta perderse de vista, la campesina llanura. A sus pies se ofrecía la desierta plaza; las baldosas de la acera brillaban; las veletas de los edificios manteníanse inmóviles. De un piso más abajo, en la esquina de la calle, partió un como zumbido de estridentes modulaciones. Era Binet, que trabajaba en el torno.

Apoyada en el alféizar del ventanuco releía la carta con colérica y contenida risita. Y mientras más fijaba su atención más se confundían sus ideas. Veía a Rodolfo, le oía y le rodeaba con sus brazos, y los latidos de su corazón, golpeándole el pecho, aceleraban su marcha con desiguales intermitencias. Miraba a su alrededor, deseosa de que la tierra se hundiese bajo sus pies. ¿Por qué no acabar? ¿Quién se lo impedía? Era libre. Avanzó, y mirando a la calle, dijo:

—¡Vamos, vamos!

El luminoso resplandor que de abajo ascendía empujaba hacia el abismo el peso de su cuerpo. Parecíale que el oscilante suelo de la plaza se elevaba a lo largo de los muros y que el pavimento de la buhardilla inclinábase por un extremo, al modo del buque que cabecea. Emma se mantenía en el mismo borde, casi suspendida y rodeada por un gran espacio. El cielo la envolvía; el aire se deslizaba alrededor de su vacía cabeza. No tenía más que dejarse ir, que dejarse caer. Y como furiosa voz que la llamase, el zumbido del torno proseguía y proseguía.

—Emma! ¡Emma! —gritó Carlos.

Emma se detuvo.

—¿Dónde estás? Ven.

Y a punto estuvo de desmayarse al pensar en lo próxima a morir que había estado. Cerró los ojos y estremeciose después, al sentir en su manga el contacto de una mano: era Felicidad.

—El señorito la aguarda. La sopa está en la mesa.

¡Era preciso bajar! ¡Era preciso sentarse a la mesa!

Pretendió comer; pero se le atragantaban los bocados. Desdobló la servilleta como si tratara de examinar sus dobleces, de contar los hilos de su urdimbre, y a este trabajo, en realidad, trató de aplicarse. De pronto acordose de la carta. ¿La había perdido? ¿Dónde estaría? Pero era tal el cansancio de su entendimiento, que no pudo inventar un pretexto para levantarse de la mesa. Además, habíase vuelto cobarde, y le tenía miedo a Carlos. Segura estaba de que lo sabía todo. En efecto, pronunció de un modo singular estas palabras:

—A lo que parece, por ahora no veremos al señor Boulanger.

—¿Quién te lo ha dicho? —preguntó ella, estremeciéndose.

—¿Quién me lo ha dicho? —repuso Carlos, algo sorprendido por la brusquedad del tono—. Pues Girard, con quien me he tropezado hace poco en la puerta del Café Francés. Ha salido de viaje, o debe salir.

Emma dejó escapar un sollozo.

—¿Qué tiene de particular? De cuando en cuando se ausenta para distraerse, y a fe mía que hace bien. Cuando se tiene fortuna y se es soltero... Por lo demás, se divierte de lo lindo; nuestro amigo es un farsante. El señor Langlois me ha contado...

Pero al ver entrar a la criada tuvo el miramiento de callarse.

Felicidad colocó otra vez en el cesto los albaricoques espaciados por el aparador. Carlos, sin parar mientes en el sofoco de su mujer, hizo que se los presentaran, cogió uno e incluso le probó.

—Están buenos —dijo—. Toma, pruébalos.

Y ofreciole la cestita a su mujer, que la rechazó con suavidad.

—¡Huélelos! ¡Qué rico olor! —añadió, acercando la cestita a la nariz de Emma.

—¡Me ahogo! —exclamó la Bovary, levantándose de un salto.

Pero aquel vahído desvaneciose, gracias a un esfuerzo de su voluntad.

—¡No es nada! ¡No es nada! Son los nervios. Siéntate y come.

Temía que su marido la interrogase, la cuidara y no se apartase de su lado.

Carlos, por obedecerla, sentose otra vez y siguió escupiendo en su mano, y colocándolos en el plato después, los huesos de los albaricoques.

De pronto cruzó por la plaza, al trote largo, un tílburi azul. Emma lanzó un grito, se puso rígida y cayó de espaldas.

Era Rodolfo, en efecto, quien, después de muchas reflexiones, había decidido marcharse a Ruán, y como de La Huchette a Buchy no hay más camino que el de Yonville, viose precisado a cruzar por el pueblo. Emma le vislumbró a la luz de los faroles, que hendían como un relámpago la penumbra crepuscular.

El farmacéutico, al oír el alboroto, presentose en la casa. La mesa, con todos los platos, se había volcado; la salsa, el salero, las vinagreras, los cuchillos, las viandas; todo yacía en el pavimento. Carlos pedía socorro; Berta, asustadita, gritaba, y Felicidad, temblorosas las manos, aflojaba las ropas de su señora, cuyo cuerpo era presa de convulsiones.

—Voy corriendo a la botica —dijo Homais— en busca de un poco de vinagre aromático.

Y como, al aspirar el frasco, Emma abriese los ojos:

—Estaba seguro —dijo Homais—; esto haría resucitar a un muerto.

—¡Háblanos!—decía Carlos—. ¡Hablános! ¡Vuelve en ti! ¡Soy yo! ¡Tu Carlos, que te ama! ¿Me conoces? Aquí tienes a tu hijita. ¡Bésala!

La niña tendía los bracitos al cuello de su madre; pero ésta, volviendo el rostro, dijo con apagado acento:

—¡No! ¡No quiero ver... a nadie!

Desvaneciose de nuevo y la llevaron a la cama.

Permanecía tendida, abierta la boca, cerrados los ojos, crispadas las manos, inmóvil y pálida, como una figura de cera. De sus ojos desprendíase un raudal de lágrimas que empapaban la almohada.

Carlos permanecía en pie en el fondo de la alcoba, junto al farmacéutico, que había adoptado esa taciturna actitud tan en consonancia con los casos graves de la vida.

—Tranquilícese —dijo, tocándole con el dedo—; creo que la crisis nerviosa se ha resuelto.

—Sí, ahora descansa un poco —repuso Carlos, que la miraba dormir—. ¡Pobre mujercita mía!... ¡Pobre mujercita mía!... ¡Otra vez enferma!

Entonces, el boticario preguntó cómo había ocurrido el accidente, a lo que Carlos repuso que ello fue de pronto y en tanto se comía unos albaricoques.

—¡Es raro!... —prosiguió el farmacéutico—. Pero ¡pudiera ser que los albaricoques fuesen la causa del síncope! ¡Hay naturalezas tan impresionables en materia de olores! Se trata de un caso muy digno de estudio, lo mismo desde el punto de vista patológico que del fisiológico. El clero conoce la importancia que los olores tienen y por eso los emplea en sus ceremonias. Con ellos se anubla el entendimiento y se provocan los éxtasis, cosa, por otra parte, facilísima de conseguir en las personas del sexo débil, más delicadas que las otras. Se citan desvanecimientos producidos por el olor a cuerno quemado, a pan caliente...

—Tenga cuidado no vaya a despertarla —dijo por lo quedo Bovary.

—Y no solamente los humanos —prosiguió el farmacéutico—, sino los animales también están sujetos a esas anomalías. Así, usted conoce el efecto singularmente afrodisíaco que produce a los felinos el *Nepeta cataria*, vulgo hierba de gato, y, por otra parte, para citar un ejemplo de cuya autenticidad respondo, Bridoux, uno de mis antiguos camaradas, actualmente establecido en la calle Malpalu, tiene un perro al que le dan convulsiones en cuanto le presentan una petaca. E incluso frecuentemente suele realizar el experimento ante sus amigos en su pabellón del bosque Guillaume. ¿Quién creería que una cosa tan sencilla pudiese ejercer tales estragos en el organismo de un cuadrúpedo? Es extraordinariamente curioso, ¿verdad?

—Sí —dijo Carlos, que no prestaba atención.

—Lo que nos prueba —prosiguió el boticario, sonriendo con aire de benévola suficiencia— las irregularidades sinnúmero del sistema nervioso. Por lo que hace a su señora, lo confieso, siempre me ha parecido una sensitiva; por eso, yo no le aconsejaría, mi buen amigo, ninguno de esos pretendidos remedios que, so pretexto de atacar los síntomas, van contra el temperamento. No, nada de medicinas inútiles. Mucho régimen: sedativos, emolientes, dulcificantes. Además, ¿no cree que acaso fuera menester atacar la imaginación?

—¿Con qué? ¿Cómo? —dijo Bovary.

—¡Ah! Ésa es la cuestión. Tal es, efectivamente, la cuestión. *That is the question*, como decía un periódico días atrás.

En esto despertose Emma y exclamó:

—¿Y la carta? ¿Y la carta?

Creyeron que deliraba, y así ocurrió mediada la noche: habíase declarado la fiebre cerebral.

Durante cuarenta y tres días, Carlos permaneció junto a ella, sin visitar a sus enfermos, sin acostarse, pulsándola a cada momento, poniéndole sinapismos y compresas de agua fría. Enviaba a Justino hasta Neufchâtel en busca de hielo, y como el hielo derretíase por el camino, le volvía a enviar. Llamó para celebrar una consulta al señor Canivet; hizo venir de Ruán al doctor Larivière, su antiguo maestro. Hallábase desesperado. Lo que espantábale más era el abatimiento de Emma, pues ésta no hablaba ni oía nada, e incluso parecía no sufrir, como si alma y cuerpo hubiesen cesado de consumo en todas sus agitaciones.

Hacia mediados de octubre pudo sentarse en el lecho, apoyándose en las almohadas, y Carlos lloró de alegría al verla comer la primera rebanada de pan con almíbar. Recobró las fuerzas; levantábase algunas horas por la tarde, y un día que sintiose mejor, cogiéndola del brazo, Carlos trató de hacerla dar una vueltecita por el huerto. La arena de los senderos desaparecía bajo las secas hojas. Emma marchaba pasito a paso, arrastrando los pies, y apoyándose en el hombro de su marido, no cesaba de sonreír.

Así llegaron hasta lo último, junto al terraplén. Irguiose lentamente y se puso una mano sobre los ojos para otear. Miró a lo lejos, muy a lo lejos; pero en el horizonte sólo se veían grandes hogueras que humeaban en las colinas.

—Vas a fatigarte, querida mía —dijo Bovary. Y empujándola suavemente para hacerla entrar en el sendero—: Siéntate en este banco —añadió—; aquí estarás bien.

—Aquí, no; aquí, no —repuso ella con desfallecimiento.

Tuvo un vahído y por la noche recayó, presentando la enfermedad más indefinidos y complejos caracteres. Tan pronto se quejaba del corazón como del pecho, como del cerebro, como de las extremidades. Tuvo unos vómitos, y Carlos creyó percibir en ellos los primeros síntomas del cáncer.

Y como contera, el pobre hombre hallábase apurado de dinero.

XIV

En primer término, no sabía cómo pagar los medicamentos adquiridos en casa de Homais, y aunque, como médico, podía no abonarlos, avergonzábale, sin embargo, valerse de aquel derecho. Además, el gasto casero, ahora que la cocinera era la dueña de la casa, resultaba espantoso. Llovían las cuentas; murmuraban los abastecedores; el señor Lheureux, sobre todo, no dejábale vivir. En efecto; en lo más grave de la enfermedad de Emma, el comerciante, aprovechándose de las circunstancias para exagerar la factura, apresurose a presentar la capa, el saco de noche, dos baúles en vez de uno y otra porción de cosas. Fue inútil que Carlos le dijera que no necesitaba nada de aquello; Lheureux repuso arrogantemente que le habían encargado tales artículos y que no estaba dispuesto a llevárselos otra vez; ello equivaldría, por otra parte, a contrariar a la señora en su convalecencia; ya lo pensaría el señor; en suma: hallábase decidido a perseguirle judicialmente antes de abandonar sus derechos y de llevarse las mercancías. Carlos ordenó posteriormente que se las enviaran al almacén; pero Felicidad, que andaba de cabeza, no se acordó de hacerlo, y ya no volvió más a ocuparse del asunto. Lheureux insistió en sus pretensiones, y unas veces con súplicas y otras con amenazas, tales mañas se dio, que Bovary, a la postre, acabó por firmar un pagaré a seis meses fecha. Apenas firmado el pagaré, ocurriósele a Carlos una idea audaz: pedirle a Lheureux mil francos. Preguntole, pues, algo cohibido, si podría proporcionárselos a pagar en un año y con los intereses que fijara. El comerciante dirigiose apresuradamente a su tienda, volvió con el dinero y dictó otro pagaré, por el cual Bovary se comprometía a pagarle, en 1 de septiembre próximo, mil setenta francos, que unidos a los ciento ochenta sumaban justamente mil doscientos cincuenta. De este modo, prestando al seis por ciento, con más la cuarta parte de comisión y la tercera que por lo menos le producirían los artículos vendidos, el negocio aquél podría proporcionarle, en doce meses, ciento treinta francos de beneficios. Esperaba, además, que no parara ahí la cosa; al médico no le sería posible abonar los pagarés a su vencimiento: tendría que renovarlos, y así, su pobre dinero, cuidado en casa de Bovary como en un sanatorio, volvería a sus manos rollizo y gordo hasta más no poder.

Todo le salía a pedir de boca, además. Era proveedor de sidra del hospital de Neufchâtel; el señor Guillaumin habíale prometido unas acciones en las turberas de Grumesnil, y pensaba establecer un servicio de diligencias entre Argueil y Ruán, que no tardaría, indudablemente, en arruinar a la galera de El León de Oro, y que, por su ligereza, por la baratura de sus precios y por el exceso de transportes, pondría en sus manos todo el comercio de Yonville.

Carlos preguntábase a menudo cómo se las compondría, al finalizar el año, para pagar tanto dinero, y recurría a diversos expedientes, tales como dirigirse a su padre o vender cualquier cosa; pero su padre se hacía el sordo y él no tenía nada que vender. Entonces, vistas tales dificultades, decidió no pensar más en tan desagradable asunto, por el cual —reproche que se hacía— se olvidaba de Emma, como si, ya que estaba pendiente de aquella mujer, le robase algo al no pensar continuamente en ella.

El invierno fue crudo y larga la convalecencia de Emma. Cuando hacía buen tiempo la llevaban en su sillón hasta la ventana que daba a la plaza, pues le había cobrado antipatía al jardín y siempre estaba cerrada la persiana de este lado. Quiso que vendiesen el caballo; aborrecía todo lo que amó antes. Todas sus ideas limitábanse al cuidado de su persona. Se quedaba a comer en el lecho y llamaba a la doméstica para informarse de sus tisanas o para charlar con ella. Comenzaron las nevadas. La nieve caída en la techumbre del mercado ponía en la estancia un níveo e inmóvil resplandor; luego vinieron las lluvias. Y Emma aguardaba cotidianamente, con una como ansiedad, aunque apenas si tenía para ella interés, el arribo de cualquier mínimo suceso. La llegada, al anochecer, de *La Golondrina* era el más importante de todos.

La hostelera comenzaba a gritar, y con ella otros muchos, en tanto que la linterna de Hipólito, que iba rebuscando maletas por la boca del coche, era como una estrella en la oscuridad. A las doce del día regresaba Carlos y volvía a salir enseguida. Luego tomaba un caldo, y a eso de las cinco, al atardecer, los muchachos que salían del colegio, chapoteando por la acera, golpeaban con sus reglas, uno tras otro, en las tejoletas de los saledizos.

A aquella hora la visitaba el párroco señor Bournisien. Interesábase por su salud, poníala al tanto de lo acaecido, y en cariñosa plática, no exenta de atractivos, le hablaba de religión. La presencia del cura reconfortaba a Emma.

Un día, en lo más crítico de su enfermedad, y como se creyera a punto de morir, pidió el viático, y mientras se hacían en su habitación los preparativos para el acto religioso, mientras convertíase en altar la cómoda llena de tatarretes medicinales y Felicidad sembraba el suelo de flores, Emma comenzó a sentirse invadida por un abrumador no sé qué que la libertaba de sus dolores, de toda percepción y de todo sentimiento. Su aliviada carne ya no sentía, y una nueva vida comenzaba para ella, y pareciole que su ser, elevándose hacia Dios, iba a disolverse en aquel amor, como encendido incienso que se convierte en humo. Rociaron la cama con agua bendita; el sacerdote sacó del copón la nívea hostia, y Emma, transida por celestial gozo, adelantó la boca para recibir el cuerpo del Salvador ofrecido por el sacerdote. Las cortinas del lecho inflábanse suavemente, a modo de nubes, en torno de ella, y las luces de los cirios que ardían sobre la cómoda se le antojaron resplandecientes fulgores. Entonces dejó caer la cabeza, creyendo percibir en los espacios el rumor de las arpas seráficas y ver en el azul del cielo, sobre un tronco de oro y rodeado de santos, con sendas palmas en las respectivas diestras, a Dios padre, resplandeciente de majestad y que con un gesto hacía descender sobre la tierra a los ángeles de alas flamígeras, para que la transportasen a su augusto seno.

Aquella espléndida visión quedó grabada en su memoria como la más bella cosa que fuese posible soñar, de tal modo, que después esforzábase por apoderarse de la sensación aquella, que persistía, si de manera menos clara, con la misma profunda dulzura. Su *alma*, rendida por el orgullo, acogíase a la humildad cristiana, y saboreando el placer de ser débil, asistía, dentro de sí misma, a la destrucción de su voluntad, que abríale paso a las dulzuras de la gracia. ¡Así pues, en el puesto de las más grandes felicidades existía otro amor por encima de todos los amores, un amor sin intermitencias, interminable y que eternamente se acrecentaba! Entrevió, entre las ilusiones de su esperanza, un estado de pureza flotando sobre la tierra, confundiéndose con el cielo, y en el que aspiró a entrar. Quiso ser una santa. Compró rosarios, se puso amuletos y deseaba tener en su cuarto, a la cabecera del lecho, un relicario con incrustaciones de esmeraldas para besarlo todas las noches.

El cura maravillábase de aquella religiosidad, aunque le parecía que ésta, a fuerza de fervor, pudiese acabar por caer en la herejía e incluso en la extravagancia. Mas como no era muy versado en tales materias, a poco que sobrepasaran un cierto límite, escribiole al señor Boulard, librero religioso, a fin de que le remitiese algo apropiado para una persona de mucha imaginación. El librero, con la misma indiferencia que si se tratara de enviar chucherías a los salvajes, empaquetó a la buena de Dios cuantos libros piadosos corrían entonces por el mercado, tales como manualitos con preguntas y respuestas, folletos altisonantes a la manera de M. de Maistre y unas como novelas de cubierta rosa y estilo dulzarrón, escritas por seminaristas líricos y literatos arrepentidos. Figuraban, entre otras, el *Pensad mucho en esto*; *El hombre mundano a los pies de María*, por el señor de X, condecorado con varias cruces; *Los errores de Voltaire para uso de las jóvenes*, etc.

La Bovary no tenía aún la inteligencia lo bastante firme para dedicarse seriamente a cualquier clase de lectura; además, emprendiolas con precipitación excesiva. Irritáronle las prescripciones del culto; la arrogancia de los escritores polémicos no fue de su agrado por el encarnizamiento en perseguir a gentes que no conocía, y los cuentos profundos con miras religiosas le parecieron escritos con un tal desconocimiento del mundo, que insensiblemente se fue apartando de las verdades cuya demostración aguardaba. Persistió, no obstante, en su empresa, y cuando el libro se le caía de las manos creíase señoreada por la más sutil melancolía católica que imaginar pudiera un alma mística.

En cuanto al recuerdo de Rodolfo, escondíase en lo profundo de su corazón, y allí permanecía, inmóvil y solemne, como momia regia en un subterráneo. De aquel gran amor embalsamado escapábase un efluvio que, atravesándolo todo, aromaba con su ternura el inmaculado ambiente en que quería vivir. Cuando se arrodillaba en su reclinatorio dirigía al Señor las mismas suaves palabras que le murmuraba antes a su querido en las efusiones del adulterio. Hacíalo así para reavivar su creencia; mas como ningún deleite descendía sobre ella de los cielos, levantábase, dolorido el cuerpo y vagamente decepcionada el alma. Creía, sin embargo, que aquellas tentativas eran una prueba más, y en el orgullo de su devoción, Emma comparábase a aquellas damas de antaño cuya gloria ansiara ante un retrato de La Vallière, las cuales, arrastrando las galoneadas colas de sus largos vestidos, se escondían en la soledad para verter a las plantas de Cristo el llanto de un corazón maltrecho por la vida.

Ejerció la caridad exageradamente. Cosía la ropa de los pobres y enviaba leña a las parturientas, y un día, Carlos, a su regreso, encontrose en la cocina con tres pillastres sentados a la mesa y comiéndose unas sopas. Hizo volver a Berta, enviada por su marido, durante su enfermedad, a casa de la nodriza, y quiso enseñarla a leer, sin que se enfadara nunca por las llantinas de la muchacha. Su divisa eran la resignación, la indulgencia para todos, y su lenguaje a propósito de cualquier cosa rebosaba sentimentalidad. Dirigiéndose a Berta, decía:

—¿Se te ha pasado ya el dolorcito de vientre, ángel mío?

La madre de Carlos no encontraba motivos para censurarla, a excepción de aquella manía por hacer chambritas para los huérfanos en lugar de zurcir sus trapos. Pero, cansada ya de las disputas domésticas, sentíase a gusto en aquella tranquila casa, e incluso permaneció en ella hasta después de la Semana Santa, a fin de evitar los sarcasmos de su marido, que no dejaba nunca, llegado el Viernes Santo, de encargar embutidos para comérselos dicho día.

Además de con su suegra, cuya rectitud de juicio y grandes modales la alentaban mucho, Emma tratábase casi a diario con otras personas. Eran éstas las señoras de Langlois, la de Carón, la de Dubreuil, la de Tuvache, y de cinco a seis presentábase indefectiblemente la buena señora de Homais, la cual nunca prestó oídos a lo que se murmuraba de su vecina. También acudían los pequeños Homais, acompañados de Justino. Éste subía con ellos al cuarto y se quedaba junto a la puerta, inmóvil y sin hablar. Emma, a menudo, sin cuidarse de él, comenzaba su tocado. Tras de quitarse los peinecillos, sacudía la cabeza con brusco movimiento. Cuando por primera vez vio aquella abundante cabellera, que llegaba hasta las corvas, deshaciéndose en negros rizos, el pobre muchacho sintió algo así como si entreviera un extraordinario y nuevo espectáculo, cuya refulgencia le asustó.

Emma no observaba, sin duda, su muda solicitud ni sus timideces. No presumía que el amor, para ella extinguido, palpitaba allí, a su lado, bajo aquella tosca camisa, en aquel corazón adolescente, abierto a las emanaciones de su belleza. Por lo demás, ella lo envolvía ahora todo en una tal indiferencia; usaba palabras tan afectuosas, miradas tan altivas y modales tan variados, que ya no era posible distinguir el egoísmo de la caridad ni la corrupción de la virtud. Una noche, por ejemplo, encolerizose con su doméstica, que pretendía salir y balbucía unos pretextos.

—Le amas, ¿no es así? —dijo Emma, de pronto. Y sin aguardar la respuesta de Felicidad, que se ruborizó al oír aquello, añadió con tristeza—: Vamos, huye y diviértete.

En los comienzos de la primavera hizo remover el huertecito de punta a punta, no obstante las observaciones de su marido, que considerábase feliz al verla exteriorizar sus deseos, fuesen éstos los que fuesen. A medida que se restablecía iban aumentando aquéllos. En primer término, descubrió el modo de desembarazarse de la nodriza, que había tomado la costumbre de presentarse con demasiada frecuencia en la cocina acompañada por sus dos rorros y su huésped, más tragón que un caníbal. Luego se deshizo de la familia Homais, despidió sucesivamente a las demás visitas, e incluso frecuentó menos la iglesia, con gran contentamiento del boticario, que se permitió decir cariñosamente:

—Iba usted haciéndose algo beata.

El padre Bournisien, como hiciera antes, presentábase a diario, al salir de la doctrina, pero se quedaba fuera, para tomar el fresco en medio del bosquecillo, como llamaba al cenador. A aquella hora regresaba Carlos, y si sentían calor mandaban por sidra y se la bebían juntos, brindando por el completo restablecimiento de Emma.

Binet hallábase por allí, un poco más abajo, pegado al muro del terraplén, pescando cangrejos. Bovary le invitaba a refrescar, y él dábaselas de descorchar botellas a la perfección.

—Es preciso —decía paseando a su alrededor, hasta hundirla en el paisaje, una mirada satisfecha— mantener así, a plomo sobre la mesa, la botella, y una vez cortados los alambres, a golpecitos, suavemente, muy suavemente, como hacen en los restaurantes con el agua de Seltz, ayudar la salida del tapón.

Pero la sidra se desbordaba con frecuencia durante la demostración y salpicábale en pleno rostro. El cura entonces, con socarrona sonrisa, soltaba indefectiblemente este chiste:

—¡La bondad del procedimiento salta a la vista!

El cura era un buen hombre, en efecto, hasta el punto de no escandalizarse un día en que el boticario aconsejó a Bovary que llevara a su señora, para distraerla, al teatro de Ruán, donde cantaba el admirable tenor Lagardy. Homais, asombrado de su silencio, quiso conocer su opinión, y entonces declaró el sacerdote que la música parecíale menos peligrosa para las buenas costumbres que la literatura.

El boticario salió a la defensa de las letras. El teatro —aseguraba— servía para extirpar los prejuicios y, bajo la máscara del placer, enseñaba la virtud.

—*Castigat ridendo mores*, padre Bournisien. Y si no, fíjese en las tragedias de Voltaire, todas ellas sembradas hábilmente de reflexiones filosóficas, y de aquí que sean para el pueblo una verdadera escuela de moral y de diplomacia.

—Yo he visto —dijo Binet— una obra titulada *El pilluelo de París*, en la que hay un anciano general cuyo carácter llama la atención, y es verdaderamente de una pieza. Reprende a un hijo de familia que había seducido a una obrera, y que a la postre...

—No cabe duda —proseguía Homais— que existe una literatura mala, como existen medicinas que también lo son. Pero condenar en bloque a la más importante de las bellas artes me parece una sandez, una idea medieval, digna de los tiempos aquellos en que Galileo era encerrado.

—No se me oculta —arguyó el sacerdote— que existen obras buenas y buenos autores; sin embargo, el que personas de diferente sexo se reúnan en un sitio lleno de tentaciones y rebosante de pompas mundanas no lo creo conveniente; además, esos disfraces paganos, esos afeites, esas luces, esas voces femeninas, todo eso, en fin, debe acabar por engendrar un cierto libertinaje de espíritu y por imbuirnos pensamientos deshonestos e impuras tentaciones. Tal es, al menos, la opinión de los santos padres. Y, por último —añadió, adquiriendo súbitamente un tono místico, mientras deshacía entre sus dedos una pulgada de tabaco—, si la Iglesia reprueba los espectáculos, sus razones tendrá, y es preciso someterse a sus decisiones.

—¿Por qué —preguntó el boticario— excomulga la Iglesia a los cómicos? ¿Acaso no tomaban francamente parte, tiempos atrás, en las ceremonias del culto? Sí, señor; en medio del coro se representaban ciertas farsas, llamadas misterios, en las cuales el decoro y la decencia salían malparados.

El sacerdote contentose con lanzar un suspiro, y el farmacéutico prosiguió:

—Lo mismo que en la Biblia. Hay en ella..., usted lo sabe..., más de un pasaje... picante, cosas... verdaderamente... libres.

Y como el sacerdote hiciera un gesto de disgusto:

—Convendrá conmigo en que no es un libro propio para ponerlo en manos de una joven, y molestaríame que mi Atala...

—¡No somos nosotros, sino los protestantes, quienes recomiendan la Biblia!

—No importa —dijo Homais—; ¡me asombra que en nuestros días, en el siglo de las luces, se obstinen aún en prohibir un esparcimiento intelectual que es inofensivo, moralizador e incluso higiénico algunas veces. ¿No es cierto, doctor?

—Sin duda —repuso el médico, como al descuido, bien porque, aunque de las mismas ideas, no quisiera molestar a nadie, bien porque no tuviese ninguna.

Parecía terminada la conversación cuando el farmacéutico creyó conveniente dar la última arremetida.

—He conocido a algunos curas que se vestían de paisano para divertirse viendo patalear a las bailarinas.

—¡Vamos, vamos! —dijo el párroco.

—¡Los he conocido!

Y repitió, deteniéndose en cada sílaba:

—Los he co-no-ci-do.

—¡Perfectamente! Pues hacían muy mal —repuso el cura, con resignado talante.

—¡Cáspita! ¡Hay muchos otros que hacen lo mismo! —exclamó el boticario.

—¡Señor mío!... —dijo el cura, con tan feroz mirar, que el boticario se intimidó.

—Quiero decir tan sólo —replicó entonces menos bruscamente— que la tolerancia es el medio más seguro para ganarse las conciencias.

—¡Es cierto! ¡Es cierto! —concedió el buen hombre, sentándose otra vez.

Pero sólo permaneció allí unos momentos. Apenas desapareció, díjole Homais a Bovary:

—¡Esto es lo que se llama una discusión! ¡Le he revolcado, ya lo ha visto, de una manera...! En fin, créame, y lleve al teatro a su señora, aunque no sea más que una vez en la vida, para poner fuera de sí a un pajarraco de éstos, ¡recontra! Si alguien pudiera, reemplazarme, yo mismo iría con ustedes. ¡Dese prisa! agardy sólo cantará una vez, pues está contratado ventajosísimamente para Inglaterra. Es un hombre de pelo en pecho el tal; apalea el oro, y le acompañan tres queridas y un cocinero. Todos estos artistas encienden la vela por los dos extremos; necesitan llevar una vida desvergonzada, para que la imaginación se excite un poco. Pero mueren en el hospital, porque de jóvenes no saben administrarse bien. En fin, buen apetito, y hasta mañana.

Aquella idea echó raíces en el cerebro de Bovary, participándosela inmediatamente a su mujer, la cual opúsose a ello en un principio, fundándose en su fatiga y en el trastorno y los gastos que produciría semejante escapatoria; pero por primera vez Carlos, hasta tal punto creía en la conveniencia de aquel esparcimiento, no cedió. No veía impedimento alguno; su madre habíale enviado trescientos francos; las deudas corrientes no eran excesivas, y en cuanto al pagaré de Lheureux, como su vencimiento distaba aún mucho, no le preocupaba. Además, como presumiera que su mujer se resistía por delicadeza, insistió más, hasta que al fin Emma, en vista de sus instancias, acabó por decidirse, y al día siguiente, a las ocho, se encajonaron en *La Golondrina*.

El boticario, a quien nada retenía en Yonville, pero que creíase obligado a no moverse de su puesto, suspiró al verlos partir.

—¡Ea, buen viaje, dichosas criaturas! —dijo.

Y luego, dirigiéndose a Emma, que vestía una falda azul de seda, con cuatro faralaes, añadió:

—¡La encuentro hecha una preciosidad! ¡Va usted a dar el golpe en Ruán!

La diligencia paraba en la plaza Beauvoisine, en el Hotel de la Cruz Roja. Era éste una de esas hospederías propias de los arrabales provincianos, con grandes cuadras y cuartitos para dormir, donde en medio del patio se ven gallinas que picotean bajo los entoldados cabriolés de los viajantes de comercio; viejos albergues con balcones de carcomida madera que crujen a los embates del viento, en las noches invernales, siempre llenos de gente, de desperdicios y de algazara, de pringosas y ennegrecidas mesas, de espesos cristales oscurecidos por las moscas, de húmedas servilletas manchadas de vino y que, como lugareños vestidos a la ciudadana, trascienden siempre a pueblo, poseen un café que da a la calle y, del lado del campo, un huerto de legumbres.

Carlos se puso inmediatamente en movimiento. Confundió los proscenios con el paraíso; la luneta, con los palcos; pidió explicaciones; no se enteró; fue de unos a otros; volvió a la hospedería; regresó a la taquilla, y de este modo anduvo de acá para allá una y otra vez, recorriendo la ciudad de punta a punta.

Emma se compró un sombrero, unos guantes y un ramo de flores. Carlos temía llegar tarde; así pues, sin apenas probar la sopa, se presentaron en el teatro, cuyas puertas permanecían aún cerradas.

XV

Llegada a la pared, y simétricamente encajonada entre barandillas, aguardaba la muchedumbre. En las esquinas de las calles adyacentes veíanse sendos y deslumbrantes carteles, de barrocas letras, con estas palabras: «*Lucía de Lammermoor*... Lagardy... ópera...», etc. El tiempo era hermoso, hacía calor, el sudor bañaba los rostros, y los pañuelos enjugaban las enrojecidas frentes. A las veces, una tibia brisa que venía del río agitaba blandamente el borde de los toldos de los cafetines. Un poco más allá, no obstante, sentíase una corriente de frío aire que trascendía a sebo, a pieles y a grasa: eran las emanaciones de la calle de Charrettes, llena de grandes y foscos almacenes, atestados de barricas.

Por miedo a caer en el ridículo, Emma, antes de entrar en el teatro, quiso dar una vuelta por el puerto, y Bovary, por prudencia, conservaba las entradas en la mano, oculta en el bolsillo del pantalón y apoyada contra el vientre.

Apenas en el vestíbulo, Emma sintiose conmovida y sonrió involuntariamente de vanidad al ver que la muchedumbre se precipitaba por el pasillo de la derecha, en tanto que ella ascendía por la escalera de los palcos principales. Gozó como un niño al empujar con su mano las amplias y tapizadas puertas, aspiró a plenos pulmones el polvoriento perfume de los pasillos, y una vez en su palco, se engalló con la desenvoltura de una duquesa.

Iba llenándose la sala; hacían su aparición los gemelos, y saludábanse, al percibirse desde lejos, los abonados. Iban allí para desentenderse de sus asuntos, pero no olvidaban los negocios y proseguían hablando del algodón, del alcohol o del añil. Veíanse canosas y viejas cabezas, inexpresivas y pacíficas, semejantes a medallones de plata desvaídos por un vapor plomizo. Los jóvenes elegantes se pavoneaban en el patio, mostrando en la abertura de los chalecos sus corbatas de color rosa o verde manzana, y la de Bovary admirábalos desde lo alto, en tanto que ellos apoyaban las enguantadas manos en los puños de oro de sus bastoncillos.

Encendieron las bujías de la orquesta; la araña descendió del techo, inundando de una súbita alegría la sala con el resplandor de sus facetas; luego, uno tras otro, fueron penetrando los músicos, que comenzaban a templar sus instrumentos, oyéndose, en revuelta confusión, el abejorreo de los contrabajos, el rechinar de los violines, el trompetear de los pistones y el gemir de octavines y flautas. Oyéronse tres golpes en el escenario; redoblaron los timbales, lanzaron sus acordes los instrumentos de metal, y el telón, elevándose, descubrió un paisaje.

Representaba la plazoleta de un bosque, con una fuente, sombreada por una encina, a la izquierda. Campesinos y caballeros, con sendas capas al hombro, entonaban juntos una canción de caza; luego presentose un capitán que invocaba, elevando al cielo los brazos, al espíritu del mal; apareció otro después y se fueron, en tanto que los cazadores emprendían de nuevo su canción.

Emma recordaba las lecturas de su juventud: hallábase en pleno Walter Scott. Parecíale oír a través de la bruma el son de las cornamusas escocesas, repitiéndose por encima de los brezales. Como el recuerdo de la novela facilitaba la comprensión del *libretto*, Emma seguía la intriga paso a paso, en tanto que los sutiles pensamientos que la inundaban dispersábanse al punto bajo las ráfagas de música. Dejábase ir en el balanceo de las melodías y sentíase vibrar de pies a cabeza, como si los arcos de los violines se deslizasen por sus nervios. Era toda ojos para contemplar los trajes, las decoraciones, los personajes, los árboles pintados que se estremecían al paso de los cómicos, y los rebociños de veludillo, las capas, las espadas, todas aquellas imaginaciones que agitábanse en la armonía como en la atmósfera de otro mundo. En esto avanzó una joven, arrojando una bolsa a un escudero vestido de verde. Se quedó solo, y entonces oyose una flauta que ungía el murmullo de una fontana o los gorjeos de un pájaro. Lucía, con grave continente, atacó su cavatina en sol mayor. Quejábase de amor y pedía alas para volar. También Emma hubiese querido, huyendo de la vida, evaporarse en un abrazo. De pronto, Edgardo, encarnado el Lagardy, apareció.

Tenía una de esas espléndidas palideces que proporcionan algo de la majestad de las estatuas a las ardientes razas del mediodía. Su recio busto aprisionábalo un oscuro jubón; un puñalito cincelado golpeaba su muslo izquierdo y lanzaba, al par que descubría la blancura de sus dientes, lánguidas miradas. Contábase que una princesa polaca, como le oyera cantar una tarde en la playa de Biarritz, donde carenaba chalupas, enamorose de él, arruinándose por su culpa. Lagardy la abandonó por otras mujeres, y esta celebridad sentimental era un nuevo aliciente para su reputación artística. El astuto comediante tenía buen cuidado de deslizar siempre en los reclamos una frase poética sobre la fascinación de su persona y la sensibilidad de su alma. Una hermosa voz, un imperturbable aplomo, más temperamento que inteligencia y más énfasis que lirismo realzaban aquella naturaleza de charlatán, en la que había algo de barbero y de torero.

Entusiasmó al público desde la primera escena. Oprimía a Lucía entre sus brazos, la soltaba, volvía a cogerla y parecía desesperado. Lanzaba rugidos de cólera; después, elegíacos suspiros de dulzura infinita, escapándose las notas, entre besos y sollozos, de su desnuda garganta. Emma se inclinaba para verle, clavando sus uñas en el terciopelo del antepecho. Su corazón henchíase con aquellas melodiosas lamentaciones, que se deslizaban a compás de los contrabajos con gritos de náufragos en el tumulto de una tempestad. Reconocía en todo aquello cuantas embriagueces y angustias estuvieron a punto de matarla. La voz de la cantatriz era para ella como el eco de su conciencia y algo de su propia vida, la ilusión aquella que le encantaba. Pero nadie en el mundo la amó con un cariño semejante. Él no lloraba, como Edgardo, la noche última, cuando, a la luz de la luna, se dijeron: «¡Hasta mañana! ¡Hasta mañana...!». La sala crujía bajo los aplausos, y hubo que repetir por completo la *stretta*; los enamorados hablaban de las flores de su tumba, de juramentos, de destierro, de fatalidad, de esperanzas, y cuando lanzaron el adiós final escapósele un agudo grito a Emma, que fue a confundirse con la vibración de los últimos acordes.

—¿Por qué se empeña ese señor en perseguirla? —preguntó Bovary.

—No la persigue —repuso Emma—; es que es su amante.

—Sin embargo, jura que se vengará de su familia en tanto que el otro, ese que acaba de llegar, ha dicho que ama a Lucía, y que es amado por ella. Además, se ha marchado con su padre, cogido del brazo... Porque supongo que ese viejecito feo que lleva en el sombrero una pluma de gallo es su padre, ¿no es cierto?

A pesar de que Emma le explicó el dúo recitado, en el que Gilberto expone sus criminales manejos a su amo Asthon, Carlos, al ver los falsos anillos de boda que deben engañar a Lucía, creyó que se trataba de un recuerdo amoroso enviado por Edgardo. Confesó, además, que no comprendía la historia, y ello porque la música no le dejaba oír la letra.

—¿Qué importa? —dijo Emma—. ¡Cállate!

—Es que me gusta, bien lo sabes tú —repuso, inclinándose sobre su hombro—, enterarme de lo que ocurre.

—¡Cállate! ¡Cállate! —repitió Emma, impacientada.

Lucía avanzaba, medio sostenida por sus doncellas, ceñida la frente por la corona de azahar y más blanca que el blanco raso de su vestido.

Emma recordó el día de su boda; veíase allá abajo, entre los trigos, por la veredita, cuando se dirigían a la iglesia. ¿Por qué, como Lucía, no habíase resistido y suplicado? Mostrose alegre, por el contrario, sin darse cuenta del abismo en que se precipitaba. Si en el esplendor de su belleza, antes de las mancillas del matrimonio y de las desilusiones del adulterio, hubiera podido entregarse a un corazón fuerte y generoso, jamás entonces, confundidos el deber, la ternura, las voluptuosidades y la virtud, descendiera de una tan alta felicidad. Pero la tal felicidad, sin duda, era una mentira imaginada por la desesperación del deseo. Ella, en aquel punto, conocía la pequeñez de las pasiones que el arte exageraba. Emma sólo quería ver en aquella reproducción de sus amarguras una plástica fantasía, buena para esparcimiento de los ojos, e incluso sonrió en lo último con desdeñosa piedad cuando por el fondo de la escena, arrebujado en negra capa, apareció, bajo la cortina de terciopelo, un hombre.

El chambergo a la española con que se tocaba cayó a un gesto que hizo, y al punto, músicos y cantantes atacaron el sexteto. Edgardo, resplandeciente de furia, dominaba con la suya, más clara, todas las voces de los demás. Asthon lanzábale, en graves notas, provocaciones homicidas; Lucía exhalaba su aguda queja; Arturo cantaba aparte con su media voz, y la voz de bajo del ministro resoplaba como un órgano, en tanto que las voces femeninas, al repetir sus palabras, formaban el delicioso coro. Gesticulaban todas a una y enfiladas, y la cólera, la venganza, los celos, el terror, la misericordia y la estupefacción se exhalaban a la vez de sus entreabiertas bocas. El ultrajado amante blandía la desnuda espada: su gorguera de encajes se elevaba a intervalos a impulsos de la respiración, e iba y venía de un lado para otro, haciendo sonar las doradas espuelas de sus muelles botas, que ensanchábanse por el tobillo. Su amor —pensaba Emma— debía de ser inagotable para poder derramarlo con tanta abundancia sobre la muchedumbre. Todos los veleidosos impulsos por denigrarle se desvanecían bajo el encanto del papel que representaba, e impelida hacia el hombre por la ilusión del personaje encarnado en él, trató de figurarse su vida, aquella vida resonante, espléndida, extraordinaria, que ella también, de quererlo el acaso, hubiera podido llevar. De conocerse, se hubiesen amado y viajado por todos los reinos de Europa, de capital en capital, compartiendo las fatigas y los triunfos, recogiendo las flores que le arrojasen y bordando por sí misma los trajes que él luciera. Luego, todas las noches, en el fondo de un palco, tras la reja de dorada urdimbre, recogería, boquiabierta, las expansiones de aquella alma, que sólo para ella contaría; desde la escena, mientras cantaba, miraríala él. En aquel punto apoderose de ella una idea loca: ¡la miraba! ¡Estaba segura de ello! Sintió el impulso de arrojarse en sus brazos para refugiarse en su fuerza, como en la encarnación del amor mismo, y decirle, y gritarle: «¡Llévame contigo! ¡Llévame contigo! ¡Partamos! ¡Tuyos son todos mis ardores, todos mis sueños!».

Cayó el telón.

El olor del gas mezclábase al de las respiraciones; el aire de los abanicos hacía más sofocante aún la atmósfera. Emma quiso salir; la muchedumbre inundaba los pasillos, y tuvo que caer de nuevo en su sillón, presa de sofocantes palpitaciones. Carlos, temiendo que se desvaneciera, se dirigió a la cantina en busca de un refresco.

A muy duras penas consiguió volver a su sitio, y ello porque, como llevaba el vaso entre las manos, a cada paso tropezaba con los codos, e incluso llegó a verter gran parte del líquido en los hombros de una ruanesa de desnudos brazos, la cual, al sentir deslizarse por su espalda el refresco, gritó lo mismo que si la asesinasen. El marido, que era hilandero, se puso fuera de sí, y en tanto que la mujer enjugaba con su pañuelo las manchas de su hermoso vestido de tafetán color cereza, él, con brusco tono, deslizaba las palabras indemnización, gastos, reembolso. Carlos, al fin, llegó todo sofocado junto a su mujer, y dijo:

—¡Creí que no me iba a ser posible volver! ¡Qué de gente!... ¡Qué de gente! —y añadió—: Adivina con quién me he tropezado ahí fuera... Con León.

—¿Con León?

—Con él mismo. Va a venir a saludarte.

Y acabadas de pronunciar estas palabras, el antiguo pasante de Yonville penetró en el palco.

Tendió su mano con desenvoltura señoril, y Emma, maquinalmente, y como si obedeciese a la atracción de una voluntad más fuerte, alargó la suya. No había vuelto a sentir una impresión semejante desde aquella tarde primaveral, en que llovía sobre el verdor de las hojas, cuando, en pie, al borde de la ventana, se despidieron. Pero enseguida, volviendo a la realidad de la situación, tras de un esfuerzo, desechó aquellos languidecientes recuerdos y comenzó a hablar con rápidas y entrecortadas frases:

—¡Oh!... ¡Buenas noches!... ¡Cómo!... ¿Usted por aquí?...

—¡Silencio! —gritó desde el patio un espectador, pues comenzaba el acto tercero.

—Conque en Ruán, ¿eh?

—Sí.

—¿Y desde cuándo?

—¡Fuera! ¡Fuera!

Y como se volvieran hacia ellos, tuvieron que callarse.

Pero a partir de aquel momento, Emma no paró mientes en la obra, y el coro de los invitados, la escena de Asthon y su criado, el gran dúo en re mayor, de nada, en fin, se dio cuenta, como si la sonoridad de los instrumentos hubiese disminuido o los personajes se hubieran alejado. Acordábase de las partidas de naipes en casa del farmacéutico, de las visitas a la nodriza, de las lecturas en el cenador, de las charlas al amor de la lumbre, de todo aquel humilde cariño, tan apacible y tan intenso, tan discreto, tan tierno, y que había olvidado, no obstante. ¿Por qué volvía? ¿Qué cúmulo de circunstancias colocábale de nuevo en su camino? León manteníase tras ella, con el hombro apoyado en el tabique, y Emma, de vez en vez, se estremecía al sentir en sus cabellos el tibio hálito de sus narices.

—¿Acaso la divierte esto? —dijo el joven, inclinándose tanto que rozó con la punta de su bigote la mejilla de ella.

A lo que Emma, con negligencia, contestó:

—¡Oh, Dios mío! Casi nada.

Entonces León propuso salir del teatro y tomar unos sorbetes en cualquier sitio.

—Aún no. Permanezcamos aquí —exclamó el marido—; Lucía se ha soltado el cabello; esto promete acabar en tragedia.

Pero la escena de la locura no le interesaba a Emma, y la mímica de la artista le parecía exagerada.

—Grita demasiado —dijo volviéndose a Carlos, que escuchaba.

——Sí..., un poco..., es posible —repuso Carlos, vacilando entre su gusto y el respeto que le inspiraban las opiniones de su mujer.

Luego, suspirando, dijo León:

—Hace un calor...

—¡Insoportable! Es cierto.

—¿Te molesta? —preguntó Bovary.

—Sí, me ahogo. Vámonos.

León, delicadamente, puso sobre los hombros de Emma su largo chal de encajes, y salieron los tres y se sentaron al aire libre ante la puerta de un café.

En un principio el tema de conversación fue la enfermedad de Emma, si bien de cuando en cuando ésta interrumpió el relato de su marido, por miedo —según decía— de aburrir a León, el cual dijo que se hallaba en Ruán a fin de pasar dos años en un bufete acreditadísimo, para identificarse con los negocios, diferentes en Normandía que en París. Luego preguntó por Berta, por la familia Homais y por la señora Lefrançois, y como no tenían, en presencia del marido, otra cosa que comunicarse, la charla expiró.

Las gentes que salían del teatro pasaban por la acera tarareando o gritando a voz en cuello el *O bel angelo, mia Lucia!* Entonces, León, para dárselas de entendido, comenzó a hablar de música. Había oído a Tamburini, a Rubini, a Persiani, a Gusi, y Lagardy, junto a ellos, a pesar de sus facultades, no valía nada.

—Sin embargo —interrumpió Bovary, que trasegaba a sorbitos su helado—, se asegura que en el último acto está admirable de verdad. Siento haber salido antes de tiempo, porque la cosa comenzaba a entretenerme.

—Dentro de poco —arguyó el joven— darán otra representación.

Carlos repuso que al día siguiente se marcharían.

—A menos, monina —añadió, volviéndose a su mujer—, que quieras quedarte sola aquí.

Y León, cambiando de táctica ante la inesperada coyuntura que a su esperanza se le ofrecía, diose al elogio de Lagardy en el último acto. ¡Era algo soberbio, sublime!

Carlos, entonces, insistió:

—Regresarás el domingo. ¡Vamos, decídete! Si la cosa te agrada en lo más mínimo, haces mal en ocultarlo.

En el ínterin, las mesas de alrededor se iban quedando vacías, y un mozo acercose discretamente a ellos. Carlos, al percatarse de ello, quiso pagar, pero el ex pasante le contuvo por el brazo y pagó, sin olvidarse de la correspondiente propina.

—Verdaderamente, siento mucho —murmuró Bovary— el gasto que...

León hizo un gesto desdeñoso, rebosante de cordialidad, y cogiendo su sombrero, dijo:

—Lo dicho, ¿estamos? Hasta mañana, a las seis.

Carlos declaró de nuevo que no le era posible prolongar por más tiempo su ausencia; pero ello no impedía que Emma...

—Es que —balbuceó la Bovary con singular sonrisa— no sé si...

—Perfectamente; ya lo pensarás. La noche es buena consejera. Allá veremos —y dirigiéndose a León, que los acompañaba, añadió—: Puesto que ahora se halla por aquí, espero que coma con nosotros alguna otra vez.

León afirmó que no dejaría de hacerlo, tanto más cuanto le era preciso ir a Yonville para un asunto de su bufete. Y esto dicho, a punto de sonar las once y media en el reloj de la basílica, se separaron en el pasaje Saint-Herbland.

TERCERA PARTE

I

León, durante sus estudios abogaciles, frecuentó la *Chaumière*, donde obtuvo sonados éxitos entre las grisetas, que le hallaban el aire distinguido. Era un estudiante modelo; no usaba el pelo demasiado largo ni excesivamente corto; no se gastaba el dinero del trimestre en un día, y manteníase en buenas relaciones con sus profesores. Siempre abstúvose de cometer excesos, no sólo por timidez, sino por delicadeza.

Con frecuencia, cuando permanecía leyendo en su habitación, o bien sentado bajo los tilos del Luxemburgo, caíasele de las manos el *Código*, y le asaltaba el recuerdo de Emma. Pero este sentimiento fue poco a poco debilitándose, y sobre él se acumularon nuevas angustias, aunque a través de ellas persistiese aquél, y ello porque León no había perdido por completo las esperanzas y acariciaba una como vaga promesa —tal un dorado fruto suspendido de fantástico ramaje— que balanceábase en el porvenir.

Al volver a verla, empero, tras aquella ausencia de tres años, su pasión despertose. Era preciso —pensaba— decidirse a poseerla. Por otra parte, su timidez había disminuido con el trato de las gentes bullangueras, y volvía a la provincia despreciando todo cuanto no era elegante y parisiense. Junto a una encopetada dama de París, en el salón de cualquier médico ilustre, personaje condecorado y con coche, se hubiese estremecido como un muchacho; pero en Ruán, ante la mujer de aquel medicucho, sentíase a sus anchas y seguro del triunfo.

El aplomo es una consecuencia del ambiente circundante; no se conduce uno lo mismo en el principal que en la guardilla, y para defender su virtud las mujeres ricas llevan, a modo de coraza, todos sus billetes en el forro del corpiño.

León, al separarse del matrimonio Bovary, le siguió de lejos por la calle, y una vez que le hubo visto penetrar en el Hotel La Cruz Roja, volvió grupas y pasose la noche meditando un plan.

Al día siguiente, hacia las cinco, penetró en la cocina de la hospedería, con la garganta apretada, pálido el rostro y con la resolución propia de los cobardes a quienes nada detiene.

—El señor no está —díjole un criado.

Antojósele esto de buen augurio y subió.

Emma, al verle entrar, no se turbó lo más mínimo; al contrario, excusose por no haberle dicho dónde se hospedaba.

—Pero yo lo he adivinado —repuso León.

—¿Cómo?

Pretendía haber llegado hasta ella guiado por su instinto, por el azar.

Echose a reír Emma, y al punto, para remediar la tontería cometida, afirmó que se había pasado toda la mañana recorriendo las fondas de la ciudad.

—¿Se ha decidido usted por fin a quedarse? —añadió.

—Sí —dijo Emma—, y he hecho mal.

—Ya me figuro...

—No puede usted figurárselo, porque no es una mujer.

Esto dio motivo a algunas reflexiones filosóficas: también los hombres tenían sus penas. Emma habló largamente: de la caducidad de los afectos terrenos y del aislamiento eterno en que yace el corazón.

Para darse importancia o para imitar aquella ingenua melancolía que provocaba la suya, el joven declaró haberse aburrido atrozmente mientras duraron sus estudios. Irritábale el derecho y sentíase, en cambio, atraído por otra vocación; pero su madre no cesaba de atormentarle en cuantas cartas le escribía. A medida que enfrascábase más y más en los motivos que originaban su respectivo dolor, uno y otro iban poco a poco exaltándose en aquella progresiva confidencia. Pero a veces se detenían ante la completa exposición de sus ideas, y trataban entonces de buscar una frase que por modo perfecto la tradujese. Emma, empero, nada dijo de su pasión por Rodolfo, ni León del olvido en que la tuvo.

Acaso el joven no se acordaba ya de sus francachelas ni Emma de las citas con su amante, cuando corriendo a campo traviesa se dirigía al castillo de aquél. Los ruidos de la ciudad apenas si llegaban hasta ellos, y la pequeñez del aposento dijérase que hacia aún más intensa su soledad. Emma, con su bata de cotonía, apoyaba el rodete en el respaldo del sillón; tras ella, el amarillo papel del muro fingía como un dorado fondo, y su destocada cabeza con la blanca raya en medio y el lóbulo de las orejas asomando por los aladares reflejábase en el espejo.

—Mas perdóneme —dijo Emma—; hago mal. Con tanto lamentarme le estaré aburriendo.

—No, no; eso nunca.

—¡Si supiera —prosiguió, elevando al techo sus hermosos ojos, en los que brillaba una lágrima— todo lo que he anhelado!

—¿Y yo? ¡Oh! ¡He sufrido mucho! Con frecuencia salía para irme por ahí y erraba por los muelles, aturdiéndome con el ruido de la muchedumbre, sin que con ello consiguiera desechar la obsesión que me perseguía. En una tienda del bulevar hay un grabado que representa a una musa envuelta en una túnica, los ojos fijos en la luna y con miosotis en la desatada cabellera. Un no sé qué me arrastraba incesantemente hacia aquel sitio —y luego, con voz temblorosa, añadió—: Se parecía algo a usted.

La de Bovary volvió la cabeza para que León no viese la irreprimible sonrisa que acudía a su boca, y nada dijo. León prosiguió:

—Algunas veces me imaginaba que la casualidad haría que nos tropezáramos. He creído reconocerla en la calle, y he corrido tras los simones de cuya portezuela pendía, flotando al aire, un chal o un velo como el de usted...

Emma parecía dispuesta a dejarle hablar sin interrumpirle. Cruzada de brazos e inclinado el rostro, contemplaba el borlón de sus zapatillas, elevando con intermitencias los dedos del pie.

No obstante, suspiró.

—¿Verdad que no hay nada más lamentable que arrastrar, como me ocurre a mí, una vida inútil? ¡Si nuestros dolores pudieran beneficiar a alguien, la idea del sacrificio nos consolaría!

León comenzó a elogiar la virtud, el deber y las silenciosas inmolaciones, afirmando que su necesidad de sacrificarse era increíble y que no podía apagarla.

—Me gustaría mucho —dijo Emma— ser hermana de la Caridad.

—¡Ay! —replicó el joven—. Los hombres no pueden desempeñar esas santas misiones, y no veo ninguna profesión..., a no ser la de médico...

Encogiéndose levemente de hombros, Emma le interrumpió para quejarse de su enfermedad, de la que debió morir. ¡Qué desgracia! De ocurrir así, ya no sufriría.

León, seguidamente, envidió la calma del sepulcro, y hasta llegó a decir que una noche había escrito su testamento, recomendando que le amortajasen con aquel cubrepiés franjeado de terciopelo, regalo de Emma, que él conservaba.

Una y otro, forjándose un ideal al que ajustaban su vida pasada, hubieran deseado que así ocurriese. Y es que, por otra parte, la palabra es un laminador que alarga siempre los sentimientos.

—¿Por qué? —preguntó Emma al oír lo del cubrepiés.

—¿Por qué? —León se detuvo, titubeando—: ¡Porque la he amado mucho!

Y felicitándose a sí mismo por haber franqueado el obstáculo, León observó de reojo la fisonomía de Emma.

Fue aquello como el vendaval que barre las nubes del cielo. El cúmulo de tristes pensamientos que ensombrecían los azules ojos pareció alejarse de ellos, y su semblante resplandeció.

León aguardaba. Emma, al fin, dijo:

—Ya me lo había sospechado.

Entonces comenzaron a contarse las menudas incidencias de aquella vida lejana, cuyos placeres y melancolías acababan de resumir en una sola palabra. Recordaba León el emparrado de clemátides, los trajes que ella vestía, los muebles de su cuarto, su casa toda.

—¿Y qué ha sido de nuestros pobres cactus?

—Murieron de frío este invierno.

—¡Oh! ¡Cuánto me he acordado de ellos! Con frecuencia los volvía a ver, como otras veces, cuando el sol, en las mañanas de estío, caía sobre las persianas... y entre las flores vislumbraba los desnudos brazos de usted.

—¡Pobre amigo! —exclamaba Emma, tendiéndole la mano.

León apresurose a llevársela a la boca. Luego, tras de tomar aliento, prosiguió:

—Era usted entonces para mí algo como una fuerza inefable que cautivaba mi vida. Una vez me presenté en su casa... Usted, sin duda, no se acordará de esto.

—Sí —dijo Emma—. Prosiga.

—Usted se hallaba abajo, en la antesala, dispuesta a salir; cubría su cabeza un sombrerillo con flores azules, y sin previa invitación por su parte, y a pesar mío, la seguí. Cada vez más me daba cuenta de mi estupidez; no obstante, persistía en ella, sin atreverme francamente a seguirla y sin decidirme a abandonarla. Cuando penetraba usted en una tienda yo permanecía en la calle, y a través de los cristales la veía quitarse los guantes y pagar. Luego dirigíase usted a casa de la señora de Tuvache, llamaba, abrían y yo me quedaba, como idiotizado, ante la pesada puerta, que volvía a cerrarse.

La de Bovary, escuchándole, se asombraba de ser tan vieja. Aquellas exhumaciones le parecían cosas muy lejanas, como inmensidades sentimentales que volvían de nuevo, y de cuando en cuando, con voz queda y entornados los ojos, decía:

—¡Sí, es cierto!... ¡Es cierto!... ¡Es cierto!...

Oyeron dar las ocho en los diferentes relojes del barrio Beauvoisine, que está lleno de pensiones, de iglesias y de grandes hoteles desiertos. Ya no se hablaban, pero sentían, al mirarse, zumbido en sus cabezas, como si un algo sonoro se escapara de sus inmóviles pupilas. Acababan de unir las manos, y el pasado, el porvenir, las reminiscencias y los sueños, todo confundíase en la dulzura de aquel éxtasis. La noche iba avanzando y oscureciendo las paredes, en las que destacábanse aún, medio perdidos en la sombra, los fuertes colorines de cuatro estampas que representaban otras tantas escenas de *La Torre de Nestle*, con sendas leyendas al pie en francés y en español. Por la ventana, entre dos puntiagudos tejados, divisábase un fosco trozo de cielo.

Emma levantose, encendió los dos candelabros que había sobre la cómoda y volvió a sentarse.

—Bueno... —dijo León.

—Bueno —repitió ella.

El joven trataba de reanudar el interrumpido diálogo, cuando la de Bovary dijo:

—¿A qué se debe que hasta ahora nadie me haya descubierto aún sentimientos semejantes?

El pasante replicó que las naturalezas idealistas eran difíciles de comprender. Él la había amado desde el principio, y desesperábase al pensar en lo felices que hubieran sido si, por un acaso, se tropiezan antes y se unen de indisoluble modo.

—Lo he pensado muchas veces —repuso Emma.

—¡Qué hermoso sueño! —murmuró León.

Y apoderándose delicadamente de los azules cordoncillos que pendían del largo cinturón de Emma, añadió:

—¡Quién nos impide reanudar...!

—No, amigo mío —repuso Emma—. Soy demasiado vieja..., y usted, muy joven... ¡Olvídeme!... Ya hallará otras mujeres que le amarán... y a quienes amará.

—¡Nunca como a usted! —exclamó León.

—¡No sea niño! Vamos, tenga más juicio. ¡Lo exijo!

Y le hizo ver lo imposible de aquel amor y la necesidad de mantenerse, como antes, en los límites de una amistad fraternal.

¿Hablaba sinceramente? Acaso, ni ella misma lo sabía, señoreada por el encanto de la seducción y la necesidad de defenderse; y mirando con enternecidos ojos al joven, rechazaba suavemente las tímidas caricias que pretendía prodigarle León con sus temblorosas manos.

—¡Oh, Emma, perdóneme! —dijo el mancebo, retrocediendo.

Y Emma, ante aquella timidez, sintiose invadida por un vago espanto, más peligroso para ella que la audacia de Rodolfo, cuando se adelantaba con los brazos abiertos. Jamás hombre alguno le pareció tan guapo. Un exquisito candor desprendíase de sus modales. Las finas pestañas de León, largas y arqueadas, abatíanse.

«El deseo de poseerme —pensaba la de Bovary— enrojece sus mejillas». Y sentía la invencible ansia de posar en ellas sus labios. Entonces, haciendo como que miraba la hora en el reloj, dijo:

—¡Qué tarde, Dios mío! ¡Lo que hemos charlado!

León, comprendiendo la indirecta, cogió el sombrero.

—¡Hasta me he olvidado del teatro! ¡Y el pobre Carlos, que me dejó aquí sólo para eso! El señor Lheureux y su señora iban a acompañarme.

Y había perdido la ocasión, porque al día siguiente se marchaba.

—¿De veras? —dijo León.

—Sí.

—Sin embargo, es preciso que la vuelva a ver; le tengo que decir...

—¿Qué?

—Una cosa... grave, seria. Desde luego, no es posible que se marche. Si supiera... Escúcheme... ¿No me ha comprendido? ¡No ha adivinado!...

—Pues sí que no es usted claro hablando —dijo Emma.

—¡Oh! ¡Basta de bromas! Por piedad, permítame que la vea de nuevo... Una vez..., una sola.

—Perfectamente... —y se detuvo; luego, como si cambiara de idea, añadió—: Pero no aquí.

—Donde usted quiera.

—Le parece bien... —pareció reflexionar, y añadió apresuradamente—: mañana, a las once, en la catedral.

—¡Iré! —exclamó el joven, apoderándose de las manos de Emma, que ésta retiró.

Y como entrambos hallábanse en pie, abatida la cabeza la de Bovary y León tras ella, el joven se inclinó sobre el cuello que se le ofrecía, estampando un largo beso en la nuca.

—¡Oh! ¡Está usted loco! ¡Está usted loco! —dijo Emma entre sonoras risitas, en tanto que los besos se multiplicaban.

Entonces, León, adelantando la cabeza por encima del hombro de ella, trató de buscar en sus ojos una mirada aprobatoria; pero Emma limitose a mirarle con glacial señorío.

El joven dispúsose a salir, se detuvo en el umbral de la puerta y a la postre murmuró con tembloroso acento:

—Hasta mañana.

Respondió Emma con una inclinación de cabeza y desapareció, como un pájaro, en la pieza inmediata.

Llegada la noche, la de Bovary escribiole a León una interminable carta, esquivando la cita; todo había terminado entre ellos, y su felicidad exigía que no volvieran a verse. Pero cerrado que hubo la carta, como desconocía la dirección del joven, su apuro fue grande.

«Puesto que él irá, yo misma se la daré», se dijo.

Al día siguiente, León, ante el abierto balcón, tarareando, limpiaba con mucho esmero sus zapatos. Púsose unos pantalones blancos, unos finos calcetines y una levita verde; volcó sobre su pañuelo todos los perfumes de que disponía, y, finalmente, hízose rizar el pelo, desrizándoselo después, para proporcionarle a su cabellera un más natural aire de elegancia.

«Aún es demasiado temprano», pensó, fijándose en el reloj de cuco del peluquero, que señalaba las nueve.

Leyó en un periódico de modas atrasado, salió, fumose un cigarrillo, anduvo por varias calles, pensó que ya era hora, y lentamente dirigiose al atrio de la iglesia.

Era una hermosa mañana de verano. En las tiendas de los joyeros relucían las joyas, y la luz, cayendo sesgadamente sobre la catedral, arrancaba reflejos a las hendiduras de los grisáceos sillares; una bandada de pájaros revoloteaban en el azul ambiente, en torno de los cimbalillos; la plaza, rebosante de gritos y bordeada de flores, olía a rosas, a jazmines, a claveles, a narcisos, a nardos, desigualmente esparcidos entre húmedas verduras, hierbas gateras y anagálidas; en medio borbotaba la fuente; y bajo amplias sombrillas, entre piramidales pilas de melones, los vendedores, destocados, envolvían los ramitos de violetas en sendos papeles.

León adquirió uno. Era la primera vez que compraba flores para una mujer, y al aspirar su aroma inundose el pecho de alegría, como si aquel florido homenaje, destinado a otra persona, recayera sobre él mismo.

A pesar de todo, sentía miedo de que le viesen, y penetró resueltamente en la iglesia.

El pertiguero hallábase en aquel momento en el umbral, en medio de la puerta de la izquierda, con su emplumado sombrero, espadín al cinto, pértiga en la mano, más majestuoso que un cardenal y más reluciente que un copón sagrado.

Dirigiose hacia León, y con esa sonrisa de zalamera benignidad que emplean los clérigos cuando se dirigen a los niños, preguntole:

—El señor, sin duda, no es de aquí... ¿Desea ver las curiosidades del templo?

—No —repuso el aludido, y dio una vuelta, al punto, por las naves laterales.

Luego salió de nuevo a la plaza y miró. Como no viera a Emma, entró otra vez y subió al coro.

La nave reflejábase, como asimismo el arranque de las ojivas y algunos fragmentos de vidriera, en las repletas pilas de agua bendita, y el reflejo de los cuadros, quebrándose en el borde del mármol, prolongábase a lo lejos, sobre las losas, al modo de alfombra abigarrada. De cuando en cuando, pasaba un sacristán por el fondo y hacía ante el altar esa leve genuflexión de los devotos que tienen prisa.

Las arañas pendían inmóviles; en el coro, una argentada lámpara ardía, y de las capillas laterales, de las partes en sombra de la iglesia, escapábanse algunas veces así como suspiros, que se mezclaban al retumbar de una reja, cuyo son repercutía bajo las altas bóvedas.

León, con lento paso, marchaba pegado a la pared. Jamás antojósele la vida tan amable. Emma aparecería a vuelta de poco, encantadora, palpitante, recelosa de las miradas que la siguieran, con su vestido de volantes, sus impertinentes de oro, sus menuditas botitas, rebosante de elegancias que él no había saboreado aún y envuelta en esa inefable seducción de la virtud que sucumbe. La iglesia, como gigantesco *boudoir*, se disponía en torno de ella; las bóvedas inclinábanse para recoger en la sombra la confesión de su amor; las vidrieras resplandecían para iluminar su rostro, y los incensarios iban a encenderse para que ella surgiera como un ángel en la olorosa fumarada.

Emma, no obstante, seguía sin aparecer. León sentose en una silla, y sus ojos tropezaron con una vidriera en la que se veían algunos pescadores cargados de cestas. Largo tiempo y atentamente la miró, contando las escamas de los pescados y los ojales de las chupas, mientras su pensamiento vagabundeaba en busca de Emma.

El pertiguero, a un lado, indignábase en su interior contra aquel individuo que se permitía admirar por su cuenta la catedral. Parecíale que se conducía de una manera monstruosa, que en cierto modo le robaba algo y casi cometía un sacrilegio.

Mas he aquí un roce de seda en las losas, el contorno de un sombrero, una manteleta negra... ¡Era ella! León, levantándose, salió corriendo a su encuentro.

Emma, pálida, avanzaba apresuradamente.

—¡Lea!... —dijo, alargándole un papel—. Pero no.

Y retirando bruscamente la mano, penetró en la capilla de la Virgen, arrodillándose ante una silla, y se puso a orar.

Aquel capricho devoto irritó al joven; luego, y a pesar de todo, al verla de aquel modo hundida en sus oraciones, como una marquesa andaluza, experimentó un cierto encanto, que se convertía en enojo después, porque el orar se prolongaba demasiado.

Rezaba Emma, o más bien esforzábase por rezar, en espera de que el cielo le proporcionara alguna súbita resolución, y para conquistarse la celeste ayuda hundía sus ojos en los esplendores del tabernáculo, aspiraba el perfume de las violetas que se abrían en anchos búcaros y se anegaba en el silencio de la iglesia, el cual sólo servía para acrecer el tumulto de su corazón.

A punto de levantarse, y cuando se disponía a salir, el pertiguero acercose apresuradamente y dijo;

—Sin duda, la señora no es de aquí. ¿Desea ver, acaso, las curiosidades del templo?

—¡No! —exclamó el joven.

—¿Por qué no? —repuso Emma, pues su vacilante virtud trataba de acogerse a la Virgen, a las esculturas, a las tumbas, a todo.

Entonces, a fin de proceder ordenadamente, el pertiguero los condujo hasta la entrada, cerca de la plaza, y señalando con su pértiga una enorme circunferencia de negras losas, dijo majestuosamente:

—Ésta es la circunferencia de la campana grande de Amboise. Pesa cuarenta mil libras y no tenía semejante en Europa. El que la fundió muriose de alegría...

—Vámonos —dijo León.

El buen hombre se puso en marcha; de vuelta ante la capilla de la Virgen, extendió los brazos, y más orgulloso que el propietario campesino al mostrar sus tierras, dijo:

—Esta sencilla losa cubre los restos de Pedro de Brézé, señor de la Verennes y de Brissac, gran mariscal de Poitou y gobernador de Normandía, muerto en la batalla de Montlhéry el dieciséis de julio de mil cuatrocientos sesenta y cinco.

León, impaciente, se mordía los labios.

—Y ese hidalgo que se ve a la derecha, cubierto de hierro, a lomos de un corcel encabritado, es su nieto, Luis de Brézé, señor de Breval y de Montchauvet, conde de Maulebrier, barón de Mauny, chambelán del rey, caballero de la orden y, asimismo, gobernador de Normandía, que murió el veintitrés de julio de mil quinientos treinta y uno, domingo, para más señas, según reza en la inscripción; y abajo, ese hombre que se dispone a sumergirse en la tumba, es una exacta representación del mismo. ¿Verdad que no es posible una más perfecta figuración de la nada?

La de Bovary calose sus impertinentes. León, inmóvil, la miraba, sin atreverse a despegar los labios ni a hacer un solo gesto; tal era su descorazonamiento ante aquel deseo de charlar a todo trance y con la mayor indiferencia.

El sempiterno guía continuaba mientras tanto:

—Esa mujer que junto a él llora es su esposa, Diana de Poitiers, condesa de Brézé, duquesa de Valentinois, nacida en mil cuatrocientos noventa y nueve y muerta en mil quinientos cincuenta y seis, y la que está a su izquierda, con un niño en los brazos, la santísima Virgen. Y de este otro lado vean ustedes las tumbas de los Amboises. Ambos fueron cardenales y arzobispos de Ruán. Aquél fue ministro del rey Luis XII e hizo mucho por la catedral. En su testamento dejó treinta mil escudos para los pobres.

Y sin detenerse ni callarse, les hizo entrar en una capilla defendida por unas balaustradas, y apartando una de ellas, descubrió como un bloque, que muy bien pudo haber sido una estatua mal cincelada.

—En otras épocas decoraba —dijo, lanzando un hondo suspiro— la tumba de Ricardo *Corazón de León*, rey de Inglaterra y duque de Normandía. Los calvinistas, caballero, la han puesto en este estado. Por maldad, la sepultaron bajo la silla episcopal de monseñor. Entremos para ver las vidrieras de la Gargouille.

Pero León sacó vivamente una moneda de plata del bolsillo y cogió a Emma del brazo. El pertiguero quedose asombrado, sin comprender aquella generosidad intempestiva, máxime cuando aún no había visto el visitante todo lo que había que ver. De aquí que le llamara:

—¡Eh, caballero! ¡Aún queda la torre!

—No, no, gracias —dijo León.

—Hace usted mal. Tiene unos cuatrocientos cuarenta pies, nueve menos que la gran pirámide de Egipto. Es toda de hierro colado y...

León, en tanto, se alejaba apresuradamente, pues antojábasele que su amor, inmovilizado durante tanto tiempo en la iglesia, como las piedras, iba a evaporarse lo mismo que una humareda por aquella especie de truncado y alargado tubo de chimenea —extravagante tentativa de algún fumista caprichoso— que tan atrevida y grotescamente se yergue sobre la catedral.

—¿Adónde vamos? —preguntó Emma.

Sin contestar, León proseguía su marcha con paso rápido, y a punto en que la de Bovary humedecía el dedo con agua bendita, oyeron tras ellos una jadeante respiración, interrumpida a intervalos regulares por el resonar de una pértiga. León se volvió.

—¡Caballero!

—¿Que hay?

Y reconoció al pertiguero, con unos veinte volúmenes —obras que trataban de la catedral— bajo el brazo y en equilibrio sobre el vientre.

—¡Imbécil! —gruñó León, lanzándose fuera de la iglesia.

Un chicuelo jugaba en el patio.

—¡Tráeme un coche! —le dijo.

El muchacho partió como una bala por la calle de Quatre-Vents y los dos quedáronse entonces a solas por unos minutos, frente a frente y un poco cohibidos.

—¡Oh, León!... Verdaderamente..., no sé... si debo...

Al decir esto hacía arrumacos. Luego, poniéndose seria, añadió:

—Esto es de una gran inconveniencia, ¿sabe usted?

—¿Por qué? —repuso el joven—. En París es corriente.

Tan irresistible argumento la decidió.

Como el coche tardaba, León se temía que Emma volviese a entrar en el templo. Al fin apareció aquél.

—Al menos salgan por la puerta del Norte —les gritó el pertiguero, que había permanecido en el umbral—, para que vean *La resurrección*, *El juicio final*, *El paraíso*, *El rey David* y *Los reprobos en las llamas del infierno*.

—¿Adónde, señor? —preguntó el auriga.

—¡Adonde usted quiera! —dijo León, empujando a Emma dentro del coche.

Y el pesado armatoste se puso en marcha y descendió por la calle del Grand-Pont, atravesó la plaza de las Artes, el muelle de Napoleón, el Puente Nuevo y se detuvo bruscamente ante la estatua de Corneille.

—¡Siga! —dijo una voz desde dentro del coche.

Arrancó de nuevo el vehículo, y dejándose ir desde la plaza Lafayette hacia la pendiente, penetró a galope tendido en la estación.

—¡No, todo derecho! —gritó la misma voz.

El simón transpuso la verja, y a poco, llegado que hubo a la explanada, trotó suavemente por entre los añosos olmos. Enjugose la frente el cochero, púsose el sombrero entre las piernas, y abandonando la alameda lateral, avanzó por la orilla, junto al césped.

Deslizose a lo largo del río, por el camino de sirga cubierto de pedruscos, y más tarde por el lado de Oyssel, más allá de las islas.

Pero de pronto se lanzó a través de Quatremares, Sotteville, la Grande-Chausée y la calle de Elbeuf, deteniéndose por tercera vez ante el Jardín Botánico.

—¡Siga! —gritó la voz de antes, más furiosamente.

Y al punto, arrancando de nuevo, pasó por Saint-Sever, por el muelle de Curandiers, por el de Meules; una vez más, por el puente, por la plaza del Campo de Marte y por detrás de los jardines del hospital, donde los ancianos, vestidos de negro, tomaban el sol, paseando a lo largo de un terraplén enverdecido por la hiedra. Llegó al bulevar Bouvreil, atravesó el bulevar Cauchois y luego el de Mont-Riboudet hasta la cuesta de Deville.

Volvió grupas, y entonces, al azar y sin rumbo fijo, fue de un lado para otro. Estuvo en Saint-Paul, en Lescure, en el monte Gargan, en la Rouge-Mare, en la plaza del Gaillard-Bois, en las calles Mahadrerie y Dinanderie, en Saint-Romain, Saint-Vivien, Saint-Maclou, Saint-Nicaise, en la Aduana, en la Basse-Vieille-Tours, en las Trois-Pipes y en el cementerio monumental. El cochero lanzaba de cuando en cuando desesperadas miradas a las tabernas y no comprendía el furor locomotivo de aquellos individuos que no querían detenerse. Trató de hacerlo algunas veces, y al punto oíanse a sus espaldas coléricas exclamaciones, y entonces arreaba de firme a los sudorosos pencos, sin preocuparse de los traqueteos, dando vueltas de un lado para otro, desmoralizado, indiferente y casi llorando de sed, de fatiga y de tristeza.

Y en el puerto, entre los cajones y barricas, y en las calles, junto a los guardacantones, las gentes quedábanse asombradas y ojiabiertas ante un tan inusitado espectáculo para aquella ciudad, como era el de ver pasar una y otra vez a un coche con las cortinillas echadas, cerrado a machamartillo y balanceándose como un barco.

Una de las veces, a eso de mediodía y en pleno campo, a punto en que el sol centellaba con más fuerza en los viejos y argentados faroles, una desguantada mano deslizose por entre las cortinillas de amarillenta tela y arrojó unos pedacitos de papel, que se dispersaron por el aire y fueron a caer, algo más lejos, como níveas mariposas, sobre un campo de florecidos y rojos tréboles.

Luego, cerca de las seis, el cochero se detuvo en una calleja del barrio Beauvoisine y apeose una mujer, la cual, cubierto el rostro por un velo, desapareció sin volver la cabeza.

II

La Bovary, al llegar a la hospedería y encontrarse sin la diligencia, se asombró. Hivert, tras de aguardar a Emma cincuenta y tres minutos, había acabado por irse sin ella.

Nada la obligaba a marcharse; pero había dado su palabra de que regresaría aquella misma noche. Además, Carlos la aguardaba y comenzaba ya a sentir esa dócil mansedumbre que es, para bien de las mujeres, castigo y rescate, a un tiempo mismo, del adulterio.

Hizo la maleta a toda prisa, pagó la cuenta, tomó un coche en la plaza, y azuzando al cochero, animándole, preguntando a cada instante la hora y los kilómetros recorridos, consiguió dar alcance a *La Golondrina* ante las primeras casas de Quincampaix.

Apenas sentada en un rincón, cerró los ojos, abriéndolos de nuevo al pie de la colina, donde reconoció desde lejos a Felicidad, que permanecía al acecho ante la casa del herrador. Hivert paró los caballos, y la cocinera, empinándose hasta llegar a la ventanilla, dijo misteriosamente:

—Señorita, es necesario que se pase usted ahora mismo por la farmacia. Se trata de un asunto urgente.

En el pueblo reinaba el silencio de costumbre. En las esquinas de las calles había sendos montoncitos rosados, que humeaban, pues era la época de las mermeladas y todo el mundo confeccionaba en Yonville su provisión el mismo día. Pero delante de la botica se admiraba un montón mucho más importante y que sobrepasaba a los otros, como debe sobrepasar el laboratorio a los fogones familiares, y el interés general, a los caprichos individuales.

Emma penetró en la farmacia. El butacón veíase derribado, e incluso *El Faro de Ruán* yacía por tierra, entre los dos morteros. Empujó la puerta del pasillo, y en medio de la cocina, entre oscuras tinajas llenas de desgranadas grosellas, de azúcar molida y en terrones, balanzas sobre la mesa y pucheros en los hornillos, divisó a todos los Homais, grandes y pequeños, con sendos delantales que les llegaban a la barbilla y sendos trinchantes en las manos. Justino, en pie, baja la cabeza, recibía los gritos del farmacéutico.

—¿Quién te ha mandado que anduvieses en el *capharnaum*?

—¿Qué ocurre? ¿Qué pasa? —preguntó Emma.

—¿Qué pasa? —repuso el boticario—. Estamos haciendo mermeladas, comienzan a hervir y a punto de desbordarse, pido otra vasija, y entonces éste, por holgazanería, por pereza, ha cogido la llave del *capharnaum*, suspendida en un clavo en mi laboratorio.

Llamaba Homais *capharnaum* a un desván lleno de utensilios y artículos de su profesión. Allí se pasaba horas y más horas poniendo etiquetas, atando y trasegando, y lo consideraba no como simple almacén, sino como un verdadero santuario, del que salían, elaborados por sus manos, toda suerte de jarabes, píldoras, lociones y pociones, que extendían su celebridad por los aledaños. Nadie ponía allí los pies, y él mismo lo barría; tal era el respeto que le inspiraba. Y si la botica, abierta para todos, era el sitio donde sentábase su orgullo, el *capharnaum* era el paraje donde, concentrándose egoístamente, se deleitaba Homais en el ejercicio de sus predilecciones; de aquí que la ligereza de Justino se le antojase una irreverente monstruosidad y que repitiese, encendido como las grosellas:

—¡Sí, del *capharnaum*! ¡La llave que guarda los ácidos y los álcalis! ¡Ir a coger una vasija reservada! ¡Una vasija con tapadera, de la que nunca quizá me hubiese servido! ¡Todo tiene su importancia en las delicadas operaciones de nuestro arte! ¡Qué diantre! ¡Es preciso establecer distinciones y no emplear en los usos casi domésticos lo que está destinado a los menesteres farmacéuticos! Es como si se pretendiera descuartizar una gallina con escalpelo, como si un magistrado...

—¡Cálmate! —le decía su esposa.

Y Atala, tirándole de la levita, exclamaba:

—¡Papá! ¡Papá!

—¡No! ¡Déjenme! ¡Déjenme, cáspita! ¡Por vida mía! ¡Pues ni que esto fuera una tienda de ultramarinos! ¡Vamos, hombre! Este muchacho no respeta nada: rompe, destroza, deja escapar las sanguijuelas, quema el malvavisco, escabecha los pepinillos en los botes y desgarra las vendas.

—Según creo, tenía usted... —dijo Emma.

—¡Ahora mismo! ¿Sabes a lo que te exponías? ¿No has visto nada en el rincón de la izquierda, sobre el tercer anaquel? ¡Habla, responde, di cualquier cosa!

—No..., no sé —balbució el muchacho.

—¡Ah! ¡No sabes! ¡Pues yo, sí! Habrás visto un tarro de cristal azul, lacrado con lacre amarillo, que contiene unos polvos blancos y en el que yo he puesto una etiqueta con este letrero: «¡Peligroso!». ¿Y sabes lo que hay dentro de ese tarro? ¡Arsénico! ¡Y se te ocurre tocar eso! ¡Y coges una vasija que estaba al lado!

—¡Al lado! —exclamó la señora de Homais, juntando las manos—. ¡Arsénico! ¡Has podido envenenarnos a todos!

Y los niños comenzaron a gritar todos como si sintieran ya en sus entrañas horribles dolores.

—¡O envenenar a un enfermo! —prosiguió el boticario—. ¿Es que pretendes verme en el banquillo de los acusados? ¿Arrastrarme al patíbulo? ¿No has visto el gran cuidado que pongo, a pesar de mi enorme práctica, en todas las preparaciones? Con frecuencia, cuando pienso en mi responsabilidad, yo mismo me asusto, porque el gobierno nos persigue, y la absurda legislación que padecemos viene a ser como una espada de Damocles suspendida sobre nuestras cabezas.

Emma no pensaba ya en para qué la querría el boticario, y éste proseguía su filípica con entrecortado acento:

—¡Así es como agradeces las bondades de que te colmo! ¡Así es como recompensas los paternales cuidados que te prodigo! ¿Qué sería de ti, qué harías sin mi apoyo? ¿Quién te proporciona la comida, el traje, la educación y todos los medios necesarios para que el día de mañana puedas figurar honrosamente en sociedad? Para conseguir esto hace falta echar los bofes sobre el yunque y encallecerse las manos. Fabricando *fit haber, age quad ogis*.

E hizo esta cita en latín —tal era su exasperación—, como pudo hacerla, de saberlo, en chino o en groenlandés, pues era presa de una de esas crisis en las que el alma descubre cuanto lleva dentro, como el océano que se entreabre, durante la tempestad, desde las algas de sus orillas hasta las arenas de sus abismos.

Y prosiguió:

—¡Comienzo a arrepentirme sobremanera de haberme hecho cargo de tu persona! ¡Preferible hubiera sido dejar que te pudrieses en tu miseria y en la pobreza de donde saliste! ¡Sólo sirves para guardar puercos! ¡No tienes aptitud ninguna para la ciencia! ¡Apenas si sabes pegar una etiqueta! ¡Y vives aquí, en mi casa, regodeándote como un canónigo, como perita en tabaque!

Emma, volviéndose a la señora de Homais, dijo:

—Me han hecho venir...

—¡Ay! ¡Dios mío! —interrumpió con aire triste la buena señora—. ¿Cómo se lo diría yo?... ¡Es una desgracia!

No pudo concluir. El boticario seguía tronando:

—¡Vacíala! ¡Friégala! ¡Llévala a su sitio! ¡Date prisa!

Y sacudiendo a Justino por el cuello de la blusa hizo caer del bolsillo de éste un libro.

El muchacho se agachó; pero Homais, adelantándose, apoderose del volumen, contemplándolo desorbitados los ojos y boquiabierto.

—*El amor... conyugal* —leyó separando lentamente las dos palabras—. ¡Muy bien! ¡Muy bien! ¡Preciosísimo! ¡Y con ilustraciones!... ¡Esto es ya demasiado!

La boticaria se adelantó:

—¡No; no lo toques!

Los niños quisieron ver los dibujos.

—¡Váyanse! —dijo Homais imperiosamente.

Y salieron.

Homais anduvo primeramente de un lado para otro, a grandes pasos, con el abierto volumen en la diestra, inquietos los ojos, sofocado, encendido, apoplético. Luego avanzó hacia su discípulo, y cruzándose de brazos ante él, habló de esta suerte:

—¡Así pues, desgraciado, no tienes más que vicios!... ¡Ten mucho ojo!... ¡Estás al borde de un abismo!... ¿No se te ha ocurrido pensar que ese infame libro podía caer en manos de mis hijos, prender en sus cerebros, manchar la pureza de Atala y corromper a Napoleón, que es ya un hombrecito? ¿Estás seguro, al menos, de que no lo han leído? ¿Puedes asegurarme...?

—En fin, señor Homais —dijo Emma—: usted tenía que decirme...

—Es cierto, señora... ¡Su suegro ha muerto!

En efecto, el señor Bovary padre había muerto de repente la antevíspera, víspera de una apoplejía, al levantarse de la mesa. Carlos, para evitarle una tan fuerte impresión a Emma, rogole al boticario que con las naturales precauciones le diera a conocer aquella horrible noticia.

Homais había meditado, redondeado, pulido y acicalado su discurso, haciendo una obra maestra de prudencia y tacto, de delicadeza y finura; pero la cólera arrolló a la retórica.

Emma, sin querer saber más detalles, abandonó la farmacia, pues el señor Homais entregose de nuevo a sus vituperaciones. Fue, no obstante, calmándose, concluyendo por rezongar con paternal acento, a la vez que se abanicaba con su gorro griego:

—Y no es que yo rechace de plano este libro. El autor es un médico, y en este libro hay ciertas cosas científicas que debe conocer, que le es necesario conocer, me atrevería a decir, a un hombre. Pero más adelante, más adelante.

Aguarda, por lo menos, a que seas hombre, a que se complete tu temperamento.

Al aldabonazo de Emma, Carlos, que la esperaba, adelantose con los brazos abiertos y dijo con conmovido acento:

—Oh, amiga mía.

Y suavemente se inclinó para besarla; pero Emma, al sentir el contacto de su boca, recordó al otro, y estremeciéndose, se pasó la mano por el rostro. No obstante, repuso:

—Sí; ya sé..., ya sé.

Carlos le enseñó la carta en la que su madre, sin hipocresía sentimental alguna, narraba el acontecimiento. Lo único que apenaba a la buena señora era que su marido hubiese fallecido sin recibir los auxilios de la religión, puesto que la muerte le había sorprendido en una calle de Doudeville, en el umbral de un café, después de un banquete patriótico al que asistieron unos cuantos veteranos.

Emma devolviole la carta, y luego, a la hora de la comida, para cubrir las apariencias, fingió falta de apetito; pero como Carlos la instase a comer, lo hizo resueltamente; en tanto que su marido, frente a ella, permanecía inmóvil y con abatido talante.

De cuando en cuando, levantando la cabeza, le dirigía una insistente mirada, rebosante de angustia, hasta que se atrevió a suspirar:

—¡Hubiera deseado verle!

Emma permaneció callada; mas, como comprendiera que era preciso decir algo, preguntó:

—¿Qué edad tenía tu padre?

—Cincuenta y ocho años.

—¡Ah!

Y a esto se redujo todo.

Un cuarto de hora después añadió Carlos:

—¿Qué va a ser ahora de mi pobre madre?

Emma confesó su ignorancia con un gesto.

Carlos, creyéndola afligida al verla tan taciturna, no se atrevía a decir lo más mínimo para no avivar aquella su supuesta pesadumbre, y desentendiéndose de la suya, preguntó:

—¿Te divertiste mucho ayer?

—Sí.

Cuando quitaron el mantel, Carlos no se levantó ni Emma tampoco. A medida que más contemplaba frente a frente a su marido, la monotonía del espectáculo iba destellando más y más de su corazón todo asomo de piedad. Le parecía mezquino, débil, inútil, un pobre hombre, en fin. Mas ¿cómo desembarazarse de él? ¡Qué interminable velada! Algo rarísimo, como un vapor de opio, la embargaba.

Oyeron en el vestíbulo el seco golpear de un palo sobre el suelo. Era Hipólito, que traía el equipaje de la señora. Para colocarlo en el suelo tuvo que describir trabajosamente con su pierna de palo un cuarto de círculo.

«¡Ni siquiera se acuerda ya de lo sucedido!», decíase Emma, contemplando al pobre diablo, de cuya rojiza y abundante pelambrera chorreaba el sudor.

Bovary buscaba en el fondo de su bolsa una moneda, sin que, al parecer, se percatara de todo lo que para él tenía de humillante la sola presencia de aquel hombre, erguido allí como un reproche vivo de su irremediable ineptitud:

—¡Calla! ¡Qué ramo más bonito! —exclamó, al descubrir sobre la chimenea las violetas de León.

—Sí —dijo Emma con indiferencia—; se lo he comprado hace poco... a una mendiga.

Carlos apoderose de las violetas, y refrescando en ellas sus ojos, enrojecidos por las lágrimas, las olía delicadamente. Emma, arrebatándoselas con presteza, las colocó en un vaso con agua.

Al día siguiente llegó la viuda de Bovary. Madre e hijo lloraron mucho, y Emma, pretextando ocupaciones, se quitó de en medio.

Al otro día fue preciso ocuparse de los lutos, y sentáronse con la caja de labores a orillas del agua, bajo el cenador.

Carlos pensaba en su padre y se asombraba de sentir tanto cariño por un hombre al que hasta entonces había creído amar muy escasamente. La viuda pensaba en su marido. Los peores días pasados antojábansele envidiables. Todo se borraba bajo el instintivo pesar de una tan larga costumbre, y de cuando en cuando, en tanto empujaba la aguja, una gruesa lágrima descendía a lo largo de su nariz y manteníase en ella por un momento suspendida. Emma pensaba en que apenas hacía cuarenta y ocho horas que se hallaban juntos, lejos del mundo, embriagados y absortos en la recíproca admiración. Pretendía resucitar los más imperceptibles detalles; pero estorbábaselo la presencia de la suegra y del marido. Hubiese deseado no oír nada, no ver nada, a fin de no turbar el recogimiento de su amor, que iba perdiéndose, a pesar suyo, bajo las sensaciones exteriores.

Descosía el forro de un vestido, cuyas hilachas desparramábanse a su alrededor, la viuda, sin levantar los ojos, hacía sonar las tijeras, y Carlos, con sus zapatillas de orillo y su viejo y oscuro levitón, que le servía de batín, permanecía, silencioso también, con ambas manos en los bolsillos. Junto a ellos, Berta con un delantalillo blanco, rasaba con su pala la arena de los senderos.

De pronto vieron penetrar por la verja al comerciante señor Lheureux.

Venía a ofrecer sus servicios en vista del fatal acontecimiento. Emma repuso que no le necesitaba para nada; pero el comerciante no se dio por vencido.

—Perdónenme —dijo—; desearía hablar reservadamente con ustedes.

Y luego, en voz baja:

—Es algo relativo al asunto... Ya saben ustedes.

Carlos ruborizose hasta las orejas.

—¡Ah! Sí..., efectivamente.

Y en su turbación, volviéndose a su mujer, dijo:

—¿No podrías tú...?

Emma pareció comprenderle, pues se levantó. Y Carlos dijo a su madre:

—No es nada; sin duda alguna, se trata de una pequeñez casera.

Y habló así porque no quería, temiendo sus censuras, que conociese lo del pagaré.

Una vez solos, el señor Lheureux felicitó a Emma por la herencia, y luego habló de cosas indiferentes: de espalderas, de recolecciones y de la propia salud, que era siempre así, así, bastante regularcilla. En efecto, se daba unas trabajeras de dos mil demonios, aunque no hiciese, a pesar de lo que se decía, más que sacar para ir tirando.

Emma le dejaba hablar. ¡Aburríase tan prodigiosamente desde hacía dos días!

—Y usted, ¿se encuentra ya completamente restablecida? —prosiguió—. He visto a su marido en un grave apuro. Es una excelente persona, no obstante las diferencias que nos separaron.

Emma, a quien Carlos ocultó la disputa sobre lo de las maletas, quiso saber a qué diferencias aludía.

—¡Demasiado lo sabe! —repuso Lheureux—. Motivó la cosa aquel antojo de usted..., los artículos de viaje.

Habíase echado el sombrero sobre las cejas, y sonriendo y silbando por lo bajo y con las manos cruzadas detrás, la miraba de frente y con harto descaro. ¿Sospechaba algo? Emma hundíase en un mar de conjeturas. Lheureux prosiguió:

—Nos hemos reconciliado y venía a proponerle un arreglo.

Consistía éste en renovar el pagaré firmado por Bovary. Y aunque, por lo demás, podía proceder como le conviniera, no debía atormentarle, sobre todo ahora que iba a verse muy apurado.

—Y hasta sería convenientísimo que le ayudara alguien, usted, por ejemplo; nada más cómodo que el conferimiento de un poder; de este modo podríamos realizar juntos algunos negocios...

Emma no comprendía. Lheureux callose, y a poco, volviendo a lo suyo, declaró que la señora estaba obligada a comprarle alguna cosita. Le enviaría doce metros de lana para que hiciese un vestido.

—Ese que tiene ahí está bien para la casa; pero necesita otro para ir de visitas. Como tengo mirada de lince, apenas entré, vi lo que tenía usted entre manos.

No envió, sino que él mismo llevó la tela; luego presentose para medirla; volvió a ir con diferentes pretextos, tratando en todas sus visitas de mostrarse afable, servicial, enfeudándose —como hubiera dicho Homais— y deslizando en toda ocasión a Emma tal cual consejo sobre el poder. En cuanto al pagaré, ni una palabra. Emma tampoco se acordaba de semejante cosa. Carlos, al principio de la convalecencia, le dijo algo a este respecto; pero fueron tantas las agitaciones que cruzaron por la cabeza de ella, que ya no recordaba nada. Por otra parte, puso empeño en no entablar discusión alguna de importancia, cosa ésta que sorprendió a la viuda, atribuyendo aquel cambio de humor a los sentimientos religiosos que durante la enfermedad contrajera.

Pero en cuanto la viuda se fue, Emma no tardó en maravillar a Bovary con su buen sentido práctico. Era necesario tomar informes, comprobar las hipotecas, ver si había lugar a una almoneda o a una liquidación. Citaba al azar términos técnicos, pronunciaba las sagradas palabras de orden, de porvenir, de previsión, y de continuo exageraba las molestias que una herencia ocasiona, hasta que un día le presentó el modelo de un poder general para «manejar y administrar sus bienes, hacer préstamos, firmar y endosar pagarés, pagar toda clase de cuentas, etc.».

Había aprovechado las lecciones de Lheureux.

Carlos, ingenuamente, quiso enterarse de dónde procedía aquel papel.

—Del señor Guillaumin.

Y con la mayor sangre fría del mundo añadió:

—No me fío mucho de esto. ¡Tienen tan mala fama los notarios! Acaso sea preciso consultar... Sólo conocemos... ¡Oh! A nadie.

—A menos que León... —repuso Carlos, que reflexionaba.

Pero iba a ser difícil entenderse por cartas. Emma se ofreció entonces a hacer el viaje. Carlos, aunque agradeciéndolo mucho, no quiso aceptar el ofrecimiento. Ella insistió. Fue aquello un asalto de cumplidos.

Finalmente, Emma, con acento de fingida testarudez, exclamó:

—Nada. Iré. Concédeme ese favor.

—¡Qué buena eres! —dijo Bovary, besándola en la frente.

Al día siguiente encajonose en *La Golondrina* con rumbo a Ruán, donde permaneció tres días consultando a León.

III

Fueron tres días admirables, exquisitos, espléndidos: una verdadera luna de miel. Instaláronse en el Hotel de Boloña, junto al puerto, y vivían allí sin abrir puertas ni ventanas, con flores por el suelo y helados almíbares que les llevaban por las mañanas.

Al atardecer cogían una barca cubierta y se iban a comer a una isla.

Era la hora en que a orillas de los astilleros se oye resonar el mazo de los calafates en el casco de los buques. La brea humeaba por entre los árboles, y en el río se veían grasientas redondeces, que flotaban, ondulando bajo el purpúreo matiz del sol, como placas de bronce florentino.

Descendían por entre los amarrados buques, cuyos largos y oblicuos cables rozaban ligeramente la techumbre de la barca.

El rodar de los carros, el tumulto de las voces, los ladridos de los perros en los puentes de los buques, los rumores todos de la ciudad íbanse insensiblemente apagando. Una vez en la isla, Emma desatábase el sombrero.

Penetraban en la sala de un merendero, de cuya puerta pendían foscas redes. Comían pescado frito, natillas y cerezas; tendíanse sobre la hierba; se besaban a escondidas bajo los álamos, y hubieran querido, como dos Robinsones, vivir perpetuamente gozando de su felicidad en aquel recogido paraje, el más extraordinario de la tierra para ellos. No era la primera vez que vislumbraban árboles y un cielo azul y césped, ni la primera tampoco que oían deslizarse el agua y el soplar de la brisa entre las hojas; pero jamás, sin duda, habíanse parado a admirar todo aquello, como si la naturaleza no existiese antes, o como si hubiera comenzado a mostrarse atractiva después del saciamiento de sus deseos.

Regresaban por la noche. A orillas de las islas deslizábase la barca, en cuyo fondo permanecían los dos hundidos en la sombra y en el silencio. Los cuadrados remos sonaban entre los férreos postigos, y ello ponía en el silencio como un latir de metrónomo, mientras que en la popa no cesaba el continuado y suave murmurar del timón.

Una de las veces apareció la luna, y con tal motivo prodigáronse las frases de cajón, encontrando al astro melancólico y lleno de poesía; y Emma llegó al extremo de cantar:

> Una noche, ¿te acuerdas?,
> bogábamos los dos...

Su armonioso y delicado acento perdíase en las olas, y la brisa arrastraba los gorjeos que León oía deslizarse a su alrededor como un batir de alas.

Emma manteníase de frente, apoyada en el tabique de la barca, donde irrumpía la luz de la luna por uno de los abiertos ventanillos. Su negro traje, cuyos paños abríanse en forma de abanico, la adelgazaban y hacían más alta.

Llevaba levantada la cabeza, juntas las manos y los ojos fijos en el cielo. La sombra de los sauces ocultábase a veces por completo; pero de pronto reaparecía como una visión, envuelta por la luz de la luna.

León, en el suelo, junto a ella, tropezó con sus manos una cinta de seda roja.

El barquero, tras de examinarla, dijo:

—Quizá sea de una partida que paseé el otro día. La formaban un montón de cómicas y cómicos y traían dulces, champaña, instrumentos y todo el jaleo correspondiente. Entre ellos, sobre todo, había un buen mozo de bigotillo que era la mar de chistoso, y al que le decían: «Vamos, cuéntanos algo..., Adolfo..., Rodolfo...». Una cosa así.

Emma se estremeció.

—¿Te sientes mal? —dijo León, acercándose a ella.

—¡Oh, no es nada! El relente, sin duda.

—Y que tampoco debe de carecer de mujeres —añadió suavemente el viejo barquero, creyendo halagar a su parroquiano.

Luego, escupiéndose las manos, volvió a empuñar los remos.

La separación se imponía, sin embargo. La despedida fue triste. León enviaría sus cartas a casa de la nodriza, encargándole ella muchísimo que no se olvidara del doble sobre, astucia amorosa ésta que hubo de admirar sobre manera a León.

—De manera que todo está bien, ¿no es eso? —dijo al besarle por última vez.

—Sí; efectivamente.

«Pero ¿por qué —pensó, ya de regreso— tiene tanto empeño en tener ese poder?».

IV

León adquiría a poco ante sus compañeros un cierto aire de superioridad, absteniéndose de su compañía y descuidando por completo sus quehaceres.

Aguardaba las cartas de Emma; leíalas y releíalas, y las contestaba evocando al ser amado con toda la fuerza de su deseo y de sus recuerdos. Aquella ansia por volverla a ver, en lugar de disminuir con la ausencia, acrecentose de tal modo, que un sábado por la mañana se escapó del despacho.

Cuando desde lo alto de la colina vislumbró en el valle al campanario de la iglesia, con su veleta girando al viento, experimentó ese deleite, mezclado de triunfadora vanidad y de egoísta enternecimiento, que deben de experimentar los millonarios cuando visitan su pueblo nativo.

Rondó en torno de la casa. En la cocina brillaba una luz; acechó su sombra tras de las cortinas, pero nadie apareció.

La señora Lefrançois, al verle, hizo grandes aspavientos y le encontró «alto y delgado»; a Artemisa pareciole, por contra, «recio y amorenado».

Comió, como otras veces, en el comedorcito; pero a solas, sin el recaudador, y ello porque Binet, cansado ya de aguardar la llegada de *La Golondrina*, había decidido comer una hora antes, haciéndolo, por tanto, a las cinco en punto, y aun así era frecuente oírle afirmar que el viejo cascajo se retrasaba.

León, decidiéndose, al fin, encaminose a casa del médico y llamó. Emma hallábase en su habitación y no se presentó hasta un cuarto de hora después; Carlos pareció alegrarse mucho de verle, pero no se movió de allí en toda la noche, y lo mismo hizo al siguiente día.

La vio a solas por la noche, muy tarde, a espaldas del jardín, en la callejuela —¡en la callejuela, como el otro!—. La noche era tempestuosa y hablaron bajo un paraguas, a la luz de los relámpagos.

La idea de la separación se les hacía insufrible.

—¡Antes morir! —exclamaba Emma.

Y bañada en lágrimas, retorcíase en sus brazos.

—¡Adiós!... ¡Adiós!... ¿Cuándo volveré a verte?

Volvieron sobre sus pasos para besarse de nuevo, y Emma, entonces, le hizo la promesa de buscar, fuese como fuese, la ocasión de entrevistarse con toda libertad y de un modo permanente una vez a la semana por lo menos. Estaba segura de conseguirlo. Hallábase esperanzadísima, por otra parte. Iba a recibir dinero.

Debido a esto compró para su cuarto unas cortinas amarillas con anchas franjas, cuya baratura habíale elogiado Lheureux; quiso una alfombra, y el comerciante, tras de afirmar «que aquello no era una cosa del otro jueves», comprometiose cortésmente a proporcionarle una. Emma no podía ya pasarse sin sus servicios. Enviaba a buscarle veinte veces al día, y el comerciante planteaba inmediatamente sus negocios sin permitirse rechistar. Tampoco acertaba nadie a comprender por qué motivo la ex nodriza almorzaba en casa de ella a diario ni por qué la visitaba particularmente.

Hacia esta época, es decir, a principios de invierno, Emma sintiose acometida por un verdadero ardor musical.

Una noche, escuchándola Carlos, comenzó por cuatro veces el mismo trozo, enojándose por ello, en tanto que Carlos, sin percatarse de lo mal que lo hacía, exclamaba:

—¡Bravo!... ¡Muy bien!... ¡Vamos! ¿A santo de qué te incomodas?

—No digas eso. Lo hago muy mal. Tengo los dedos como enmohecidos.

Al día siguiente, su marido le rogó que tocase alguna cosita.

—Bueno; tocaré por complacerte.

Y Carlos reconoció que no tocaba tan bien como antes. Vacilaba, se perdía. A la postre, deteniéndose de pronto, exclamó:

—¡Ea, esto se ha acabado! Será preciso que tome algunas lecciones. El caso es que...

Mordiose los labios y añadió:

—Veinte francos por lección es demasiado caro.

—Sí; en efecto..., un poco caro es... —dijo Bovary, sonriendo estúpidamente—. Pero me parece que acaso pudieras por menos dinero. Hay artistas que carecen de fama y que son preferibles a las notabilidades.

—Pues búscalos —dijo Emma.

Al día siguiente, de vuelta en la casa, Carlos, sin poderse contener, contemplando astutamente a Emma, deslizó esta frase:

—¡Qué testaruda eres algunas veces! Hoy he estado en Barfeuchéres, y la señora Liegeard me ha dicho que sus tres hijas reciben lección, en la Misericordia, de una afamada maestra que sólo lleva diez reales por lección.

Encogiose de hombros Emma y no volvió a abrir más el instrumento. Pero cuando pasaba junto a él y Carlos hallábase presente, murmuraba:

—¡Pobre piano mío!

Y nunca dejaba de decirles a los que iban a verla que había abandonado la música y que no podía dedicarse a ella por razones especiales. Entonces comenzaban las lamentaciones. ¡Era una lástima! ¡Ella, que tenía condiciones tan excelentes para la música! Incluso le hablaron a Bovary y echáronselo en cara, especialmente el farmacéutico.

—¡Padece usted un error! Las facultades naturales no deben desatenderse nunca. Tenga en cuenta, además, mi buen amigo, que incitando ahora a su señora al estudio economiza usted para cuando llegue el momento de educar musicalmente a su hija. Soy de opinión que las madres deben instruir por sí mismas a sus hijos. Ésta es una idea de Rousseau; acaso un poco nueva, pero que acabará por triunfar, estoy seguro de ello, como el amamantamiento materno y la vacunación.

Carlos volvió otra vez a insistir en lo del piano, y Emma, con acritud, repuso que era preferible venderlo. Pero para Carlos, el desprenderse de aquel piano, que tantas vanidosas satisfacciones le proporcionara, era como perder para siempre algo de ella.

—Si quisieras... —decía de cuando en cuando—. Una lección, después de todo, no nos arruinaría.

—Pero para que las lecciones aprovechen —replicaba ella—, es preciso insistir.

Y he aquí cómo se las compuso para obtener que su marido le permitiera ir a la ciudad a entrevistarse con su amante. Y al cabo de un mes, incluso se creyó que había hecho grandes progresos.

V

El viaje era los jueves. Emma levantábase y se vestía
sin hacer ruido para no despertar a Carlos, quien de seguro la reñiría por levantarse tan temprano. Enseguida comenzaba a pasear de un lado para otro, asomándose a la
ventana y contemplaba la plaza. La luz de amanecer deslizábase por entre los pilares del mercado, y la casa del farmacéutico, cuyas ventanas permanecían cerradas, mostraba, en el desvanecimiento de la aurora, las mayúsculas de
su muestra.

A las siete y cuarto dirigíase a El León de Oro, cuyas
puertas le abría Artemisa, bostezando; después, y para que
la señora se calentara, removía el fuego. Emma se quedaba
sola en la cocina, abandonándola de cuando en cuando.
Hivert, sin darse prisa, enganchaba, sin dejar de oír a la
señora Lefrançois, la cual, asomada a un ventanillo la cabeza y tacada con un gorro de dormir, dábale encargos
y explicaciones capaces de marear a cualquier otro que
no fuera Hivert. Emma golpeaba el suelo con su piececito
mientras tanto.

Por último, una vez que había trasegado la sopa, puesto el capote, encendido la pipa y empuñado el látigo, se
instalaba tranquilamente en el pescante.

La Golondrina partía al trote, e íbase parando de trecho en trecho, durante los primeros tres cuartos de legua, para recoger a los viajeros que, en pie en la cuneta del camino, ante las tapias de los corrales, acechaban su paso. Los que habían avisado la víspera hacíanse aguardar, y algunos hasta permanecían metiditos en sus lechos; Hivert llamábalos, gritaba, juraba, y a la postre tenía que descender del pescante y aporrear las puertas. El aire se colaba por las resquebrajadas portezuelas.

Llenábanse, no obstante, los asientos, rodaba el coche, las ringleras de manzanos se sucedían y la carretera, encajonada entre dos largos fosos de amarillentas aguas, perdíase, estrechándose, en el horizonte.

Conocíala Emma de una a otra punta; sabía que tras el herbazal, a continuación, un olmo, y una troje o caseta de peón caminero después. E incluso algunas veces, a fin de producirse una sorpresa, cerraba los ojos; pero nunca dejaba de tener la sensación de la distancia que quedaba por recorrer.

Finalmente, aparecían las casas de ladrillos, el pavimento resonaba bajo las ruedas, y *La Golondrina* deslizábase por entre jardines, en los que, a través de las verjas, se advertían estatuas, viñedos, bojes recortados y columpios. Luego, y de pronto, surgía la ciudad.

Dispuesta en anfiteatro y hundida en la niebla, extendíase, por lo confuso, hasta más allá de los puentes. La llanura ascendía después con monótona ondulación, hasta tocar, en los confines, el pálido e indeciso borde del cielo. El paisaje, por tanto, visto desde arriba, tenía la inmovilidad de una pintura. Las ancladas embarcaciones amontonábanse en un rincón; el río se curvaba al pie de las verdecidas

345

colinas, y las islas, de forma oblonga, dijéranse enormes y foscos peces detenidos sobre las aguas. Las chimeneas de las fábricas lanzaban espesos e inmensos penachos negruzcos, que dilatábanse en lo alto. Se oía el zumbido de las fundiciones y el sonoro repicar de las iglesias, que erguían su mole en medio de la bruma. Los árboles de los bulevares, sin hojas, eran como manchas violetas entre las casas, y los tejados, resplandecientes, por la lluvia, fulguraban desigualmente, según la altura de los barrios. A las veces, una ráfaga de viento empujaba las nubes hacia Santa Catalina, como ondas aéreas que rompiéranse en silencio contra un acantilado.

Para Emma desprendíase un algo vertiginoso de aquellas amontonadas existencias y henchíasele exageradamente el corazón, como si las ciento veinte mil almas que palpitaban allí le hubiesen enviado, todas a un tiempo mismo, el hálito de las pasiones que ella les suponía. Su amor se adecentaba ante el espacio y enardecíase con los vagos murmullos que llegaban, y este su ardor hacíalo extensivo a plazas, paseos y calles, y de aquí que la vieja ciudad normanda apareciera ante sus ojos como una capital enorme, como una Babilonia en la que irrumpía ella. Inclinábase sobre la ventanilla para aspirar el aire; galopaban los tres caballos; rechinaban las piedras en el lodo; balanceábase la diligencia, e Hivert, de lejos, daba gritos a los carros que iban por la carretera, mientras que los ciudadanos que habían pasado la noche en el Bois-Guillaume descendían tranquilamente por la cuesta en sus cochecitos familiares.

Parábase en la barrera; Emma se quitaba los zuecos, se ponía otros guantes, se arreglaba el chal, y veinte pasos más lejos descendía de la diligencia.

Comenzaba a despertar la ciudad. Los dependientes, tocados con sus gorras, limpiaban las fachadas de las tiendas, y en las esquinas de las calles, unas mujeres con unos canastos apoyados en las caderas lanzaban sonoros gritos. Emma caminaba con los ojos fijos en el suelo, al hilo de las casas, y sonriendo de placer bajo la negrura de su echado velillo.

Generalmente, por miedo a ser vista, no tomaba el camino más corto. Hundíase por las callejuelas sombrías y llegaba sudorosa hacia lo último de la calle Nacional, junto a la fuente que hay en ella; aquél era el barrio del teatro, de los cafetines y de los lupanares. Con frecuencia pasaba junto a Emma un carro cargado de decoraciones temblequeantes. Mozos con mandiles vertían arena en las losas, entre los verdes arbustos. Olía aquello a ajenjo, a tabaco y a mariscos.

Torcía una calle y reconocía a León por la rizada cabellera, que escapábasele bajo el sombrero.

León continuaba su camino por la acera; ella le seguía, y él subía, abría la puerta y entraba... ¡Cómo se abrazaban!

Y atropelladamente, tras de los besos, surgían las palabras. Contábanse las pesadumbres sufridas durante la semana, los presentimientos, las inquietudes originadas por las epístolas; luego, dándolo todo al olvido, mirábanse frente a frente, sonriendo con voluptuosidad, prodigándose ternezas.

El lecho era uno de esos enormes lechos de caoba en forma de barquilla. Las cortinas, de levantina roja, recogíanse demasiado abajo, junto a la ensanchada cabecera, y nada tan atractivo como aquel su moreno rostro y aquel su blanco cutis, destacándose sobre el empurpurado matiz, cuando, con pudoroso gesto, cruzaba los desnudos brazos para ocultar entre sus manos el rostro.

La tibia estancia, con su modesta alfombra, su alegre ornamentación y su apacible luz, parecía hecha a propósito para las intimidades amorosas. Las barras terminadas en punta, los alzapaños de cobre y las gruesas bolas de los morillos, cuando el sol penetraba, relucían súbitamente. En la chimenea, entre los candelabros, había dos de esas grandes y sonrosadas caracolas marinas, en las que, si se acercan al oído, parece percibirse el rumor de la mar.

¡Cuánto cariño teníanle a aquella agradable estancia, rebosante de alegría, a pesar de su esplendor un poco ajado! Encontrábanse siempre los muebles en el mismo sitio, y algunas veces, al pie del reloj, las horquillas que Emma olvidara el jueves antes. Comían junto al fuego, en un veladorcito incrustado de palisandro. Emma cortaba los manjares y servía a León, charlando con mimosa coquetería, y se daba a reír, con sonora y libertina risa, cuando la espuma del champaña desbordábase de la liviana copa y caía sobre sus anillos. De tal modo se abismaban en la posesión de sí mismos, que se creían en su casa particular, en la que hasta la hora de la muerte y como un joven matrimonio deberían vivir. Decían nuestro cuarto, nuestra alfombra, nuestros sillones, y Emma llegaba a decir mis chinelas, un regalo de León, un caprichito que ella había tenido. Las tales chinelas eran de raso rosa, bordadas de plumas de cisne. Cuando Emma sentábase en las rodillas de León, como la pierna quedábase colgando en el aire, el lindo escarpín pendía solamente de los dedos del desnudo pie

Por vez primera saboreaba León las inefables delicadezas de las femeniles elegancias. Jamás había tropezado aquella gracia de lenguaje, aquel pudoroso cubrirse, aquellas actitudes de adormecida tórtola. Admiraba la exaltación de su espíritu y los encajes de su falda. ¿No era, por otra parte, una mujer de mundo y una mujer casada, una verdadera querida, en fin?

Emma, según se sintiera mística o alegre, parlanchina o taciturna, arrebatada o indolente, iba despertando, evocando en él mil deseos, instintos o reminiscencias. Ella era la enamorada de todas las novelas, la heroína de todos los dramas, esa vaga *ella* de todos los libros de versos. En sus hombros descubría la ambarina color de la *odalisca en el baño*; usaba el largo corpiño de las castellanas feudales; parecíase también a la *pálida mujer de Barcelona*; pero, por encima de todo, era un ángel.

Con frecuencia, al mirarla, le parecía que su alma, escapándose hacia ella, extendíase como una aureola en torno de su cabeza y descendía arrastrada a la blancura de su seno.

Echábase al suelo, delante de ella, y con los codos en las rodillas, alta la frente y sonriendo, la contemplaba.

Y ella inclinábase sobre él, murmurando con embriagador transporte:

—¡Oh! ¡No te muevas! ¡No hables! ¡Mírame! ¡Brilla en tus ojos una luz tan dulce, una luz que me hace tanto bien!

Le llamaba niño:

—Niño, ¿me amas?

Y besábale con tal precipitación, que apenas si oía la respuesta.

Sobre el reloj había un pequeño Cupido de bronce, que hacía muecas, arqueando los brazos bajo una dorada guirnalda. Muchas veces se rieron de él; pero cuando llegaba la hora de la separación todo se les antojaba serio.

Inmóviles y frente a frente, se repetían:

—¡Hasta el jueves!... ¡Hasta el jueves!

Emma, de pronto, cogíale la cabeza entre las manos y, besándole con presteza en la frente, decía: «¡Adiós», y se lanzaba a la escalera.

Dirigíase por la calle de la Comedia a casa de un peluquero para arreglar los aladares. Anochecía, y comenzaban a encenderse las luces de las tiendas.

Oía la campana del teatro, que llamaba a los cómicos para trabajar, y veía pasar, frente a ella, hombres de pálido rostro y mujeres de ajados atavíos, que penetraban por la puerta del escenario.

En la peluquería —una salita de techo demasiado bajo—, en la que crepitaba la estufa, en medio de las pelucas y las pomadas, hacía mucho calor. El olor de las tenacillas, unido al de las grasientas manos que urgaban su cabellera, no tardaban en aturdirla, y a poco adormecíase bajo su peinador. El oficial con frecuencia le ofrecía, mientras la peinaba, billetes para el baile de máscaras.

Salía de allí; atravesaba las calles; llegaba a La Cruz Roja; cogía nuevamente sus zuecos, que había escondido por la mañana bajo una banqueta, y acurrucábase en su sitio, entre los impacientes viajeros. Alguno se apeaba al pie de la cuesta, y quedábase sola en el coche.

A cada recodo del camino se percibían más distintamente todas las luminarias de la ciudad, las cuales ponían un ancho y luminoso reguero por encima de los amontonados edificios. Emma arrodillábase en el asiento y hundía sus ojos en aquellos resplandores; sollozaba, llamaba a León y enviábale tiernas palabras y besos, que se perdían en el aire.

En la cuesta, entre las diligencias, había un pobre diablo vagabundo que empuñaba un palo. Vestía miserablemente y su rostro se ocultaba bajo un viejo y desfondado sombrero; cuando se lo quitaba, veíasele, en el lugar de los párpados, dos sanguinolentas y abiertas órbitas, con un cerco carnoso y rojizo, como deshilachado, de las que corrían un humor que coagulábase, formando una verduzca costra, hasta la base de la nariz, cuyas aletas resoplaban convulsivamente. Al hablar erguía la cabeza, riendo con idiota risa, y entonces sus azuladas pupilas, girando sin descanso, iban a ocultarse, del lado de las sienes, en el borde mismo de las sangrientas llagas.

Cuando iba tras de los coches cantaba una cancioncilla:

De un bello día el calor
hace que sueñen las mozas,
a veces, con el amor.

En el resto se aludía a los pájaros, al sol y a la enramada.

Algunas veces, de pronto, aparecía destocado por detrás de Emma, y ésta, retirándose, lanzaba un grito. Hivert se acercaba para tomarle el pelo, incitándole para que adquiriese una barraca en la feria de Saint-Romain, o bien preguntándole, entre risas, cómo le iba con su amiguita.

Frecuentemente, en marcha ya la diligencia, penetraba su cabeza con brusquedad por el ventanillo, en tanto que con el otro brazo se asía, sobre el estribo, entre las salpicaduras de las ruedas. Su voz, en un principio débil y suspirante, se agudizaba después, hundiéndose en la noche como la indistinta lamentación de una vaga angustia, y a través del cascabeleo de las colleras, del murmullo de los árboles y del rechinar del vehículo, descubríase en ella un no sé qué de lejano que trastornaba a Emma. Aquella voz hundíase hasta lo profundo de su alma, como un torbellino en un abismo, arrastrándola por espacios de una ilimitada melancolía. Pero Hivert, al darse cuenta del contrapeso, liábase con el ciego a latigazos, y como éstos restallaran en las llagas, el infeliz, lanzando un rugido, caía en el barro.

Los viajeros, a la postre, acababan por dormirse; los unos, con la boca abierta; baja la cabeza, los otros, bien apoyándose en el hombro del vecino o con el brazo en la correa, meciéndose al compás de los vaivenes. El reflejo del farol, que se balanceaba fuera, sobre la copa de los limoneros, al penetrar en el interior del coche por las cortinillas de achocolatada indiana, ponía sanguinolentas sombras en todos aquellos inmóviles individuos. Emma, transida de tristeza, tiritaba bajo sus ropas y sentía cada vez más frío en los pies y más desilusionada su alma.

Carlos la esperaba en la casa; la diligencia llegaba siempre con retraso los jueves. Al fin aparecía la señora y apenas si acariciaba a Bertita. Aunque la comida no estaba lista, era lo de menos; excusaba a la cocinera. Ahora se le permitía todo a la muchacha.

Con frecuencia, al notar su palidez, preguntábale Carlos si se hallaba enferma.

—No —respondía Emma.

—Te encuentro muy extraña esta noche —replicaba el marido.

—¡No es nada! ¡No es nada!

E incluso algunas veces sucedía que apenas llegaba subíase a su cuarto, y Justino, que hallábase por allí, comenzaba a trajinar silenciosamente, dándose más maña en servirla que una excelente doncella. Colocaba en su sitio las cerillas, la palmatoria, un libro y la camisa de dormir, y preparaba la cama.

Y como permaneciera en pie, caídos los brazos y los ojos muy abiertos, como preso de los innumerables hilos de una súbita soñación, decíale:

—¡Ea! Está bien; puedes marcharte.

La jornada siguiente era horrible, y más intolerables aún las otras, dada la impaciencia que sentía por disfrutar nuevamente de su ventura —indomable deseo inflamado por imágenes conocidas, que estallaba a su sabor, al llegar el jueves, en las caricias prodigadas del amante—. Sus ardores se escondían bajo expansiones de reconocimiento. Emma saboreaba aquel amor de una manera suave y absorta, manteniéndolo con todos los artificios de su ternura, temerosa de perderlo más tarde.

Frecuentemente decíale con voz llena de melancólicas dulzuras:

—¡Me abandonarás!... ¡Te casarás!... ¡Serás como los otros!

—¿Qué otros? —preguntaba el joven.

—Los hombres —respondía ella, y añadía después, rechazándole con lánguido gesto—: ¡Son todos ustedes unos infames!

Un día filosofaba sobre las desilusiones terrenas, y Emma llegó a decir, para poner a prueba su amor, o cediendo acaso a la necesidad de desahogarse, que en otro tiempo, antes que a él, había amado a otro; pero «no como a ti», agregó vivamente, jurando por su hija que no había pasado nada.

Creyola el joven; no obstante, mostró deseos de saber la profesión del tal.

—Era capitán de navío.

¿No era esto prevenir cualquier investigación y al mismo tiempo colocarse muy alto con aquella pretendida fascinación sobre un hombre que debía de ser de naturaleza belicosa y estar acostumbrado a que le obedecieran?

En tal punto percatose el mancebo de la insignificancia de su persona y envidió las charreteras, las condecoraciones y los títulos; cosas eran éstas que debían de agradarle: lo dispendioso de su vida se lo hacía sospechar.

Emma, sin embargo, no descubría muchas de sus extravagancias, y entre ellas, el deseo de poseer, para que la condujera a Ruán, un tílburi azul, tirado por un caballo inglés y guiado por un cochero con altas botas. Justino, al suplicarle que le admitiera como ayuda de cámara, fue el inspirador de semejante capricho, y si el privarse de él no disminuía el goce de la llegada, era de seguro un motivo para aumentar la amargura del regreso.

Frecuentemente, cuando hablaban juntos de París, Emma acababa siempre susurrando:

—¡Oh! ¡Qué bien viviríamos allí!

—¿No somos aquí felices? —respondía suavemente el joven, acariciándole los aladares.

—¡Sí! ¡Es cierto! ¡Qué loca soy! ¡Dame un beso!

Mostrábase más cariñosa que nunca con su marido; le hacía confituras y tocaba el piano después de cenar.

Él se consideraba el más feliz de los mortales, y Emma vivía sin inquietudes, cuando de pronto se preguntó una noche:

—¿No es la señorita Lempereur quien te da lecciones?

—Sí.

—Pues la he visto hace poco —prosiguió Carlos— en casa de la señora de Liegeard, y al hablarle de ti me ha dicho que no te conocía.

Fue aquello como un rayo. No obstante, con el aire más natural del mundo, replicó:

—¡Bah! Sin duda, habrá olvidado mi nombre.

—¿Habrá en Ruán —dijo el médico— varias profesoras de piano que se llamen Lempereur?

—Es posible —y añadió, vivamente—: Mira, aquí tengo sus recibos.

Y dirigiose a la mesa, registró todos los cajones, revolvió los papeles, y acabó por marearse de tal modo, que Carlos la obligó a que no se proporcionara tanto trabajo por aquellos miserables recibos.

—Ya los encontraré —dijo Emma.

En efecto, llegado el viernes siguiente, Carlos, al ponerse las botas en el cuartito donde guardaba sus trajes, sintió una hoja de papel entre el cuero y el calcetín. Apoderose de ella y leyó:

«He recibido la cantidad de sesenta y cinco francos por tres meses de lección y diversos materiales. Felisa Lempereur, profesora de música».

—¿Cómo diablos he podido encontrar esto en mis botas?

—Sin duda —repuso Emma—, se habrá caído de la caja de las facturas que está al borde de la tabla.

Desde aquel instante su existencia fue un tejido de embustes, en el que, como en un velo, envolvía su amor para ocultarlo.

Fue aquello una necesidad, un placer, hasta tal punto, que si había pasado el día antes por la acera derecha de una calle, era preciso creer que había sido por la izquierda.

Una mañana, cuando acababa de partir, con muy poca ropa, según costumbre, comenzó a nevar de pronto. Carlos, que observaba el tiempo desde la ventana, vio al cura, camino de Ruán, en el cochecito del alcalde. Aprovechando la ocasión que se le ofrecía, entregole al sacerdote un chal de abrigo para que apenas llegase a La Cruz Roja se lo entregase a Emma. Cuando Bournisien llegó a la hospedería preguntó por la señora del médico de Yonville; pero el hospedero repuso que iba con muy poca frecuencia por su establecimiento. Por la noche, al tropezarse con la de Bovary en la diligencia, el cura le refirió lo ocurrido, sin que pareciera, por lo demás, haberle dado importancia, pues comenzó a hacer el elogio de un predicador que por aquel entonces hacía maravillas en la catedral, y al que todas las señoras acudían a oír.

Pero no importaba que él hubiese pedido explicaciones; cualquier otro, en caso análogo, podría mostrarse menos discreto. Así pues, consideró necesario apearse, siempre que llegara, en La Cruz Roja, de modo que las buenas gentes de su pueblo, que la veían en la escalera, no podían sospechar nada.

Un día, sin embargo, el señor Lheureux la vio salir del Hotel Boloña del brazo de León. Emma, figurándose que lo contaría, tuvo miedo. Pero Lheureux no era tan estúpido.

Tres días después, en cambio, entró en el cuarto de Emma, cerró la puerta y dijo:

—Necesito dinero.

La de Bovary repuso que no podía dárselo. Él entonces, comenzó a quejarse, recordando todas las complacencias que con ella había tenido.

En efecto; de los dos pagarés firmados por Carlos, Emma, hasta entonces, sólo había pagado uno. En cuanto al segundo, el comerciante, a instancias de ella, había consentido en reemplazarlo por otros dos, que, a su vez, renováronse a muy larga fecha. Luego sacó del bolsillo una lista de artículos no pagados aún, a saber: las cortinas, la alfombra, la tela para los sillones, varios vestidos y diversos artículos de tocador, cuyo importe ascendía a unos dos mil francos. Emma bajó la cabeza. El comerciante prosiguió:

—Pero, si no tiene dinero, por lo menos posee alguna finca.

Y le indicó una casucha situada en Barvenille, cerca de Aumale, que no producía gran cosa. La tal casucha perteneció en otro tiempo a una granjita que el padre de Carlos vendiera. Lheureux lo sabía todo, incluso las hectáreas que comprendía y el número de vecinos.

—Yo, en su lugar —decía el comerciante—, la vendería, y así podría disponer del sobrante.

A esto dijo Emma que sería difícil encontrar un comprador, contestándole Lheureux que esperaba encontrarle. Entonces Emma le preguntó que cómo se las compondría para vender.

—¿No tiene usted un poder? —repuso el tendero.

Aquella respuesta sonó en los oídos de la Bovary como una música celestial.

—Déjeme la nota —dijo Emma.

—¡Oh! ¡No hace falta! —contestó Lheureux.

A la semana siguiente volvió, vanagloriándose de haber encontrado, después de muchas pesquisas, a un tal Langlois, el cual desde hacía tiempo deseaba la casa, aunque sin decir lo que daría por ella.

—Eso es lo de menos —exclamó Emma.

Al contrario, hacíase preciso sondear a aquel hombre. La cosa bien se merecía un viaje; mas como Emma no podía hacerlo, él se ofreció a ir para entrevistarse con Langlois. Una vez de vuelta, dijo que el comprador ofrecía cuatro mil francos.

—La verdad es que está bien pagado —añadió el tendero.

La de Bovary recibió la mitad de la suma inmediatamente, y cuando presentose para saldar su débito, el comerciante le dijo:

—Me apena, palabra de honor, que se desprenda usted de golpe y porrazo de una suma tan decente como ésa.

Emma contempló entonces los billetes, y al pensar en el número de citas que representaban aquellos dos mil francos balbució:

—¡Cómo! ¡Cómo dice usted!

—¡Bah! —repuso Lheureux riendo con aire de infelizote—. En las facturas se pone lo que se quiere. ¿Acaso no sé yo lo que es una casa?

Y la miraba fijamente, haciendo girar entre sus dedos dos largos papeles. Por último, abriendo la cartera, puso sobre la mesa cuatro letras a la orden de a mil francos por cada una.

—Firme esto —dijo— y guárdeselo todo. Emma protestó, escandalizada.

—Pero al entregar el sobrante —arguyó descaradamente Lheureux—, ¿no le hago a usted un favor?

Y cogiendo una pluma escribió al pie de la factura: «Recibido de la señora de Bovary, cuatro mil francos.»

—¿A qué inquietarse, puesto que usted recibirá dentro de seis meses lo que queda por pagar de su casucha y puesto que el último pagaré no vence hasta después de haber cobrado aquello?

Emma se hacía un lío con tales cálculos, y resonaban sus oídos como si alrededor de ella y en el suelo hubiese caído un chorro de monedas de oro. Finalmente, hízola saber que él tenía un amigo llamado Vincart, el cual amigo descontaría aquellas cuatro letras, y que luego él mismo remitiría el sobrante de la deuda efectiva.

Pero en lugar de dos mil francos sólo trajo mil ochocientos, pues el amigo Vincart —lo que era de cajón— habíase quedado con lo restante como gastos de comisión y descuento.

Luego reclamó negligentemente un recibo.

—En el comercio..., a veces..., ya comprenderá... Ponga la fecha, si le parece bien.

Entonces se abrió ante los ojos de Emma un horizonte de caprichos realizables. Fue lo bastante prudente, empero, para reservar tres mil francos, con los que pudo pagar a su vencimiento las tres primeras letras; pero la cuarta, por una casualidad, se presentó un jueves, y Carlos, trastornado, aguardó pacientemente el regreso de su mujer para que le explicara aquello.

No le había dicho nada de aquella letra para evitarle los sinsabores consiguientes. Sentose en sus rodillas, le acarició, gimoteó y enumeró por lo detallado todas las cosas tomadas a crédito.

—Convendrás conmigo, vista la cantidad, que no es muy caro.

Carlos tuvo que recurrir, a fin de cuentas, al eterno Lheureux, que juró resolver el conflicto si Bovary le firmaba dos letras, una de ellas de setecientos francos, pagadera a los tres meses. Para ponerse a flote le escribió a su madre una carta patética, y la madre, por toda contestación, se presentó en persona. Emma quiso saber si Carlos le había dicho algo a su madre.

—Sí —repuso—. Pero desea conocer la factura.

Al amanecer del día siguiente, Emma se dirigió a casa de Lheureux y le rogó que hiciera otra factura que no pasase de los mil francos, porque si presentaba la de los cuatro mil veíase obligada a confesar que había pagado las tres cuartas partes, lo que equivalía a descubrir la venta del inmueble, tan a la chita callando realizada por el tendero, y que hasta mucho después no fue conocida.

La viuda de Bovary, a pesar de la baratura de todos los artículos, tuvo el gasto por exagerado.

—¿No podían haberse pasado sin alfombra? ¿A santo de qué renovar la tela de los sillones? En mi tiempo no se tenía más que un sillón en las casas, para las personas de edad; así, al menos, ocurría en casa de mi madre, que era, puedo asegurarlo, una mujer honrada. ¡No todo el mundo nada en la abundancia! ¡No hay fortuna que aguante los dispendios! ¡A mí me avergonzaría darme una vida tan regalona! Y eso que yo soy ya una vieja y tengo necesidad de cuidados... ¡Habráse visto!... ¡Perifollos!... ¡Perendengues!... Pero ¿qué es esto? ¡Seda para forros a dos francos!... ¡Y hay muselina a diez perras, y hasta a ocho, que hacen perfectamente el avío!

Emma, tendida en el confidente, replicaba con la mayor tranquilidad posible:

—¡Basta, señora, basta ya!...

Pero la viuda proseguía erre que erre, asegurando que acabarían en el hospicio. La culpa, por lo demás, era de su hijo. Afortunadamente, había prometido inutilizar aquel poder...

—¿Cómo?

—Sí, me lo ha jurado —añadió la suegra.

Emma abrió la ventana, llamó a Carlos, y el pobre hombre viose obligado a confesar que era cierto lo dicho por su madre.

Emma desapareció, regresando enseguida con un rollo de papel, que alargó majestuosamente.

—Muchas gracias —dijo la viuda.

Y lo arrojó al fuego.

Emma lanzó una carcajada estridente, resonante, ininterrumpida; tenía un ataque de nervios.

—¡Oh, Dios mío! —exclamó Carlos—. ¡Haces mal! ¡Vienes a armar escándalos!

Su madre, encogiéndose de hombros, aseguraba que todo aquello eran pantomimas.

Pero Carlos, sublevándose, por primera vez, salió a la defensa de su mujer, y lo hizo de tal modo, que la viuda quiso marcharse. Y se marchó al día siguiente, y ya en el umbral, como el hijo tratase de retenerla, replicó:

—¡De ningún modo! La quieres más que a mí; haces bien, y estás en lo firme. Por lo demás, ¡tanto peor! ¡Allá tú!... A conservarse buenos... No quiero venir, como tú dices, a armar escándalos.

La confusión de Carlos ante Emma fue grandísima, pues aquélla no ocultaba el rencor que le tenía por su falta de confianza, y tuvo que suplicar muchísimo para que aceptase un nuevo poder, e incluso tuvo que acompañarla a casa del notario, donde se extendió otro por completo igual al primero.

—Me doy cuenta del asunto —dijo el notario—; un hombre de ciencia tiene que desentenderse de estas cosas menudas.

Y el médico sintiose aliviado por aquella aduladora reflexión, que proporcionaba a su debilidad las halagüeñas apariencias de una preocupación de elevado orden.

Llegado el jueves, ¡qué desbordamiento el suyo, en el cuarto de la fonda, con León! Rió, lloró, cantó, bailó, hizo subir sorbetes, quiso fumar cigarrillos y mostrose, aunque adorable y admirable, llena de extravagancias.

Ignoraba el joven a qué era debido aquel cada vez más ahincado precipitarse de ella en los goces de la vida, íbase haciendo irritable, glotona y voluptuosa, y se paseaba con él por las calles, erguida la frente, sin miedo —tal aseguraba— a comprometerse. Algunas veces, sin embargo, Emma se estremeció ante la súbita idea de tropezarse con Rodolfo, y ello porque creía, aunque se hubiesen separado para siempre, que no se hallaba por completo libre de su señorío.

Una noche no volvió a Yonville. Carlos devanábase los sesos, y Bertita, que no quería acostarse sin su mamá, lloraba hasta desgañitarse. Justino encaminose sin rumbo fijo, por la carretera, y el señor Homais abandonó la farmacia.

Finalmente, a las once, Carlos, no pudiendo aguantar por más tiempo, enganchó su cochecillo, metiose dentro, fustigó al caballo y hacia las dos de la madrugada deteníase ante La Cruz Roja. No había nadie allí. Ocurriósele que acaso León la hubiese visto; mas ¿dónde vivía León? Por fortuna, acordose del domicilio del jefe, y a él se dirigió.

Comenzaba a clarear. Vislumbró la chapa del notario sobre una puerta, y llamó. Alguien, sin abrir, diole las señas que deseaba, deshaciéndose al mismo tiempo en injurias contra los que turban durante la noche el sueño del prójimo.

La casa donde vivía el pasante no tenía campanilla, aldabón ni portero. Carlos dio unos puñetazos en la ventana; pero acertó a pasar un policía, y, como sintiese miedo, Bovary se fue sin que le abrieran.

—Estoy loco —se decía—; sin duda, se habrá quedado a comer en casa del señor Leormeaux.

La familia Leormeaux no vivía ya en Ruán.

—Se habrá quedado a velar a la señora Dubreuil. Pero ¡qué digo! ¡Si la señora Dubreuil hace diez meses que murió!... ¿Dónde está entonces?

Ocurriósele una idea. Entró en un café, pidió el *Anuario* y buscó apresuradamente el nombre de la señorita Lempereur, que vivía en la calle de la Renelle-des-Maroquiniers, número 74.

Al penetrar en dicha calle, Emma apareció por el otro extremo, y Carlos, arrojándose sobre ella, más bien que besándola, exclamó:

—¿Por qué no fuiste ayer?

—He estado enferma.

—¿Qué has tenido?... ¿Dónde?... ¿Cómo?...

—En casa de la señorita Lempereur.

—¡Estaba seguro!... Allí iba yo.

—¡Oh, no vale la pena! —dijo—. Acaba de salir en este momento. Pero en lo sucesivo no te preocupes por mi

363

retraso, porque no obraría con libertad, comprendes, sabiendo que te intranquilizas de ese modo.

Era como un permiso que se concedía para obrar más libremente en sus escapatorias, y del que se sirvió a sus anchas y con largueza. Cuando sentía deseos de ver a León, dirigíase a Ruán con cualquier pretexto, y como el pasante no la aguardaba aquel día, iba a buscarle a su despacho.

Las primeras veces aquello constituyó una dicha para el joven; pero luego no tuvo más remedio que confesar la verdad, esto es, que el notario quejábase sobre manera de aquellas escapatorias.

—¡Bah! Vete —decía ella.

Pero él se esquivaba.

Quiso que se vistiese completamente de negro y que se dejara la mosca, para parecerse a los retratos de Luis XII. Deseó ver su alojamiento, y lo encontró de poco más o menos. Ruborizose el pasante; pero Emma no paró mientes en ello, y aconsejole que comprara unas cortinas como las suyas; pero como León no se aviniera a semejante gasto, díjole riendo:

—¡Qué apego tienes a tus francos!

León, en cada cita, tenía que contarle todo lo que había hecho desde la última. Le pidió unos versos, para ella, una composición amorosa en honor suyo; jamás el pasante pudo salir de la segunda estrofa, y acabó por copiar de un álbum un soneto. E hízolo así, más que por vanidad, para complacerla. No discutía a sus opiniones; sometíase a sus gastos, y en realidad él era la verdadera querida, y no ella. Emma empleaba palabras tiernas y dábale besos, que le transportaban. ¿Dónde había aprendido aquella corrupción, casi inmaterial en fuerza de profunda y soterrada?

VI

León, en los viajes que hacía para verla, comió casi siempre en casa del boticario, y de aquí que érase en la obligación, por cortesía, de invitarle a su vez.

—Con mucho gusto —había respondido el señor Homais—. Justo es, por otra parte, que me despabile un poco, porque me estoy atrofiando aquí. Iremos al teatro, al restaurante, y haremos verdaderas locuras.

—¡Por Dios! —murmuró suavemente la señora de Homais, asustada de los vagos peligros que se disponía a correr su marido.

—¿Qué es eso? ¿Te parece que no arruino lo bastante mi salud respirando las continuas emanaciones de la botica? Aquí tiene usted lo que son las mujeres: se muestran celosas de la ciencia, y luego se oponen a que uno se divierta legítimamente. Pero no importa; cuente conmigo, que un día de éstos caigo en Ruán y verá usted cómo hacemos rodar los mónacos*.

---

* Moneda de plata del siglo XVIII acuñada con las armas del príncipe de Mónaco. Por extensión, cualquier moneda (*N. del T.*).

El boticario, en cualquier otra ocasión, se hubiese guardado muy bien de emplear frases; pero por entonces había dado en la gracia de interesarse por lo retozón y parisiense, que le parecía de exquisito gusto, y como su vecina, la de Bovary, le preguntaba a León por las costumbres de la capital, e incluso hablaba en argot a fin de deslumbrar... a los burgueses, empleando palabras y giros de la jerga populachera.

Un jueves Emma tropezose, con gran sorpresa suya, en la cocina de El León de Oro, con el señor Homais en traje de viaje, es decir, envuelto en un viejo capotón que nunca le había visto, con una maleta en una mano y en la otra las forradas babuchas caseras. No había confiado su proyecto a nadie por temor a que el público se inquietara con su ausencia.

La idea de volver a ver los lugares donde su juventud transcurriera exaltábale sin duda, porque no cesó de charlar durante todo el camino; luego, apenas llegado, saltó con presteza del coche para entregarse a la busca y captura de León, y aunque éste se opuso tenazmente, el boticario arrastrole al gran café de Normandía, donde penetró majestuosamente y sin descubrirse, porque consideraba que era cosa en demasía provinciana hacerlo en un sitio público.

Emma, después de aguardar a León durante tres cuartos de hora, encaminose a su despacho, y hundiéndose en toda clase de conjeturas, acusándole de indiferencia y reprochándose a sí misma su debilidad, se pasó la tarde sin despegar la frente de los cristales del balcón.

Pasante y boticario, a las dos, permanecían aún en el café, sentado el uno frente al otro. Iba desalojándose el salón principal; el tubo de la estufa, en forma de palmera, arqueaba en el blanco techo su gálibo dorado, y junto a ellos, detrás de la cristalera, en pleno sol, un pequeño surtidor de agua borbotaba en una fuente de mármol, donde, entre berros y espárragos, tres entumecidas langostas se alargaban hasta las codornices amontonadas en el borde de la fuente.

El deleite de Homais era grande, y aunque el lujo era cosa que embriagaba más que la buena mesa, aquel vino de Pomar, sin embargo, le excitaba un tanto las facultades, y cuando apareció la tortilla al ron expuso ciertas teorías inmorales sobre las mujeres. Lo que por encima de todo le seducía era el *chic*. Adoraba un tocado elegante en un buen amueblado departamento, y en cuanto a las cualidades físicas, las buenas formas no le parecían despreciables.

León contemplaba desesperado el reloj. El boticario comía, bebía y hablaba.

—Debe usted de aburrirse en Ruán —dijo, de pronto—, y eso que sus amores no se alojan lejos.

Y como el pasante se ruborizara, añadió:

—Vamos, sea usted franco. ¿Negará que en Yonville...?

El joven balbució.

—¿No cortejaba usted en casa del señor Bovary...?

—¿A quién?

—¡A la criada!

No bromeaba; pero León, dejando que la vanidad se sobrepusiera a la prudencia, lo negó terminantemente. A él, por lo demás, sólo le gustaban las morenas.

—Me parece muy bien —dijo el farmacéutico—; son más ardientes.

E inclinándose al oído de su amigo, diole a conocer los síntomas por los cuales se descubre si una mujer es ardiente, y hasta se lanzó a una disertación etnográfica: las alemanas eran vaporosas, libertinas; las francesas y las italianas, apasionadas.

—¿Y las negras? —preguntó el joven.

—Ésas son caprichos de artistas —dijo Homais—. ¡Mozo, dos cafés!

—¿Nos vamos? —dijo León, al fin, impacientándose.

—*Yes*.

Pero antes de irse quiso ver al dueño del establecimiento y le dirigió algunas felicitaciones.

Entonces, el pasante, para quedarse solo, pretextó un asunto urgente.

—Pues allá voy con usted —dijo el boticario.

Y mientras descendían por las calles hablaban de su mujer, de sus hijos, de su porvenir y de su botica, refiriéndole el estado de decadencia en que se encontraba el establecimiento y el de esplendor que adquiriera gracias a él.

Cuando llegaron ante el Hotel Boloña, León separose bruscamente del boticario, se lanzó por la escalera y encontrose a su amante emocionadísima.

Al oír el nombre del farmacéutico se puso fuera de sí, mientras él acumulaba razones para disculparse. ¿Era culpa suya? ¿No conocía al boticario? ¿Era cosa de figurarse que le agradara más su compañía? Ella trataba de irse; él la retuvo y, doblando las rodillas, la abrazó por la cintura, en actitud llena de languidez y rebosante de humildad y concupiscencia.

Emma permanecía en pie; sus grandes y ardientes ojos le miraban con gravedad y de una casi terrible manera. Luego, las lágrimas los nublaron, abatiéndose sus sonrosados párpados, abandonó sus manos, y cuando León se las llevaba a la boca, apareció un criado y le dijo que preguntaban por él.

—¿Vas a volver? —preguntó Emma.

—Sí.

—¿Cuándo?

—Enseguida.

—Como me parecía —dijo el farmacéutico al vislumbrar a León— que la visita le contrariaba, me he valido de un ardid para interrumpirla. Vamos a casa de Bridoux y tomaremos un refresco.

León juró que le era necesario volver a la notaría y entonces el boticario se comenzó a burlar de papelotes y de autos.

—Olvide por un momento el Cujas y el Berthole, ¡qué diantre! ¿Quién se lo impide? ¡Sea usted animoso! Vamos a casa de Bridoux y verá a su perro. ¡Es curiosísimo! —y como el joven prosiguiera obstinándose, añadió—: Le acompañaré también. Mientras usted hace lo suyo, leeré un periódico u hojearé un código.

León, aturdido por la cólera de Emma, por la charlatanería del boticario y acaso por la digestión del almuerzo, permanecía indeciso y como bajo la fascinación de Homais, que repetía:

—¡Vamos a casa de Bridoux! Está a dos pasos, en la calle de Malpalu.

Y entonces, por cobardía, por necedad, por ese incalificable sentimiento que nos arrastra a las más antipáticas acciones, León dejose llevar a casa de Bridoux, a quien encontraron en el patinillo, vigilando a tres mozos que hacían girar, con grandes esfuerzos, la enorme rueda de la máquina de fabricar agua de Seltz. Homais dioles unos consejos, abrazó a Bridoux y tomaron un refresco. Veinte veces quiso marcharse León; pero el boticario le detenía por el brazo, diciéndole:

—Nos vamos ahora mismo. Iremos a la redacción de *El Faro* a ver a esos señores y le presentaré a Thomassin.

Pudo, no obstante, desembarazarse del boticario, y en un brinco encaminose al hotel. Ya no estaba Emma.

Acababa de marcharse, exasperada y detestándole. Aquel su faltar a la cita le parecía una ofensa y se esforzaba en buscar argumentos que la alejasen de él: era incapaz de heroísmo, débil, trivial, más blanducho que una mujer y, por añadidura, avaro y pusilánime.

Una vez calmada, acabó por reconocer que acaso le había calumniado. Pero el denigrar a los que amamos es cosa que siempre nos aparta un poquito de ellos. No hay que tocar a los ídolos: algo de su dorada capa se queda entre los dedos.

Llegaron a charlar con harta frecuencia de cosas ajenas a su cariño, y Emma, en sus cartas, hablaba de flores, de versos, de la luna y de las estrellas, recursos ingenuos de una debilitada pasión, que recurría, para robustecerse, al mundo circundante. Prometíase continuamente para su próxima entrevista una profunda felicidad; pero llegada la hora tenía que reconocer la equivocación padecida. Semejante desencanto borrábase al punto bajo una nueva esperanza, y Emma volvía a su amante con más avidez y ardimiento. Se desnudaba brutalmente, arrancando el delgado cordón de su corpiño, que silbaba alrededor de sus caderas como reptil que se desliza. De puntillas y con los pies desnudos encaminábase de nuevo a la puerta para ver si estaba cerrada, y luego, con un solo gesto, se desprendía de toda la ropa, y pálida, silenciosa, grave, caía en los brazos de León, estremeciéndose de pies a cabeza.

Había, empero, en aquella frente cubierta de frío sudor, en aquellos labios trémulos, en aquellas extraviadas pupilas, en los abrazos de aquellos brazos, un no sé qué de exagerado, de vagaroso y de lúgubre, que se deslizaba entre ellos —tal le parecía a León— como para separarlos.

León no se atrevía a interrogarla; mas como la tenía por muy ducha en tales achaques, hubo de pensar que había debido de gozar y de padecer toda suerte de placeres y sufrimientos. Lo que antes le encantara, asustábale un poco ahora, rebelándose, además, contra aquel su sometimiento a Emma, cada vez mayor. Sentía antipatía por ella, en fuerza de sentirse señoreado, e incluso se esforzaba en no quererla; pero apenas crujían sus botitas, se acobardaba, como los borrachos a la vista de los licores fuertes.

Es cierto que Emma, por su parte, no dejaba de prodigarle toda suerte de atenciones, desde el rebuscamiento de manjares hasta las coqueterías en el atavío y las languideces de la mirada. Ocultas en el seno, traía de Yonville rosas, que le arrojaba al rostro; se inquietaba por su salud, le daba consejos sobre su conducta y, a fin de retenerle más y en espera de que el cielo se mezclaría en el asunto, le colgó del cuello una medalla de la Virgen. Preguntábale, como madre virtuosa, por sus compañeros, y le decía:

—¡No los veas! ¡No salgas con ellos! ¡Piensa sólo en nuestro amor! ¡Ámame!

Hubiera querido poder vigilar su vida y se le ocurrió la idea de espiar sus andanzas. Precisamente cerca del hotel había una especie de vagabundo que iba siempre tras de los viajeros y que no se negaría... Mas su orgullo se rebeló:

—¡Bah! ¡Tanto peor! ¡Si me engaña, que me engañe! ¡No me importa! ¿Estoy enamorada acaso?

Un día que separáronse temprano y que volvía sola por el bulevar, vislumbró las tapias de su convento y se sentó en un banco, a la sombra de los álamos. ¡Que tranquilidad la de aquella época! ¡Cómo envidiaba los inefables sentimientos de amor que pretendía representarse a través de los libros!

Los primeros meses de su matrimonio, sus paseos a caballo por el bosque, el vizconde que danzaba y el tenor Lagardy, todo pasó ante sus ojos... Y León, de pronto, aparecíósele tan lejano como los demás.

«¡Y, sin embargo, le amo!», se decía.

¡Qué importaba! No era dichosa, no lo había sido jamás. ¿De dónde procedía aquella insuficiencia de vida, aquel instantáneo derrumbarse de las cosas en que se apoyaba?... Pero si en alguna parte «existía un ser varonil y hermoso, una naturaleza valerosa, llena al par de exaltación y refinamientos; un corazón de poeta, encerrado en un ángel, con lira de aceradas cuerdas, que bajo el cielo entonara epitalamios elegíacos, ¿por qué no había de encontrarle ella? ¡Oh! ¡Qué imposible! Nada, por lo demás, era merecedor del más liviano esfuerzo: todo mentía. Bajo la sonrisa se oculta el bostezo de aburrimiento; la maldición, bajo la alegría; el hastío, bajo el placer, y los más sabrosos besos sólo dejan en la boca el irrealizable anhelo de una más alquitarada voluptuosidad.

Un metálico estertor arrastrose por los aires, y en la campana del convento sonaron cuatro campanadas. ¡Las cuatro! Y se le antojaba que hacía una eternidad que se hallaba allí, en aquel banco. Pero una infinitud de pasiones puede encerrarse en un minuto, lo mismo que una muchedumbre en un breve espacio.

Emma vivía entregada a sus pasiones y se preocupaba tan poco del dinero como una archiduquesa. Una vez, empero, presentose en su casa un hombre de mezquina catadura, rubicundo y calvo, enviado —a lo que decía— del señor Vincart, de Ruán. Quitó los alfileres que sujetaban el bolsillo lateral de su largo levitón verde; los clavó en la manga y cortésmente alargole un papel a Emma.

Tratábase de una letra de setecientos francos, por ella firmada, y que Lheureux, a pesar de sus protestas, había endosado a Vincart.

Enviole un recado con su criada; pero Lheureux dijo que no le era posible presentarse.

Entonces, el desconocido, que había permanecido en pie, lanzando a un lado y a otro curiosas miradas, que escondíanse bajo sus espesas y rubias cejas, preguntó con candidez:

—¿Qué debo decir al señor Vincart?

—Pues bien —repuso Emma—; dígale... que no tengo dinero... La próxima semana... Eso es: que aguarde... a la semana que viene.

Y el buen hombre se marchó sin despegar los labios.

Pero a las doce del día siguiente, Emma recibió un aviso de protesto. La vista del papel sellado, en el que repetidas veces y con gruesos caracteres se leía: «Hareng, alguacil de Buchy», la espantó de tal fuerte modo, que a toda prisa encaminose a casa del tendero. Hallábase éste en la tienda y se disponía a atar un paquete.

—Servidor de usted, señora —dijo—; voy enseguida.

No por eso abandonó su tarea, ayudado por una muchachita de unos trece años, un poco jorobada, que le servía al par de dependiente y de cocinera.

Después, haciendo resonar sus zuecos en el entarimado, subió al primer piso, delante de la de Bovary, y la introdujo en un despachito, donde había una enorme mesa de escritorio con algunos registros encima, defendidos transversalmente por una barra de hierro con candado. Pegada a la pared, bajo unos retazos de indiana, vislumbrábase una arqueta, en la que sólo se debían de encerrar, dado su tamaño, billetes y dinero en metálico. Efectivamente, el señor Lheureux hacía préstamos sobre alhajas, y era allí donde tenía encerrados la cadena de oro de Emma y los zarcillos del pobre Tellier, el cual, a la postre, viéndose obligado a vender, había tomado a traspaso en Quincampoix una humilde tienda de comestibles, y en ella iba muriendo poco a poco, entre sus velas de sebo, más amarillas que su rostro.

Lheureux, tras de sentarse en su amplio sillón de paja, dijo:

—¿Qué hay de nuevo?

—Tenga.

Y alargole el papel.

—Perfectamente; ¿y qué quiere usted que yo le haga?

Encolerizose Emma y le recordó que se había comprometido a no poner en circulación sus letras. Lheureux no lo negaba.

—No he tenido más remedio; me veía entre la espada y la pared.

—¿Y qué va a pasar ahora?

—¡Oh! Una cosa muy sencilla. Primero se celebrará un juicio y luego vendrá el embargo.

Emma tuvo que contenerse para no pegarle. Muy suavemente le preguntó si no habría algún medio para calmar a Vincart.

—¿Calmar a Vincart?... Sí, sí... ¡Cómo se ve que no le conoce! Es más feroz que un beduino.

Era preciso, no obstante, que el señor Lheureux se mezclara en el asunto.

—Me parece, téngalo en cuenta, que hasta ahora me he portado bien con usted —y abriendo uno de sus registros, añadió—: Aquí tiene —y prosiguió, señalando con el dedo—: Veamos..., veamos... El tres de agosto, doscientos francos...; el diecisiete de junio, ciento cincuenta...; el veintitrés de marzo, cuarenta y seis; en abril... —y se detuvo como si temiera cometer alguna tontería—. Y nada digo de los pagarés, uno de setecientos francos y otro de trescientos, firmados por el señor Bovary. En cuanto a sus entregas y a los intereses, eso es el cuento de nunca acabar, y hay para volverse loco. ¡No me mezclo más en nada!

Emma lloraba, e incluso le llamó «mi buen señor Lheureux». El tendero, por su parte, se escudaba de continuo con aquel «bribón de Vincart». Además, no tenía un céntimo, nadie le pagaba; su situación era apuradísima, y un pobre tendero como él no podía anticipar dinero.

Emma nada decía, y Lheureux, que mordiscaba una pluma, debió, sin duda, de inquietarse, porque respondió:

—Si, al menos, uno de estos días tuviese yo algunas entradas..., acaso pudiera...

—A no ser —dijo Emma— que lo que queda por cobrar de Barneville...

—¿Cómo?...

Y al enterarse de que Langlois no había pagado aún, pareció sorprenderse sobre manera. Y añadió con voz melosa:

—Convenimos, pues...

—En lo que usted quiera.

Lheureux entornó los ojos como para reflexionar, hizo unos números, y afirmando que se perjudicaba muchísimo, que la cosa era difícil y una sangría para él, dictó cuatro pagarés de doscientos francos cada uno y que vencerían con un mes de diferencia.

—Sólo falta que Vincart quiera aguardarme. Por lo demás, es cosa convenida; a mí no me gusta marear a nadie; soy claro como el agua.

Tras de esto comenzó a enseñarle a Emma, como al descuido, varias novedades, aunque ni una de ellas, en su opinión, era digna de la señora.

—¡Y pensar que esta tela cuesta a setenta céntimos el metro y se garantiza su buena calidad! ¡Y lo hacen tragar, sin embargo! Pues no dicen lo que es en realidad, como puede figurárselo.

Y al descubrir esta bribonada de sus colegas parecía poner de manifiesto su absoluta probidad.

Luego la llamó para enseñarle un resto de guipure que había encontrado últimamente «a bajo precio».

—Es bonito —decía Lheureux—; ahora se emplea mucho para el respaldo de los sillones.

Y con la ligereza de un escamoteador envolvió el encaje en un papel azul y lo puso en manos de Emma.

—Al menos que sepa yo...

—Ya lo sabrá más adelante —repuso, volviendo la espalda.

Aquella misma noche hizo que su marido le escribiese a la madre para que les enviara enseguida el resto de la herencia. La suegra contestó que nada tenía; había cerrado la liquidación y sólo les quedaba, aparte de la casita de Barneville, seiscientas libras de renta, que enviaría puntualmente.

Emma expidió entonces facturas a casa de dos o tres clientes, y en vista del éxito logrado se valió de aquel medio con frecuencia, cuidándose mucho de poner siempre esta coletilla final: «No le diga usted a mi marido nada de esto, pues ya sabe lo orgulloso que es... Perdóneme...». Hubo algunas reclamaciones; pero ella las interceptó.

Para hacerse de dinero comenzó a vender sus guantes y sombreros usados y el hierro viejo, y como su sangre campesina incitábala al lucro, descubría su rapacidad regateando. En sus viajes a la ciudad compraba chucherías, en la seguridad de que Lheureux, a falta de otra cosa, cargaría con ellas. Compró plumas de avestruz, porcelanas chinas y arquetas; pedía dinero prestado a Felicidad, a la señora Lefrançois, a la dueña de La Cruz Roja, a todo el mundo y en cualquier parte. Con el dinero recibido en Barneville —a la postre se lo enviaron— recogió dos pagarés, y los mil quinientos francos restantes evaporáronse como el humo. Nuevamente se empeñó, y así siempre.

A veces, es cierto, echaba sus cuentas; pero descubría tan exorbitantes cosas, que no acertaba a comprenderlas. Volvía a la carga entonces, se embarullaba al momento, y dejándolo allí, no pensaba más en ello.

¡Qué tristeza la de la casa en aquellos momentos! A los proveedores se los veía salir con furioso talante. Veíanse pañuelos encima del fogón. Bertita, con gran asombro de la boticaria, llevaba las medias rotas. Si Carlos aventuraba alguna tímida observación, respondía Emma con acritud que la culpa no era de ella.

¿Por qué aquellos arrebatos? Carlos achacábalo todo a la enfermedad nerviosa que ella padeciera, y reprochándose haber considerado sus dolencias como defectos, se acusaba de egoísmo y sentía deseos de correr a besarla.

«¡Oh, no! —decíase—, le molestaría».

Y no iba.

Después de comer paseábase a solas por el jardín, poníase a Bertita sobre las rodillas, y desdoblando un periódico profesional, trataba de enseñarle a leer. La niña, que no leía nunca, no tardaba en abrir los ojos de par en par, con mucha tristeza, y lloraba. Consolábala el padre entonces y se iba en busca de la regadera para hacer arroyitos en el arenoso suelo, o bien cortaba las ramitas de los lingustros y las plantaba a modo de árboles en los arrates, sin que con ello padeciera el jardín, cubierto en absoluto de altas hierbas: ¡debíanle tanto los árboles de Lestiboudois! Luego, la niña sentía frío y llamaba a su madre.

—Llama a la criada —decía el padre—. Bien sabes tú, hija, que tu mamá no quiere que la molesten.

Comenzaba el otoño, y las hojas caían ya —¡lo mismo que dos años antes, cuando ella estaba enferma!—. ¡Cuándo iba a terminar todo aquello! Y continuaba paseando con las manos atrás.

Emma quedábase en su cuarto, al que nadie subía, permaneciendo en él durante todo el día, aletargada, medio desnuda y quemando de cuando en cuando aromas orientales que había comprado en Ruán en la tienda de un argelino. Para no pasar la noche junto a aquel hombre, que no cesaba de dormir, acabó, a fuerza de astucias, por relegarle al segundo piso, y ella, de este modo, leía hasta el amanecer libros extravagantes, llenos de escenas orgiásticas y de horripilantes situaciones. Con frecuencia apoderábase de ella el terror, lanzaba un grito y aparecía Carlos.

—¡Vete!... ¡Vete de aquí! —exclamaba ella.

Otras veces, enardecida con más ahincamiento por aquel soterrado llamear que el adulterio avivaba, abría la ventana, aspiraba el frío aire, desataba al viento su espesa cabellera, y fijos los ojos en las estrellas, deseaba amores principescos. Acordábase de León, y en tal punto lo hubiese dado todo por una de aquellas citas que la saciaban.

Eran para ella sus días mejores. Los quería espléndidos, y cuando él no podía por sí solo pagar el gasto, ella, liberalmente, completaba la diferencia, cosa que casi siempre ocurría. León trató de hacerla ver que en otro sitio cualquiera, en un hotel modesto, se hallarían tan bien como allí; pero ella encontraba siempre argumentos en contra.

Un día, Emma sacó de su saquito seis cucharillas de plata sobredorada —era el regalo de boda de su padre— y le rogó que fuera a empeñarlas inmediatamente al Monte de Piedad. León, aunque desagradándole aquello, porque temía comprometerse, la obedeció.

En efecto, alguien habíale enviado a su madre una larga carta anónima para decirle que su hijo andaba comprometido con una mujer casada; la buena mujer, al punto, entreviendo el eterno espanto de las familias, esto es, la vaga criatura perniciosa, la sirena, el monstruo que fantásticamente se oculta en las profundidades del amor, escribiole al señor Dubocage, el notario, quien en aquel trance se portó a las mil maravillas. Durante tres cuartos de hora retuvo al joven, tratando de abrirle los ojos y de mostrarle el abismo. Una tal intriga le perjudicaría más adelante en su profesión. Suplicábale, por tanto, que rompiera aquellas relaciones, y si no hacía el sacrificio por el propio interés, que al menos lo hiciera por complacerle.

León, al fin, había jurado no ver más a Emma, y se reprochaba el haber faltado a lo convenido, teniendo en cuenta la de trastornos y disgustos que aquella mujer podría proporcionarle aún, sin contar con las bromas de sus compañeros, los cuales se pasaban la mañana en torno de la estufa charlando a su costa. Además, era llegado el momento de convertirse en persona seria, puesto que iba a ascender a oficial primero. Renunciaría, pues, a lo vano, a los sentimientos exaltados, a la imaginación: que todo burgués se ha creído, en el ardor de los años mozos, bien por un día o por un minuto, capaz de sentir inmensas pasiones y de emprender las más altas empresas. El más humilde libertino ha soñado con sultanas, y todo notario lleva en su intimidad las ruinas de un poeta.

Enojábase ahora cuando Emma, de pronto, sollozaba sobre su pecho, y su corazón, como las personas que sólo pueden resistir una cierta dosis de música, adormecíase indiferente ante los arrebatos de un amor cuyas delicadezas no percibía ya.

Conocíanse demasiado para experimentar esos transportes de la posesión que alquitaran el goce. Y tan hastiada sentíase ella de él como fatigado él de ella. Emma, en el adulterio, volvía a encontrarse con todas las insulseces del matrimonio.

Mas ¿cómo desembarazarse de aquello? De nada servía, además; sentíase humillada por la bajeza de semejante ventura, a la que sometíase por costumbre o por corrupción, ya que, en su deseo de aumentarla demasiado, aferrábase más y más a ella. Culpaba a León por aquella derrota de sus esperanzas, como si la hubiese traicionado, e incluso llegaba a desear una catástrofe que condujera a la separación, ya que ella no se sentía con fuerzas para romper de una vez.

Proseguía, no obstante, escribiéndole cartas amorosas, por aquello de que una mujer debe escribirle siempre a su amante.

Pero al escribir percibía a otro hombre, a un fantasma fabricado con sus más ardientes recuerdos, con sus más hermosas lecturas, con sus más fuertes deseos y tan por lo palpable y accesible se le ofrecía a la postre, que estremecíase maravillada, sin que pudiera, no obstante, imaginárselo claramente; de tal modo se escondía, como un dios, en la superabundancia de los atributos. Aquel fantasma residía en la celeste región, donde las escalas de seda se balancean en los balcones bajo el hálito de las flores y a la luz de la luna. Sentíale junto a ella, estaba al llegar, y la arrebataría en un beso. A poco sentíase agobiada y deshecha, pues aquellos vagos impulsos amorosos fatigábanla más que los desenfrenos excesivos.

Experimentaba un cansancio sin tregua y universal. Recibía con frecuencia citaciones y papel sellado, que apenas si miraba.

El día de la *mi-carême* no volvió a Yonville, y por la noche se fue a un baile de máscaras. Se puso un pantalón de terciopelo, unas medias rojas, una peluca al estilo del siglo XVIII y un tricornio terciado. Durante toda la noche no cesó de brincar al furioso son de los trombones; las

gentes formaban círculo a su alrededor, y llegada la mañana encontrose en el vestíbulo del teatro entre cinco o seis
máscaras —mujeres disfrazadas de cargadores del muelle o marineros—, camaradas de León, que hablaban de ir
a cenar.

Los cafés de los alrededores hallábanse atestados. En
el punto divisaron un restaurante de los medianos, cuyo
dueño les ofreció un cuartito en el segundo piso. Los hombres, para consultar sin duda sobre el gasto, cuchichearon
en un rincón. Había un pasante de notario, dos estudiantes
de medicina y un dependiente. ¡Qué compañía para Emma!
En cuanto a las mujeres, no tardó en percatarse la Bovary,
por el timbre de sus voces, que casi todas debían de pertenecer a la más ínfima categoría. Sintió miedo entonces,
retiró su silla y bajó los ojos.

Los demás comenzaron a comer, pero ella no probó
bocado; sentía ardores en la frente, cosquilleo en los párpados y un frío de hielo en el cuerpo. Dijérase como si llevara en la cabeza el entarimado del salón de baile, retem-
blando aún bajo el rítmico taconeo de los mil pies que
danzaban. El olor del *lunch*, además, unido al humo de los
cigarros, acabaron por aturdirla. A punto de desvanecerse,
lleváronla a la ventana.

Comenzaba a clarear, y una enorme mancha empurpurada extendíase por el desvaído cielo, del lado de Sainte-
Cathérine. Las lívidas aguas del río se estremecían a impulsos del viento; no se vislumbraba a nadie en los puentes
y extinguíase la luz de los faroles.

Reanimose, no obstante, y comenzó a pensar en Berta,
que dormía en el pueblo, en el cuarto de la criada. Pasó un
carro cargado de largas barras de hierro, lanzando contra

la pared de las casas una metálica y ensordecedora vibración. Apartose bruscamente, desprendiose del disfraz, díjole a León que le era preciso marcharse, y a la postre se quedó sola en su cuarto del Hotel Boloña. Todos, incluso ella misma, le eran insoportables. Hubiera querido llegar, volando como un ave y para rejuvenecerse, a un lugar cualquiera, muy lejos, allá en los espacios inmaculados.

Salió del hotel, atravesó el bulevar, la plaza Cauchois y la barriada, desembocando en una calle de las afueras, desde la que se veían algunos jardines. Caminaba apresuradamente, y en aquella libre atmósfera se calmaron sus nervios. Poco a poco, las caras de la muchedumbre, las máscaras, las parejas de baile, las luces, la cena, las mujeres aquéllas, todo desaparecía como arrebatado por la bruma. Luego, de vuelta en La Cruz Roja, se arrojó en la cama, en el cuartito del segundo piso, en que estaban las reproducciones de *La torre de Nestle*.

Al regresar a su casa, Felicidad le enseñó un papel grisáceo, oculto tras el reloj de pared. Emma leyó lo siguiente: «En virtud de la copia del juicio ejecutivo...». ¿Qué juicio era aquél? La víspera, en efecto, habían llevado otro papel, que ella no conocía; también fue enorme su estupefacción al leer estas palabras: «En nombre del rey, de la ley y de la justicia, se cita a la señora Bovary...».

Y saltando más líneas se encontró con esto: «En un plazo de veinticuatro horas». ¿Cómo? «Pagar la suma total de ocho mil francos.» Y más abajo: «A lo que se verá obligada, por toda vía de derecho y principalmente con el embargo de sus muebles y efectos». ¿Qué hacer?... Sólo disponía de veinticuatro horas, esto es, hasta el día siguiente. Lheureux —pensó— pretendía, sin duda, asustarla nuevamente: había adivinado de pronto todas sus maniobras y la finalidad de sus complacencias. Lo que más la tranquilizaba era la misma exageración de la suma exigida.

Sin embargo, a fuerza de comprar, de no pagar, de pedir prestado, de firmar pagarés y de renovar estos pagarés, que iban aumentando a cada nuevo vencimiento, había acabado por proporcionarle al tal Lheureux un capitalito, que el tendero aguardaba con impaciencia para sus especulaciones.

Emma presentose con desenvoltura en casa de su acreedor.

—¿Sabe usted lo que me ocurre? ¡Sin duda es una broma!

—No lo crea.

—¿Cómo es eso?

Volviose lentamente Lheureux, y cruzándose de brazos, dijo:

—¿Se figuraba usted, señora mía, que iba yo a estar siendo hasta la consumación de los siglos y porque sí su proveedor y banquero? Seamos justos; es menester que yo recobre lo que he desembolsado.

Emma protestó de lo exagerado de la deuda.

—¡Oh, tanto peor! El tribunal la ha reconocido y hay una sentencia, que se la han notificado a usted. Aparte de que no se trata de mí, sino de Vincart.

—Pero ¿es que no podría usted...?

—Nada absolutamente.

—Sin embargo..., hablemos..., razonemos...

Y trató de irse por otro lado; no se había enterado de nada; había sido una sorpresa...

—¿De quién es la culpa? —dijo Lheureux, haciendo una irónica reverencia—. Mientras yo trabajo como un negro, usted se da la gran vida.

—Sermoncitos, no.

—Eso no perjudica nunca.

Sintiose acobardada y le suplicó, llegando incluso a apoyar su linda mano, larga y blanca, en las rodillas del tendero.

—No me toque. Se diría que pretende usted seducirme.

—¡Es usted un miserable! —exclamó la Bovary.

—¡Oh, oh, qué manera de hablar! —replicó, riendo, Lheureux.

—Se sabrá quién es usted. Le diré a mi marido...

—Perfectamente, y yo le enseñaré algo a su marido.

Y Lheureux sacó de la arqueta un recibo de mil ochocientos francos que Emma le diera cuando el descuento de Vincart.

—¿Cree usted —añadió— que el buen hombre no va a darse cuenta de su abusiva conducta?

Emma abatiose, más anonadada que si hubiera recibido un golpe de maza. Lheureux iba desde la ventana a la mesa, repitiendo:

—¡Se lo enseñaré! ¡Vaya si se lo enseñaré! —luego, acercándose a ella, dijo con suave acento—: La cosa no es muy divertida, lo sé; pero tampoco se ha muerto nadie, y puesto que no tiene más remedio que pagarme...

—Pero ¿dónde encontrar el dinero? —dijo Emma, retorciéndose los brazos.

—¡Bah! ¡Teniendo amigos como usted los tiene!...

Y la miraba de una manera tan penetrante y terrible, que Emma estremeciose hasta lo más íntimo.

—Firmaré —dijo—, se lo prometo...

—Ya tengo bastantes firmas.

—Venderé...

—¡Bah! —dijo, encogiéndose de hombros—. Ya no le queda a usted nada —y gritó por el ventanillo que daba a la tienda—: ¡Anita! ¡No olvides los tres retazos del número catorce!

Apareció la muchacha, y Emma, comprendiendo lo que aquello quería decir, preguntó «cuánto dinero se necesitaría para detener las diligencias».

—Es demasiado tarde.

—Pero ¿y si le trajese varios miles de francos, la tercera, la cuarta parte de la suma, casi todo?

—Nada, es inútil —dijo, empujándola suavemente hacia la escalera.

—Se lo ruego, señor Lheureux; espere unos días —suplicó Emma, sollozando.

—¡Vamos! ¿Lagrimitas tenemos?

—¡Me pierde usted!

—¡A mí no me importa eso! —dijo, cerrando la puerta.

VII

Emma mostrose estoica al día siguiente, cuando el alguacil Hareng, con dos testigos, se presentó en su casa para extender el acta del embargo.

Comenzaron por el despacho de Bovary, y no inscribieron la cabeza frenológica por considerarla como instrumento de su profesión; en la cocina, por el contrario, tomaron nota de los platos, de las marmitas, de las sillas, de tas lámparas, y en la alcoba, de todas las chucherías del juguetero. Examinaron sus vestidos, la ropa blanca, el tocador, y su existencia, hasta en sus más últimas reconditeces, como cadáver al que se le hace la autopsia, apareció ante la mirada de aquellos tres hombres.

El señor Hareng, embutido en su abotonada levita negra, con su blanca corbata y sus trabillas muy tirantes, decía de cuando en cuando:

—Con su permiso, señora.

Con frecuencia lanzaba exclamaciones como éstas: «¡Precioso!... ¡Lindísimo!», y proseguía escribiendo después, mojando la pluma en el tintero de cuerno que sostenía en la mano izquierda.

Cuando terminaron en las habitaciones subieron al desván.

Había allí un pupitre en el que Emma conservaba las cartas de Rodolfo y fue preciso abrirlo.

—¡Ah! Son cartas —dijo el señor Hareng, sonriendo con discreción—. Permítame, pero necesito cerciorarme de que aquí dentro no hay otra cosa.

Y sacudió ligeramente las cartas, como para que se desprendiesen las monedas. Emma sintiose llena de indignación al ver aquella manaza, de dedos rojos y viscosos como babosas, posarse en aquellos papeles que habían hecho latir su corazón.

Marcháronse, por último, y volvió Felicidad, que había estado al acecho para que Bovary no entrase; entre las dos instalaron en la buhardilla, sin pérdida de tiempo, al depositario del embargo, el cual juró no moverse de allí.

Durante la velada, Carlos parecía preocupado, y Emma espiábale con ojos rebosantes de angustia, creyendo descubrir acusaciones en las arrugas de su frente. Después, al fijarse en la chimenea, en las chinescas pantallas que en ella había, en las amplias colgaduras, en los sillones, en todas aquellas cosas, en fin, que endulzaran las amarguras de su vida, sintió remordimiento, o, mejor dicho, una inmensa pesadumbre que, lejos de disminuir su pasión, la irritaba. Carlos, con los pies en los morillos, atizaba plácidamente el fuego.

Hubo un momento en que el depositario, aburrido sin duda de su encierro, hizo un leve ruido.

—¿Quién anda ahí arriba? —preguntó Bovary.

—Nadie —repuso Emma—; una ventana que se ha quedado abierta y que el viento agita.

Al día siguiente, domingo, Emma marchose a Ruán y se presentó en casa de todos los banqueros cuyo nombre conocía. Unos estaban en el campo; otros, de viaje. No por eso se desanimó, y a los que pudo encontrar pidioles dinero, asegurándoles que lo necesitaba y que lo devolvería. Algunos se rieron en sus propias narices, y todos se negaron a complacerla.

A las dos presentose en casa de su amante; llamó y no abrieron. Al fin apareció el pasante.

—¿Qué te trae por aquí?

—¿Te molesta mi visita?

—No..., pero...

Y confesó que al propietario no le gustaba que se recibiesen mujeres.

—Tengo que hablarte.

León, entonces, alcanzó la llave, pero Emma le detuvo.

—Aquí, no; en nuestra casa.

Y se fueron al cuarto del Hotel Boloña.

Al llegar, Emma, que hallábase palidísima, apuró un gran vaso de agua y dijo:

—León, vas a hacerme un favor.

Y sacudiendo las manos del joven, que estrechaba fuertemente, añadió:

—¡Escucha, necesito ocho mil francos!

—Pero ¡estás loca!

—¡Aún no!

Y acto seguido, tras de contarle la historia del embargo, hízole conocer lo angustioso de su situación: Carlos lo ignoraba todo; su suegra le aborrecía; su padre no contaba con nada; pero él, su León, iba a revolver el mundo para encontrar aquella suma indispensable...

—¿Como quieres que yo...?

—¡Qué miedoso eres! —exclamó.

León, entonces, dijo estúpidamente:

—Exageras el mal. Acaso se pueda calmar a ese buen hombre con un millar de escudos.

Razón de más para intentar cualquier paso; era imposible que no se encontraran tres mil francos. Además, León podía comprometerse en lugar de ella.

—¡Vamos, inténtalo! ¡Es preciso! ¡Date prisa!... ¡Haz la prueba! ¡Te querré como nunca!

Salió. Al cabo de una hora estaba de vuelta, y con solemne acento dijo:

—¡He ido en busca de tres personas... inútilmente!

Tras de esto permanecieron sentados uno frente al otro, al amor de la lumbre, inmóviles, silenciosos. Emma se encogía de hombros, golpeando el suelo con los pies. León oyó que murmuraba:

—Yo en tu lugar encontraría ese dinero.

—¿Dónde?

—¡En tu despacho!

Y le miró.

Una audacia infernal desprendíase de sus encendidas pupilas y sus párpados entornáronse de lasciva y provocadora manera; de tal modo, que el joven sintiose desfallecer bajo el mudo señorío de aquella mujer que le aconsejaba una mala acción. Tuvo miedo entonces, y para evitar que insistiera, diose una palmada en la frente, exclamando:

—Morel debe regresar esta noche; espero que no me negará este favor —era uno de sus amigos, hijo de un comerciante acaudalado—, y mañana mismo te entregaré ese dinero.

Emma no aparentó acoger aquella esperanza con tanto júbilo como León se había imaginado. Sospechaba quizá la mentira. León, enrojeciendo, prosiguió:

—Sin embargo, si a las tres no me presento, no me esperes. Perdóname, pero tengo necesidad de irme. ¡Adiós!

Y estrechó su mano, sintiéndola inerte entre la suya. Emma ya no tenía fuerzas para sentir nada.

Dieron las cuatro y levantose para regresar a Yonville, obedeciendo como un autómata al impulso de la costumbre.

Hacía un tiempo hermoso, uno de esos días marceños, diáfanos y fríos, de sol reluciente y desvaído cielo. Los ruanenses, endomingados, se paseaban con satisfecho talante. Llegó a la plaza de Parvis. Salían de la iglesia. La muchedumbre se derramaba por las tres puertas como un río por los tres arcos de un puente, y en medio, con roqueña inmovilidad, erguíase el pertiguero.

Emma recordó entonces aquel día en que, anhelante y esperanzada, penetró bajo aquella nave, menos profunda que su amor, abierta ante ella, y prosiguió su marcha, llorando bajo su velo, aturdida, vacilante, próxima a desfallecer.

—¡Cuidado! —dijo una voz, a punto que se abría una puerta cochera.

Detúvose para dejar pasar a un caballo negro que piafaba entre los varales de un tílburi guiado por un *gentleman* con abrigo de pieles. ¿Quién era aquel hombre? Emma le conocía... El coche arrancó y desapareció.

Pero ¡si era él, el vizconde! Emma se volvió; la calle estaba desierta. Sintiose tan agobiada, tan entristecida, que tuvo necesidad de apoyarse en un muro para no caer.

Luego pensó que se había equivocado. Nada sabía, por lo demás. Todo, dentro y fuera de ella, la abandonaba. Sentíase perdida, rodando, al azar, por indescriptibles abismos, y de aquí que, cuando llegó a La Cruz Roja, contemplase casi con alegría a aquel buen Homais, que entreteníase viendo cargar en la diligencia una caja grande llena de artículos farmacéuticos. El boticario tenía en una de sus manos un pañuelo con seis rosquillas para su esposa.

La Homais gustaba mucho de aquellos panecillos en forma de turbante que es costumbre comer con mantequilla salada durante la Cuaresma: eran como un resto de las alimentaciones medievales que acaso se remonta a las cruzadas y con los que se alimentaban los robustos normandos, creyendo ver en la mesa, a la luz de las amarillentas antorchas, entre los jarros de los azucarados vinos y los embutidos enormes, cabezas de sarracenos para devorarlas. La mujer del boticario, a pesar de su detestable dentadura, las roía heroicamente como ellos. Por eso, cuantas veces iba el señor Homais a la ciudad, no dejaba nunca de comprarlas, adquiriéndolas siempre en la calle Massacre.

—¡Encantado de verla! —dijo.

Y alargó la mano para ayudarla a subir al coche.

Luego puso las rosquillas entre la correa de la portezuela, permaneciendo con la cabeza descubierta y los brazos cruzados en actitud pensativa y napoleónica.

Y cuando el ciego, como de costumbre, apareció al pie de la cuesta, dijo:

—No sé por qué toleran las autoridades aún industrias tan delictuosas. Deberían encerrar a estos infelices y obligarlos a trabajar. El progreso, palabra de honor, marcha a paso de tortuga. Vivimos en plena barbarie.

El ciego alargaba su sombrero, que bamboleábase al borde de la portezuela como una bolsa de la desclavada tapicería.

—He aquí —prosiguió el farmacéutico— una afección escrofulosa.

Y aunque conocía a aquel pobre diablo, fingió verle por primera vez, murmuró las palabras córnea, córnea opaca, esclerótica, facies, y luego, con paternal acento, le preguntó:

—¿Hace mucho tiempo, amigo mío, que padeces esa espantosa enfermedad? Deberías, en vez de emborracharte en la taberna, someterte a un régimen curativo.

Y le instó a que tomara buen vino, buena cerveza y buenas magras. El ciego proseguía su canción; por lo demás, parecía casi idiota. Al fin, el señor Homais abrió su bolso:

—Toma, aquí tienes una perrilla; devuélveme dos céntimos, y no olvides mis consejos; te iría muy bien.

Hirvert permitiose dudar en voz alta de su eficacia; pero el boticario aseguró que le curaría con una pomada antiflogística hecha por él, y diole la dirección de su casa.

—Farmacia del señor Homais, junto al mercado. Es conocidísima.

—Bueno —dijo Hirvert—; ahora, como pago, haz una pantomima.

Agazapose el ciego, echó atrás la cabeza, hizo girar sus verdosos ojos, y sacando la lengua, frotose el vientre con entrambos manos, en tanto que lanzaba, como perro hambriento, una especie de sordo gruñido. Emma, llena de repugnancia, le arrojó por encima del hombro una moneda de cinco francos. Era toda su fortuna. Le parecía un bello gesto.

Ya estaba el coche en marcha, cuando, de pronto, el señor Homais, asomándose a la ventanilla, dijo:

—Nada de alimentos farináceos ni lácteos. Ropa de lana sobre la piel y vahos de bayas de enebro en las partes enfermas.

El desfile de las cosas conocidas que pasaban ante sus ojos consiguió apartar a Emma de su dolor presente. La abrumaba una insufrible fatiga, y llegó a su casa atontadísima, desanimada, casi adormecida.

—¡Sea lo que Dios quiera! —se decía.

Además, ¿quién sabe? ¿No podría surgir de un momento a otro cualquier acontecimiento extraordinario? Incluso podía morir Lheureux.

A las nueve de la mañana, un rumor de voces en la plaza la despertó. Había un tropel de gentes en torno del mercado, leyendo un anuncio adherido a uno de los postes, y vio a Justino que se subía en un guardacantón y arrancaba el anuncio; pero en aquel momento, el guarda rural le cogió por la solapa. El señor Homais salió de la botica y la señora Lefrançois, en medio del grupo, dijérase que peroraba.

—¡Señora! ¡Señora! —exclamó Felicidad, entrando—. ¡Qué infamia!

Y la pobre muchacha, conmovida, alargó un amarillento papel que acababa de arrancar de la puerta. Emma leyó, de un vistazo, que todo su mobiliario se hallaba en venta.

Ama y criada se contemplaron silenciosamente; entre ellas no había secretos. Al fin murmuró Felicidad:

—Si yo fuera usted, señora, iría a casa del señor Guillaumin.

—¿Crees tú...?

Y aquella interrogación equivalía a decir: «¿Te parece a ti, que conoces la casa por el criado, que el dueño se ocupa de mí?».

—Sí, vaya usted; es lo más acertado.

Se puso su vestido negro y la capota con granos de azabache, y para que no la viesen —la plaza continuaba llena de personas— salió a las afueras y siguió por el camino a orillas del río.

Llegó aguadísima ante la verja del notario. El cielo era fosco y nevaba levemente.

Al ruido de la campanilla, Teodoro, con chaleco rojo, apareció en la escalinata. Dirigiose a Emma casi familiarmente, como a una conocida, y la introdujo en el comedor.

Una amplia estufa de porcelana crepitaba bajo el cacto que cubría la hornacina, y en sendos marcos de madera adosados a la empapelada pared veíase *La esmeralda*, de Steuben, y el *Putifar*, de Schopin. La servida mesa, los escalfadores de plata, el tirador de las puertas, el pavimento y los muebles, todo relucía con una limpieza meticulosa, británica. Sendos vidrios decoraban los ángulos de los azulejos.

«Un comedor como éste necesitaría yo», pensaba Emma.

Penetró el notario, sujetando con su brazo izquierdo el rameado batín, en tanto que con su otra mano se quitaba y ponía prestamente el gorro de terciopelo color café, pretenciosamente inclinado a la derecha y del que se escapaban las puntas de tres mechones rubios que, arrancando del occipucio, cubrían su calvo cráneo.

Tras de ofrecerle una silla a Emma, se sentó para almorzar, excusándose muchísimo por su descortesía.

—Caballero —dijo madama Bovary—, quisiera suplicarle...

—Usted dirá, señora; la escucho.

Emma empezó a exponerle su situación.

El señor Guillaumin hallábase secretamente ligado con el tendero, el cual le proporcionaba siempre el capital para los préstamos hipotecarios que se realizaban en su notaría.

Así pues, conocía —y mejor que ella— la larga historia de aquellos pagarés, de escasa importancia al principio, con diversos endosantes, con vencimiento a larga fecha y renovados de continuo, hasta el día en que, recogiendo todos los protestos, el tendero encargole a su amigo Vincart que llevara a cabo por cuenta propia las diligencias judiciales necesarias, pues él no quería aparecer ante sus conciudadanos como una hiena.

Emma entremezcló en su relato recriminaciones contra Lheureux, a las cuales respondía el notario de cuando en cuando con alguna frase sin importancia. Al par que comía la chuleta y saboreaba el té, el notario, hundida la barbilla en su corbata azul celeste, donde brillaban dos alfileres de diamantes unidos por una cadenilla de oro, sonreía de un modo singular. Pero al percatarse de que la Bovary tenía los pies mojados, dijo:

—Aproxímelos a la estufa..., más arriba..., contra la porcelana.

Emma temía ensuciarla. El notario, con galante acento, añadió:

—Lo bello no puede estropear nada.

Emma trató de conmoverle, y emocionándose ella misma, comenzó a referir la estrechez en que vivía, sus aprietos, sus necesidades. Él lo comprendía aquello: «¡Una mujer elegante como ella!». Y sin dejar de comer volviose por completo hacia Emma, de tal modo que con la rodilla rozaba su bota, cuya suela, próxima a la estufa, abarquillábase y humeaba.

Pero al pedirle mil escudos apretó los labios, declarándose después apenadísimo por no haberle confiado en otro tiempo la dirección de su fortuna, pues había mil medios sobremanera fáciles, incluso para una dama, que hubiesen hecho crecer su capital: hubiera podido aventurar su dinero en las turberas de Grumesnil o en los terrenos de El Havre. Y la dejó que se consumiera de rabia ante la idea de las fantásticas sumas que indudablemente habría ganado.

—¿Por qué no se ha dirigido usted a mí?

—No lo sé bien.

—¿Por qué? ¿Me tenía miedo? Yo sí que, por el contrario, debiera quejarme. Apenas nos conocemos y, no obstante, soy un devoto servidor de usted. Espero que no lo dudará ya.

Y alargó la mano, cogió la de Emma, besola con ardor, la puso sobre su rodilla, y acariciando delicadamente sus dedos desgranó mil ternezas.

Su voz empalagosa susurraba como arroyuelo que se desliza; relucían sus pupilas a través de las relucientes gafas, y sus manos adentrábanse por la manga de Emma para palpar el brazo. La de Bovary sintió en su mejilla el soplo de una respiración jadeante. Aquel hombre la molestaba horriblemente. Se levantó de un salto y le dijo:

—¡Estoy aguardando, caballero!

—¿El qué? —repuso el notario, que se puso de pronto horriblemente lívido.

—El dinero.

—Pero... —y como si cediera a la presión de un fortí-
simo deseo, añadió—: ¡Pues bien: sí! —y arrastrose de
rodillas hacia ella, sin preocuparse de la bata—. ¡Por favor..., no se vaya..., la amo!

Y la asió por la cintura.

Una oleada de sangre enrojeció súbitamente el rostro
de Emma, que retrocedió, exclamando con aire terrible:

—¡Se aprovecha usted descaradamente de mi angus-
tiosa situación, caballero! ¡Puede compadecerme, pero no
comprarme!

Y salió.

El notario quedose estupefacto, fijos los ojos en sus
zapatillas, regaladas prendas amorosas. Aquella contemplación sirviole de consuelo. Pensaba, además, que una
semejante aventura le hubiese llevado demasiado lejos.

—¡Qué miserable! ¡Qué vergüenza!... ¡Qué infamia!
—decíase Emma, avanzando con nervioso paso bajo los
chopos de la carretera.

El descontento de la derrota reforzaba la indignación
de su pudor ultrajado; parecíale como si la providencia
se encarnizara en perseguirla; y rebosante de orgullo, jamás sintió tanta estima por sí misma, ni tanto desprecio
por los otros. Un algo belicoso la animaba. Hubiese querido golpear a los hombres, escupirles a la cara, triturarlos
a todos... Y proseguía avanzando rápidamente, pálida la
faz, temblorosa, exasperada, atisbando con enlagrimeci-
dos ojos el vacío horizonte y como deleitándose con el
odio que la oprimía.

Al vislumbrar su casa sintiose entumecida. No podía
avanzar; era preciso, no obstante; ¿adónde huir?

Felicidad la aguardaba en la puerta.

—¿Qué?

—¡Nada! —dijo Emma.

Y durante un cuarto de hora, las dos mujeres pasaron revista a las diferentes personas de Yonville que acaso pudieran sacarla del apuro. Pero cada vez que Felicidad nombraba a alguien, replicaba Emma:

—¿Para qué? ¡No querrán!

—¡Y el señorito que va a venir!

—Lo sé... Déjame sola.

Lo había intentado todo; ya no le quedaba nada que intentar, y cuando Carlos apareciese, veríase en el trance de decirle: «Márchate. Esa alfombra que pisas no es tuya; nada te queda de tu casa; ni un mueble, ni un alfiler, ni lo más pequeño... Y soy yo, infeliz, quien te ha arruinado».

Vendría tras esto un largo sollozo. Carlos, después, lloraría abundantemente, y a la postre, pasada la sorpresa, la perdonaría.

—Sí —murmuraba, rechinando los dientes—, me perdonará él, que, aunque me ofreciera un millón, no podría conseguir que le perdonara por haberme conocido... ¡Jamás, jamás, jamás lo conseguiría!

Aquella idea de la superioridad de Bovary sobre ella la exasperaba. Además, se lo confesase o no se lo confesase inmediatamente, al otro día, o cuando fuera, no por eso dejaría de conocer la hecatombe. Así pues, era preciso aguardar a que estallara aquella horrible escena y sufrir el peso de su generosidad. Ocurriósele ir de nuevo a casa de Lheureux —¿para qué, empero?—, escribirle a su padre —¿no era demasiado tarde, acaso?—, y cuando quizá se arrepentía de no haber cedido a los deseos de Guillaumin, oyó el trote de un caballo por el camino. Era Carlos. A poco abría la verja, más pálido que un muerto. Emma, de un salto, se lanzó a la escalera, escapose a la plaza, y la mujer del alcalde, que charlaba con Lestiboudois delante de la iglesia, la vio penetrar en casa del recaudador.

La alcaldesa apresurose a comunicárselo a la señora Caron. Aquellas dos mujeres subieron a la buhardilla, y ocultándose con la ropa tendida en las dos cuerdas, apostáronse cómodamente para percibir lo que en el cuarto de Binet pasaba.

El recaudador hallábase solo en su buhardilla, dispuesto a imitar en la madera uno de esos indescriptibles trabajos en marfil compuesto de medias lunas, de esferas huecas unas sobre otras, y el conjunto, erguido como un obelisco y sin utilidad ninguna. En aquel momento colocaba la última pieza; había conseguido su finalidad. En la penumbra del taller, la dorada polvareda escapábase del torno como un haz de chispas bajo la herradura de un caballo al galope. Las dos ruedas giraban y rechinaban; Binet sonreía, gacha la cabeza, dilatadas las narices, y creyérasele sumergido en una de esas felicidades absolutas que sólo las ocupaciones vulgares pueden proporcionar, ya que las fáciles dificultades que ofrecen constituyen un estímulo para la inteligencia, a la que satisfacen una vez vencidas aquéllas, que es todo lo que se proponían.

—¡Ya ha llegado! —dijo la alcaldesa.

Pero apenas si era posible, a causa del torno, oír lo que Emma decía.

Aquellas señoras creyeron, al fin, oír la palabra francos. La señora Tuvache musitó entonces:

—Pedirá un plazo para pagar la contribución.

—Eso parece —repuso la otra.

Viéronla ir de un lado para otro, examinando los servilleteros, las palmatorias, las perinolas y demás obras de tornería adosadas a la pared, en tanto que el recaudador, muy satisfecho, se acariciaba la barba.

—¿Le estará haciendo algún encargo?—dijo la Tuvache.

—Pero ¡si Binet no vende nada! —objetó su vecina.

El recaudador parecía escuchar con los ojos entornados, como si no comprendiese. Emma proseguía hablando, de una manera tierna y suplicante; se acercó a él; su seno palpitaba, y permanecieron silenciosos.

—¿Se le irá a declarar? —dijo la alcaldesa.

Binet estaba rojo como una amapola. Emma le cogió las manos.

—¡Oh, esto ya es demasiado!

Y algo abominable le proponía, sin duda, porque el recaudador —era un valiente, no distante, que había combatido en Bautzen y en Lutzen y hecho campaña francesa e incluso fue propuesto para una cruz— retrocedió de pronto, como a la vista de una serpiente, exclamando:

—Señora, ¿y usted cree...?

—¡Debieran azotar a esas mujeres! —repuso la alcaldesa.

—¿Dónde se ha metido? —preguntó la señora de Caron.

Porque Emma había desaparecido ya; luego, al verla que penetraba en la calle Mayor y torcía a la derecha, como para dirigirse al cementerio, se deshicieron en conjeturas.

—¡Señora Rolet! —dijo al entrar en casa de la nodriza—. ¡Me ahogo! Aflójeme la ropa.

Y se echó en la cama, sollozando. La nodriza cubriola con una falda y permaneció en pie junto a ella; mas como no respondiera a sus preguntas, la buena mujer alejose, cogió el huso y se puso a hilar.

—¡No siga! ¡No siga! —murmuró Emma, creyendo oír el torno de Binet.

«¿Qué le pasará? —preguntábase la nodriza—. ¿A qué habrá venido?».

Emma acudió allí empujada por una especie de espanto que la alejaba de su casa.

Tendida boca arriba y con los ojos fijos, discernía vagamente los objetos, a pesar de mirarlos atentamente con una casi idiota persistencia. Contemplaba los desconchones de la pared, dos tizones que humeaban de punta a punta y una larga araña que discurría sobre su cabeza por la hendidura de la viga. Al fin pudo coordinar sus ideas. Recordaba... Un día, con León... ¡Oh, cuán lejos todo aquello!... El sol cabrilleaba en el río y las clemátides despedían su perfume... Entonces, arrastrada por sus recuerdos como por un torrente que se despeña, acordose de lo ocurrido el día anterior.

—¿Qué hora es?

La nodriza salió, levantó la mano hacia la parte más clara del cielo y entró lentamente, diciendo:

—Las tres van a dar.

—¡Oh, gracias, gracias!

Porque León iría, estaba segura de ello. Habría encontrado el dinero. Pero acaso se encaminara a su casa sin sospechar que ella encontrábase en la de la nodriza; por eso le encargó a ésta que fuese en su busca y lo trajera.

—¡Dese prisa!

—¡Voy; voy allá, señora!

Asombrábase en aquel momento de no haber pensado en él desde un principio; había dado su palabra y no faltaría a ella; y Emma veíase ya en casa de Lheureux, colocando sobre la mesa los tres billetes. Luego sería preciso inventar una historia que le explicase a Bovary lo ocurrido... ¿Cuál?

La nodriza, sin embargo, tardaba mucho en volver. Mas como en la choza no había reloj, temíase Emma que acaso ella exageraba la tardanza, y comenzó a pasear por el huertecito, adentrándose por el sendero, a lo largo de la empalizada; mas se volvió enseguida, no fuera que la buena mujer regresara por otro camino. Cansada, al fin, de esperar, asaltada por sospechas que rechazaba enseguida e ignorando si hallábase allí desde hacía un siglo o un minuto, sentose en un rincón, cerró los ojos y tapose los oídos. Rechinó la verja, y Emma dio un salto; pero antes que hablara, ya había dicho la nodriza:

—En su casa de usted no hay nadie.

—¿Cómo?

—Nadie. El señorito está llorando y la llama a usted. La anda buscando, además.

Emma no respondió. Jadeaba su pecho, y sus inquietas pupilas iban de un lado para otro, en tanto que la lugareña, asustada por la expresión de su rostro, retrocedía instintivamente, creyéndola loca. De pronto diose una palmada en la frente y lanzó un grito, pues había pasado por su imaginación, como relámpago en noche sombría, el recuerdo de Rodolfo. ¡Era tan bueno, tan generoso, tan delicado! Y por otra parte, si oponía algún reparo, ya sabría ella obligarle, recordando con un solo guiño el perdido amor. Encaminose, pues, a La Huchette, sin darse cuenta de que corría a caer en lo que antes tanto la exasperaba y sin sospechar por nada del mundo la prostitución que su conducta entrañaba.

VIII

Mientras iba andando preguntábase: «¿Qué diré? ¿Cómo comenzar?». Y a medida que avanzaba reconocía los matorrales, los árboles, los juncos marinos de la colina, y a lo lejos, el castillo. Sentía de nuevo las sensaciones de su primer cariño, y su pobre y oprimido corazón dilatábase amorosamente. Un tibio aire acariciábala el rostro, y la nieve, al fundirse, caía gota a gota de las ramas sobre la hierba.

Penetró, como otras veces, por la puertecita del parque y llegó al patio, bordeado por una doble ringlera de tupidos tilos, que balanceaban con blando murmullo sus largas ramas. Los perros, en la perrera, ladraban todos, repercutiendo el estruendo de sus ladridos, sin que apareciera nadie.

Subió por la escalera amplísima, con balaustres de madera, que conducía a un polvoriento pasillo, en el que, como en los monasterios y hoteles, abríanse varios cuartos en fila. El de Rodolfo hallábase al final, completamente en el fondo, a la izquierda. Al poner la mano en el picaporte, sus fuerzas la abandonaron súbitamente. Temía que no estuviese allí, lo deseaba casi, y eso que Rodolfo era su esperanza única, la postrera posibilidad de salvación. Recobrose un momento, y afirmándose a impulsos de la necesidad presente, penetró.

Rodolfo estaba en la chimenea, con los pies en el jambaje y dispuesto a fumarse una pipa.

—¡Cómo! ¿Es usted?—dijo, levantándose bruscamente.

—Sí, soy yo..., y quisiera, Rodolfo, pedirle un consejo. Pero, no obstante todos sus esfuerzos, érale imposible despegar los labios.

—¡No ha cambiado usted! ¡Siempre tan encantadora!

—¡Oh! —repuso ella amargamente—. ¡Tristes encantos los míos, puesto que usted los ha desdeñado!

Trató entonces de explicar su conducta, excusándose en términos vagos, ya que no le era posible inventar otros mejores.

Emma dejose llevar por sus palabras, y más que por sus palabras, por su voz y por la contemplación de su persona, hasta tal punto, que aparentó creer, o creyó acaso, en el pretexto de la ruptura: tratábase de un secreto del que dependían la honra e incluso la vida de una tercera persona.

—Sea lo que sea, lo cierto es que yo he sufrido mucho —dijo Emma, mirándole tristemente.

A lo que Rodolfo, con tono filosófico, respondió:

—¡La vida es así!

—¿Ha sido, al menos, buena para usted desde nuestra separación? —replicole Emma.

—¡Oh! Ni buena... ni mala.

—Acaso hubiera sido mejor no separarnos jamás.

—Sí..., es posible.

—¿Lo crees así? —dijo ella, aproximándose. Y añadió, suspirando—: ¡Oh, Rodolfo! ¡Si supieras!... ¡Te he amado mucho!

Le cogió la mano entonces y permanecieron con ellas entrelazadas como, por primera vez, el día de los comicios. Rodolfo, con un gesto de orgullo, trataba de sobreponerse al enternecimiento; pero ella, reclinándose en su pecho, prosiguió:

—¿Cómo querías que viviese sin ti? ¿Quién se puede acostumbrar a no ser feliz? ¡Estaba desesperada! ¡Creí morirme! Ya te lo contaré todo. Y tú..., tú has tratado de esquivarme.

En efecto, Rodolfo, desde hacía tres años, evitó cuidadosamente, señoreado por esa natural cobardía que caracteriza al sexo fuerte, tropezarse con ella. Emma proseguía, con graciosos mohines y zalamerías mayores que las de una gata en celo:

—Tú amas a otras, confiésalo. ¡Oh! ¡Las comprendo y las excuso! ¡Las habrás seducido como a mí! Eres un hombre, todo lo hombre que se necesita ser para hacerse amar. Pero reanudaremos nuestras relaciones, ¿no es verdad? ¡Y nos amaremos! ¿Ves? ¡Ya me río!... ¡Ya soy dichosa!... ¡Habla, pues!

Estaba encantadora, con su mirada, en la que estremecíase una lágrima como gota de lluvia tras la tormenta en el cáliz azul de una flor.

La atrajo sobre sus rodillas y acarició con la palma de la mano sus alisados aladares, donde en la claridad del crepúsculo, como dorada flecha, relucía un rayo solar. Inclinó la frente Emma y él acabó por besarla, muy suavemente y con el borde de los labios, en los ojos.

—Pero ¡tú has llorado! —dijo—. ¿Por qué?

Emma estalló en sollozos, y él lo achacó aquello a una explosión de cariño; y como nada decía, imaginose que obedecía su silencio a un resto de pudor.

—¡Oh, perdóname! —exclamó entonces—. ¡Tú sola me has gustado! ¡He sido imbécil y perverso! ¡Te amo y te amaré siempre! ¿Qué te pasa? ¡Dímelo!

—Pues bien... ¡Estoy arruinada, Rodolfo, y necesito que me prestes tres mil francos!

—Pero... es que... —dijo, levantándose poco a poco, en tanto que su cara adquiría una grave expresión.

—Como sabrás —prosiguió Emma inmediatamente—, mi marido había puesto toda su fortuna en casa de un notario, y éste ha huido. Los clientes no pagaban y hemos tenido que recurrir al préstamo. La herencia, además, no se ha solucionado aún, y hasta más adelante no vendrá a nuestras manos. Por no tener esos tres mil francos nos van a embargar hoy, ahora mismo, dentro de un instante, y por eso he venido, contando con tu amistad.

«¡Ah! —pensó Boulanger, poniéndose de pronto palidísimo—. ¡Por eso ha venido!».

Y en voz alta y muy tranquilamente, exclamó:

—Pues no los tengo.

No mentía al decirlo. De tenerlos, los hubiera dado, aunque no cabe duda de que es desagradable, por lo general, hacer tan buenas acciones. De cuantas borrascas se desatan sobre el amor, ninguna lo enfría y desilusiona tanto como las peticiones pecuniarias.

Emma quedósele mirando un momento.

—¡No los tienes! —y repitió varias veces—: ¡No los tienes!... ¡Hubiera debido ahorrarme esta última vergüenza! ¡No me has querido nunca! ¡No vales más que los otros!

Con lo que se traicionaba y se perdía.

Rodolfo interrumpiola, afirmando que él mismo se hallaba «apurado».

—¡Te compadezco! —dijo Emma—. ¡Sí; te compadezco mucho!...—y fijando los ojos en una adamasquinada carabina que brillaba en la panoplia añadió—: ¡Cuando se es tan pobre no se tienen carabinas con culatas guarnecidas de plata, ni se compran relojes con incrustaciones de concha —y señalaba el reloj de Boulle—, ni pitos de plata sobredorada para las fustas —y los tocaba—, ni dijes para la cadena! ¡Nada le falta! ¡Hasta una licorera en su cuarto! Porque te cuidas, vives bien, tienes un castillo, granjas, bosques, y cazas con galgos, y haces viajes a París... ¡Y aun cuando todo se redujera a estas menudencias —exclamó, cogiendo de la chimenea los gemelos de una camisa—, podrían convertirse en dinero!... ¡No los quiero! Puedes guardártelos —y lanzó a distancia los dos pasadores, cuya cadenilla de oro se rompió al chocar contra la pared—. Yo, en cambio, te lo hubiera dado todo, lo hubiera vendido todo, habría trabajado con mis propias manos y pedido limosna en los caminos por una mirada tuya, por una sonrisa, por oírle decir «¡Gracias!». Y tú permaneces ahí, tranquilamente sentado en tu sillón, como si aún no me hubieses hecho sufrir bastante. Sin tí, bien lo sabes, yo hubiera podido vivir dichosa. ¿Quién te obligaba? ¿Tratábase de una apuesta? Me amabas, sin embargo, según decías... Y ahora, poco aún... ¡Hubiera sido preferible que me despidieras! En mis manos se conserva todavía el calor de tus besos, y en esta misma alfombra, de rodillas, me has jurado amarme eternamente. ¡Así me lo has hecho creer, y durante dos años me has hundido en el más espléndido y delicado de los sueños!... ¿Recuerdas nuestros proyectos de viaje? ¡Oh! ¡Y tu carta, y tu carta! ¡Me desgarró el corazón! ¡Y luego, cuando acudo a él, a él, que es rico, feliz y libre, suplicante y ofreciéndole toda mi ternura para implorar un socorro que no me negaría el primer desconocido con quien tropezase, me rechaza porque eso le costaría tres mil francos!

—¡No los tengo! —repuso Rodolfo con esa perfecta calma con que se encubren, como con un escudo, las cóleras latentes.

Emma se fue. Se estremecían las paredes, el techo la aplastaba, y volvió a pasar por la larga avenida, tropezando con los montones de hojas secas que dispersaba el viento. Llegó, por fin, ante la reja, y tanta prisa se dio en abrirla, que rompiose las uñas. Luego, como a unos cien pasos, jadeante, próxima a desvanecerse, se detuvo. Y entonces, volviéndose, percibió nuevamente el impasible castillo, con el parque, los jardines, los tres patios y las ventanas todas de la fachada.

Permaneció transida de estupor y sin más conciencia de sí misma que el latido de sus arterias, latido que escapábase y se extendía por el campo —tal creía ella— como ensordecedora música. El suelo hundíase bajo sus pies, blando como la líquida onda, y los surcos se le antojaron un sucederse de oscuras e inmensas olas. Cuantas reminiscencias e ideas había en su cerebro escapábanse al par de un solo salto, como las mil piezas de un castillo de fuegos artificiales. Vio a su padre, el despacho de Lheureux, el cuarto de ella, un paisaje diferente. Era presa de la locura, tuvo miedo, y consiguió recobrarse, de una manera confusa, es cierto, porque no recordaba la causa originadora de su horrible estado, esto es, la cuestión monetaria. Sólo su amor hacíala padecer, y sentía que el alma se le escapaba por su recuerdo, como los heridos al agonizar sienten que se les escapa la existencia por la sangrante herida.

Anochecía, y las cornejas volaban.

De pronto antojósele que estallaban en el aire, como balas fulminantes, unos ígneos globulillos, que giraban y giraban hasta fundirse en la nieve, entre el ramaje de la arboleda. Y entre ellos, multiplicándose, aproximándose, penetrándose, hasta que todo desapareció, aparecía la figura de Rodolfo. A lo lejos, resplandeciendo entre la niebla, divisó, al fin, las luces de las casas.

Su situación en tal punto surgió ante ella como un abismo. Respiraba fatigosamente. Luego, en un transporte de heroísmo, que casi la llenó de júbilo, descendió corriendo por la cuesta, atravesó la pasarela, el sendero, la avenida, el mercado y se detuvo ante la puerta de la botica.

No había nadie en ella. Disponíase a entrar; pero como podía acudir alguien al rumor de la campanilla, deslizándose, conteniendo la respiración, palpando las paredes, avanzó hasta el umbral de la cocina, en la que ardía sobre el fogón una vela, y vio salir a Justino, en mangas de camisa, con una fuente.

—Están comiendo. Aguardaremos.

Regresó Justino, y Emma golpeó en los cristales, acudiendo el muchacho.

—¡Dame la llave!... La de arriba... ¿Dónde está?...

—¿Qué dice usted?

Y la miraba, asombrado de la lividez de su rostro, que destacábase, por lo pálido, en el sombrío fondo de la noche. Antojósele extraordinariamente bella y tan majestuosa como un fantasma, y aunque sin comprender la intención que la guiaba, presintió algo terrible.

Emma, al punto, en voz baja, con cariñoso e insinuante acento, prosiguió:

—¡La quiero, dámela!

Como el tabique del comedor era delgadísimo, oíase el ruido de los tenedores en los platos.

Tenía precisión, según dijo, de matar las ratas, que no la dejaban dormir.

—Será necesario que se lo diga al señor.

—No, quédate aquí —y añadió con aire indiferente—: ¡Bah!, no vale la pena; se lo diré luego. Vamos, alúmbrame.

Y adentrose por el pasillo donde se abría la puerta del laboratorio. Pendiente de la pared había una llave con este rótulo: *Capharnaum*.

—¡Justino! —gritó el boticario, que comenzaba a impacientarse.

—Subamos.

Justino la siguió.

Giró la llave en la cerradura, y Emma encaminose derechamente al anaquel tercero —tan a maravilla guiábala su memoria—; cogió el tarro azul, lo destapó, y hundiendo en él la mano, la sacó llena de un polvo blancuzco y empezó a comérselo.

—¡Deténgase! —exclamó el mozalbete, arrajándose sobre ella.

—¡Cállate! Podrían venir.

Justino hallábase desesperado y pretendía llamar.

—¡No digas una palabra de esto! ¡La culpa recaería sobre tu tío!

Luego, súbitamente tranquilizada y casi con la serenidad del deber cumplido, se marchó.

Cuando Carlos, anonadado por la noticia del embargo, penetró en su casa, Emma acababa de salir. Gritó, lloró,

412

desvaneciose; pero Emma no volvía. ¿Dónde podría encontrarse? Felicidad fue en busca de la señora a la botica, a casa del señor Tuvache, a la de Lheureux, y Bovary, en las treguas de su angustia, veía aniquilado su crédito, su fortuna perdida, el porvenir de Berta deshecho. ¿Cuál era la causa? Ignorábalo. Aguardó hasta las seis, y como no pudiera contenerse por más tiempo, y como se imaginara que Emma podría haber ido a Ruán, salió a la carretera, anduvo una media legua, no se tropezó con nadie, aguardó un rato aún y regresó a la postre. Emma estaba ya de vuelta.

—¿Qué significa esto?... ¿A qué se debe?... Explícamelo.

Emma sentose ante su *secrétaire* y escribió una carta, puso la fecha del día y la hora y la cerró con lentitud. Luego, solemnemente, dijo:

—La leerás mañana. Te suplico que de aquí a entonces no me dirijas una sola pregunta... Ni una.

—Pero...

—¡Oh! ¡Déjame!

Y se tendió cuan larga era en el lecho.

Despertola un acre sabor que tenía en la boca. Vislumbró a Carlos y volvió a cerrar los ojos. Espiábase cuidadosamente para saber si sufría. Pero aún no experimentaba sufrimiento alguno. Oía el ruido del péndulo, el crepitar del fuego y la respiración de Carlos, que permanecía en pie junto a la cama. «¡Bah, que poca cosa es la muerte! —pensaba—. Voy a dormirme, y asunto terminado».

Bebió un buche de agua y volviose hacia la pared.

El horrible sabor a tinta continuaba.

—¡Tengo sed!... ¡Mucha sed! —murmuró.

—¿Qué tienes? —dijo Bovary, alargándole un vaso.

—No es nada... Abre la ventana... ¡Me ahogo!

Y unas tan súbitas ansias la acometieron, que apenas si tuvo tiempo para sacar el pañuelo, oculto bajo la almohada.

—¡Llévatelo! ¡Tíralo! —dijo vivamente.

Carlos hizo algunas preguntas; pero ella permaneció callada e inmóvil, por miedo a que la menor emoción la hiciese vomitar. Un frío de muerte, mientras tanto, corría por todo su cuerpo.

—¡Oh, ya comienza esto! —murmuró.

—¿Qué dices?

Emma movía la cabeza con un suave gesto, lleno de angustia, y de continuo abría la boca, como si sobre su lengua gravitase algo muy pesado. A las ocho, los vómitos reaparecieron.

Carlos observó que en el fondo de la palangana había como un blancuzco polvillo, adosado a las paredes de la porcelana.

—¡Es raro! ¡Es singular! —repitió.

Pero ella, con voz fuerte, dijo:

—¡No; te equivocas!

Entonces, delicadamente y casi acariciándola, le pasó la mano por el vientre, y Emma lanzó un agudo grito. Carlos, espantado, retrocedió.

Emma comenzó a gemir, en un principio débilmente. Un largo estremecimiento sacudía sus hombros e iba poniéndose más lívida que las sábanas, en las que se hundían sus crispados dedos. Su pulso irregular era en aquel momento casi insensible.

Algunas gotas de sudor brotaban de su amoratado rostro, que dijérase como empañado por un vaho metálico. Castañeteaban sus dientes; sus desorbitados ojos miraban con vaguedad a su alrededor, y a cuantas preguntas le hacía Carlos contestaba moviendo la cabeza; dos o tres veces llegó incluso a sonreír. Sus gemidos fueron poco a poco haciéndose más intensos. Escapose un sordo rugido de su pecho y afirmó que sentíase más aliviada y que se levantaría enseguida, exclamando a poco, presa de unas convulsiones:

—¡Dios mío! ¡Esto es horrible!

Carlos cayó de rodillas junto al lecho.

—¡Habla! ¿Qué has comido? ¡Contesta, en nombre del cielo!

Y la miraba con infinita ternura, como jamás la había mirado.

—Pues bien: allí..., allí... —dijo con desfallecida voz.

Carlos lanzose de un salto al *secrétaire*, rompió el sobre y leyó en voz alta: «Que no se acuse a nadie...». Se detuvo, pasose la mano por los ojos y leyó de nuevo.

—¿Qué es esto?... ¡Socorro! ¡A mí!

Y repetía incesantemente: «¡Envenenada! ¡Envenenada!». Felicidad fuese corriendo a casa de Homais, que comenzó a lanzar exclamaciones en la plaza. Oyole desde El León de Oro la señora Lefrançois; levantáronse algunos para comunicárselo a sus vecinos, y el pueblo se pasó en vela toda la noche.

Desatinado, balbuciente, próximo a desmayarse, Carlos daba vueltas por la habitación, tropezando con los muebles, arrancándose los pelos; el boticario jamás pensó que pudiera presenciar un tan horrible espectáculo.

Volvió a su casa para escribirle al señor Canivet y al doctor Larivière, e hizo —cuál no sería su confusión— más de quince tachaduras. Hipólito salió para Neufchâtel, y Justino hostigó tan brutalmente al caballo de Bovary, que hubo de dejarlo, medio reventado, en la cuesta del Bois-Guillaume.

Carlos quiso ojear su *Diccionario de Medicina*; pero las letras danzaban ante sus ojos y no le era posible leer.

—¡Calma! —dijo el boticario—. Todo se reduce a administrar un antídoto poderoso. ¿Cuál ha sido el veneno?

Carlos enseñó la carta. Tratábase de arsénico.

—Perfectamente —repuso el boticario—; será preciso hacer el análisis.

Porque Homais sabía que era necesario en todos los envenenamientos hacer el análisis. Y Bovary, que no comprendía nada, replicó:

—¡Sí, hágalo, hágalo!... ¡Sálvela usted!

Luego volvió junto a Emma, dejose caer en el suelo, sobre la alfombra, y permaneció así, con la cabeza apoyada en el borde del lecho, sollozando.

—¡No llores! —díjole Emma—. Muy pronto dejaré de atormentarte.

—¿Por qué? ¿Quién te ha obligado...?

—Era preciso, amigo mío.

—¿No eras feliz? ¿Tengo yo la culpa? ¡He hecho por ti todo lo que he podido!

—Sí..., es cierto... Tú eres bueno.

Y le pasaba lentamente la mano por la cabeza. La dulzura de aquella sensación aumentaba la pesadumbre de Carlos; todo su ser desmoronábase de desesperación ante la idea de perderla, precisamente cuando le demostraba mayor cariño que nunca. Y no ocurríasele nada, ni sabía nada, ni a nada se atrevía, pues la urgencia de una resolución inmediata había acabado de trastornarle.

Emma pensaba que ya había terminado con todas las traiciones, bajezas e innumerables angustias que la torturaban. Ya no odiaba a nadie; una confusión de crepúsculo abatíase sobre su pensamiento, y de todos los terrenales ruidos sólo percibía ya el intermitente lamento de aquel pobre corazón, lamento suave e imperceptible, como el postrer eco de una sinfonía que se aleja.

—Tráeme a la niña —dijo, incorporándose.

—No te sientes mal ahora, ¿verdad? —preguntó Carlos.

La niña llegó en brazos de su criada y envuelta en su camisita de dormir, de la que surgían sus desnudos pies, serio el rostro y casi dormida aún. Llena de asombro, contemplaba el desorden de la habitación y entornaba los ojos, deslumbrada por las luces que sobre los muebles ardían. Aquello recordábale, sin duda, a los Reyes Magos, cuando al despertar muy temprano, a la claridad de las velas, acudía al lecho materno para recibir allí los regalitos, porque exclamó:

—¿Dónde están, mamaíta? —y como todos callaron, añadió—: Pero no veo mi zapatito.

Felicidad inclinola sobre el lecho, en tanto que la niña seguía mirando hacia la chimenea.

—¿Se lo habrá llevado el ama? —preguntó.

Y al oír este nombre, que le traía a la memoria sus adulterios y calamidades, la Bovary volvió la cabeza, como asqueada por otro veneno mucho más fuerte, cuyo sabor sentíalo en la boca. Berta, mientras tanto, permanecía en el lecho.

—¡Oh, qué grandes tienes los ojos, mamá! ¡Qué pálida estás! ¡Cómo sudas!...

Su madre la miraba.

—¡Tengo miedo! —dijo la rapaza, echándose hacía atrás.

Emma cogió su mano para besarla; pero la niña se oponía.

—¡Basta! ¡Que se la lleven! —dijo Carlos, que sollozaba en la alcoba.

Los síntomas detuviéronse un momento; la enferma parecía menos agitada, y cada palabra suya, por insignificante que fuera, cada hálito un poco más tranquilo, hacía renacer la esperanza de Carlos. Al fin, cuando Canivet entró, arrojose en sus brazos, llorando.

—¡Es usted! ¡Gracias, gracias por su bondad! Está mejor, mírela...

El colega no fue, en modo alguno, de su opinión, y sin andarse con rodeos, como él mismo decía, recetó un vomitivo, a fin de descargar por completo el estómago.

No tardó en sobrevenir un vómito de sangre. Apretose más su boca. Tenía crispados los miembros, el cuerpo lleno de manchas oscuras y el pulso deslizábase bajo los dedos como un hilo en tensión, como la cuerda, próxima a saltar, de un arpa.

Luego comenzó a gritar de un modo horrible. Maldecía el veneno, injuriábalo, le suplicaba que se diese prisa, y rechazaba con sus rígidos brazos todo lo que su marido, más agonizante que ella, se esforzaba para hacérselo beber. Bovary permanecía en pie, con el pañuelo en la boca, gimiendo, llorando, ahogado por los sollozos, que le sacudían de pies a cabeza; Felicidad de un lado para otro; Homais, inmóvil, lanzaba hondos suspiros, y el señor Canivet, siempre dueño de sí, comenzaba, no obstante, a sentirse conmovido.

—¡Diantre!... Ya está purgada; y desde el momento en que la causa cesa...

—Debe cesar el efecto —dijo Homais—; la cosa es evidente.

—¡Sálvela!—exclamaba Bovary.

Sin parar mientes en el farmacéutico, que aventuraba esta hipótesis: «Acaso sea un paroxismo provechoso», disponíase Canivet a administrar la triaca, cuando se oyó el restallar de un látigo; retemblaron todos los cristales, y una silla de posta, arrastrada por tres caballos llenos de lodo hasta las orejas, desembocó en la plaza. Allí venía el doctor Larivière.

La aparición de un dios no hubiese producido impresión más grande. Bovary elevó los brazos; Canivet se detuvo, y Homais quitose el gorro mucho antes que apareciese el doctor.

Pertenecía éste a la gran escuela quirúrgica nacida a la sombra de Bichat, a aquella generación, hoy desaparecida, de médicos prácticos y filósofos, que, sintiendo por su arte un fanático cariño, lo ejercían con exaltación y perspicacia. Todo el mundo le temía en el hospital cuando montaba en cólera, y sus discípulos sentían por él tal veneración, que apenas establecidos se esforzaban por imitarle lo más posible, de suerte que era corriente ver entre ellos, por las ciudades de los aledaños, su larga blusa de merino y su amplio levitón negro, cuyas mangas cubríanle en parte las carnosas y recias manos, nunca enguantadas, como para hundirse con más prontitud en las miserias. Desdeñaba las cruces, los títulos y las academias, y era hospitalario, liberal y cariñoso con los pobres; practicaba la virtud sin creer en ella, y hubiese pasado por santo si la sagacidad de su espíritu no le hiciera ser temido como un demonio. Su mirada, más tajante que un bisturí, adentrábase en el alma, aniquilando, a través de disculpas y timideces, las mentiras. Y de este modo vivía, lleno de esa indulgente majestad que proporciona la conciencia de un gran talento, la fortuna y cuarenta años de una existencia laboriosa e irreprochable.

Apenas entró, frunció las cejas al ver la cadavérica faz de Emma, tendida de espalda en el lecho y con la boca abierta. Luego, aparentando oír a Canivet, pasábase el índice por la nariz y repetía:

—Está bien..., está bien.

Pero al final se encogió levemente de hombros. Bovary le observaba; miráronse los dos, y aquel hombre, tan acostumbrado a ver desgracias, no pudo contener una lágrima, que rodó hasta su camisa.

Fuese con Canivet a la habitación de al lado y Carlos le siguió:

—Está muy mal, ¿no es cierto? Acaso con sinapismos... o con cualquier otra cosa... ¡Busque algo para salvarla, usted que ha salvado a tantas personas!

Carlos ceñíale con sus brazos y le contemplaba consternado, suplicante, a punto de desmayarse sobre su pecho.

—¡Vamos, valor, hijo mío! Todo es inútil.

Y esto dicho, el doctor Larivière hizo ademán de irse.

—¿Se marcha usted?

—Pero vuelvo.

Y salió como para dar una orden al postillón, seguido de Canivet, que tampoco tenía empeño en ver morir a Emma entre sus manos.

El boticario reuniose con ellos en la plaza, y como no podía, por temperamento, separarse de las celebridades, le rogó encarecidamente a Larivière que le concediera el altísimo honor de almorzar en su casa.

Inmediatamente enviaron a comprar pichones a El León de Oro, chuletas a la carnicería, leche a casa de Tuvache, huevos a la de Lestiboudois, y el mismo Homais en persona ayudaba a hacer los preparativos, en tanto que la boticaria, tirándose de los cordones de su chambra, decía:

—Usted dispensará, doctor; pero en estos desgraciados lugares, como no se esté prevenida desde la víspera...

—¡Las copas! —interrumpió Homais.

—Al menos, si estuviésemos en la ciudad, podríamos recurrir a los embutidos.

—¡Cállate!... ¡A la mesa, doctor!

Homais, después de los primeros bocados, creyó conveniente proporcionarle a Larivière algunos detalles sobre la catástrofe.

—Lo primero fue una sensación de sequedad en la faringe; y tras de esto, dolores insufribles en el epigastrio, superpurgación y colapso.

—¿Cómo se envenenó?

—Lo ignoro, como asimismo ignoro, doctor, dónde haya podido adquirir ese ácido arsénico.

Justino, que aparecía en aquel momento con un rimero de platos, fue presa de un estremecimiento.

—¿Qué tienes? —preguntole el boticario.

El chico, al oír la pregunta, dejó caer los platos con estrépito.

—¡Imbécil!, ¡torpe!, ¡zopenco!, ¡pedazo de asno! —exclamó Homais. Y conteniéndose de pronto, prosiguió—: He intentado, doctor, hacer un análisis, y en primer término he introducido delicadamente en un tubo...

—Hubiese sido preferible —dijo el cirujano— introducirle los dedos en la garganta.

Su colega permanecía silencioso, pues acababa de recibir, confidencialmente, una fuerte reprimenda por lo del vomitivo, de suerte que aquel buen Canivet, tan arrogante y elocuente cuando lo del pie de Hipólito, mostrábase ahora modestísimo y sonreía a todo como asintiendo.

Homais, como anfitrión, esponjábase de orgullo, y el aflictivo recuerdo de Bovary contribuía vagamente a su júbilo, al comparar por modo egoísta su situación con la de Carlos. La presencia del doctor, además, le transportaba, y haciendo alarde de su erudición, citaba a troche y moche las cantáridas, el upas, el manzanillo, la víbora.

—Y hasta he leído que diferentes personas han llegado a intoxicarse de modo rapidísimo con morcillas que habían sufrido una muy larga desinfección. Así, al menos, se hace constar en una admirable memoria compuesta por una de nuestras eminencias farmacéuticas, por uno de nuestros maestros, el ilustre Cadet de Gassicourt.

La boticaria reapareció con una de esas vacilantes máquinas que se calientan con espíritu de vino, pues su marido acostumbraba hacerse el café en la mesa, café que con anterioridad había tostado, molido y mezclado por sí mismo.

—*Saccharu*, doctor —dijo, ofreciéndole el azúcar.

Luego hizo descender a toda su prole, deseoso de saber lo que el cirujano opinaba de la contextura de aquellos retoños.

Disponíase a irse Larivière, cuando la boticaria le consultó sobre la salud de su marido. Según ella, la circulación de la sangre iba disminuyendo, hasta el punto de quedarse dormido todas las noches después de cenar.

—¡Oh! ¡No es el juicio lo que le impide dormir!*.
Y Larivière, tras de sonreír levemente de aquel retruéca-
no, del que nadie se dio cuenta, abrió la puerta. Pero la
botica hallábase atestada de gente y le costó mucho trabajo quitarse de encima a Tuvache, el cual temía que su
mujer padeciera del pecho, porque acostumbraba escu-
pir en la ceniza; a Binet, que sufría súbitos ataques de ham-
bre canina; a la señora Caron, que experimentaba picores
en el cuerpo; a Lheureux, que padecía vértigos; a Lestiboudois, que era reumático, y a la señora Lefrançois, que
sentía acideces. Arrancaron los tres caballos, al fin, y con-
vinieron todos en que el doctor no había estado com-
placiente.

Pero la atención pública se distrajo con la presencia
del señor Bournisien, que atravesaba el mercado con los
santos óleos.

Homais, de acuerdo con sus principios, comparó
a los sacerdotes con los cuervos, siempre atraídos por el
olor de la carne muerta; la vista de un cura le era personalmente desagradable, porque la sotana hacíale pensar en
el sudario, y execraba un poco a la una por miedo al otro.

No obstante, cumpliendo con lo que él llamaba su
misión, volvió a casa de Bovary en compañía de Canivet,
a quien Larivière, antes de marcharse, había comprometido para que diera aquel paso, y hasta sin las observaciones
en contra de su mujer se hubiese llevado a sus dos hijos para acostumbrarlos a las emociones fuertes y a fin de que

_____

* *Sêne* (molestia) y *sens* (sentido, juicio) tienen casi la misma pronunciación *(N. del T.)*.

aquello fuera un ejemplo, una lección, una escena solemne que para siempre se les quedara impresa en la imaginación.

El cuarto, cuando en él penetraron, tenía una lúgubre solemnidad. Sobre la mesa de costura, cubierta con un lienzo blanco, veíanse cinco o seis bolitas de algodón, junto a un crucifijo grande, entre dos cirios encendidos. Emma, con la barbilla hundida en el pecho, abría desmesuradamente los ojos, y sus pobres manos se deslizaban por las sábanas con ese horrible y suave ademán de los moribundos, que tratan, tal se creyera, envolverse en el sudario. Pálido como un muerto, y con los ojos enrojecidos como ascuas, Carlos, sin llorar, manteníase frente a ella, a los pies del lecho, en tanto que el cura, apoyado en una rodilla, susurraba unas palabras.

Emma volvió lentamente el rostro y pareció llenarse de júbilo al percibir de pronto la estola sacerdotal, y ello, sin duda, porque encontraba, en medio de un extraordinario apaciguamiento, la perdida voluptuosidad de sus primeros transportes místicos unida a las visiones de la eterna beatitud que se iniciaban.

El cura levantose para coger el crucifijo, y entonces ella, alargando el cuello como un sediento, posó sus labios en el cuerpo del Hombre-Dios, depositando en él, con toda su expirante fuerza, el beso de amor más grande que diera en toda su vida. El sacerdote recitó, tras esto, el *Misereatur* y la *Indulgentiam*, humedeció el pulgar derecho en el aceite y comenzó a ungirla: primero, en los ojos, que tanto habían codiciado las suntuosidades terrenas; luego, en las narices, ansiosas de tibias brisas y de amorosos perfumes; después, en la boca, manchada por la mentira, que había gemido de orgullo y gritado a impulsos de la lujuria;

424

a continuación, en las manos, que tanto se deleitaron con los contactos suaves, y por último, en la planta de los pies, tan veloces otras veces, cuando la conducían a saciar sus deseos, y que en lo sucesivo no andarían más.

Enjugose el cura los dedos, arrojó al fuego los algodones empapados en aceite y volvió a sentarse junto a la moribunda, para decirle que debía, en aquel momento, unir sus sufrimientos a los de Jesucristo.

Al terminar sus exhortaciones intentó poner un cirio en la mano de Emma, como símbolo de la celeste gloria que muy pronto iba a circundarla. Emma, demasiado débil, no pudo cerrar la mano, y a no ser por el cura, el cirio hubiese caído al suelo.

No hallábase, empero, muy pálida, y en su rostro, como si el sacramento la hubiese curado, resplandecía una expresión de serenidad

Hízolo notar el sacerdote, e incluso le dijo a Bovary que el Señor prolongaba a veces la existencia de las criaturas cuando considerábalo preciso para su salvación, y Carlos acordose del día en que, próximo a morir, había recibido la comunión. «Acaso no se haya perdido todo», pensó.

En efecto: Emma miró a su alrededor lentamente, como el que despierta de un sueño; después, con voz clara, pidió un espejo y permaneció inclinada sobre él un rato, hasta que descendieron de sus ojos unas gruesas lágrimas. Echó atrás la cabeza entonces, lanzando un suspiro, y volvió a caer sobre la almohada.

Su pecho comenzó al punto a jadear rápidamente; la lengua entera saliósele de la boca; sus ojos, girando, se apagaban como luces que se extinguen, y se la creyera muerta a no ser por la espantosa aceleración de sus costados, sacudidos por hálito furioso, como si el alma se debatiera a saltos para escaparse. Felicidad arrodillose ante el crucifijo, y hasta el mismo boticario dobló un poco las rodillas, en tanto que Canivet miraba vagamente a la plaza. Bournisien comenzó a orar de nuevo, inclinado el rostro sobre el borde de la cama, y su larga sotana negra caía tras él por el suelo. Bovary hallábase al otro lado de rodillas, con los brazos extendidos hacia Emma. Habíase apoderado de sus manos y las estrechaba, estremeciéndose a cada latido de su corazón como el rebote de una ruina que se derrumba. A medida que el estertor hacíase más fuerte, el sacerdote aceleraba sus rezos, que se mezclaban a los ahogados sollozos de Bovary, y a las veces todo parecía fundirse en el sordo murmullo de las sílabas latinas, que resonaban como toque funeral.

De súbito, oyose en la acera un rumor de zuecos, unido al arrastrarse de un bastón, y elevose una voz, una voz ronca que cantaba:

> Un bello día de calor
> hace soñar a las mozas,
> a veces, con el amor.

Irguiose Emma como galvanizado cadáver, desatada la cabellera, fijos y abiertos de par en par los ojos.

> Para amontonar más pronto
> las mieses que la hoz siega,
> sobre el surco que las da
> va agachándose mi nena.

—¡El ciego! —exclamó Emma.

Y echose a reír con risa espantosa, frenética, desespe-rada, creyendo ver la horrible faz del miserable, que se erguía como un espantajo en las tinieblas eternas.

Con fuerza el viento sopló el día aquél, y las cortas enaguas le levantó.

Una convulsión hízola caer sobre el lecho. Todos se aproximaron. Estaba muerta.

IX

Cuando alguien muere, lo primero que se experimenta es una enorme estupefacción, pues es sobremanera difícil comprender un tal hundirse en la nada y resignarse a creerlo. Carlos, no obstante, apenas percatose de su inmovilidad, se arrojó sobre ella, gritando:

—¡Adiós! ¡Adiós!

Homais y Canivet arrastráronle fuera del cuarto.

—¡Cálmese!

—Sí —decía, debatiéndose—, seré razonable, no haré nada malo...; pero ¡déjenme! ¡Quiero verla! ¡Es mi mujer!

Y lloraba al decirlo.

—Llore —prosiguió el boticario—; desahóguese; eso le aliviará.

Carlos, dócil como una criatura, dejose conducir a la sala del piso bajo, y el farmacéutico se fue a su casa.

Al llegar a la plaza viose abordado por el ciego, el cual, con la esperanza de la pomada antiflogística, había llegado a Yonville y preguntaba a todos los transeúntes por el domicilio del boticario.

—¡Vamos, hombre! ¡Como si yo no tuviera otras cosas en qué pensar! ¡Vuelve más tarde, y si no, peor para ti!

Tenía que escribir dos cartas, preparar un calmante para Carlos, urdir un embuste que ocultara lo del envenenamiento y redactar, a base del tal embuste, un artículo para *El Faro*, sin contar con que le aguardaban muchas personas deseosas de conocer lo ocurrido. Una vez enteradas todos de que Enana, al hacer un dulce, había puesto, por confusión, arsénico en vez de azúcar, Homais volvió de nuevo a casa de Bovary.

Le halló solo —Canivet acababa de irse—, sentado en un sillón, junto a la ventana, y contemplando con estúpidos ojos las losetas del aposento.

—Ahora será preciso —dijo el boticario— que usted mismo señale la hora de la ceremonia.

—¿Por qué? ¿Qué ceremonia es ésa? —y luego, con voz balbuciente y espantada, añadió—: ¡Oh, no! ¿Verdad que no? No quiero que se la lleven.

Homais, por hacer algo, apoderose de una jarra y se puso a regar los geranios.

—¡Oh, gracias! —dijo Carlos—. ¡Es usted muy bueno!

Y no acabó, agobiado por el cúmulo de recuerdos que el gesto aquel del boticario le traía a la memoria.

Entonces, para distraerle, Homais consideró conveniente charlar de horticultura: la humedad era necesaria a las plantas. Carlos asintió con la cabeza.

—Por lo demás, ya tenemos otra vez el buen tiempo cerca.

—¡Ah! —dijo Bovary.

El boticario, agotadas sus ideas, se puso a descorrer suavemente las cortinillas de los cristales.

—Por ahí pasa el señor Tuvache.

Carlos repitió como una máquina:

—Pasa el señor Tuvache.

Homais no se atrevió a recordarle lo relativo a las disposiciones fúnebres; de ello se encargó el cura cuando entró nuevamente.

Carlos encerrose en su despacho, cogió una pluma, y después de sollozar durante un rato, escribió:

«Deseo que la entierren con su vestido de boda, zapatos blancos y corona. Le dejarán el cabello suelto; tres cajas: una de encina, otra de caoba y otra de plomo. Que no me digan nada, tendré ánimos. Llevará un gran paño de terciopelo verde encima. Es mi deseo. Hágase así».

Todos aquellos señores se asombraron de tan novelescas disposiciones, y el farmacéutico permitiose decir:

—Ese terciopelo se me antoja superfluo; además, es un gasto.

—¿A usted qué le importa? —exclamó Carlos—. ¡Déjeme! ¡Usted no la amaba! ¡Váyase de aquí!

El cura le cogió por el brazo para que diese una vuelta por el jardín y comenzó a hablarle de la vanidad de las cosas terrenas. Dios era muy bueno y muy grande y era preciso someterse, sin rechistar, a sus designios, e incluso darle gracias.

Carlos se deshizo en blasfemias.

—¡Detesto al Dios de usted!

—El espíritu de la rebeldía le domina aún —suspiró el sacerdote.

Bovary hallábase lejos ya. Caminaba a zancadas, a lo largo del muro, junto a la espaldera, y rechinaba los dientes, fijos los iracundos ojos en el cielo; pero ni siquiera una hoja se movió

Lloviznaba. Carlos, que iba con el pecho al aire, sintió frío y tuvo que meterse en la cocina, donde se sentó.

A las seis oyose el rodar de un vehículo en la plaza: era la diligencia, y con la frente pegada a los cristales, vio descender, uno tras otro, a los viajeros. Felicidad puso un colchón en la sala, y Carlos, echándose en él, se durmió.

* * *

Aunque filósofo, el señor Homais respetaba a los muertos; por eso, y sin sentir rencor hacia Carlos, volvió por la noche para velar a la muerta, llevando consigo tres volúmenes y un cuaderno para tomar notas.

El señor Bournisien hallábase allí, y a la cabecera del lecho, que habían sacado fuera de la alcoba, ardían dos grandes cirios.

El boticario, a quien el silencio pesaba, no tardó en condolerse de aquella «infortunada joven»; el sacerdote repuso que sólo restaba orar por ella.

—Pero una de dos —prosiguió Homais—: o ha muerto en estado de gracia, como dice la Iglesia, y entonces para nada necesita de nuestros rezos, o bien ha fallecido impenitente, tal es, según creo, el término eclesiástico, y en tal caso...

Bournisien, con tono brusco, replicó que ello no impedía que él rezase.

—Pero —objetó el boticario— puesto que Dios conoce todas nuestras necesidades, ¿para qué puede servir la oración?

—¡La oración! —dijo el sacerdote—. ¿Acaso no es usted cristiano?

—Dispense usted —repuso el farmacéutico—. Yo admiro el cristianismo. En primer término, ha libertado a los esclavos, ha dado al mundo una moral...

—¡No se trata de eso! Todos los textos...

—¡Oh! ¡Oh! En cuanto a los textos, abra la historia; se sabe que han sido falsificados por los jesuitas.

Entró Carlos, y dirigiéndose a la cama, apartó lentamente las cortinas.

Emma tenía la cabeza inclinada sobre el hombro derecho. La comisura de la boca, que manteníase abierta, hubiérase dicho un oscuro hoyo en la parte inferior de la cara, y los pulgares se hundían en la palma de la mano; una especie de blanco polvillo extendíase por las cejas, y sus ojos comenzaban a esfumarse en una palidez viscosa, como si los cubriera una tela sutil tejida por una araña. La sábana ceñíase a su cuerpo desde el pecho a las rodillas, sobresaliendo al llegar a los pies. Antojábasele a Carlos que masas infinitas, que un enorme peso gravitaba sobre ella.

Dieron las dos en el reloj de la iglesia. Oíase el murmullo del río que corría, entre las sombras, al pie de la terraza. El cura, de cuando en cuando, se sonaba con estrépito, y el boticario hacía rechinar la pluma sobre el cuaderno.

—Vamos, amigo mío —dijo a Bovary—, retírese; este espectáculo le destroza el corazón.

Una vez que se hubo marchado Carlos, el cura y el farmacéutico reanudaron la discusión.

—Lea a Voltaire —decía el uno—, lea a Holbach, lea la *Enciclopedia*.

—Lea las *Cartas de varios judíos portugueses* —decía el otro—; lea la *Razón del cristianismo*, de Nicolás, antiguo magistrado.

Acalorábanse los dos, poníanse encendidos y hablaban a la vez, sin escucharse. El cura se escandalizaba de tal audacia; maravillábase Homais de semejante tontería, y a punto estaban de dirigirse injurias, cuando reapareció Carlos de pronto.

Como atraído por una fascinación, subía a cada momento las escaleras, colocábase frente a su mujer, para verla mejor, y se hundía en aquella contemplación, que ya no era, en fuerza de profunda, dolorosa.

Recordaba las historias de catalepsia, los milagros del hipnotismo, y decíase que, queriéndolo con fuerza, acaso lograra resucitarla. Una de las veces llegó incluso a inclinarse sobre ella y gritó en voz baja: «¡Emma! ¡Emma!». Su aliento, exhalado con fuerza, hizo temblar la llama de los cirios.

Al anochecer llegó la madre de Carlos, y éste, al abrazarla, se deshizo nuevamente en llanto. La viuda trató, como antes el farmacéutico, de hacerle algunas observaciones sobre los gestos del entierro; pero Carlos se puso tan fuera de sí, que la madre se calló, viéndose precisada inclusive, a instancias del hijo, a dirigirse a la ciudad para comprar sin demora todo lo necesario.

Carlos permaneció solo toda la tarde; Bertita estaba con los Homais, y Felicidad hallábase arriba, en el cuarto, con la señora Lefrançois. Por la noche acudieron algunas visitas. Levantábase Carlos, estrechaba las manos, sin despegar la boca, y sentábanse unos junto a otros en torno de la chimenea, formando círculo. Todos se aburrían de un modo enorme, pero nadie se atrevía a irse.

A las nueve presentose de nuevo Homais —desde hacía cuarenta y ocho horas, sólo a él veíase en la plaza—, cargado con una provisión de alcanfor, de benjuí y de hierbas aromáticas. Llevaba también una botella de cloruro para desterrar los miasmas. En aquel momento, la criada, la señora Lefrançois y la viuda de Bovary daban vueltas en torno a la difunta, terminando de vestirla. Finalmente, cubriéronla hasta los pies, calzados de raso, con el largo y rígido velo.

Felicidad sollozaba, diciendo:

—¡Pobre señora mía! ¡Pobre señora mía!

—¡Mírenla! —decía, suspirando, la hostelera—. ¡Qué guapa está aún! ¡Cualquiera juraría que va a levantarse ahora mismo!

Luego se inclinaron para ponerle la corona. Fue preciso levantar un poco la cabeza del cadáver, y entonces una oleada de líquido negruzco, como si fuera un vómito, salió de la boca.

—¡Oh! ¡Dios mío! ¡Tengan cuidado! —exclamó la señora Lefrançois—. ¡Ayúdenos! —añadió, dirigiéndose al farmacéutico—. ¿Tiene miedo, por casualidad?

—¿Miedo, yo? —repuso Homais, encogiéndose de hombros—. ¡Bah! ¡He visto muchos muertos en el hospital, cuando estudiaba mi carrera! ¡En la sala de disección hacíamos ponches! La muerte no puede asustar a un filósofo, e incluso —lo decía con frecuencia— tengo la intención de legar mi cuerpo a los hospitales para que sirva a la ciencia.

El cura, al presentarse, preguntó cómo le iba a Bovary, y al enterarse de ello por el boticario, dijo:

—La desgracia, como usted comprenderá, es muy reciente.

Homais, entonces, le felicitó por no hallarse, como el resto de los mortales, expuesto a sufrir semejante pérdida, lo que sirvió de pretexto para una discusión sobre el celibato de los clérigos.

—Porque —decía el boticario— no es natural que un hombre se pase sin mujeres. Se han visto crímenes...

—Pero ¡caray! —exclamó el cura—. ¿Cómo quiere usted que un hombre casado pueda guardar, por ejemplo, el secreto de la confesión?

Homais arremetió contra la confesión; defendiola Bournisien, hablando de las salvaciones que a ella se debían. Citó diferentes casos de ladrones convertidos de pronto en personas honradas. Algunos militares, al acercarse al tribunal de la penitencia, habían sentido caérseles la venda de los ojos. Existía en Friburgo un ministro...

El boticario habíase dormido. Luego, como la atmósfera del cuarto era sofocante, el cura abrió la ventana y el boticario despertó.

—Vamos, tome un polvito de rapé —le dijo el cura— y se despejará.

A lo lejos se oían incesantes ladridos.

—¿Oye usted cómo aulla ese perro? —dijo el boticario.

—Dicen que olfatean a los muertos —repuso el sacerdote—. Las abejas son por el estilo: cuando fallece una persona, abandonan la colmena.

Homais no rebatió semejante prejuicio porque se había vuelto a dormir. Bournisien, más robusto, prosiguió durante algún tiempo hablando por lo bajo; luego, insensiblemente, dejó caer la cabeza, escapósele el negro libro de la mano y comenzó a roncar.

Hallábanse uno frente al otro, el vientre hacia fuera, abotagardo el rostro, enfurruñada la catadura; a la postre, y después de tantos desacuerdos, coincidían en una misma flaqueza, inmóviles como aquel cadáver que parecía dormir junto a ellos.

Carlos, al entrar, no los despertó. Venía, por última vez, a despedirse de la muerta.

Las hierbas aromáticas seguían humeando y las espirales de azulino vapor confundíanse, en el borde de la ventana, con la bruma que por ella penetraba. Veíanse algunas estrellas y la noche era apacible.

La cera de los cirios caía, en gruesos goterones, sobre las sábanas del lecho. Carlos veíalos arder y sus ojos deslumbrábanse con el resplandor de la amarillenta llama.

El raso del vestido, blanco como resplandor lunar, cabrilleaba a la luz. Emma desaparecía bajo él, y antojábasele a Carlos que, esparciéndose alrededor de sí mismo, se perdía vagamente en el mundo circundante, en el silencio, en la noche, en el viento que pasaba, en los húmedos perfumes que ascendían.

Luego, de pronto, veíala en el huerto de Jostes, sentada en el banco, contra el espinoso seto, o en Ruán, en las calles, bajo el umbral de su casa, en el patio de Los Bertaux, y parecíale oír la jocunda risa de los mozos que danzaban bajo los manzanos; la habitación trascendía al perfume de su cabellera, y su vestido le rozaba, con suave crujir, los brazos. ¡Y aquélla era la misma!

De esta suerte y durante largo rato fue recordando todas las desaparecidas venturas, sus actitudes, sus gestos, el timbre de su voz. Sus desesperados impulsos se sucedían con inagotable arranque, como desbordadas olas de una marea.

Sintió una terrible curiosidad: lentamente, con la punta de los dedos, temblando, levantó el velo de la muerta..., y al punto lanzó un espantoso grito, que despertó a los dormidos. Éstos le bajaron a la sala.

Luego presentose Felicidad y dijo que el señor deseaba un mechón de los cabellos de la muerta.

—¡Córtelos! —repuso el boticario.

Y como la joven no se atreviera, el mismo Homais se adelantó, tijeras en mano; pero de tal modo temblaba, que dio unos cuantos pinchazos en las sienes; al fin, sobreponiéndose a su emoción, con un par de tijeretazos dados al azar hizo otros tantos claros en aquella hermosa y negra cabellera.

El cura y el boticario volvieron nuevamente a hundirse en sus ocupaciones, no sin echar un sueñecito de cuando en cuando, de lo que se acusaban, recíprocamente, al despertar. El señor Bournisien rociaba entonces la habitación con agua bendita y Homais arrojaba por el suelo un poco de cloruro.

Felicidad había tenido la precaución de dejar para ellos, sobre la cómoda, un queso, una torta grande y una botella de aguardiente. De aquí que hacia eso de las cuatro de la madrugada el boticario, que ya no podía más, dijera, suspirando:

—De buena gana tomaría cualquier cosa.

El sacerdote no se hizo rogar; fuese a decir misa y volvió, y a la vuelta comieron y brindaron con jocundo talante, sin saber por qué, excitados por esa vaga alegría que nos señorea después de los momentos de tristeza. El cura, al apurar la última copita, le dijo al boticario, dándole unas palmadas en el hombro:

—¡Acabaremos por entendemos!

Abajo, en el vestíbulo, encontráronse con los carpinteros. Durante dos horas, Carlos tuvo que sufrir el suplicio del martilleo que resonaba en las tablas. El cadáver, después, fue encerrado en el féretro de encima, y éste en los otros dos; pero como el ataúd era demasiado ancho, fue preciso taponar los intersticios con la lana de un colchón. Por último, una vez cepilladas, clavadas y soldadas las tres tapas, se expuso ante la puerta, abriose ésta de par en par, y los yonvillenses comenzaron a acudir.

El padre de Emma se presentó en aquel punto. Al ver el paño negro, desvaneciose.

X

El señor Rouault había recibido, treinta y seis horas después de la desgracia, la carta del farmacéutico; pero éste la redactó de tal modo, para suavizar la noticia, que, debido a ello, el padre de Emma no supo a qué atenerse.

En un principio, el buen hombre cayó como herido de apoplejía. Supuso a continuación que su hija no estaba muerta pero que podía estarlo... Al fin, se puso la blusa, cogió el sombrero, ciñó una espuela a sus zapatos y partió a galope tendido, a lo largo de la carretera, jadeando y devorado por la angustia. E incluso una vez viose obligado a apearse. No veía ya, le zumbaban los oídos y creía volverse loco.

Amaneció. Vio tres gallinas negras que dormían en un árbol, y estremeciose, espantado de aquel presagio funesto. Entonces le prometió a la Santísima Virgen tres casullas para la iglesia e ir descalzo desde el cementerio de Los Bertaux hasta la capilla de Vassonville.

Penetró en la posada de Maromme dando gritos, derribó de un empujón la puerta, echose sobre el saco de avena, vertió una botella de sidra en el pesebre y volvió a montar en su jaco, que partió echando chispas.

Sin duda, la salvarían; tal pensaba. Los médicos descubrirían un remedio, era seguro. Recordó cuántas curas maravillosas había oído contar.

Luego se le aparecía muerta. Estaba allí, ante él, boca arriba, en medio de la carretera. Tiraba de las riendas y desaparecía la alucinación.

En Quincampoix, para cobrar ánimo, bebiose, uno tras otro, tres cafés.

Pensó que acaso se habían equivocado de nombre al escribirle. Buscó la carta en el bolsillo; encontrola allí, pero no se atrevió a abrirla.

Hasta llegó a suponer que aquello fuera una broma, una venganza de alguna persona, un caprichito de algún sujeto de buen humor. Además, si hubiese muerto se sabría. Pero no había muerto; en el campo no veíase nada de extraordinario: el cielo era azul; los árboles se balanceaban; pasó un rebaño de ovejas. Al vislumbrar el pueblo, viósele aligerar, tendido sobre la cabalgadura, a la que azotaba con fuerza y cuyas cinchas destilaban gotas de sangre.

Pero ante la brutal realidad, cayó, bañado en lágrimas, en brazos de Bovary.

—¡Mi hija! ¡Mi Emma! ¡Mi niña! ¡Cuéntame!...

Y Carlos, entre sollozos, decía:

—¡No sé nada! ¡No sé nada! ¡Ha sido una maldición!

El boticario, separándolos, intervino:

—Esos horribles detalles son inútiles. Yo le informaré de todo. Pero la gente comienza a acudir. Hay que mostrarse entero, ¡cáspita!; hay que ser filósofo.

El pobre Bovary quiso aparentar fortaleza, y repitió varias veces:

—¡Sí..., ánimo!

—Bueno —exclamó el buen hombre—; lo tendré, ¡rayos y truenos! ¡La acompañaré hasta el final!

Doblaba la campana, hallábase todo dispuesto, y era preciso ponerse en camino.

Suegro y yerno, uno junto a otro, sentados en el coro, vieron pasar y repasar de continuo y ante ellos a los tres chantres que salmodiaban. El serpentón soplaba con todas sus fuerzas. El señor Bournisien, de pontifical, cantaba con voz aguda; inclinábase ante el altar, elevaba las manos, extendía los brazos. Lestiboudois iba y venía por la iglesia con su cepillo.

Junto al facistol, el ataúd reposaba entre cuatro ringleras de cirios. Carlos sentía deseos de levantarse para apagarlos.

Trataba, no obstante, de sentirse señoreado por la devoción y de acariciar la esperanza de una vida futura, en la que de nuevo la vería. Imaginábase que hacía mucho tiempo que Emma se había ido muy lejos, de viaje. Mas cuando pensaba que hallábase allí, que todo había concluido y que iban a meterla bajo tierra, sentíase poseído por una rabia feroz, sombría, desesperada. A veces creía no sentir ya, y saboreaba la dulzura de su dolor, teniéndose por un ser miserable. Oyose el seco y acompasado golpear, sobre las losas, de un palo con contera de hierro. Provenía el ruido del fondo, y se detuvo en una de las naves laterales. Un hombre de tosca y parda chaqueta se arrodilló trabajosamente. Era Hipólito, el mozo de El León de Oro; se había puesto su pierna nueva.

Uno de los chantres dio la vuelta por la nave, para hacer la colecta, y las monedas, unas tras otras, sonaban en la bandeja de plata.

—¡Acaben de una vez! ¡Sufro mucho! —exclamó Bovary, arrojando, lleno de cólera, una moneda de cinco francos.

El eclesiástico le dio las gracias, haciendo una profunda reverencia.

Cantaban, arrodillábanse, se levantaban... ¡Aquello no terminaba nunca! Acordose de que una vez, recién casados, habían oído juntos una misa, y se pusieron al otro lado, a la derecha, contra la pared. La campana comenzó a doblar de nuevo. Hubo un largo rumor de sillas. Los portadores pasaron tres palos por bajo el ataúd, y todos salieron de la iglesia.

Justino apareció, entonces, en el umbral de la farmacia, y, pálido, vacilante, penetró de nuevo en ella.

Las gentes asomábanse a las ventanas para ver pasar el fúnebre cortejo. Carlos, delante de todos, avanzaba, encorvado, afectando serenidad y saludando con un gesto de cabeza a los que se unían, al salir de callejuelas y puertas, a la comitiva.

Los seis hombres portadores del féretro —tres a cada lado— marchaban poquito a poco y algo jadeantes. Los sacerdotes, los chantres y los dos monaguillos recitaban el *De profundis*, y sus voces, ondulando, perdíanse en la campiña. Algunas veces desaparecían en los recodos del camino; pero las cruces de plata erguíanse entre los árboles.

Seguían las mujeres, encapuchadas en sus capas, con sendos cirios encendidos en las manos. Carlos sentíase desfallecer ante aquella continua repetición de rezos y ante aquel continuo desfile de cirios, bajo aquellos sofocantes olores de cera y sotana. Soplaba una fresca brisa; verdeaban las colzas y el centeno, y las gotas de rocío estremecíanse, al borde del camino, en los espinosos setos. En la atmósfera resonaban rumores de toda clase: el rechinar de una carreta que a lo lejos se deslizaba por los relejes del camino; el repetido cacarear de un gallo, o el galope de un potro que salía disparado bajo los manzanos. El puro cielo veíase salpicado de sonrosadas nubes; el azuloso resplandor de los pabilos se amortiguaba sobre las chozas cubiertas de lirios. Carlos, al pasar, reconocía los patios. Acordábase de las mañanas como aquélla en que, después de visitar a algún enfermo, salía de allí y encaminábase a su casa en busca de Emma.

El negro paño, salpicado de blancas gotas, se levantaba de cuando en cuando, descubriendo el ataúd. Los portadores de éste aflojaban la marcha, y el féretro avanzaba, cabeceando como chalupa a merced de las olas.

Llegaron al cementerio. Los portadores continuaron hasta el final, deteniéndose en una plazoleta cubierta de césped, donde habían abierto la fosa. Los circunstantes colocáronse alrededor, y en tanto que el sacerdote rezaba, la tierra rojiza, arrojada sobre los bordes, descendía por los ángulos continuamente y sin ruido.

Luego, una vez preparadas las cuatro cuerdas, colocaron encima el ataúd. Carlos lo vio descender, descender lentamente.

Al fin se oyó el chocar del féretro en la tierra, y las cuerdas volvieron a subir. Entonces, Bournisien apoderose de la pala que le ofrecía Lestiboudois; con su mano izquierda, en tanto que con la derecha asperjaba el agua bendita, echó una vigorosa paletada de tierra, y la madera del féretro, al choque de los terrones, produjo ese formidable rumor que se dijera el retumbar de la eternidad.

El sacerdote le alargó la pala a su vecino, que era Homais. Sacudiola éste gravemente y ofreciósela luego a Carlos, quien, cayendo de rodillas, comenzó a arrojar manotadas de tierra, exclamando: «¡Adiós! ¡Adiós!». Y enviaba besos, arrastrándose hacia la fosa, como si pretendiera sepultarse con Emma.

Apartáronle de allí, y no tardó en calmarse, experimentando acaso, como los demás, la vaga satisfacción de que hubiese concluido aquello.

El señor Rouault, una vez de vuelta, se puso a fumar tranquilamente una pipa, lo que Homais, en su fuero interno, consideró poco conveniente. Observó asimismo que Binet habíase abstenido de ir, que Tuvache «había desfilado» después de la misa y que Teodoro, el criado del notario, iba de azul, «como si no hubiera podido encontrar un traje negro, como es uso, ¡qué diablo!». Y para dar a conocer sus observaciones, iba de grupo en grupo. Todos deploraban la muerte de Emma, pero muy especialmente Lheureux, que no había dejado de asistir al entierro.

—¡Pobre señora! ¡Qué pena para su marido!

—A no ser por mí —decía el boticario—, el señor Bovary hubiese llegado a cometer cualquier disparate.

—¡Una persona tan buena! ¡Y pensar que el sábado pasado la vi en mi establecimiento!

—Ni siquiera me ha sido dado —dijo Homais— enjaretar cuatro frases para decirlas ante su tumba.

De vuelta a su casa, Carlos se desnudó, y su suegro se puso la blusa azul; como era nueva y como durante el camino habíase enjugado frecuentemente los ojos con las mangas, se destiñó, ensuciándole el rostro, y las huellas de las lágrimas formaban surcos en la capa de polvo que lo cubría.

La viuda de Bovary hallábase con ellos. Los tres permanecían callados. Al fin, el buen hombre suspiró:

—Ya recordarás que estuve en Tostes cuando murió tu primera mujer. Entonces pude consolarte..., supe qué decirte; pero ahora...

Y añadió, lanzando un profundo suspiro:

—¡Esto es para mí la muerte! ¡He visto morir a mi mujer...; después, a mi hijo..., y ahora a mi hija!

Quiso volver inmediatamente a Los Bertaux, porque, según dijo, no le iba a ser posible dormir en aquella casa; ni siquiera quiso ver a su nieta.

—¡No! ¡No!... Me causaría mucha pena. Bésala de mi parte. ¡Adiós!... ¡Eres un buen muchacho! Además, nunca me olvidaré de esto —y se golpeaba el muslo—; pierde cuidado, que recibirás un pavo, como siempre.

Pero cuando estuvo en lo alto de la cuesta se volvió, como hiciera antaño, en el camino de Saint-Victor, al separarse de su hija. Las ventanas del pueblo resplandecían, heridas por los sesgados rayos del sol, que se ocultaba en la pradera. Puso la mano ante sus ojos y vislumbró en el horizonte un cercado en el que los árboles, acá y allá, ponían, entre las blancas piedras, foscas manchas; luego, y despaciosamente, porque el jaco cojeaba, prosiguió su camino.

Carlos y su madre, a pesar del cansancio, charlaron durante la noche, y por mucho tiempo, de los días pasados y de los venideros. La viuda quedaríase a vivir en Yonville, cuidaría de la casa y no se separarían más. Mostrose muy hábil y cariñosa, regocijándose en su interior por haber recuperado después de tantos años aquel afecto que se le escapaba. Dieron las doce. El pueblo, como de costumbre, yacía en el silencio, y Carlos, desvelado, continuaba pensando en ella.

Rodolfo, que para distraerse habíase pasado la jornada cazando, dormía tranquilamente en su quinta, y León, allá en Ruán, dormía también.

Pero a aquella hora había otro que tampoco dormía. Junto a la fosa, entre los abetos, un mozalbete lloraba arrodillado, y su pecho, quebrantado por los sollozos, jadeaba en la sombra, bajo la presión de un inmenso pesar, más dulce que la luna y más insondable que la noche. Rechinó la verja de pronto. Era Lestiboudois; iba en busca del azadón, que habíase dejado olvidado poco antes; reconoció a Justino escalando la tapia, y supo entonces a qué atenerse respecto al merodeador que robaba sus patatas.

XI

Al día siguiente, Carlos hizo traer a Berta. La niña preguntó por su mamá, y se le dijo que se hallaba de viaje y que le traería juguetes. La nombró varias veces, pero acabó por no pensar más en ella. El júbilo de aquella niña afligía a Bovary, que veíase, además, obligado a sufrir los intolerables consuelos del boticario.

Los asuntos de dinero surgieron otra vez. El señor Lheureux excitó a su amigo Vincart, y Carlos se comprometió por sumas exorbitantes, porque jamás quiso vender ni el más insignificante de los muebles que habían pertenecido a ella. Exasperose por ello la madre; se indignó él más —había cambiado por completo—, y la madre tuvo que abandonar la casa.

Entonces todos quisieron aprovecharse. La señorita Lempereur reclamó seis meses de lección, aunque Emma no había recibido ni una sola, no obstante la factura aquella que mostró a Bovary: se trataba de un acuerdo entre las dos; el alquilador de libros reclamó tres años de abono; la señora Rolet, el porte de una veintena de cartas, y como Carlos pidiese explicaciones, ella tuvo la delicadeza de responder:

—Yo no sé nada; se trataba de cosas suyas.

Cada vez que pagaba una deuda creía que era la última; pero continuamente surgían más.

Exigió el pago de las visitas atrasadas, y le enseñaron las cartas que su mujer había enviado, por lo que tuvo que presentar sus excusas.

Felicidad gastaba ahora la ropa de la difunta, no toda, porque Carlos había guardado parte de ella, e iba al tocador, donde se encerraba para contemplarla. Felicidad tenía aproximadamente la estatura de Emma; de aquí que con frecuencia Carlos, al verla por detrás, sintiérase poseído por la ilusión, y exclamara:

—¡Oh! ¡Quédate! ¡Quédate!

Por Pentecostés, Felicidad se escapó de Yonville, con Teodoro, llevándose lo que quedaba de la ropa.

Por esta época, la viuda de Dupuis tuvo el honor de comunicarle el «casamiento de su hijo León Dupuis, notario de Ivetot, con la señorita Leocadia Leboeuf, de Bondeville». Carlos, al felicitarla, escribió, entre otras cosas, esta frase: «¡Cuánto se hubiese alegrado mi pobre mujer al saberlo!».

Un día en que, vagando sin rumbo por la casa, subió al desván, sintió bajo sus zapatillas una bolita de papel fino. La deshizo y leyó: «¡Ánimo, Emma, ánimo! ¡No quiero ser el causante de su desgracia!». Era la carta de Rodolfo, caída entre las cajas, que había permanecido allí, y a la que el aire colado por la claraboya acababa de arrastrar hasta la puerta. Y Carlos permaneció, inmóvil y con la boca abierta, allí donde antaño Emma, más pálida que él y desesperada, había deseado morir. Por último, al final de la segunda carilla, vio una R pequeña. ¿Qué era aquello? Y recordó las asiduidades de Rodolfo, su desaparición súbita y su contrariado aspecto cuando, dos o tres veces después, hubo de encontrárselo. El tono respetuoso de la carta, empero, le engañó.

«Se han amado platónicamente», se dijo.

Carlos, por otra parte, no era de los que llegan hasta lo profundo de las cosas; dio de lado las pruebas, y sus nacientes celos perdiéronse en la inmensidad de su pesadumbre.

«Han debido de adorarla —pensaba—. Todos los hombres, de seguro, la desearon».

Ello hizo que le pareciera más hermosa, y concibió, por lo mismo, un furioso y permanente deseo, que inflamaba su desesperación, que no tenía límites, por ser irrealizable entonces.

Para agradarla, como si viviese aún, adoptó sus gustos e ideas: comprose botas de charol, usó corbatas blancas, untose en el bigote cosmético, y hasta, como ella, firmó pagarés. Emma le corrompía desde la tumba.

Viose obligado a vender pieza por pieza la vajilla de plata, y tras ella, los muebles del salón. Todos los departamentos fueron desalojándose; pero su cuarto permaneció como siempre. A él subía Carlos después de la comida, ponía la mesa redonda ante la chimenea, aproximaba el sillón de ella y sentábase enfrente. En uno de los dorados candelabros ardía una vela. Bertita, junto a su padre, iluminaba estampas.

El buen hombre sufría viendo a su hija tan mal vestida, con sus borceguíes sin cordones y con sus blusitas rotas, pues la criada apenas si se cuidaba de la niña. Pero era tan cariñosa, tan bonita y su cabecita se inclinaba tan deliciosamente, dejando caer su hermosa y rubia cabellera sobre sus sonrosadas mejillas, que invadíale un infinito deleite, un placer, mezclado de amargura, como el de esos vinos mal fabricados que trascienden a resina. Le componía sus juguetes, fabricaba muñecos articulados con cartón o bien cosía el desgarrado vientre de sus muñecas. Y cuando sus ojos se tropezaban con el estuche de la costura, con una cinta que rodaba por el suelo e incluso con un alfiler olvidado en una hendidura de la mesa, dábase a soñar y poníasele un aspecto tan triste, que la niña entristecíase también.

Nadie los visitaba; Justino había huido a Ruán, colocándose allí en una tienda de comestibles, y la prole del boticario reuníase cada vez menos con la pequeña, pues el señor Homais ya no ponía empeño, vista la desigualdad de posiciones, en que se prolongase la intimidad.

El ciego, a quien Homais no había podido curar con su pomada, volviose a la colina del Bois-Guillaume, contándole a los viajeros la vana tentativa del boticario, hasta tal punto que éste, cuando iba a la ciudad, procuraba ocultarse tras las cortinillas de la diligencia para no tropezarse con él. Execrábale sobre manera, y, deseoso de quitárselo de encima, en interés de la propia reputación, hízole blanco de sus ataques, en los que descubría lo tortuoso de su inteligencia, su malignidad y su perversidad. En *El Faro de Ruán*, y durante seis meses seguidos, pudieron leerse sueltos de este jaez:

«Todas las personas que se dirigen a las fértiles comarcas de la Picardía habrán visto, indudablemente, en la colina del Bois-Guillaume a un miserable que padece una horrible llaga facial. Importuna, persigue y cobra un verdadero impuesto a los viajeros. ¿Vivimos aún en los monstruosos tiempos de la Edad Media, cuando les era permitido a los vagabundos mostrar en las plazas públicas la lepra y las escrófulas adquiridas en las cruzadas?».

O bien:

«No obstante las leyes contra la vagancia, los aledaños de nuestras grandes ciudades continúan invadidos por una plaga de pobres. Algunos circulan aisladamente, y acaso no sean los menos peligrosos. ¿En qué piensan nuestros ediles?».

Otras veces inventaba sucedidos:

«Ayer, en la colina del Bois-Guillaume, un caballo espantadizo...» Y tras esto venía el relato de un accidente ocasionado por la presencia del ciego.

Tan bien se las compuso, que encarcelaron al mendigo. Recobró la libertad; comenzó de nuevo sus andanzas, y Homais volvió a sus ataques. Aquello era una lucha en la que el boticario obtuvo la victoria, puesto que su enemigo fue condenado a reclusión perpetua en un hospicio.

Desde entonces, enardecido por el éxito, no hubo suceso —granja incendiada, perro despanzurrado, mujer apaleada— del que no diera cuenta al público enseguida, guiado siempre por su amor al progreso y su odio a los curas. Establecía comparaciones entre las escuelas primarias y los «hermanos ignorantinos»*, con detrimento de los últimos; sacaba a relucir la noche de San Bartolomé a propósito de una gratificación de cien francos dada a la Iglesia; denunciaba abusos y lanzaba —ésta era su palabra— diatribas. Homais socavaba e iba resultando peligroso.

Ahogábase, empero, en el angosto marco del periodismo, y enseguida viose precisado a recurrir al libro. Entonces compuso una *Estadística general del término de Yonville,*

---

* Así llaman en Francia a los miembros de las Escuelas Cristianas *(N. del T.).*

seguida de observaciones climatológicas, y la estadística le llevó a la filosofía. Preocupose de las cuestiones palpitantes, del problema social, de la moralización de las clases humildes, de la piscicultura, del caucho, de los ferrocarriles, etc. Llegó a avergonzarse de ser un burgués. Comenzó a presumir de artista; fumaba, y compró dos figulinas *chic* Pompadour, para adornar su gabinete.

No descuidaba por eso la farmacia. Manteníase, por el contrario, al corriente de los descubrimientos. Seguía las alternativas del chocolate, y fue el primero en introducir en el Sena Inferior el *choca* y la *revalenta*. Entusiasmose con las cadenas hidroeléctricas Pulvermacher; él mismo llevaba una, y por la noche, al quitarse el chaleco de franela, su mujer quedábase boquiabierta ante la dorada espiral bajo la que desaparecía su marido, y sentía aumentada su pasión por aquel hombre más agarrotado que un escita y maravilloso como un hechicero.

Ocurriósele a Homais grandes ideas a propósito de la tumba de Emma. Propuso, al principio, un tronco de columna envuelto en un paño; después, una pirámide; luego, un templo de Vesta, algo así como una rotonda..., o bien «un montón de ruinas». Y en todos sus proyectos metía siempre el sauce, que consideraba como el obligado símbolo de la tristeza.

Carlos y él, acompañados por un pintor —un tal Vaufrylard— amigo de Bridoux, que no cesaba de enjaretar retruécanos, hicieron juntos un viaje a Ruán para ver tumbas en casa de un lapidario. Por último, tras de haber examinado un centenar de diseños y de encargar un presupuesto y de hacer un segundo viaje a Ruán, Carlos se decidió por un mausoleo que llevaría en sus dos frentes principales «un genio con una antorcha apagada en la mano».

En cuanto a la inscripción, Homais no encontraba nada tan hermoso como *Sta viator*, y no salía de ahí; estrujábase la sesera, y repetía continuamente: *Sta viator*... Al fin descubrió otra: *Amabilem conjugem calcas*!, y ésta fue la que se adoptó.

Cosa extraña: aunque Bovary pensaba de continuo en Emma, la iba olvidando, y desesperábase al darse cuenta de que, a pesar de los esfuerzos que para retenerla hacía, escapábasele de la memoria aquella imagen. Todas las noches, empero, soñaba con ella, y el sueño era siempre el mismo: aproximábase a ella, y cuando iba a estrecharla entre sus brazos se convertía en podredumbre.

Durante una semana se le vio entrar en la iglesia por la tarde; el señor Bournisien le visitó dos o tres veces, pero luego suspendió las visitas. El buen hombre, además, volvía a la intolerancia y al fanatismo —según aseguraba Homais—; arremetía contra el espíritu del siglo y no dejaba, cada quince días, en el sermón, de contar la agonía de Voltaire, el cual, como todos saben, murió devorando sus excrementos.

Bovary, no obstante lo muy económicamente que vivía, hallábase lejos de poder amortizar sus antiguas deudas. Lheureux negose a renovar ni una letra siquiera. El embargo era inminente. Hubo de recurrir a su madre, la cual consintió en que se hipotecaran sus bienes, recriminando de paso a Emma y pidiendo, a cambio de su sacrificio, un chal que había escapado a las rapacidades de la doméstica. Carlos se lo negó y se disgustaron.

La madre fue la primera en intentar la reconciliación, proponiéndole que le dejara a Bertita, la cual sería un consuelo para ella. Carlos consintió; pero, llegado el momento de la partida, sintiose sin fuerzas para abandonarla. La ruptura definitiva y completa sobrevino entonces.

A medida que desaparecían sus afectos, aferrábase más estrechamente al amor de su hija, cuya salud le inquietaba; la niña tosía algunas veces, y tenía en las mejillas unas placas rojas.

Frente a él aparecía, floreciente y jocunda, la familia del farmacéutico, para quien todo eran satisfacciones. Napoleón ayudábale en el laboratorio; Atala le bordaba un gorro; Irma recortaba redondeles para las confituras, y Franklin recitaba de corrido la tabla de Pitágoras. Era el más feliz de los padres y el más afortunado de los hombres.

No era así, empero; una sorda ambición le consumía. Homais deseaba una cruz. No le faltaban títulos para merecerla:

«Primero, haberme señalado cuando el cólera —decía— por mi abnegación sin límites; segundo, haber publicado a mi costa diferentes obras de utilidad pública, tales como... —y recordaba su memoria, titulada *La sidra: su fabricación y sus efectos*, más algunas observaciones sobre el pulgón lanífero, enviadas a la Academia; su volumen de estadística y hasta su tesis universitaria—, sin contar con que soy miembro de varias sociedades científicas». Y lo era de una sola.

«En fin —exclamaba haciendo una pirueta—, aun cuando no fuera más que por distinguirme en los incendios».

Homais, en vista de esto, inclinose al lado del gobierno. Prestó secretamente al señor prefecto grandes servicios durante las elecciones. En suma: vendiose y se prostituyó, e incluso dirigió al soberano una instancia en la

454

que suplicaba que le hiciera justicia, llamándole nuestro buen rey y comparándole con Enrique IV.

Todas las mañanas devoraba el periódico en busca de su nombramiento; pero éste no aparecía por ninguna parte. Por último, no pudiendo contenerse por más tiempo, hizo dibujar en el jardín, sobre el césped, una cruz honorífica, con dos rodetitos de hierba, que arrancaban de lo alto, para imitar la condecoración. Paseábase en torno, con los brazos cruzados, mediando sobre la ineptitud del gobierno y la ingratitud de los hombres.

Por respeto o por una especie de sensual placer, que obligábale a proceder con lentitud en sus investigaciones, Carlos no había abierto aún el secreto cajoncito de la gaveta de palisandro en la que Emma acostumbraba guardar sus cosas. Un día, al fin, sentose ante ella, hizo girar la llave y empujó el resorte. ¡Todas las cartas de León estaban allí! ¡Aquella vez no era posible la duda! Devoró hasta la última; miró en todos los rincones, en todos los muebles, en todos los cajones, en las paredes, sollozando, rugiendo, trastornado, loco. Descubrió una caja y desfondola de un puntapié. El retrato de Rodolfo le saltó en pleno rostro, entre misivas rebosantes de cariñosos transportes.

Su abatimiento produjo asombro. Ya no salía ni recibía a nadie, y hasta se negaba a visitar a sus enfermos. Con tal motivo se dijo que se encerraba para beber.

Algunas veces, empero, un curioso empinábase por encima de la cerca del jardín, y percibía, con asombro, a aquel hombre de larga barba, huraño, sórdidamente vestido, y que lloraba al andar.

Por la tarde, en el verano, cogía a su hijita y la llevaba al cementerio, y volvían ya bien entrada la noche, cuando no había más luz en la plaza que la del ventanuco de Binet.

La voluptuosidad, empero, de su dolor no era completa, porque no había a su alrededor persona alguna que con él la compartiese. Para poder hablar de Emma iba de visita a casa de la Lefrançois; pero la hostelera apenas le escuchaba, pues también tenía sus cuitas: Lheureux acababa de abrir La Favorecida del Comercio, e Hivert, que gozaba de una gran reputación en su oficio, exigía un aumento de salario y amenazaba con pasarse al enemigo.

Un día, Carlos, que había ido a la feria de Argueil para vender en ella su cabalgadura —era el último recurso—, tropezose con Rodolfo.

Ambos, al verse, palidecieron, y Rodolfo, que habíase limitado a enviar su tarjeta, balbució en un principio algunas excusas; envalentonose después, e incluso llevó su aplomo —era ello en el mes de agosto, y hacía mucho calor— al extremo de invitarle a tomar una botella de cerveza.

Acodado frente a Bovary, Rodolfo mascaba su puro, al par que hablaba, en tanto que aquél, hundido en sus soñaciones, contemplaba la figura del hombre a quien ella había amado, y antojábasele descubrir en él algo de Emma. Era tal su embelesamiento que hubiese querido ser Rodolfo.

Éste proseguía hablando de agricultura, de ganadería, de abonos, rellenando con frases sin importancia los intersticios por donde se pudiera deslizar una alusión. Carlos no le escuchaba; notábalo Rodolfo e iba leyendo en su rostro los recuerdos evocados.

Paulatinamente fue enrojeciendo el médico; las aletas de su nariz se estremecían, temblaban sus labios y hubo un momento en que, lleno de sombría rabia, fijó de tal manera sus ojos en Rodolfo, que éste, interrumpiéndose, llegó a sentir un cierto espanto. Al instante, empero, reapareció la misma fúnebre lasitud de antes.

—No le odio —dijo.

Rodolfo enmudeció, y Bovary, con la cabeza entre las manos, prosiguió, con voz apagada y con el acento de los dolores infinitos.

—¡No le odio, no!

Y aún añadió una gran frase, la única que en su vida dijera:

—¡La culpa es de la fatalidad!

Rodolfo, causante de aquella fatalidad, encontró aquella frase sobremanera benigna, incluso cómica y algo vil para pronunciarla en semejante situación.

Al día siguiente, Carlos fue a sentarse en el banco del cenador. La luz pasaba a través de la celosía; en el suelo dibujábanse las hojas del emparrado; los jazmines embalsamaban la atmósfera; el cielo era azul, y los abejorros zumbaban en torno de los lirios en flor, y Carlos, al igual que un adolescente, ahogábase a impulsos de los vagos y amorosos efluvios que irrumpían de su apesadumbrado corazón.

A las siete, Bertita, que no le había visto durante toda la tarde, presentose en su busca para que fuera a comer.

Tenía la cabeza apoyada en el testero del cenador, cerrados los ojos, la boca abierta, y en las manos veíase un largo mechón de cabellos negros.

—¡Papá, vamos! —dijo la niña.

Y creyéndole con ganas de jugar, empujole suavemente. Bovary cayó a tierra. Estaba muerto.

Treinta y seis horas más tarde, a instancias del boticario, presentose Canivet. Le reconoció y no halló nada.

Una vez vendido todo, quedaron doce francos y setenta y cinco céntimos, que sirvieron para pagar el viaje de Bertita a casa de su abuela. La buena mujer murió aquel mismo año, y como el abuelo hallábase paralítico, se encargó de la muchacha una tía suya, la cual, como era pobre, la envió a una fábrica de hilado para que se ganase la vida.

* * *

Desde la muerte de Carlos se han sucedido tres médicos en Yonville, sin que a ninguno le haya sido dado imponerse; de tal modo el señor Homais les ha batido el cobre. Hoy tiene una gran clientela, la autoridad le dispensa su protección y la opinión pública le protege. Y, por último, acaba de ser condecorado.